SEDUCIDA
POR UN CANALLA

ELIZABETH BOYLE

SEDUCIDA POR UN CANALLA

Titania Editores

ARGENTINA - CHILE - COLOMBIA - ESPAÑA
ESTADOS UNIDOS - MÉXICO - PERÚ - URUGUAY - VENEZUELA

Título original: *And the Miss Ran Away With the Rake*
Editor original: Avon Books – An Imprint of HarperCollins*Publishers*,
   New York
Traducción: Elisa Mesa Fernández

1.ª edición Junio 2014

Copyright © 2013 by Elizabeth Boyle
All Rights Reserved
Copyright © 2014 de la traducción *by* Elisa Mesa Fernández
Copyright © 2014 *by* Ediciones Urano, S. A.
   Aribau, 142, pral. – 08036 Barcelona
   www.titania.org
   atencion@titania.org

ISBN: 978-84-92916-64-1
E-ISBN: 978-84-9944-754-4
Depósito legal: B. 11.089-2014

Fotocomposición: Moelmo, SCP
Impreso por: Romanyà-Valls – Verdaguer, 1 – 08786 Capellades (Barcelona)

Impreso en España – *Printed in Spain*

A mis lectores:
Éste, mi vigésimo libro,
va dedicado a todos y cada uno de vosotros.
A los que habéis estado conmigo desde el principio
y a los que me habéis encontrado durante el camino.
Vuestras cartas, notas, e-mails, ánimos y amistad
son los que más me han enseñado sobre el arte de contar.
Gracias por estar a mi lado en los días buenos
y, sobre todo, en los momentos difíciles.
Contáis con todo mi cariño y gratitud.
Que Dios os bendiga a todos.
Elizabeth, vuestra fan más leal.

Querido lector:

En un rinconcito de Inglaterra había una aldea sobre la que pesaba una maldición. Ahora, la mayoría de los lugares preferiría ignorar el hecho de estar maldito, pero no Kempton. Su maldición los hacía únicos, y se aferraban a ella con determinación.

¿Quién iba a debatir una maldición que dejaba a todas las jóvenes nacidas en la aldea solteras para el resto de sus días? Y pobre del hombre que se atreviera a casarse con alguna de las damas de Kempton. El último valiente, un tal John Stakes, tentó a las divinidades y se casó con Agnes Perts. Un hombre con ese apellido, Estaca, jamás debería haber dejado esa puerta abierta al destino, ni debería haber dejado un atizador en la cámara nupcial.

Pienso yo.

Como nadie estaba seguro de cómo había ocurrido la maldición ni de cómo resolverla, la señorita Theodosia Walding había dejado caer una vez en la reunión semanal de la Sociedad para la Templanza y la Mejora de Kempton que había estado investigando el asunto con la esperanza de liberar a la aldea de esa plaga, y se había encontrado con que a todos les parecía que sus investigaciones eran horribles y despreciables.

Nunca jamás volvió a hacer una declaración tan impertinente y ridícula.

Pero ésta no es su historia. Ni siquiera es la historia de la extraordinaria dama que se cree que ha roto la maldición, la señorita Tabitha

Timmons, la famosa solterona de Kempton que heredó una fortuna de un tío caprichoso (¿no se heredan así todas las fortunas?), se fue a Londres y se comprometió con un duque.

Sí, con un duque.

Sin embargo, dado que Tabitha y su escandaloso noble todavía no están casados, y el duque aún no ha aparecido con un objeto afilado clavado en el pecho ni flotando boca abajo en un estanque, nadie puede decir que la maldición de Kempton se haya roto definitivamente.

No obstante, una intrépida dama de Kempton, la señorita Daphne Dale, está a punto de realizar su propio intento para ensartar a un marido perfectamente sensato.

Sin ánimo de hacer ningún juego de palabras.

La autora

Prólogo

Caballero sensato con medios busca dama sensata de buena cuna para iniciar correspondencia y, si se da el caso, contraer matrimonio.

Anuncio publicado en el *Morning Chronicle*

Anteriormente, en la temporada social de 1810

*N*o! ¡No! ¡No! —exclamó lord Henry Seldon cuando su mayordomo le llevó al desayunador la segunda cesta llena de cartas—. ¡No quiero ni una más de esas malditas cartas! ¡Quémalas, Benley! ¡Llévatelas fuera de mi vista!

Su hermana gemela, lady Juniper, la antigua lady Henrietta Seldon, levantó la vista de su té e hizo un esfuerzo por reprimir la risa mientras el pobre Benley se quedaba allí de pie, titubeando en la puerta con una enorme cesta de mimbre desbordada de correspondencia.

—Déjala junto a las otras e ignora a su señoría, Benley. Está de mal humor esta mañana.

¿De mal humor? Henry habría dicho que estaba furioso. En lugar de eso, descargó su ira contra el verdadero objeto de su enfado.

—Te voy a matar por esto, Preston.

Preston, que era el sobrino de Henry y de Henrietta, al igual que el duque de Preston y el cabeza de familia, se parapetó tras el periódico al otro lado de la mesa y fingió inocencia.

11

Como si fuera inocente de algo.

Para nada. De hecho, era una desgracia para Henry. No sólo las acciones disolutas de Preston (había deshonrado ni más ni menos que a cinco jóvenes damas en las últimas semanas) habían conseguido que no recibieran al duque en ninguna parte, sino que ahora esa mancha se había extendido a Henry y a Hen, porque de repente se habían encontrado en la lista de los «raramente recibidos».

Culpables por asociación, eso eran.

—No puedes matar a Preston —dijo Hen. Se limpió los labios con la servilleta y la dejó junto a su plato del desayuno—. Eres su heredero. Sería de mala educación.

—Sí, de muy mala educación, tío —dijo Preston por encima de su periódico.

Sólo llamaba a Henry «tío» cuando quería irritarlo todavía más. Únicamente había seis meses de diferencia entre la edad de los tres, ya que el abuelo de Preston había engendrado a los gemelos a una edad indecentemente avanzada.

Haciendo que Henry fuera el tío de uno de los libertinos más famosos de Londres.

Si Preston quería jugar a ser el sobrino formal, entonces Henry lo obligaría a mirar atrás y a morder el anzuelo.

—Mala educación es lo que ese amigo idiota que tienes, Roxley, y tú, demostrasteis al publicar ese anuncio ridículo en el *Morning Chronicle*.

Ese anuncio tan pequeño, una broma de borrachos, había obtenido una avalancha de respuestas.

A Henry lo estaban enterrando las toneladas de cartas de damas que buscaban marido.

—Deberías darme las gracias —señaló Preston—. Ahora puedes elegir entre ellas sin tener que poner un pie en Almack's.

—¿Darte las gracias? Yo no quiero casarme —afirmó Henry—. Eso te corresponde a ti. ¿Por qué no te casas tú con una de esas gatitas?

Preston levantó la mirada. Había un extraño brillo en sus ojos.

—A lo mejor yo ya he encontrado a mi propia gatita.

—Oh, será una broma —balbuceó Henry—. ¿Nos estás diciendo que pretendes casarte con esa hija de vicario con la que has estado flirteando?

Antes de que Preston pudiera responder, Hen intervino:

—Deberías estar agradecido, Henry, porque Preston no haya puesto esa broma desafortunada en el *Times*. —Sus labios se curvaron en una sonrisa, tomó un sorbo de té y se reclinó en su asiento—. Personalmente, creo que el anuncio de Preston es aburrido.

—¿Aburrido? —se quejó Preston. Cerró el periódico de golpe y miró a su tía—. Yo nunca soy aburrido.

—Entonces, tedioso —se corrigió ella—. No puedo imaginarme a nadie respondiendo a tal tontería, y mucho menos a alguien que quiera casarse con alguien que se describe a sí mismo como «sensato». —Miró a Benley, que estaba dejando la cesta llena de cartas junto a la otra que había llegado antes—. ¿Cuántos corazones solitarios hay en Londres?

—Éstas hacen doscientas, milady —dijo Benley, mirando con cautela la colección de la que emanaba un aroma a rosas y violetas—. Milord —dijo, dirigiéndose a lord Henry—, el lacayo de lady Taft quiere saber cómo va a pagar la factura pendiente del correo. Su señoría está bastante incómoda por tener que pagar tal cantidad de estas... Por lo que parece, el periódico ha llegado a los condados periféricos.

Hen abrió mucho los ojos.

—¿Las cartas están llegando a tu casa?

—Sí, así es —le dijo Henry.

—No estaba tan borracho como para usar esta dirección —intervino Preston—. ¿Podéis imaginaros el ruido y las interrupciones?

Se encogió de hombros y volvió a su periódico.

—De eso precisamente se queja lady Taft —dijo Henry—. Cuando alquiló mi casa para la temporada de eventos le prometí que era la más tranquila.

La casa en cuestión, situada en la respetable y antes sosegada Cumberland Place, era una gran residencia que Henry había heredado de su madre y en la que nunca había vivido. Hen, cuando no estaba casada, Preston y él vivían cómodamente en la residencia oficial londinense de los Seldon de Harley Street, junto a Cavendish Square. Teniendo esa localización tan buena y todos los lujos de una residencia ducal, Henry no veía razón para mudarse a su propia casa.

Además, recaudaba una cantidad indecente de dinero por alquilar su casa, bien situada en Mayfair... aunque ahora dudaba que pudiera hacerlo. Volvió a mirar a su sobrino, pero Preston estaba demasiado ocupado estudiando el periódico como para darse cuenta.

Probablemente estuviera buscando más cotilleos sobre él mismo, cómo no.

¿Quién podía culpar a lady Taft por amenazar con irse de la propiedad, con la campanilla sonando constantemente porque esas malditas cartas no paraban de llegar?

Todas dirigidas a «Un caballero sensato».

Pues en ese momento no se sentía nada sensato.

Henry apartó su silla de la mesa y se levantó. Cruzó la habitación con unas cuantas zancadas, cogió la primera cesta y se dirigió a la chimenea.

—¡Cielo santo! —exclamó Hen, levantándose de un salto—. ¿Qué estás haciendo?

Incluso Preston apartó el periódico y miró.

—¿A ti qué te parece? —respondió Henry, que se había quedado parado delante del fuego—. Voy a quemarlas todas.

Hen, que parecía una mancha negra con su ropa de luto, atravesó la estancia a toda velocidad y le arrebató la cesta.

—No puedes hacer eso.

Él intentó recuperarla, pero se trataba de Hen, posiblemente la Seldon más terca que había existido nunca. Se giró para que Henry no pudiera coger la cesta y lo fulminó con la mirada.

—Las damas que han escrito estas cartas lo han hecho con sumo cuidado. Esperan respuesta. No puedes quemarlas sólo para quedarte tranquilo —afirmó, y bajó la vista hacia la cesta llena de notas—. Debes contestarlas. A todas.

Henry, que estaba demasiado ocupando albergando esperanzas de que el abrumador perfume floral procedente de las cartas agobiara a su hermana, apenas prestó atención a lo que ella le decía. Sólo esperaba que, cuando Hen estuviera desmayada en el suelo, tuviera tiempo suficiente para arrojarlas al fuego antes de que ella recuperara el conocimiento.

Pero ni siquiera la feliz imagen de los molestos restos de la broma de Preston ardiendo sobre el carbón consiguió eclipsar por completo lo que Hen decía.

Lo que quería que hiciera: contestarlas.

Henry se quedó inmóvil. ¿Contestarlas? ¿A todas?

Una idea que a Preston le pareció muy divertida.

—Sí, Henry, estoy de acuerdo —afirmó el duque—. No querrás decepcionar a tantas damas. Eso no sería nada sensato.

Henry ignoró a Preston y se enfrentó a su hermana.

—¿De verdad esperas que conteste a todas esas mujeres?

—¡Por supuesto! Cada una de estas pobres almas está esperando respuesta. Probablemente estarán comprobando el correo en este preciso instante.

Él resopló al imaginarse a las solteronas con mal de amores de todo Londres, y, por lo que veía en los remites, de buena parte de Inglaterra, sentadas ante sus puertas principales esperando que el amor verdadero llegara en un trozo de papel sellado.

—Es ridículo.

—No lo es —replicó Hen.

Utilizó ese tono que Henry sabía que significaba que no toleraría que le llevaran la contraria. Llevó la cesta a la mesa, comenzó a clasificar las solicitudes femeninas y continuó:

—¿Recuerdas cómo me encontraba yo cuando lord Michaels me estaba cortejando y lo desconsolada que me quedé cuando no tuve noticias suyas en dos días?

Henry y Preston gruñeron al oír el nombre de aquel sinvergüenza.

Michaels había sido el segundo marido de Hen. Hasta el momento, había tenido tres; el último, lord Juniper, había fallecido repentinamente hacía casi seis meses. De ahí el luto y su arranque sentimental.

—No tenía ni idea de si me amaba o no —declaró ella, y se llevó unas cuantas cartas al pecho, como para recalcar sus palabras.

Hasta que los aromas florales que emanaban de las cartas la hicieron estornudar y tuvo que volver a meter las misivas en la cesta.

—Eso no te impidió casarte con él cuando se dignó a aparecer —murmuró Henry.

Él nunca había aprobado a lord Michaels. Era sólo un barón, y ni siquiera eso.

Hen se sorbió la nariz.

—Sea como sea, esos dos días, cuando no sabía lo que él estaba pensando, fueron los dos días peores y más largos de mi vida.

—¿De verdad, Hen? ¿No estás exagerando un poco? ¿Los peores dos días de tu vida?

Henry negó con la cabeza y lanzó una mirada de odio a la cesta de cartas, que estaba haciendo que aquélla fuera la peor semana de su vida.

—Tienes que contestarlas —repitió ella, meneando un dedo delante de su hermano—, aunque sólo sea para decirles a estas damas que las han engañado, al igual que a ti, y que sientes mucho la aflicción que les hayas podido causar.

—Que sea Preston quien se disculpe —le dijo Henry, y señaló al verdadero culpable de todo aquello—. Él puso el anuncio.

—Sí, bueno, sabes que nunca lo hará —dijo Hen, e hizo un gesto desdeñoso con la mano.

—No lo habría puesto si no hubieras sido tan pedestre aquella noche —se quejó Preston—. No hacías más que decir que había arruinado el buen nombre de la familia. —Recogió el periódico—. Os recuerdo a los dos que somos Seldons. Nunca hemos tenido buen nombre.

—Exacto —dijo Henry, a quien se le acababa de ocurrir otra idea—. Cuando esas damas descubran quién les ha escrito y que un Seldon las ha maltratado, ¿no crees, Hen, que eso mancillará todavía más el apellido familiar? Puede que incluso te expulsen de Almack's.

Preston y él la miraron expectantes. Porque, mientras que Preston era el cabeza de familia, ninguno de ellos se atrevía a contradecir a Hen. No si sabían lo que les convenía.

Y casi funcionó.

Casi.

—No es necesario que firmes con tu nombre real —señaló ella—. Firma como... —Se dio unos golpecitos con los dedos en los labios y sonrió—. ¡Ya sé! Firma como «señor Dishforth».

—¡Dishforth! —exclamó Henry sorprendido, porque hacía tiempo que no se pronunciaba aquel nombre en esa casa.

—¡Dishforth! ¡Por supuesto! No sé por qué no se me ocurrió a mí, Hen —dijo Preston, asintiendo con aprobación.

Por supuesto que lo aprobaba. Dishforth, la invención de Henry de cuando eran niños, había sido el héroe de Preston. Si algo se rompía o desaparecía la tarta de manzana y quedaba sólo un plato con migajas, culpaban siempre al taimado señor Dishforth, para fastidio de las niñeras y tutores.

Dishforth había causado un gran número de tragedias. Y parecía que ahora podía imputársele esa última.

—Eso no significa que te vayas a librar, Preston —le dijo Henry—. Vas a contestar todas esas cartas.

—¿De verdad confías en que lo haga? —preguntó Preston, subiendo y bajando las cejas y guiñándole un ojo a Hen.

—Preston no tendrá tiempo, Henry. Tendrás que hacerlo tú —le aconsejó Hen a su hermano. Y a su sobrino.

—¿No lo tendrá?

—¿No lo tendré?

—No —afirmó ella—. No entiendo por qué te quejas, Henry. Sé muy bien que le encargarás la tarea a tu secretario y te olvidarás del asunto.

Henry tuvo el buen juicio de parecer avergonzado, a pesar de que eso era lo que había planeado desde el instante en que ella sugirió que respondiera a las cartas.

Eso no significaba que Preston fuera a escapar de su furia. Hen miró al duque a los ojos y dijo:

—No tendrás que ver nada más con esto, porque vas a estar ocupado buscando esposa. Una dama respetable que saque tu reputación, y la nuestra, de la alcantarilla.

—¡Santo Dios, Hen! Eso otra vez no —gimió Preston—. ¿Y si te dijera que ya he encontrado ese dechado de virtudes? La dama perfecta para ser mi duquesa.

—No te creería —replicó Hen, y cruzó los brazos sobre el pecho.

Por encima del hombro de su hermana, Henry le sonrió a Preston, satisfecho al ver cómo se habían cambiado las tornas para el malicioso duque. Aunque sólo fuera una vez.

Pero Henry no fue el último en reír.

Mientras Hen sacaba a Preston a rastras del desayunador, el duque se giró y señaló con un dedo a su tío.

—Será mejor que respondas rápidamente a esas cartas. Es bien sabido que a lady Taft le gusta cotillear. Sería una terrible vergüenza si se extendiera por la ciudad que has puesto un anuncio para buscar esposa.

Movió las cejas arriba y abajo justo antes de que Hen lo guiara hacia el destino que tenía reservado para él, fuera el que fuera.

Durante unos instantes, Henry miró a su sobrino sintiendo una punzada de culpabilidad, ¿qué soltero no lo haría al ver que un camarada iba a desaparecer? Sin embargo, no le duró mucho la compasión. No cuando cayó en la cuenta de que a Preston le resultaría muy divertido difundir aquello por todo Londres, aunque fuera a través de lady Taft.

¡Maldito fuera! Haría exactamente eso. Probablemente haría que el irreflexivo de Roxley contara por ahí lo que habían hecho y entonces él, Henry, sería el hazmerreír de Londres.

No había pensado en ese horror.

Sintiendo un ataque de rabia por la amenaza de que esa humillación fuera de dominio público, se dio cuenta de que tenía que cortarla de raíz.

Y rápido.

Cuando fue a recoger la primera cesta, vio que una carta se había caído al suelo. El sello de cera se había roto y el papel estaba abierto.

La vívida caligrafía femenina le llamó la atención, una escritura audaz que llenaba las páginas.

Estimado señor Sensato:
Si su anuncio no es más que una broma, permítame asegurarle que no es nada divertido...

A pesar de su mal humor, Henry se rió. Aquella descarada impertinente tenía toda la razón. No había absolutamente nada gracioso en aquella situación. Al volver a mirar la carta, vio que la mayor parte de la primera página era un sermón censurador sobre la ambigüedad moral de jugar con el corazón de las mujeres.

Una redacción que escaldaría incluso la gruesa piel de Preston.

Sin darse cuenta de lo que estaba haciendo, Henry se sentó a la mesa, ensimismado en las palabras sinceras de la dama. Se sirvió una taza de café, aunque a Hen y a Preston les encantaba el té, él prefería el café, y Benley siempre se aseguraba de que tuviera una cafetera a mano, apoyó los pies en la silla de Hen y leyó toda la carta. Dos veces.

Y en ambas ocasiones se rió. Santo Dios, qué mujer tan descarada. Dejó la carta sobre la mesa, pero su mirada volvió una y otra vez a las últimas líneas.

Sin embargo, si realmente desea encontrar una mujer sensata, entonces quizá...

Se detuvo y miró esa palabra. *Quizá.*

No, no podía, pensó, y negó con la cabeza. Pero entonces miró de nuevo la carta y, contra toda su sensatez, porque Preston había tenido razón en una cosa: era sensato en demasía, llamó a Benley para que le llevara una pluma y papel para escribir.

Capítulo 1

Señorita Spooner:

Le seré franco. Su respuesta al anuncio del periódico demuestra lo poco que sabe de los hombres. No me sorprende que aún no se haya casado. O es usted una bruja horrenda o la descarada más divertida del mundo. Supongo que sólo el tiempo y la correspondencia conseguirán aplacar mi curiosidad.

Una carta del señor Dishforth a la señorita Spooner

Londres, seis semanas después

*D*aphne, pareces sonrojada. ¿No te estará subiendo la fiebre? ¡No puede ser, no aquí, en el baile de compromiso de la señorita Timmons! —declaró lady Essex Marshom. Se giró hacia la acompañante que acababa de contratar, la señorita Manx, y le preguntó—: ¿Dónde está mi cajita de sales aromáticas?

Mientras la atormentada joven rebuscaba en un bolso del tamaño de una maleta para encontrar uno de los muchos objetos que lady Essex insistía en que llevara a mano en todo momento, Daphne hizo todo lo posible por tranquilizar a la anciana solterona.

—Me encuentro bien, lady Essex —afirmó, y le lanzó una mirada de horror a su mejor amiga, la señorita Tabitha Timmons.

La última vez que lady Essex había usado su famosa cajita de sales, Daphne no había podido oler nada en una semana.

—Estás un poco sonrojada —se mostró de acuerdo Tabitha, con un brillo travieso en sus ojos castaños.

Daphne reprimió la respuesta que acudió a su mente, porque desde que Tabitha se había comprometido con el duque de Preston, se había vuelto tan insolente como una verdulera, dejando a un lado su carácter sensato de antes.

Eso era lo que ocurría por casarse con un Seldon.

Daphne intentó no estremecerse de la cabeza a los pies, porque estaba en pleno corazón del territorio Seldon: su residencia londinense en Harley Street, donde se celebraba el baile de compromiso de Tabitha y Preston. Demasiado para ella, una Dale.

Sin embargo, envidiaba la felicidad de Tabitha: no se podía discutir que Preston la hacía brillar de dicha. Y el compromiso las había llevado a todas de vuelta a Londres, donde ella tenía depositadas todas sus esperanzas.

Que recaían en cierto caballero. Y esa noche, tenía expectativas de... de... Miró a su querida amiga y rezó en silencio para que, cuando encontrara el verdadero amor, fuera tan feliz como Tabitha.

¿Y cómo podría no serlo, si el señor Dishforth estaba en aquella estancia, en alguna parte?

Sí, el señor Dishforth. Ella, Daphne Dale, la dama más sensata de Kempton, mantenía una tórrida correspondencia con un completo desconocido.

Y esa noche lo conocería.

Oh, se habría enfrentado a un regimiento entero de Seldons aquella noche sólo para asistir a ese baile. Para encontrar a su querido señor Dishforth.

—¿Quién está un poco sonrojada? —preguntó la señorita Harriet Hathaway, que acababa de regresar de la zona de baile completamente ruborizada.

Mientras tanto, lady Essex se estaba impacientando.

—Señorita Manx, ¿cuántas veces tengo que recordarle lo imprescindible que es tener a mano la cajita de las sales?

Harriet se encogió y preguntó en voz baja:

—¿Quién es la víctima?

Tabitha señaló a Daphne, quien articuló una sola palabra.

Sálvame.

Y como era una buena amiga, Harriet lo hizo.

—Es por el vestido de Daphne, lady Essex. El satén rojo la hace parecer sonrojada. Le favorece bastante, ¿no os parece?

Bendita fuera Harriet por intentarlo.

—Y yo digo que está arrebatada —insistió lady Essex, a quien le encantaba aprovechar cualquier oportunidad para usar sus sales.

Le quitó el bolso a la señorita Manx de las manos y empezó a rebuscar ella misma.

—No te vas a desmayar, Daphne Dale —insistió—. Es imposible mantener el decoro cuando una está tirada en el suelo.

Tabitha se encogió de hombros. Eso no podía discutírselo.

Pero Harriet era la intrépida y se negaba a rendirse.

—Siempre me ha parecido, lady Essex, que darse una vuelta por la estancia es un método mucho mejor para recuperar la vitalidad. —Hizo una pausa y les guiñó un ojo a Daphne y a Tabitha, mientras la dama seguía concentrada en su búsqueda—. Además, juraría que mientras estaba bailando con lord Fieldgate, he visto a lady Jersey al otro lado de la sala.

—¿Lady Jersey, dices?

Lady Essex levantó la mirada, inmediatamente distraída.

Mejor aún, olvidó que probablemente debería estar regañando a Harriet por haber bailado con aquel pícaro vizconde.

—Sí, estoy bastante segura. —Harriet enlazó un brazo con el de la anciana, le pasó el odiado bolso a la señorita Manx y guió a lady Essex entre la multitud—. ¿No decíais antes que si pudierais hablar con ella, conseguiríais nuestras invitaciones para la próxima temporada?

Así fue como las odiadas sales cayeron en el olvido, al igual que el sonrojado semblante de Daphne.

Tabitha y Daphne siguieron a Harriet y a lady Essex a una distancia prudente, para que no las oyeran.

—Estás corriendo un gran riesgo —le susurró Tabitha a Daphne—. Si lady Essex se entera...

—¡Shhh! —Daphne se llevó un dedo a los labios—. Ni siquiera lo menciones. Ella lo oye todo.

Era un milagro que la anciana no hubiera descubierto el secreto más oscuro de Daphne: que había respondido a un anuncio en el periódico de un caballero que buscaba esposa.

Y el caballero le había contestado. Y después ella había vuelto a responder. Llevaban intercambiando cartas un mes de manera anónima y misteriosa, y si alguien lo descubría sería completamente inaceptable y le causaría la ruina.

Desde luego, si lady Essex se enteraba de que estaba intercambiando esa correspondencia escandalosa delante de sus narices, las únicas notas que Daphne escribiría serían los mensajes de condolencia por el ataque fatal de corazón de lady Essex.

—¿Crees que ha llegado ya? —preguntó Tabitha, paseando la mirada por el salón.

Daphne sacudió la cabeza, observando también a la multitud de invitados.

—No lo sé. Pero estará aquí, de eso estoy segura.

Su señor Dishforth. Daphne sintió que un rubor delator le subía a las mejillas. Al principio sus cartas había sido vacilantes y escépticas, pero ahora la correspondencia, que consistía en un frenesí diario de cartas y notas, se había vuelto muy íntima.

Escribiría más, pero tengo obligaciones esta tarde en una fiesta de compromiso. ¿Puedo atreverme a tener esperanzas de que mis planes se crucen con los suyos?

Daphne se llevó los dedos a los labios. Una fiesta de compromiso. Eso sólo podía significar que él estaba allí. En el baile de Tabitha y de Preston. Su señor Dishforth.

Vístase de rojo si sus planes la llevan a esa celebración, y yo la encontraré.

Así que se había puesto su vestido nuevo de satén rojo y había aparecido sin aliento y expectante ante la perspectiva de descubrir por fin la misteriosa identidad del señor Dishforth.

Y eso también haría que Tabitha y Harriet dejaran de preocuparse. Cuando descubrieron lo que había hecho o, mejor dicho, lo que estaba haciendo, se habían quedado estupefactas.

—¡Daphne! ¿Cómo has podido? ¿Un anuncio? ¿En el periódico? —había exclamado Tabitha, claramente desconcertada—. No tienes ni idea de quién puede ser ese Dishforth.

Harriet había sido más explícita.

—Ese sinvergüenza puede ser como ese hombre horrible de Reading del año pasado, que puso un anuncio buscando esposa cuando ya tenía una en Leeds. ¡Podría ser el mismo!

Daphne se había encogido, porque su prima Philomena, que había estado interceptando las cartas que enviaba el señor Dishforth para dárselas a ella, había esgrimido el mismo argumento. Dos veces.

—No se lo vais a contar a lady Essex, ¿verdad? —les había rogado a sus amigas.

Lady Essex no se tomaba a la ligera su papel de carabina en Londres. Si se enteraba de esa correspondencia ilícita, dadas las ideas estrictas de la anciana sobre los hombres adecuados y el cortejo correcto, Daphne perdería todas las posibilidades de descubrir la identidad del señor Dishforth.

Para siempre.

Sin embargo, afortunadamente sus amigas, que eran más bien como sus hermanas, habían accedido a guardarle el secreto siempre que les permitiera decir la última palabra sobre la idoneidad del señor Dishforth antes de que ella hiciera algo imprudente.

Como si ella, una Dale correcta y respetable, de los Dale de Kempton, pudiera hacer algo semejante.

Aun así, Daphne se estremeció ligeramente al recordar las últimas líneas de la última carta de Dishforth. Las que no había leído en voz alta para sus amigas.

Seré el caballero más insensato de la estancia. Insensato por el deseo que siento por usted.

Sonriendo, volvió a pasear la mirada por el salón, deseando encontrar la manera de distinguir al hombre que buscaba entre la multitud de atractivos lores y caballeros que conformaban la lista de invitados distinguidos.

—Daphne, no mires ahora, pero enfrente hay alguien que te observa con mucha atención —susurró Tabitha.

Y así era. Daphne intentó ser sutil mientras levantaba la mirada, consciente de que cualquier caballero en la estancia podía ser él.

Pero negó con la cabeza de inmediato.

—¡Oh, cielos, no!

—¿Por qué no? —preguntó Tabitha.

—Mira el corte de esa chaqueta. No es estilo Weston —dijo Daphne. No, mejor dicho, se quejó. Porque si alguna de las tres conocía bien la moda, ésa era ella—. Mi señor Dishforth, porque era su Dishforth, nunca usaría tanto encaje. Y mira ese pañuelo de cuello tan recargado. —Se estremeció—. Con tantas arrugas, parece que lo haya anudado un estibador.

Tabitha se rió, acostumbrada a las opiniones sagaces y sarcásticas de Daphne sobre moda.

—No, no, tienes razón —se mostró de acuerdo mientras el hombre pasaba a su lado, lanzándole una mirada apreciativa y descarada al escote.

Tampoco era que no esperaran esa mirada. El vestido era un poco escandaloso y Daphne lo había encargado en un momento de pasión, preguntándose qué pensaría Dishforth de ella, vestida de manera tan elegante y atrevida.

Lady Essex se detuvo para charlar con una vieja amiga y Harriet retrocedió hacia ellas.

—Ahora, rápido, ¿a quién tienes en la lista, Daphne? Busquemos a tu Dishforth.

Daphne sacó la lista de su bolso. Desde que se había enterado de que el señor Dishforth iba a asistir al baile de compromiso, el trío había peinado la lista de invitados en busca de posibles sospechosos.

—Lord Burstow —leyó Tabitha por encima de su hombro.

Las tres miraron al hombre en cuestión y se dieron cuenta de que su información no había sido del todo correcta.

—¿Cómo nos hemos podido equivocar tanto? —susurró Harriet.

—Tiene más de ochenta años —dijo Tabitha haciendo un sonido reprobatorio.

—Y mirad cómo tiembla... No sería capaz de escribir una nota legible, y menos aún una carta —señaló Harriet.

Todas se mostraron de acuerdo, lo tacharon de la lista y volvieron a la investigación.

—Dinos otra vez qué sabes —le pidió Tabitha.

Daphne, con la ayuda de Harriet, había elaborado un abultado informe con todo lo que sabía sobre Dishforth. Una recopilación que habría podido competir con el mejor expediente escrito por el hermano de Harriet, Chaunce, que trabajaba en el Ministerio del Interior.

—Ante todo, es un caballero —dijo Daphne—. Fue a Eton... —un dato que él había mencionado de pasada—. Y por su caligrafía, vocabulario y redacción sé que es un hombre culto.

Eso se podía aplicar a la mayoría de los hombres que había en esa habitación.

Daphne continuó:

—Vive en Londres. Probablemente en Mayfair, dada la regularidad de sus envíos.

—O, al menos —añadió Harriet—, ha estado en Londres desde que se publicó el anuncio.

—Tampoco salió de la ciudad al terminar la temporada social —dijo Tabitha.

Daphne sospechaba que residía todo el año en Londres.

—Sus cartas las entrega un lacayo de uniforme.

—Qué tipo más listo —dijo Harriet—. Una librea sería de ayuda.

Oh, sí, el señor Dishforth era un astuto adversario difícil de rastrear. La dirección en la que él recibía las cartas había resultado ser una casa alquilada muy bien situada en Cumberland Place, algo que el trío de amigas había descubierto mientras supuestamente paseaba por el parque.

—Es una pena que no hayamos podido conocer a lady Taft —murmuró Tabitha mientras paseaba la mirada por la habitación, refiriéndose a la actual ocupante de la casa.

Habían descubierto, con la ayuda del manoseado ejemplar de *Debrett's* de lady Essex, que su señoría tenía dos hijas y ningún hijo varón.

Una lástima, porque eso significaba que Dishforth vivía en otra parte. Al igual que ella, que estaba usando la dirección de su tía abuela Damaris para recibir las cartas y así evitar que lady Essex descubriera la verdad.

—Si esta noche no encontramos al señor Dishforth —dijo Harriet—, mañana llamaremos a la puerta de lady Taft y le preguntaremos a su mayordomo por qué su señoría hace de intermediaria del señor Dishforth.

—O quién puede ser su casero —sugirió Tabitha.

—¡No! —exclamó Daphne.

Secretamente albergaba la esperanza de que su primer encuentro se diera en un lugar mucho más romántico. E irrumpir en la entrada de la casa alquilada de lady Taft no encajaba en ese escenario.

Por supuesto, todo lo que Daphne sabía del hombre suponía que estaba siendo completamente sincero con ella. Que sus cartas no eran tan ficticias como su nombre.

Ella, desde luego, había sido honesta con él.

En la mayoría de las cosas. No en su nombre, claro. Porque había contestado como la señorita Spooner, el apellido de su primera institutriz. Le había parecido el seudónimo perfecto. ¿Acaso la verdadera señorita Spooner no se había fugado una noche con un galante capitán de barco?

Sin embargo, no era sólo su apellido lo que no era cierto. Daphne se removió incómoda, porque no había sido completamente sincera con el señor Dishforth. No había mencionado que no había terminado sus estudios. Ni lo mucho que odiaba Londres.

Pero era mejor no confesar ciertas cosas por carta.

Y, cielo santo, si todo el mundo fuera completamente sincero en el cortejo, nadie se casaría jamás.

Ensimismada como estaba en su ensoñación, Daphne no se dio cuenta de que lady Essex había regresado.

—Señorita Dale, pareces destrozada. —La anciana dama la estudió con sus penetrantes ojos azules—. Sigo diciendo que estás arrebatada. Señorita Manx, mi cajita de sales...

—Me encuentro muy bien —se apresuró a asegurarle.

—Seguramente sea por el calor que hace aquí —declaró lady Essex—. Un baile en julio... ¡A quién se le ocurre! ¿Creéis que ese Owle Park de Preston será tan asfixiante?

—No, lady Essex, en lo más mínimo —afirmó Tabitha—. Owle Park es muy agradable. Tiene habitaciones grandes y aireadas y una vista maravillosa del río.

—¿Un río? Eso es prometedor, siempre y cuando el calor no lo eche a perder —dijo—. Las jóvenes damas no están en su mejor momento cuando sudan por el calor. Éste destroza la buena seda.

Le lanzó a Daphne una mirada significativa, porque antes la dama había declarado que su seda roja era demasiado calurosa, la manera educada de lady Essex de decir «completamente inadecuada», y había sugerido una muselina más modesta para una velada tan cálida.

Pero Daphne ya había tomado una decisión. Iba a ir de rojo, y cuando tanto Tabitha como Harriet habían comentado lo guapa y cautivadora que estaba con su vestido nuevo, la anciana había transigido.

Porque si había algo que lady Essex deseaba para Harriet y Daphne, era que dieran una buena imagen. Se deleitaba atribuyéndose el mérito del compromiso de Tabitha con Preston, y ahora había puesto las miras en una jugada triple, pero sólo si conseguía unos partidos excelentes para Daphne y Harriet.

—Espero que seas atenta con los caballeros adecuados, Daphne Dale. Se acabó ese comportamiento estirado y exigente de antes —dijo lady Essex con claridad y probablemente lo suficientemente alto para que medio salón la oyera—. Y no te preocupes por no tener dote. Los hombres tienden a ignorar esas cosas cuando una dama es tan fascinante como tú. Si yo hubiera tenido tu cabello y tus preciosos ojos, habría sido duquesa.

—¿Por eso rechazasteis al conde, lady Essex? —bromeó Tabitha—. ¿Estabais reservándoos para un duque?

—¡No todas somos tan afortunadas como tú, Tabitha! —declaró la dama—. ¡Una duquesa, ni más ni menos! La mujer de Preston, además. Los Seldon deben de estar sorprendidísimos de que Preston se case por fin. Y pensar que todas estaremos allí...

Daphne se estremeció, como le ocurría siempre que oía ese apellido. No había nada que pusiera más nervioso a un Dale que ese simple apellido.

Seldon.

No entendía por qué el resto de la sociedad inglesa no los veía igual.

—Daphne, podrías alegrarte por la felicidad de la señorita Timmons —la reprendió lady Essex.

—Oh, dilo —dijo Tabitha—. Desearías que no me casara con un Seldon.

—Sé que yo nunca me casaré así —afirmó Daphne diplomáticamente.

Se había resignado a la idea de que su querida amiga estaba locamente enamorada de Preston, y él de ella.

Si no fuera un Seldon...

—Daphne, ¿cuánto tiempo dura ya esa enemistad? ¿Un siglo? —dijo lady Essex.

En realidad, casi tres, pero Daphne no pensaba corregirla.

—¡Los Dale y los Seldon deberían perdonar y olvidar! —exclamó lady Essex—. Es muy tedioso. Además, Tabitha hace mucho mejor en casarse con Preston que con ese odioso Barkworth con el que su tío quería obligarla a desposarse.

¡Una enemistad tediosa! Daphne se alegró de que su madre no estuviera allí para oír tal cosa. Más aún, se alegró de que no estuviera allí para ver a su única hija asistir al baile de un Seldon... contra sus expresos deseos.

—No temáis, lady Essex —dijo Tabitha, enlazando un brazo con el de Daphne y retomando su paseo por el salón—. Cuando yo esté casada, a Daphne no le quedará más remedio que enamorarse también de los Seldon.

—Tienes mucha razón —se mostró de acuerdo la dama—. Cuando asista a la fiesta en Owle Park y sea testigo de tu feliz matrimonio, toda esa tontería entre los Seldon y los Dale quedará olvidada. Porque, por entonces, ya habrá encontrado marido.

Owle Park. Daphne apartó la mirada. El simple hecho de oírlo la alteró. La casa de campo del duque de Preston. La sede familiar de los Seldon. Una casa que para los Dale era como un apéndice de Sodoma y Gomorra.

—¿Vas a venir a la fiesta en la casa? —preguntó Tabitha.

Lo que realmente quería decir era: «¿Vas a venir a mi boda?»

Daphne se quedó inmóvil. Sus padres, aunque estaban encantados de que Tabitha fuera a tener una unión tan ventajosa, seguían empeñados en no pasar dos semanas en territorio enemigo.

En una casa Seldon.

«En un lugar semejante», había dicho su madre, estremeciéndose violentamente.

No obstante, no habían sido tan descorteses para decirlo cuando Tabitha pudiera oírlo.

—He estado tratando el tema con mi madre —les dijo Daphne.

Aunque «tratar» no era la expresión correcta para describir la situación.

Cuando Daphne lo había mencionado, su madre se había ido directa a la cama, donde había pasado dos días enteros, llorando y sollozando, convencida de que llevar a su única hija, una hija soltera, a una fiesta en casa de un Seldon equivalía a enviarla a una casa de mala reputación.

Todo el mundo sabía que los Seldon practicaban el peor tipo posible de libertinaje, pero ¿en el campo? Alejados de los inquisidores ojos de la sociedad, ¿quién sabía a qué clase de depravación se entregarían?

«Caeremos todos en deshonra. O algo peor», se había lamentado su madre con su compasivo marido.

Daphne no sabía qué quería decir ese «peor». Sólo esperaba que Tabitha no tuviera que lamentar entrar a formar parte de esa familia de mala fama, y sobre todo que no se arrepintiera de casarse con el infame duque. Ni de relacionarse con sus familiares... a los que ella, hasta el momento, había conseguido evitar.

—Por supuesto que va a venir a tu boda —afirmó lady Essex, y le tendió el abanico a la señorita Manx—. Daphne, si tu madre te ha permitido asistir al baile de compromiso, seguramente dejará a un lado sus prejuicios y te permitirá asistir a la fiesta en casa del duque. La mitad de la alta sociedad se muere por una invitación, y la otra mitad está rabiosa por no haber conseguido una. Tu madre no es tonta, Daphne.

Daphne quería decirle que era cierto, pero su madre era una Dale hasta la médula, tanto de nacimiento como por matrimonio. Su desdén por los Seldon no provenía de una vida entera de desconfianza, sino de generaciones de enemistad.

—Por lo menos, has venido esta noche —dijo Tabitha, sonriendo—. No te ha prohibido venir a mi baile de compromiso.

Daphne apretó los labios, porque su madre no le había dado exactamente permiso para asistir.

Más bien al contrario.

Por supuesto, ella había querido mantener la promesa que le había hecho a su madre cuando salió de Kempton hacia Londres con Tabitha de que no pasaría con los Seldon más tiempo del necesario.

Con la posibilidad de tener al señor Dishforth tan cerca, esa noche entraba en la categoría de «lo necesario».

Aunque significara tener que padecer un baile con el tío de Preston, lord Henry Seldon.

Oh, era una idea horrible.

—Estás pensando en lord Henry, ¿verdad? —preguntó Harriet, y le dio un ligero codazo.

—Por favor, no pongas esa cara cuando venga a buscarte —añadió Tabitha.

—No estaba pensando en lord Henry, y no estoy poniendo ninguna cara —mintió Daphne, y se obligó a sonreír.

—Lo estabas y lo hacías —afirmó Harriet, a quien no se le escapaba nada.

—Traidora —susurró Daphne.

—No es mi contienda —replicó Harriet, y se encogió de hombros.

Mientras tanto, Tabitha permanecía observándolas, con los brazos cruzados y dando golpecitos con el pie en el suelo, impaciente.

—¡Oh, ya está bien! —exclamó Daphne—. Sí, prometo que seré la dama más refinada y atenta de todo el salón cuando tenga que bailar con él.

—No entiendo por qué estás tan enfadada —dijo Harriet—. Por lo que dice Roxley, el tío de Preston es un tipo muy amable. Un poco aburrido, tal vez.

Lady Essex chasqueó la lengua con desaprobación.

—Y tú, Harriet, ¿qué haces escuchando a ese sobrino tan bribón que tengo? A sus opiniones casi nunca se les puede dar crédito. Y la señorita Timmons tiene razón: no puedes tener esa cara en el baile. Baila con lord Henry y zanja el asunto de una vez.

—¿Cuántas veces tengo que explicarlo? —Harriet resopló, exasperada—. Es un Seldon. Si mi familia se entera de que he bailado con él, de que he cenado con él...

Se interrumpió.

Cada vez que se imaginaba bailando con lord Henry, veía claramente que se abrían todas las Biblias de los Dale en Inglaterra y que tachaban en ellas su nombre con vehemencia.

En algunos casos, hasta romper el papel.

Su tía abuela Damaris encargaría de inmediato una nueva con otro linaje familiar.

Que no la incluyera a ella.

—Daphne, no sé lo que te pasa —la reprendió Tabitha—. Creí que Preston había llegado a gustarte.

—Oh, Preston parece haberse reformado —admitió ella—, pero creo que tiene que ver más con tu influencia, Tabitha, no con la naturaleza intrínseca de los Seldon.

—¿La naturaleza intrínseca de los Seldon? —Harriet arrugó la nariz—. Escúchate. Hablas como una esnob.

Daphne se sintió ofendida.

—No soy ninguna esnob, sino que tengo un amplio conocimiento sobre la historia familiar de los Seldon. Incluso lady Essex puede deciros que la sangre llama.

Lady Essex apretó los labios con fuerza y frunció el ceño porque, aunque así lo creía, no pensaba admitirlo en ese momento. En lugar de eso, se concentró en registrar la estancia con la mirada, buscando a su anterior objetivo, lady Jersey.

—Aun así, debo preguntar por qué tengo que bailar con él.

Daphne apretó los dientes y los labios y esbozó una sonrisa tensa, aunque sólo fuera para parecer dispuesta a ello.

—Entre los Seldon es tradición —repitió Tabitha por cuarta vez— que todos los que vengan de parte del novio bailen con todos los que lo hagan de parte de la novia.

Harriet añadió rápidamente:

—Y tú lo vas a hacer porque Tabitha es una amiga muy querida. Y no permitiremos que su felicidad se vea empañada.

Sus palabras eran a la vez un recordatorio y una regañina.

—Podrías bailar tú con él —señaló Daphne.

¿Acaso Harriet no era tan amiga de Tabitha como ella?

—Ya te he dicho que le he prometido ese baile a otro hombre —contestó Harriet, y se cruzó de brazos—. Y sólo es un baile.

—No es sólo un baile —replicó Daphne. También estaba todo lo referente a la cena. Tenía que cenar con él—. Ambas sabéis que mi madre no lo aprobaría.

—Tu madre está en Kempton —señaló Harriet—. Y nosotras estamos en Londres.

—Cielo santo, Harriet —dijo lady Essex, con la vista fija en un punto al otro lado del salón—. ¡Ahí está lady Jersey! Y yo que pensaba que te lo habías inventado para impedir que le diera mis sales a Daphne. —Les lanzó una mirada significativa a las tres, advirtiéndoles que nada, absolutamente nada, se le escapaba, y añadió—: Vamos, Harriet, señorita Manx, aseguremos esas invitaciones para la temporada que viene... si es necesario.

De nuevo esa mirada afilada que decía explícitamente que preferiría que Harriet y Daphne se volcaran en la tarea de encontrar maridos dignos y dejaran de arrastrar los pies.

Tabitha suspiró.

—Me alegro tanto de haber conocido a Preston... Cielos, hablando de él, ahí está, acompañado de lady Juniper. Probablemente estén discutiendo sobre cómo sentar a los invitados. Otra vez.

Daphne miró en esa dirección y vio al futuro esposo de Tabitha acorralado por una dama elegantemente vestida de malva: la susodicha lady Juniper. La tía de Preston y la hermana de lord Henry.

Tabitha miró a Daphne. En sus ojos se reflejaba claramente lo que deseaba.

—Sí, sí, ve a salvarlo —le dijo Daphne a su amiga—. Yo estaré aquí, sana y salva.

—Si lo encuentras —contestó Tabitha, refiriéndose al señor Dishforth—, tráemelo de inmediato. —Movió el dedo índice delante de su amiga con un gesto de advertencia—. No te atrevas a enamorarte al instante y a huir con él antes de que le dé mi aprobación.

—Tabitha, soy demasiado sensata como para hacer eso. Te prometo que, cuando encuentre al señor Dishforth, no me escaparé con él.

Se llevó una mano al corazón, sellando la promesa.

Satisfecha, Tabitha se apresuró a llevar a cabo su rescate y Daphne se dedicó a estudiar a todos los asistentes al baile de los Seldon. Probablemente, era la primera Dale que entraba en aquel lugar profano.

Por ahora, todo va bien, pensó, teniendo en cuenta que llevaba allí casi una hora y todavía no la habían deshonrado. Ni vendido a un harén de Oriente.

Tabitha había jurado y perjurado que no había nada fuera de lo normal en la residencia del duque de Preston. Sí, el salón rojo era un poco ostentoso, pero también era lo que cabía esperar de un enclave ducal.

Y Daphne tenía que admitir que, a simple vista, no quedaba nada del Club del Fuego Infernal* ni de ninguna otra organización dedicada al desenfreno.

Sospechaba que esas pruebas incriminatorias se ocultaban en el sótano.

Se hizo a sí misma una advertencia: no bajar a la bodega.

Sin embargo, teniendo en cuenta que lo había arriesgado todo para ir allí aquella noche, el sótano sería la menor de sus preocupaciones. Sobre todo si su familia descubría lo que había hecho.

En su defensa tenía que decir que había acudido al baile con la intención más noble. Porque *él* iba a estar allí. Su señor Dishforth.

Y, tras aquella noche, la suya ya no sería sólo una aventura amorosa basada en las cartas.

Oh, ella sabía exactamente lo que iba a ocurrir. Levantaría la vista y sus miradas se encontrarían. Él le sonreiría. Le dedicaría una amplia sonrisa de deleite por haberla encontrado.

Y en ese momento mágico ambos sabrían que habían encontrado a la pareja perfecta.

Dishforth iría vestido con elegancia y buen juicio. No con cascadas y montones de encaje, simplemente con una chaqueta de impoluto corte Weston, un excelente pañuelo blanco de cuello con un sencillo pero escrupuloso nudo Mailcoach, y sería muy apuesto. Tal vez incluso más apuesto que Preston.

Oh, sí, le había concedido aquello a un Seldon. Preston era un demonio muy atractivo. Todos los hombres de su familia tenían fama de serlo.

---

* El Club del Fuego Infernal fue una sociedad elitista hedonista de la Inglaterra del siglo XVIII, fundada por Phillip, duque de Wharton. El club operó entre 1749 y 1766 y aglutinó a gran cantidad de destacadas figuras tanto de Gran Bretaña como de Estados Unidos. (*N. de la T.*)

Daphne suspiró. Si el señor Dishforth fuera sólo la mitad de apuesto...

Entonces levantó la mirada y se dijo que aquello era simplemente un sueño ridículo y caprichoso.

Y era sólo eso, un capricho tonto, hasta que miró al otro lado del salón y ocurrió exactamente lo que pensaba que debía ocurrir.

—Oh, aquí estás —dijo el conde de Roxley cuando Henry intentó entrar discretamente en el salón de baile.

Normalmente llegaba pronto a los eventos sociales, pero esa noche se había retrasado. Y era el baile de compromiso de Preston, nada menos.

Hen se iba a poner furiosa con él.

Y el conde no estaba ayudando a que su entrada fuera discreta.

—Ah, hola, Roxley —dijo Henry.

No le tenía demasiado aprecio al molesto amigo de Preston, porque nunca podía llegar a comprenderlo del todo. Y ahí estaba, comportándose como si hubieran sido amigos desde niños. Como Preston se iba a casar, probablemente el conde estuviera buscando a un nuevo compañero con el que seguir haciendo travesuras en sociedad.

Henry se estremeció al pensarlo y estaba a punto de excusarse cuando vio al conde con otra luz.

Un hombre de mundo.

Cielo santo, Roxley era el hombre perfecto para ayudarlo, porque era una fuente de información en lo que se refería a la alta sociedad, sobre todo en lo relacionado con las damas.

En especial, para encontrar a una.

Así que Henry se animó un poco. Después de todo, Roxley y Preston habían puesto ese maldito anuncio; ahora Roxley podría ayudarlo a zanjar el asunto. Era irónico y apropiado.

—Me alegro de volver a verte —dijo Henry, intentando sonreír.

—Por supuesto —contestó el conde, y le dio una palmada en la espalda, como si ésa fuera su forma de saludarse—. ¿Me he perdido algo?

—No sabría decirte —respondió Henry—. Acabo de llegar.

—¿Tú? —preguntó Roxley, mirando a Henry con atención—. No es propio de ti.

Cierto. Últimamente estaba haciendo muchas cosas que no eran propias de él. Por ella. La señorita Spooner.

El conde siguió diciendo:

—Preston mencionó que últimamente te has estado ocultando. Me pidió que te echara un ojo.

—¿A mí? —Henry negó con la cabeza—. Yo nunca me escondo.

—Eso le dije a Preston —afirmó Roxley—. Pero aquí estás, acechando desde los rincones de tu propio salón. Si no te conociera mejor, diría que estás buscando a alguien.

¡Oh, santo Dios! ¿Era tan evidente? Aun así, Henry intentó no avergonzarse.

—¿Por qué dices eso?

Entonces, Roxley, que normalmente parecía medio atontado y hacía cosas insensatas, lo miró con atención y fijeza, como esa arpía que tenía por tía, lady Essex.

—Porque has mirado hacia la puerta tres veces en pocos minutos, y has inspeccionado la zona de baile en dos ocasiones. ¿Quién es ella?

—Nadie. Debes de estar...

—Querido amigo, no intentes despistarme. Me gano la vida engañando a los porteros de los clubes. ¿Quién es ella?

Y se quedó ahí parado, dispuesto a escuchar su confesión.

Henry apretó los labios, porque no le había contado absolutamente a nadie lo que había hecho: contestar a la carta y entablar correspondencia con una mujer de nombre ridículo, la señorita Spooner. Esperaba que no fuera su apellido real.

Tampoco pensaba hacerle ninguna confesión a Roxley. Aunque aquella noche había algo diferente en el conde. Tal vez fuera que no había llegado envuelto en una nube de brandy, y su mirada era clara y perspicaz.

—Yo... es decir... —empezó a decir Henry.

Roxley levantó una mano para hacerlo callar.

—Tendremos que esperar. Ahí está mi tía. Viene navegando a toda vela, con lady Jersey en su estela. —Se estremeció—. Si ese par me coge, estoy perdido. —Se escabulló hacia la habitación que tenían detrás y abrió la puerta que daba a los jardines lo justo para poder pasar—. Buena suerte con tu búsqueda. Me temo que en estos momentos debo salir.

Hizo ademán de marcharse, pero se dio la vuelta y añadió:

—Permíteme un consejo: fuera lo que fuera lo que ibas a contarme, no se lo digas a tu hermana.

Señaló con la cabeza hacia un lado y se marchó.

Henry miró en esa dirección y vio a Hen y a Preston enzarzados en lo que parecía ser una conversación tensa. Seguramente sería la continuación del debate que él mismo había interrumpido esa misma mañana. Lo rememoró una vez más, pero seguía sin creerse que su familia deseara eso de él.

—Preston, la única solución es asegurarse de que él no la vea. No ahora.

Hen había levantado la mirada, había visto a Henry en el umbral y había cerrado la boca de golpe.

—¿Quién no tiene que ver a quién? —había preguntado él.

Hen se encogió, pero se recuperó rápidamente e intercambió una mirada con Preston que decía claramente: «No digas nada más».

¿Por qué, cuando Hen conspiraba, parecía olvidar que eran gemelos y que, por tanto, él conocía todos sus trucos? Henry no tenía ninguna duda sobre cuál era una de las partes a las que querían mantener separadas.

Él.

Pero ¿de quién estaba intentando mantenerlo alejado Hen? Por lo general, su hermana no dejaba de ponerle delante a todo tipo de debutantes y señoritas de buena cuna para que él les diera su aprobación.

¿Y ahora había una mujer a quien no quería que conociera? Habría conseguido despertarle la curiosidad de no ser porque estaba decidido a descubrir la identidad de la señorita Spooner. Aun así, no le haría ningún bien dejar que Hen pensara que se había salido con la suya.

Esa vez no.

—Vamos, Hen, ¿estás diciendo que una hermosa incógnita va a venir a nuestra casa esta noche y que no quieres que esté con ella?

Le guiñó un ojo a Preston.

—Nada de eso —contestó Hen.

Henry entornó los ojos al ver que Preston y Hen intercambiaban una mirada de culpabilidad.

—Soltadlo ya —les dijo, y cruzó los brazos sobre el pecho—. Ya sabéis que odio las sorpresas.

—Díselo tú —le ordenó Hen a Preston.

Como era la mayor, porque había nacido minutos antes que Henry, creía que tenía derecho a delegar en otro las cosas peores.

—¿Yo? —Preston sacudió la cabeza, dejando clara su posición como cabeza de familia—. Lo recibirá mejor viniendo de ti.

Hen no se dejaba convencer tan fácilmente y tenía sus argumentos preparados. Los esgrimió a la vez que escapaba literalmente cruzando la habitación hacia el aparador.

—No será bueno de ninguna de las maneras. Además, ella es responsabilidad tuya. Mía no, desde luego.

Hen se sorbió la nariz, lo que hacía siempre que se daba cuenta de que estaba en una posición desfavorable. Era la hija de un duque y no se bajaba fácilmente de su pedestal.

Henry se dirigió a Preston con el ceño fruncido, esperando una respuesta.

Preston cuadró los hombros y lo soltó:

—Una de nuestras invitadas de esta noche es una Dale.

Henry dejó escapar una carcajada. ¡Una Dale! Era completamente absurdo. Y siguió riéndose hasta que vio que ni su sobrino ni su hermana lo imitaban.

—Estás bromeando —le dijo a Preston, y le dio un suave puñetazo en el brazo.

Tenía que estar de broma.

Preston suspiró.

—No.

No había nada en su pétrea expresión que sugiriera que se trataba de un chiste.

Porque no era algo que un Seldon encontrara divertido.

—Pero no puede... —empezó a decir Henry.

—Pues sí.

—¿Aquí? ¿Esta noche? ¿Estáis seguros de que es una...?

Henry no pudo terminar de decirlo. No fue capaz de pronunciar ese apellido tan mezquino.

Hen no sentía tantos remordimientos y dijo:

—Una Dale. Sí, de eso se trata. Vamos a tener a una Dale entre nosotros y, por lo que parece, vamos a tener que acostumbrarnos.

Terminó de decirlo arrugando la nariz y mirando a Preston de manera mordaz, lo que significaba que la culpa era enteramente suya.

—Eso es una sandez —les dijo Henry—. No la dejéis entrar.

Además, no podía creer que esa mujer se atreviera a poner un pie en su casa.

Sería una Dale, pero tanto los Seldon como los Dale sabían que era mejor no mezclarse.

Sin embargo, Preston lo sorprendió al responder:

—Me temo que no es tan sencillo. Estoy ligeramente en deuda con la señorita Dale.

Henry se quedó helado.

—¿En deuda? Ahora sí que estás bromeando...

—En absoluto —contestó Preston con énfasis.

Tal vez demasiado.

—Es como Preston dice —añadió Hen—. Una situación de lo más desafortunada. —Se giró hacia Preston—. Me alegro de que padre no esté aquí para presenciar este día. ¡Invitar a una Dale a nuestra casa! Impensable.

De esas palabras, hubo una que destacó en la mente de Henry. *¿Invitar?*

—¿No querréis decir...? —empezó a preguntar.

—Sí, me temo que sí —replicó Hen con la expresión de alguien que acababa de pisar algo indeseable al bajar de su calesa—. Preston insistió en que la invitáramos al baile de esta noche y... —Parecía estar intentando tragar las palabras que se le habían quedado atascadas en la garganta. Pero las pronunció rápidamente—. Y a la fiesta en la casa.

—¡Noooo! —exclamó Henry, volviéndose hacia el duque. Por mucho que fuera el cabeza de familia, aquello era totalmente inaceptable—. Preston, no puedes...

Pero, por lo que parecía, sí que podía. Y entonces salió atropelladamente el resto de la verdad. Que era una amiga muy querida de Tabitha... y eso que Henry había pensado que la hija del vicario era bastante respetable. Pero era peor saber que esa Dale malcriada iba a estar al lado de Tabitha en la boda.

—Lo que significa... —empezó a decir Preston, y le lanzó a Hen otra mirada de culpabilidad.

Como si ella pudiera ayudarlo. En lugar de eso, Hen se aclaró la garganta audiblemente y se lavó las manos con respecto al asunto.

—Que tengo que bailar con ella —gruñó Henry.

Oh, había muchas cosas que Henry no era, al menos a ojos de sus parientes Seldon, y un sinvergüenza era una de ellas, pero sí era un experto en la historia familiar y en sus tradiciones.

Y ahora en el baile, horas después, sabía que el honor lo obligaba a hacer lo que le habían pedido.

Eso no significaba que tuviera que gustarle.

Miró a Preston y a Hen, que estaban al otro lado de la estancia, y frunció el ceño. No tenía otra opción que bailar con esa señorita Dale. Pero por suerte, aún disponía de dos horas para encontrar a su señorita Spooner. Sus recientes palabras lo atrajeron hacia la multitud para empezar su búsqueda.

¿Alguna vez paseará la mirada por una estancia y se preguntará si estoy allí, tan cerca, aunque no me vea?

Henry se detuvo para mirar las caras de la triste selección de mujeres que estaban alineadas contra las paredes del salón, pero ninguna de ellas parecía encajar con la imagen mental que se había formado.

Señorita Spooner, ¿dónde diablos está?, pensó mientras se abría paso entre los invitados, recordando las palabras de ella.

¿Cree que alguna vez nos conoceremos? ¿Nos atreveremos? Señor Dishforth, anhelo conocerlo y, sin embargo... temo decepcionarlo...

Sí, entendía esa sensación. Porque aunque su correspondencia había tenido una naturaleza sensata: los libros favoritos, los gustos musicales, las actuales ideas políticas, había sido fácil postergar un encuentro cara a cara. Por lo que Henry sabía, podía estar escribiéndose con una de las tías solteronas de Roxley... o con el propio Roxley, teniendo en cuenta el perverso sentido del humor del conde.

Sin embargo, en la última semana todo había dado un giro inesperado.

Un giro que no podía definirse como sensato.

Anoche permanecí despierto, preguntándome cómo nos podríamos conocer.

Lo había dicho simplemente como un comentario, hasta que ella contestó:

Yo también. En las horas de la madrugada antes del alba, me descubrí acercándome a la ventana, apartando las cortinas y preguntándome cuál sería su tejado. Bajo qué alero dormiría usted. Dónde podría encontrarlo...

La imagen de aquella mujer atrevida buscándolo durante las últimas horas de oscuridad le había hecho pasar una noche de lo más inquieta.

Le había escrito expresamente que asistiría a aquel baile. Que quería verla vestida de rojo, porque ella había afirmado que era su color preferido, y que la encontraría.

Volvió a mirar a Preston, a quien Hen tenía apresado en la conversación, y decidió no rescatar a su sobrino después de todo. En lugar de eso, comenzó a buscar a la señorita Spooner.

Si la encontraba antes del baile de la cena, esa despreciable señorita Dale podía quedarse colgada en lo que a él refería. Ya hubiera tradición o no.

Lo único que tenía que hacer era esperar que la señorita Spooner, fuera cual fuera su verdadero nombre, hubiera sido invitada, aunque parecía que todos los miembros de la alta sociedad que aún estaban en Londres se encontraban apiñados en su salón de baile.

Sin embargo, pronto se dio cuenta de que su búsqueda tal vez no fuera tan sencilla como había pensado. Porque, al parecer, la mitad de las damas de la alta sociedad habían decidido vestir de rojo.

Muselina roja. Seda roja. Incluso terciopelo rojo. Rojo en todas sus tonalidades.

—¡Santo Dios! —dijo.

¿Cómo iba a saber él que el rojo era el color más popular aquella temporada? Eso era lo que ocurría al tener una hermana que estaba constantemente de luto. Los únicos colores de moda que él veía eran el negro, el gris y la actual elección de malva de Hen.

Siguió recorriendo la habitación, saludando con la cabeza a amigos y conocidos, pensando divertido que, menos de un mes antes, casi todos los que estaban en esa habitación le habían dado la espalda a la familia Seldon debido al comportamiento inmoral de Preston.

Ahora, el compromiso del duque con la respetable señorita Timmons había borrado años de fechorías a ojos de la sociedad.

Henry negó con la cabeza. Nunca había comprendido la naturaleza caprichosa de...

No pudo terminar ese pensamiento porque, en ese momento, la multitud se apartó y su vista recayó sobre una joven dama, una visión espectacular desconocida en seda roja, una melena rubia cayéndole sobre los hombros desnudos en una tentadora cascada de rizos.

Entonces, esa visión desconocida se dio la vuelta, como si él hubiera tirado de ella, y lo miró.

Ella abrió un poco más los ojos por la sorpresa, sólo un poco, y sonrió. Sonrió levemente, pero él se sintió como si lo hubieran arponeado, dejándolo clavado en el sitio, mientras las inolvidables líneas de una de las últimas cartas de la señorita Spooner resonaban en su mente:

Señor Dishforth, sus palabras y sus deseos me han tomado por sorpresa. No sé qué decir. Pero cuando nos conozcamos, no tengo ninguna duda de que encontraré las palabras para expresarle mi afecto.

Henry intentó respirar pero, aparentemente, cuando uno encontraba su destino, dejaba de respirar.

¡Santo Dios! Tenía que ser ella. La señorita Spooner.

No podía decir por qué lo sabía, pero lo sabía. Su escurridiza pequeña descarada, con sus respuestas mordaces y sus secretos encantadores estaba allí. Al otro lado del salón.

Práctico hasta la médula, a Henry no le importaba cómo lo había hecho el destino, sólo que lo había hecho, y no iba a permitir que algo tan etéreo como el azar o la casualidad la apartara de él.

Lord Henry, el Seldon más respetable y sensato de todos los tiempos, descubrió de repente a su libertino interior y atravesó la estancia a grandes zancadas.

Sin embargo, una cosa era descubrir que podía ser un libertino y, otra muy distinta, ponerlo en práctica.

Porque no tenía ni idea de qué decir cuando se encontrara cara a cara con ella.

¿Y si no se trataba de la señorita Spooner? No pensaba ponerse en ridículo.

Pero ¿y si era ella?

Solamente había una manera de averiguarlo.

Así que, dejando a un lado el decoro y los buenos modales, hizo una reverencia. Y cuando se incorporó, dijo lo primero que se le ocurrió.

—¿Me concede este baile?

Capítulo 2

Permítame decirle que sus palabras, señorita Spooner, su confesión, me han cautivado. Anhelo conocerla... a pesar de que hemos prometido no hacerlo hasta que los dos lo deseemos. Por eso paso las noches buscándola de la única manera que sé, acechando todos los bailes, soirées, e incluso en el teatro, que Dios me ayude, esperando un encuentro que estaría en manos del destino y que me permitiría coger sus dedos, llevármelos a los labios y susurrarle al oído: «Por fin, señorita Spooner, nos conocemos».

Una carta del señor Dishforth a la señorita Spooner

*M*e concede este baile?

Daphne asintió, porque no podía hablar.

Ella, la señorita Daphne Dale, la soltera más práctica procedente de Kempton, estaba sufriendo la dolencia más formidable que una dama podía sufrir.

Amor a primera vista.

No es amor, intentó decirse, porque no estaba segura de que ese hombre fuera el que buscaba.

Pero no importaba, aquél era el caballero que su corazón quería y su cuerpo parecía reconocerlo sin necesidad de razones sensatas.

Era una idea ridícula, y aun así...

Le puso una mano en la manga y los dedos le temblaron ligeramente hasta que descansaron en la lana de su chaqueta. Allí, bajo el suave tejido y la camisa de lino, se ocultaba la sólida calidez de su brazo musculoso.

No era ningún dandi, ningún necio. La recorrió el mismo estremecimiento que había sentido al leer el anuncio de Dishforth en el periódico como si fuera una señal, como las notas de un petirrojo en primavera que cantaba:

Aquí estoy.

Daphne caminó a su lado hacia la zona de baile un poco aturdida. ¿Qué podía decir? ¿Cómo podía preguntarle si era Dishforth? No le importaba haber aceptado bailar con él sin que los hubieran presentado adecuadamente.

Y cuando levantó la mirada hacia él, hacia aquel atractivo canalla de fuerte mandíbula, cabello leonado de color castaño dorado y profundos ojos azules que despedían una luz increíble, supo que tenía que ser el hombre que estaba destinada a conocer en aquella noche fascinante.

Porque cuando volvió a mirarlo, su vívida imaginación se apoderó de ella y lo único que pudo ver fue a aquel hombre inclinando la cabeza para robarle un beso.

En sus brazos, sería incapaz de resistirse. Él le rozaría los labios con los suyos y sólo con pensar en ello se le hizo un nudo en las entrañas y sintió un deseo que no había experimentado jamás.

Él, y solamente él, sabría cómo desenredar ese nudo, con sus besos, con sus caricias... mientras sus dedos le desabrochaban las cintas de la camisa...

Daphne casi tropezó. ¿Qué le ocurría?

Entonces la música comenzó y él le agarró una mano mientras le ponía la otra en la cadera con gesto posesivo. Cuando la tocó, ella sintió que un estremecimiento la recorría, confirmando lo que había sospechado momentos antes: que ese hombre podía dejarla hecha un nudo de deseo y después desenredarle los sentidos enmarañados con sus caricias.

Él la acercó más y Daphne debería haber protestado... podría hacerlo... pero esa noche estaba tan llena de promesas y aventuras que se permitió olvidar lo que era correcto y necesario.

¿Qué había escrito Dishforth?

¿Alguna vez ha deseado bailar donde quisiera?

Sí, lo había sentido. Muchas veces. Y ahora lo haría.

Levantó la barbilla, desafiando a cualquiera a que se lo impidiera, y sonrió a su compañero de baile mientras él comenzaba a hacerla girar con las primeras notas.

—Es usted bastante osada, señorita...

Sus palabras se apagaron, como si esperara a que ella se presentara, lo que deberían haber hecho antes de bailar.

—¿Lo soy?

No iba a permitir que ese momento mágico terminara con el horrible descubrimiento de que no era Dishforth. Tenía que serlo porque ¿cómo si no ese hombre conseguía que toda ella temblara?

—Sí, es usted bastante osada.

Daphne, que nunca había tenido un momento de osadía en su vida, hasta hacía unos instantes, sintió que se le iluminaban las entrañas, como si se hubieran encendido a la vez todas las velas de Londres.

El hombre que la sostenía sonrió.

—Por bailar con un hombre que no le ha sido presentado formalmente. —No había censura en sus palabras, sólo un brillo travieso en sus ojos—. Yo podría ser cualquiera.

—Lo dudo.

Él enarcó las cejas e hizo un esfuerzo por parecer indignado, pero la luz de sus ojos decía algo totalmente diferente.

—¿Lo duda? Entonces, ¿quién soy?

—Un caballero —contestó ella, porque lo cierto era que había algo en sus rasgos que le resultaba muy familiar.

Como si supiera quién era pero no pudiera recordarlo.

—¿Cómo puede estar tan segura?

La apretó un poco más contra él. Más cerca de lo que se consideraba apropiado, porque ahora ella estaba contra su cuerpo musculoso, íntimamente pegada.

Intentando tranquilizar a su corazón desbocado, Daphne levantó la barbilla, como diciendo que no iba a cambiar de opinión.

—Usted no estaría aquí si no lo fuera.

—No conoce muy bien a los Seldon, o no diría eso —bromeó él.

Ella se rió... porque por fin conocía a alguien que compartiera sus opiniones.

—No puede ocultar quién es —le dijo—. Además, tengo la sensación de que ya nos conocemos.

—No veo cómo.

—¿Qué quiere decir?

—Recordaría haberla conocido. —Frunció el ceño—. Y siento no haberlo hecho antes.

Daphne se animó. Por ahí podía comenzar sus pesquisas.

—Yo he estado en Londres durante casi toda la temporada de eventos —le dijo, mostrándose de acuerdo con él y un poco asombrada por cómo había sido posible no haberse visto antes. Había pasado todo ese tiempo en Londres... ¿por qué no había visto a ese hombre?—. ¿Y usted?

—Sí, por supuesto —contestó, y se encogió de hombros con indiferencia, como si la respuesta fuera obvia—. Yo vivo en Londres.

Un punto confirmado en la columna de «él es Dishforth».

—¿Vive usted aquí? —repitió ella, para asegurarse.

—Sí, y bastante cerca, de hecho.

Sonrió como si hubiera hecho una broma.

Pero Daphne no se dio cuenta, porque estaba demasiado ocupada verificando mentalmente el punto de «vive en Mayfair».

Para ser sinceros, si no se hubiera enamorado de ese hombre en el momento en que lo vio, él estaba haciendo todo lo posible por asegurarse su afecto.

Una casa en Mayfair... Eso sí que era llegar al corazón de una chica práctica.

Daphne no pudo evitar suspirar.

—¿Y usted? —se apresuró a preguntar él.

—¿Perdón? —dijo ella.

Por lo que parecía, el hecho de compartir información iba a ser *quid pro quo.* Desafortunadamente, Daphne se había distraído pensando que, si tenía una casa en Mayfair, con toda probabilidad tendría también una propiedad en el campo...

Apretó los labios para evitar sonreír. No debería ser tan obvia.

—¿Vive usted en Londres? —repitió él.

Negó con la cabeza.

—No. —Al ver que él parecía un tanto decaído por la noticia, añadió rápidamente—: Como he dicho antes, he venido por la temporada social. Estoy aquí desde mayo.

Aquellas palabras consiguieron animarle el semblante.

—¿Y ahora que la temporada ha terminado?

—He encontrado razones para quedarme.

—¿Razones? ¿Tienen que ver, tal vez, con cierto caballero?

—Puede ser —contestó, sonriéndole.

El hombre miró a su alrededor, como si estuviera buscando a alguien.

—¿Tengo que preocuparme porque él llegue y se ofenda al ver que la estoy abrazando de esta manera?

Como si quisiera enfatizar sus palabras, la apretó aún más contra él.

Oh, cielo santo, si lady Essex encontraba sus impertinentes antes que la cajita de sales...

—Creo que está bastante cerca —afirmó Daphne.

—¿De verdad?

—De verdad.

—¿Es un caballero?

Ella asintió.

—¿Como yo?

Daphne sonrió.

—Sí, definitivamente, como usted.

—No creo que hayamos establecido que yo sea un caballero —le recordó él.

—Sé que lo es.

—¿Y cómo es eso?

Daphne se inclinó un poco hacia atrás y lo recorrió con una mirada crítica.

—La chaqueta lo revela todo de un hombre.

—¿Ah, sí? ¿Y qué revela la mía?

—El corte es excelente, pero no demasiado caprichoso. La lana es cara y está bien teñida. Los botones son de plata, y el diamante de su alfiler es antiguo. Me atrevería a decir que es una reliquia de familia. De buen gusto, pero no excesivamente grande ni ostentoso.

—¿Lo que significa...?

—Que no es ningún caprichoso cuyos gustos exceden sus ingresos. Prefiere ser sensato y elegante antes que ir a la última moda. Tiene un ayuda de cámara excelente, porque su chaqueta está perfectamente cepillada y su pañuelo de cuello bien anudado. No me cabe duda de que es usted un hombre refinado y de buena educación. Un caballero.

Él abrió mucho los ojos, divertido.

—¿De verdad?

—De verdad —replicó ella, y empezó a sentir que le temblaban las entrañas.

¿Estaba coqueteando? Nunca antes había coqueteado. Daphne procedía de una familia de bellezas extraordinarias, de las que inspiraban poemas, duelos y cortejos intensos, y siempre se había considerado bastante mediocre. Y demasiado práctica para ponerse a flirtear.

Pero no cuando ese hombre la miraba.

—Es usted una atrevida —estaba diciendo él, sacudiendo la cabeza.

—En absoluto —contestó Daphne, y se preguntó si estaba intentando probarla...

Repasó mentalmente todas las líneas que había memorizado de las cartas de Dishforth.

Es decir, casi todas.

¿Dishforth haría tal afirmación? ¿Le gustaría que ella fuera una descarada?

Sin embargo, no tuvo que preocuparse por eso, porque ese hombre, su caballero desconocido, se inclinó hacia ella y le susurró al oído:

—La encuentro perfecta en todos los sentidos.

Él se quedó un momento así, muy cerca, como si estuviera a punto de besarla. Si ella se atrevía a levantar la cabeza y mostrarle los labios, ¿lo haría?

Su cálido aliento la hacía estremecerse, como si sus manos hubieran trazado una peligrosa línea por su espalda y la hubieran liberado de la seda roja, dejándola desnuda.

¿Desnuda? Daphne intentó respirar. ¿Qué le ocurría? Dishforth esperaba una compañera sensata y respetable.

Anoche abrí mi ventana y lo llamé en voz baja y suave, convencida de que la brisa le llevaría mi súplica. Y después esperé. A que usted viniera, se quedara bajo mi alféizar y me pidiera que lo siguiera. Sabe que lo haría. Lo seguiría. Al corazón de la noche.

Bueno, que fuera sensata y respetable la mayor parte del tiempo. En su defensa, tenía que decir que había escrito esas palabras en una noche de insomnio, y tras haber comido demasiados dulces.

Siguieron girando en la pista de baile. Cerca de la línea invisible que separaba a los danzantes del resto de la multitud estaban Tabitha y su querido Preston.

Daphne y su compañero pasaron girando rápidamente a su lado y Daphne alcanzó a ver que Tabitha abría la boca, asombrada, y después lo hacía Preston.

Ni siquiera tuvo tiempo para articular las palabras «Creo que es él». Pero por la expresión de Tabitha, una mezcla de asombro y conmoción, Daphne supo que había descubierto al hombre por el que tanto había arriesgado.

Entonces su compañero se hizo eco de sus pensamientos.

—La he estado buscando, mi señorita misteriosa.

¿Ah, sí?

—¿De verdad? —jadeó ella, e intentó desesperadamente tranquilizar su corazón desbocado mientras aseguraba otro punto en su lista.

Me ha estado buscando. Si eso no era prueba suficiente...

Daphne, no te precipites, le advirtió la omnipresente voz de la razón.

—Por supuesto —contestó él—. Por eso no necesitábamos que nos presentaran.

En absoluto, pensó ella mientras miraba sus ojos de un profundo color azul, que reflejaban un deseo intenso y peligroso por ella... sólo por ella.

Le estaba diciendo quién era él...

Pero no lo suficiente.

Daphne se enderezó y replicó:

—Pensé que usted había evitado los buenos modales en un intento de eludir a mi carabina.

Él paseó la mirada por el salón.

—¿Se trata de un viejo dragón? Creía que la lista de invitados era un poco más exclusiva.

Ella se rió.

—Está bien disfrazada. Pero no diga que no se lo advertí. Es aterradora.

—Me doy por avisado —dijo, y volvió a echar un vistazo por la estancia, como si buscara a esa feroz criatura.

—¿Ella habría evitado que usted me pidiera bailar?

Él frunció el ceño.

—¿De qué tipo de ferocidad estamos hablando? ¿Es de las que echan fuego por las fauces o se trata del tipo más común de criatura amenazadora, llena de escamas y dientes?

Daphne soltó una risita.

—Oh, definitivamente, de las que echan fuego.

Él asintió.

—Tomo nota para ponerme la armadura antes de que usted nos presente.

Ella vio una oportunidad y la aprovechó.

—¿Y a quién tendría yo que presentar?

Sin embargo, su compañero era muy astuto. Sacudió la cabeza, negándole la información.

—Eso debe descubrirlo usted, si no lo ha adivinado ya.

—Eso no es posible —le dijo ella.

—¿No? ¿No quiere descubrir quién soy?

—Oh, sí, me encantaría saber quién es usted, pero sería muy difícil identificarlo cuando mi carabina lo haya chamuscado.

Aquello hizo que el pícaro sonriera ampliamente.

—Entonces, debe esforzarse por descubrir quién soy antes de que ocurra ese desafortunado incidente, aunque sólo sea para informar a mi familia y a mis amigos de mi valiente muerte.

—¿Y a quién tendría que informar?

—Dudo que tenga que decírselo —replicó él—. Me atrevería a afirmar que usted ya sabe quién soy.

—Puede —admitió ella.

Él volvió a inclinarse y sus labios se detuvieron justo encima del lóbulo de su oreja.

—Yo la conocí al instante.

El conde de Roxley se adelantó y llenó el espacio que Daphne había dejado vacío.

Harriet miró por encima de su hombro.

—Milord.

—Señorita Hathaway. —Sonrió—. ¿Estás disfrutando de la velada?

Harriet asintió con la cabeza y reprimió la contestación que realmente deseaba darle.

Disfrutaría todavía más si me pidieras bailar, perro callejero.

Desafortunadamente, a las damas no se les permitía ser sinceras cuando interactuaban con los caballeros.

Por supuesto, eso implicaba que ella era una dama y que Roxley era... Bueno, Roxley era lo que era.

Él se acercó un poco más.

—¿Dos veces, Harry?

Ella levantó la barbilla e ignoró el estremecimiento que sus palabras le provocaron.

—Me sorprende que te hayas dado cuenta, teniendo en cuenta que has estado ausente la mayor parte de la velada. ¿Qué ocurre, milord, no hay suficientes viudas bien dispuestas para mantener tu interés?

Roxley pasó por alto el comentario mordaz y continuó diciendo:

—No volveré a decírtelo; ese hombre no es buena compañía para ti.

Por supuesto, estaba hablando de Fieldgate.

Ella le lanzó una mirada al conde, con la esperanza de que le hiciera sentir lo mismo que sus palabras susurradas le habían hecho sentir a ella.

—Qué alivio.

—¿Cómo?

—Si no vas a volver a hablar de ello, no tendré que volver a escuchar tus aburridos sermones.

Ella sonrió y dedicó su atención a Daphne, que estaba bailando con un hombre muy apuesto. Y, por su brillante sonrisa y la cálida luz que había en sus ojos, sospechó que había encontrado a su señor Dishforth.

—Harry, te lo advierto...

Harriet perdió la paciencia, desvió la vista de Daphne y de su misterioso acompañante y fulminó con la mirada al conde de Roxley.

—Entonces, haz algo al respecto.

Dispárale. Cuéntaselo a mis hermanos. Declárate.

Todo lo que ella quería que hiciera.

Pero lo único que consiguió fue su silencio.

Él apretó mucho los labios, desvió la mirada, se apoyó en la pared y fingió que no la había oído.

Sí, eso era. Si quería tener voz y voto en su vida, tendría que hacer algo.

Pero no lo haría.

Durante los últimos tres meses se habían encontrado en varias ocasiones y habían bailado al borde del precipicio.

Así que Harriet se limitaba a bailar con Fieldgate y a ignorar las quejas de Roxley.

Daphne pasó girando a su lado y Roxley se enderezó.

—¿Es ésa la señorita Dale? —preguntó.

—Sí —contestó Harriet, y miró a Daphne para ver por qué Roxley parecía tan alarmado.

—¿Con lord Henry? —continuó diciendo él.

—¿Lord Henry? —Harriet se puso de puntillas—. ¿Se trata de él?

—Sí.

Roxley sacudió la cabeza.

—¿Qué lord Henry?

Roxley miró a Harriet.

—Lord Henry Seldon. El tío de Preston.

Silbó por lo bajo y continuó mirando a la pareja, que bailaba sin parar.

—¿Seldon? —susurró Harriet—. ¡Oh, no!

—¿Qué están haciendo juntos?

—No creo que sepan quién es el otro —le dijo Harriet.

Volvió a ponerse de puntillas para buscar a Tabitha.

Aquello iba a ser un desastre.

—Su ignorancia no durará.

El conde señaló con la cabeza a su tía, lady Essex, que estaba observando a la pareja con aire de inminente fatalidad. Después inclinó la cabeza en la otra dirección, hacia la mujer que iba de medio luto, que parecía igual de horrorizada.

—La hermana de lord Henry, lady Juniper, parece dispuesta a asarlo vivo —añadió.

—Si no tuvieran que descubrir la verdad... —musitó Harriet—. Parecen bastante enamorados.

—¿Enamorados? ¿Puedes verlo desde aquí?

Roxley se enderezó por completo para mirar mejor a la pareja.

—Por supuesto que sí. Observa cómo la mira.

El conde se encogió de hombros.

—Puede que sólo sea su vestido lo que hace que él esté en tales aprietos. —Entonces volvió a mirar a Harriet—. Además, ¿qué sabes tú de las miradas de los hombres?

—Por si no te has dado cuenta, ya no soy la chiquilla a la que te gustaba tomarle el pelo. Y no soy tan joven como para no darme cuenta de cuándo un hombre mira a una mujer como lord Henry está mirando a Daphne. Está enamorado.

Roxley sacudió la cabeza.

—Harry, eras más coherente cuando me pediste que me casara contigo hace años.

—Yo nunca te he pedido...

Él sonrió.

—No, supongo que no me lo pediste... más bien me lo ordenaste. De niña eras una descarada mandona. Y sigues siéndolo, años después.

—Roxley... —empezó a decir ella con un tono de advertencia.

—No vas a tumbarme de un puñetazo como hiciste la última vez que te rechacé, ¿verdad?

Harriet se cruzó de brazos y se contuvo para no hacerlo.

Para no tumbarlo.

En vez de eso, sonrió.

—¿Eso hice? —preguntó, toda inocente.

—Sí, eso hiciste —replicó él.

—Ah, ahora lo recuerdo. —Inclinó la cabeza y volvió a sonreír—. Pero parece que tú lo recuerdas mejor, porque no paras de repetírmelo cada vez que nos vemos.

—Por supuesto que lo recuerdo. Fue un momento bastante humillante, debo decir.

—Oh, ¿no estás exagerando un poco? —dijo Harriet—. Tenías doce años. Y me atrevería a decir que, desde entonces, has hecho mucho más el ridículo... y sin ayuda de nadie.

—Puedes decirlo. Aun así, es condenadamente embarazoso ser tumbado por una niña.

—Entonces, no deberías haber rechazado mi oferta.

Harriet sonrió con superioridad, porque aquella respuesta era casi tan satisfactoria como el puñetazo original.

Pero en el boxeo el adversario siempre podía sorprenderte.

Roxley se inclinó hacia ella.

—Entonces, vuelve a pedírmelo, Harry.

—No lo haré —afirmó ella, aunque, para su disgusto, se estremeció para no pronunciar las palabras que casi acudieron a sus labios. *Oh, Roxley, por favor, cásate conmigo.*

—Sabes que quieres hacerlo —dijo él, engreído.

Había sido esa misma actitud condescendiente la que lo había metido en problemas a los doce años.

—Prefiero pegarte —contestó ella.

Cruzó los brazos sobre el pecho y contuvo las palabras que había en el interior de su corazón con una determinación que rivalizaba con la de Roxley.

—Seguro que lo harías.

Oh, por supuesto que lo haría.

Roxley se enderezó, alisando su chaqueta inmaculada. Señaló con la cabeza a Daphne y a lord Henry.

—¿Quieres apostar sobre si el baile de la señorita Dale y de lord Henry llega a algo?

—Espero que sí —dijo Harriet, deseando no haber sonado tan anhelante. Era el resultado de tener a Roxley tan cerca.

Él siempre le hacía eso: conseguía que se le hicieran nudos en las entrañas. Por los deseos no satisfechos...

Roxley, maldita fuera su estampa, se acercó aún más, como si supiera exactamente cómo la hacía sentirse.

—Eres de naturaleza romántica, Harry. ¿Quién lo habría dicho?

—Alguien debería tener una oportunidad de ser feliz.

Y no se refería a Daphne y a lord Henry.

¿Él la conocía? Afirmaba saber quién era ella...

—¿De verdad? —consiguió preguntar Daphne casi sin aliento, sintiéndose al borde de algo que nunca antes había imaginado. Un poco desconcertada por estar en desventaja.

—De verdad.

No eran sólo dos palabras, sino más bien un dictamen. Una posesión. Sabía quién era ella, y la deseaba.

—¿Y cómo puede ser? —preguntó Daphne.

—Usted centellea, mientras que las demás mujeres de este salón sólo brillan.

Daphne, con quien nadie antes había coqueteado, se echó un poco hacia atrás.

—Yo no centelleo.

—Sus ojos sí —le susurró al oído.

¿Sabría él lo que le provocaba el calor de su aliento al acariciarle la oreja, el cuello? ¿Los torbellinos de deseo que le hacía sentir por todo el cuerpo?

Él siguió diciendo:

—Sabía que algún día una dama con ojos exactamente igual que los suyos me robaría el corazón.

—¿Quiere decir azules?

Él negó con la cabeza y sonrió ante esa respuesta tan práctica.

—¿Como *delphiniums* o jacintos silvestres? —sugirió ella.

La verdad era que siempre había pensado que los poetas y sus comparaciones florales eran una sarta de sandeces, pero en ese momento la idea de que la compararan con algo romántico, como les ocurría con frecuencia a sus primas Dale, le pareció demasiado tentadora.

—En absoluto —contestó él, estropeándole ese instante maravilloso. Pero no por mucho tiempo—. Sus ojos tienen el matiz de la inteligencia, capaces de atravesar el corazón de un hombre con sólo una mirada. Como han hecho con el mío.

¿Él pensaba que era inteligente? Daphne debería haber dicho algo, espetarle su nombre, preguntarle si realmente era Dishforth, pero en ese momento rutilante vio a lady Essex por el rabillo del ojo.

Y la anciana no parecía nada contenta.

—Oh, cielos —murmuró.

—¿Qué ocurre? —preguntó él, y giró la cabeza en esa dirección.

—No, no lo haga —le pidió, tirando de él en dirección opuesta, lo que hizo que casi chocaran con otra pareja—. ¡No mire!

—¿Por qué no?

—Mi carabina. No parece complacida —susurró Daphne, mirando con cuidado por encima del hombro de Dishforth y, luego, de nuevo a él—. ¿Quién es usted?

—Le aseguro que esa mujer no tiene nada que temer de mí. Además, será mejor que se acostumbre a verme agarrarla así.

Y dicho eso, la atrajo más hacia él, escandalosamente cerca.

—Oh, no debe hacer eso —le dijo ella, pero se acurrucó contra él.

Contra su robusto pecho, sus brazos firmes, contra sus muslos largos y potentes.

Oh, sí, hágalo.

Mientras Daphne intentaba mantener el decoro, el hombre que la abrazaba de repente se enderezó, con la mirada fija en una esquina del salón.

—Santo Dios, ¿y ahora qué? —murmuró él.

—¿Es mi guardiana? —preguntó ella, y se giró para mirar en esa dirección.

Él la hizo volverse, impidiéndole ver la causa de su consternación.

—No, peor aún. Mi hermana parece estar alterada por algo.

—¿Su hermana?

Daphne se animó, porque ése era otro punto que podía confirmar en la lista de «Sí, soy Dishforth». Porque en más de una ocasión, el señor Dishforth había mencionado a su hermana.

—Sí, mi hermana. Pero no me pida que se la presente. Me atrevería a decir que es más feroz que el dragón de su carabina.

—Yo no estaría tan segura —le dijo Daphne, que sabía muy bien qué clase de adversaria era lady Essex.

—¿Por qué estará tan agitada? —murmuró él.

Daphne no pudo responder, porque vio a lady Essex y a Tabitha abriéndose paso entre la multitud hacia ellos.

Daphne se dio cuenta entonces de que la pieza se estaba acabando. Las últimas notas se desvanecieron, dando fin tan repentinamente a su baile, a su primer baile, se corrigió ella, que se detuvieron bruscamente. En lugar de pararse con elegancia, se dio de lleno contra su pecho. Y al ponerle las manos sobre el chaleco para no caerse, fue completamente consciente del hombre que la había reclamado.

Que le había robado el corazón.

No le extrañaba que la pobre Agnes Perts hubiera estado dispuesta a caer en la locura por casarse con John Stakes hacía tantos años. Aunque sólo hubieran tenido una noche juntos.

Bueno, la mitad de la noche de bodas.

Porque Daphne había descubierto que el hecho de ser abrazada así era la locura perfecta. Curvó los dedos sobre los músculos que sentía bajo las palmas y balanceó ligeramente las caderas, buscando deseos que aún le eran desconocidos.

Pero oh, la promesa... la dejaba sin respiración. Levantó la mirada hacia sus profundos y oscuros ojos azules y se sintió atrapada en un hechizo que no quería romper jamás.

Fuera quien fuera, Dishforth o no, no le importó. Por lo que a ella respectaba, podía ser cualquiera.

O eso pensó mientras lo miraba, dispuesta a que ese hombre que tan rápidamente le había robado el corazón le robara mucho más.

Henry agarró el brazo de la belleza que se tambaleaba contra él. El fin de la música la había tomado tan de sorpresa como a él.

Pero era plenamente consciente de esa mujer.

Porque desde el momento en que la había visto al otro lado de la estancia, había sospechado que era la señorita Spooner. ¿Quién más podría ser?

Y, mientras bailaban, ella le había dado todas las pruebas que necesitaba.

Había estado en Londres durante la temporada social. Había demostrado el ingenio y la aguda inteligencia de la señorita Spooner, tanto con sus palabras como con la brillante luz que despedían sus ojos.

Aunque definitivamente tenía cierta edad, él calculaba que habría alcanzado su mayoría de edad, o estaría a punto de hacerlo, no era tan mayor como para que uno se preguntara por qué una belleza como ella no se había casado.

Inspiró profundamente y pensó en sus cartas, en sus palabras. Mordaces, obstinadas, de convicciones férreas.

Esas características en una dama espantarían a la mayoría de los caballeros.

Pero a él no.

La juntó más contra su cuerpo e intentó discernir cuál de las mujeres mayores que avanzaban hacia ellos sería su feroz carabina.

Y cuánto tiempo le quedaba.

—Hay muchas cosas que debemos decirnos —afirmó, mirando sus brillantes ojos azules.

Siempre se la había imaginado así: clara y ligera.

—¿De verdad? —preguntó ella, sonriendo levemente—. Pensé que nos habíamos dicho ya todo lo necesario.

—Cierto —contestó, mostrándose de acuerdo.

Sentía la sangre caliente corriéndole por las venas al tenerla apretada contra él.

Santo Dios, ¿quién era esa descarada? Tampoco le importaba, porque, fuera quien fuera, le había dejado insensible por el deseo. Había mil razones totalmente irracionales por las que la deseaba, y la tendría.

Henry podía sentir que los demás los rodeaban: Hen se acercaba desde detrás de Preston y Tabitha también se aproximaba.

Y, desde algún lugar, también lo hacía la carabina escamosa y temible.

Para empeorar aún más las cosas, ellos seguían allí, en medio de la zona de baile. La música había terminado, las otras parejas se habían dispersado por la estancia y, aunque la multitud se había desperdigado para ocupar espacios vacíos en el salón, todavía había un amplio círculo que los rodeaba.

Lo que hacía que muchas miradas curiosas se centraran en ellos. Las suficientes para que, a la mañana siguiente, todo Londres bullera en cotilleos.

De repente, el hecho de que la mitad de la alta sociedad lo estuviera observando a él, a lord Henry Seldon, y no a su sobrino errante, le resultó perturbador.

Hasta que miró los brillantes ojos de su misteriosa mujer.

La luz que había en ellos le decía que pensaba que era el caballero más pícaro y perfectamente disoluto que había conocido nunca.

—Debería buscar a su carabina —consiguió decir.

Aunque en realidad no deseaba hacerlo.

—¿Ah, sí? —susurró ella, mientras se apretaba un poco más contra él—. ¿Y si...?

Su pregunta quedó flotando en el aire, y él sintió un estremecimiento de advertencia.

No va a ser tan fácil...

Sin embargo, allí estaba ella, entre sus brazos, todo su ser era perfecto... y estaba perfectamente dispuesta.

Soy tuya, parecían susurrar sus descarados labios, entreabiertos y húmedos.

Nunca en su vida Henry había sido el canalla, jamás había sido lo suficientemente Seldon como para forjarse siquiera una reputación de frívolo. Habiendo estado siempre a la sombra de Preston, como el otro heredero, como el Seldon sensato, lo que para su familia era un crimen peor que tener una reputación escandalosa, nunca había encajado realmente.

Incluso Hen había mantenido su reputación en el árbol familiar gracias a sus matrimonios de mala fama.

Tampoco es que a él le hubiera importado. Nunca había querido ser duque, le había parecido que los escándalos eran fastidiosos, ¿y qué decir de la afición de Hen de correr hacia el altar? Se estremeció.

No, lord Henry Seldon se sentía satisfecho siendo normal.

Aburrido, incluso.

Pero no cuando esa mujer lo miraba con esa peligrosa luz de deseo brillando en sus ojos. Algo chisporroteaba en su interior, algo que jamás pensó que poseía.

Y ahora maldecía sus buenos modales mientras miraba sus labios, pensando sólo en una cosa.

En besarla.

En reclamarla. Y después la llevaría a Gretna Green si era necesario, sólo para tenerla para siempre.

Pese a todas las carabinas dragones que echaran fuego por las fauces.

Entonces, todo ocurrió de repente.

Más tarde caería en la cuenta de que el tono de advertencia que ella había tenido al decir «¿Y si...?» había sido la forma del destino de decir «Ten cuidado con lo que deseas».

O, mejor dicho, «con a quién deseas».

—¡Daphne!

—¡Henry!

—¡Santo cielo, suéltala, canalla!

Él supuso que ese último comentario procedía de la carabina.

Mientras se separaban bruscamente, Henry habría jurado que algo frágil y extraordinario se rompía, como si lo hubieran cortado antes de tener siquiera una oportunidad de crecer, de enrollarse a su alrededor, uniéndolos.

Al instante pensó que era una idea ridícula y desvió la vista hacia ella, que parecía perdida, mirando a un lado y a otro mientras los asaltaba el bombardeo de preguntas y de ultrajes.

—¿Qué demonios estás haciendo? —preguntó Preston, mirando primero a Henry y luego a la dama, prácticamente horrorizado.

—Daphne, ¿qué te ocurre?

Fue la carabina de ella quien conmocionó a Henry cuando rodeó a Hen y se abrió paso hasta ellos.

—¡Daphne Dale! ¡Quiero respuestas! Se suponía que tenías que bailar con lord Henry en el baile de la cena. Ahora habrá dos bailes, y eso dará que hablar. —La dama de ojos penetrantes lo fulminó con la mirada, dándole a entender que lo culpaba a él. Por completo—. Como si no se hablara ya lo suficiente.

En realidad, Henry no estaba escuchando, porque sus pensamientos se habían quedado fijos en una cosa.

En su nombre.

Daphne Dale.

La volvió a mirar. ¡Oh, santo cielo, no!

—¿Lord Henry? —consiguió decir la que creía que era su señorita perfecta. Escupió las palabras como si hubiera encontrado un hueso en una tarta de cerezas. Un hueso muy amargo—. ¿Lord Henry *Seldon*?

Ella dio un paso atrás y se frotó los brazos, sacudiéndose cualquier rastro de él que pudiera quedarle, y arrugó la nariz, consternada.

Él no se sentía mucho mejor. ¿Qué clase de hechizo le había lanzado aquella mujer para dejarlo tan ciego? ¿Por qué él no había sido capaz de darse cuenta? La taimada belleza, los rasgos engañosamente delicados y hermosos... Por supuesto que era una Dale.

—Henry, explícate —estaba diciendo Hen mientras tiraba de él para sacarlo de la zona de baile, arrastrándolo hacia la multitud de invitados.

—Daphne, ven conmigo enseguida —ordenó lady Essex en ese mismo momento, y se llevó a su pupila con una indignación que sugería que Daphne estaba a punto de dirigirse al cadalso.

Ella le dirigió una última mirada antes de que la multitud se la tragara, y la vergüenza furibunda y desdeñosa que vio en sus ojos le desgarró a Henry el corazón.

Era como si, de repente, ella fuera el temible dragón.

Y como si tuviera derecho a estar furiosa.

Bueno, le gustaría recordarle que aquélla era *su* casa. Un hogar Seldon. ¿Qué hacía ella, una Dale, allí?

Si no conociera mejor a los de su calaña, habría jurado que había querido seducirlo a propósito. Cautivarlo, tentarlo para que creyera... Sonreírle para que él... él...

¡Santo Dios! Casi la había besado. Delante de toda la alta sociedad.

Mientras tanto, Hen era la furia y a la vez la compostura personificadas, sonriendo a sus invitados mientras le clavaba las uñas en el brazo.

—¿En qué estabas pensando? ¿Cómo es posible que no supieras quién es? Espero que la tía Zillah no te haya visto hacer el ridículo con una de ellos. Sería...

Desastroso. Sí, él lo sabía bien.

—¿Y cómo iba a saberlo? —respondió en su defensa.

Mejor eso que confesar la verdad: que había pensado que Daphne Dale era otra persona.

Contra su buen juicio, miró por encima del hombro hacia ella. Pero, aparte de un destello de seda roja mientras su carabina la sacaba del salón, no había rastro de aquella descarada.

Henry apartó esa visión de su mente. Se la sacudió del corazón, a pesar de que éste le gritaba que la fuera a buscar. Que le exigiera respuestas.

Que consiguiera ese beso...

No. Nada de eso. No besaría a esa descarada. A esa arpía. A esa bruja.

A esa mujer de ojos brillantes que le había robado el corazón.

No, se recordó, esa mujer tenía un nombre.

Y deseó que no fuera precisamente ése.

Capítulo 3

¿Cree que es posible que nos hayamos encontrado? ¿Que nos hayamos visto sin saber quién es el otro? ¿Podría haber sucedido? Porque yo creo, señor, que lo reconocería en cualquier parte.

Fragmento de una carta
de la señorita Spooner al señor Dishforth

*E*l siguiente es el baile de la cena —dijo Harriet alegremente, y se balanceó sobre los tacones de sus zapatos mientras paseaba la mirada por la abarrotada zona de baile.

—No me lo recuerdes —gimió Daphne.

Se estaba desesperando porque, con cada segundo que pasaba y su búsqueda no se resolvía, con cada baile que la dejaba sin respuestas, permanecía bajo la amenaza de tener que bailar con *él*.

Con lord Henry Seldon.

Todavía seguía conmocionada porque el hombre que había pensado, no, que habría jurado, que era el señor Dishforth fuera ni más ni menos que el tío de Preston.

Su tío *Seldon*.

Harriet no se inmutó.

—¿Te has parado a pensar, Daphne, que lord Henry podría ser tu señor Dishforth?

Daphne intentó responder, pero las palabras se le quedaron atascadas en la garganta.

¿Que su señor Dishforth fuera un Seldon? ¿No era suficientemente malo que hubiera pensado, incluso deseado, que aquel canalla la besara?

—No, no puede ser —le dijo a su amiga—. Estoy segura.

—Qué mala suerte.

Harriet se encogió de hombros y siguió observando a la multitud que las rodeaba.

¿Mala suerte? Daphne diría que era una bendición.

No quería recordar la deliciosa sensación de asombro que se había adueñado de todos sus miembros cuando lord Henry la había abrazado, mirándola a los ojos. La dureza de su pecho bajo las manos, el firme latido de su corazón.

Se estremeció. Era precisamente la locura de la que había querido escapar cuando comenzó a escribirse con el señor Dishforth.

Un cortejo sensato, eso era lo que ella buscaba.

Lo que, desde luego, no significaba que algún maldito la dejara desorientada con sus encantos y mentiras de libertino.

No, en algún lugar de aquella estancia había un hombre sensato, confiable y afable, y estaba decidida a encontrarlo. Sin embargo, cuando levantó la mirada sólo vio a un tipo rollizo dirigiéndose hacia ella, y se ocultó con disimulo tras una cortina de terciopelo rojo para escapar de su mirada.

Harriet miró por encima del hombro.

—¿Qué estás haciendo ahí?

Daphne suspiró y salió de su escondite.

—Ocultándome de lord Middlecott.

—¿Por qué no bailas con él? —preguntó Harriet.

Se puso de puntillas y observó al barón, que estaba merodeando entre la multitud buscando su próxima elección.

—No hay ninguna posibilidad de que sea Dishforth —contestó Daphne, manteniéndose fuera de la vista del hombre.

—¿Porque no es tan atractivo como lord Henry? —bromeó Harriet.

Daphne se encogió, porque había algo de verdad en aquello. Sin embargo, no serviría de nada darle crédito a las impertinentes opiniones de Harriet.

—No. Es porque acaba de llegar a Londres. Y eso hace que no sea un candidato posible.

—¿Y crees que el señor Ives, el taimado señor Trewick y ese pobre vicario...?

—El señor Niniham —dijo Daphne.

—Sí, ¿crees que el señor Niniham puede ser Dishforth? ¿Bailarás con él, un vicario sin suficientes ingresos para mantenerte, y con dos tipos que no valen nada, por la esperanza de que alguno de ellos sea él?

—Sí —replicó Daphne, aunque se había sentido muy aliviada al descubrir que el pobre vicario no podía ser su Dishforth de ninguna de las maneras.

¡Oh, se había sentido tan segura al entrar en el baile! Con la certeza de que iba a encontrar a su querido y auténtico señor Dishforth.

Pero eso había sido antes de... antes de que *él* lo echara todo a perder.

Ahora, cada vez que intentaba recordar su lista de parámetros para identificar al señor Dishforth, lo único que acudía a su mente era la imagen de un hombre arrogante, alto y excepcionalmente apuesto... un hombre con rasgos leoninos, cabello rubio oscuro, mirada aguda y seguro de sí mismo.

Daphne frunció el ceño. Lo único que visualizaba era la imagen de lord Henry.

¡De lord Henry, ni más ni menos!

Su consternación debió de ser evidente, porque Harriet se apresuró a decir:

—Santo cielo, Daphne, ¿acaso tienes tiesas las enaguas?

Daphne se enderezó y apretó los labios.

—¡Harriet Hathaway! ¡Qué vulgaridad acabas de decir!

Harriet no parecía nada humillada. Más bien al contrario.

—Oh, no me sermonees como lady Essex. Te conozco —replicó, y cruzó los brazos sobre el pecho—. ¿Qué te ocurre?

—¡Él! —exclamó Daphne, señalando con la cabeza.

Harriet miró en esa dirección.

—¿Lord Henry?

—¡Sí, por supuesto, lord Henry! Es un desgraciado. Lo odio.

—Antes no lo parecía —dijo Harriet—. Los dos parecíais bastante cómodos.

—Me engañó —declaró Daphne, aunque sabía que era una verdad a medias. Ella se había engañado a sí misma—. Me cautivó con su encanto.

Harriet abrió mucho los ojos y sonrió levemente.

—Entonces, estás diciendo que lord Henry es encantador...

Daphne se sintió acorralada para hacer una confesión que no pensaba hacer.

Jamás.

—No puede evitarlo —dijo, en su defensa—. Míralo, flirteando con la señorita... la señorita...

Oh, maldición, era imposible recordar el nombre de la chica cuando no podía apartar la mirada de la brillante sonrisa de lord Henry. Y no importaba que ella supiera dónde se encontraba exactamente. Estaba dispuesta a aceptar que los hombres Seldon eran excesivamente apuestos y atractivos.

Probablemente, todas las mujeres de la estancia sabían dónde se encontraba exactamente ese donjuán.

Era la maldición de los Seldon, su encanto. Daphne se encogió al pensar aquello. Lord Henry Seldon era demasiado encantador.

—Es la señorita Lantham —dijo Harriet.

—Sí, bueno, pobre señorita Lantham. Porque seguramente espera que se fije en ella, y no será así. Dentro de dos minutos él se dirigirá a su próxima conquista.

Harriet ladeó la cabeza y miró a Daphne.

—¿Y tú sabes eso porque...?

—Porque es exactamente lo que ha hecho conmigo. Por lo menos, lo que ha intentado hacer. Ya lo estoy oyendo: «Oh, señorita Lantham, recordaría haberla conocido... ¿cómo es posible que no haya tenido todavía el placer de conocerla?»

Harriet se rió ante su imitación.

Pero Daphne no había terminado; señaló con la cabeza hacia la pareja y, cuando la señorita Lantham empezó a parlotear, ella recreó la conversación:

—«Lord Henry, le aseguro que siempre he deseado conocerlo.»

—«Y yo a usted, señorita Lantham.» —añadió Daphne con voz profunda.

—«Tengo una dote considerable que me encantaría enseñarle.»

—«Siento debilidad por las dotes considerables y por las damas que se deleitan en compartirlas.»

—Daphne, estás siendo muy retorcida —dijo Harriet, riéndose—. Déjalo ya, o vendrá lady Essex para saber por qué nos estamos riendo en vez de bailar con los lord Middlecotts de este salón. —Harriet recuperó la compostura y no se atrevió a mirar a lord Henry. Es más, dijo en su defensa—: No creo que sea tan malo.

—Es un canalla imperdonable.

Harriet la miró de refilón.

—Daphne Dale, no sabía que fueras tan dramática. Lord Henry no es ningún canalla. De hecho, se le considera bastante aburrido.

Contra su voluntad, Daphne miró hacia donde él seguía encandilando a la señorita Lantham.

¿Aburrido? No lo creía.

Ni por toda la plata del tesoro real admitiría los pensamientos traicioneros que habían pasado por su mente cuando lord Henry había vuelto hacia ella sus ojos de infarto y la había mirado.

Como si hubiera sabido que ella lo estaba observando.

Daphne apartó la vista y fingió indiferencia. Era más difícil sosegar a sus entrañas, porque el corazón le latía a toda velocidad y algo salvaje y tentador se desató dentro de ella, susurrándole que volviera a mirar.

Pues no lo haría.

—¿Quién es tu compañero para el baile de la cena? —le preguntó a su amiga, confiando en cambiar de tema.

—Oh, es sólo Fieldgate —dijo Harriet, quitándole importancia al nombre con un movimiento de la mano.

—¡Fieldgate! —Daphne chasqueó la lengua—. Pero ya has bailado con él dos veces esta noche. Espero que lady Essex no se haya dado cuenta. Ya está lo suficientemente enfadada porque yo vaya a bailar en dos ocasiones con lord Henry, pero ¿otra vez Fieldgate? ¡Harriet! —Movió un dedo delante de su amiga con gesto reprobatorio—. Lady Essex se quejará a Roxley.

—Lo sé —contestó, con una sonrisa en los labios.

—Odias al vizconde, Harriet.

—Así es.

—Y Roxley jura que es un tipo escandaloso y grosero.

—Ése es precisamente su atractivo —contestó Harriet, y volvió a sonreír como un gato satisfecho.

Daphne negó con la cabeza.

—Vas a presionar demasiado a Roxley.

—No demasiado —dijo Harriet.

Buscó con la mirada al conde, que en ese momento estaba charlando con una viuda alta y elegantemente vestida. Al verlos, echó chispas por los ojos.

—¿Y tú qué? —siguió diciendo—. ¿Estás dispuesta a arriesgar el bienestar de Inglaterra y bailar con lord Henry otra vez, o puedo advertirte que hacer eso probablemente hará caer al reino?

—No deberías bromear con esto —contestó Daphne, aunque, cuando Harriet lo decía, sonaba bastante ridículo—. Los Seldon son indignantes. Cualquier Dale puede decírtelo.

—¡Ejem! —resopló Harriet—. ¿Cómo comenzó esa enemistad tan absurda?

—No tengo la más mínima idea —contestó.

En realidad, sí que lo sabía, pero era algo muy privado. Y de lo que nadie hablaba. Ni los Dale ni los Seldon.

Al menos, no en público.

—¡Daphne, aquí estás! —dijo Tabitha, que había aparecido entre la multitud—. Cielo santo, qué difícil es encontrarte. Si no te conociera, juraría que te has estado escondiendo detrás de esa cortina... lo que sólo puede significar que no lo has encontrado.

Oh, sí que lo he encontrado, gritaron sus deseos recién descubiertos. *Está allí mismo.*

Daphne fijó la mirada en Tabitha, sin permitirse volver a pasearla por la estancia.

Tabitha, que malinterpretó el silencio y la distracción de su amiga, enlazó un brazo con el de Daphne y empezó a guiarla por el salón de baile. Harriet las siguió.

Aunque parecía un gesto fraternal y cariñoso, Daphne no se dejó engañar. Sus amigas la estaban llevando hacia su próximo compañero. El último baile de su carné. El que le habían ordenado que llenara con un nombre en concreto... y que, con un gesto de rebeldía, ella había dejado en blanco.

El baile de la cena con lord Henry.

—¿Por qué tengo que hacer esto? —se quejó.

Tabitha suspiró y siguió caminando. Parecía que estaba preparada para esa última protesta.

—Porque es una tradición de los Seldon. Un símbolo de que ambas familias aprueban el matrimonio.

—Es bastante irónico, ¿no te parece? —murmuró Harriet—. Vosotros dos abriendo camino...

—Sí, sí, muy divertido —replicó Daphne—. Si Preston puede burlar la maldición de Kempton, ¿por qué se aferra a esa tradición?

Tabitha sonrió.

—Se considera una bendición, un símbolo de buena suerte en el matrimonio. ¿No quieres eso para mí?

Daphne apretó los dientes. Oh, vaya. Tabitha tenía que decir algo así.

Y ahora parecía que no tenía alternativa. A pesar de que había dejado el baile de la cena en blanco en su tarjeta, con la esperanza de que, cuando descubriera la identidad del señor Dishforth, éste ocupara el lugar de lord Henry.

No, lo reclamara.

Señorita Dale, tengo el honor, el derecho de reclamar este baile. De salvarla de ese vil Seldon.

Al menos, así era como se lo había imaginado.

Desafortunadamente, lo único que había conseguido tras una velada aceptando un baile tras otro era un par de pies doloridos. Casi había roto sus zapatos nuevos.

Se tomó un momento para mirar hacia abajo y llorar su pérdida. Le encantaban los zapatos bonitos.

—¡Oh, cielos! —exclamó Tabitha—. Parece que lady Essex está importunando otra vez a lady Juniper. Seguramente es por los banderines del baile de la boda. ¿Os importa? Debo rescatarla de sus garras antes de que Preston intervenga... Ya sabéis lo que ocurrió la última vez que él discutió con lady Essex.

Todas sonrieron. Porque a la dama le gustaba recordarle a todo el mundo que el duque de Preston la había besado una vez.

«Aunque no de esa manera», solía añadir.

—No, no me importa en absoluto —dijo Daphne, y miró hacia las puertas que daban al jardín.

No sería culpa suya si se perdía el baile con lord Henry porque necesitara respirar aire fresco...

—No te atrevas a hacerlo, Daphne Dale —le advirtió Tabitha, que se había alejado dos pasos y se había vuelto a girar.

—¿Atreverme a qué? —exclamó Daphne, apartando la mirada de la tentación que le ofrecían las puertas abiertas: las sombras profundas de la noche que rodeaban las rosas y los caminos de grava.

—A esconderte en el jardín para evitar bailar con lord Henry. No permitiré que esta velada se arruine porque tú no asistas al baile de la cena. Tienes que estar ahí para abrirlo con lord Henry. Significa mucho para Preston. Además, si te niegas, la gente hablará.

—Creo que su primer baile juntos ya ha cubierto con creces ese asunto —intervino Harriet, sonriendo.

Daphne se apresuró a mirarla.

—No creo que...

Pero la mirada que intercambiaron Tabitha y Harriet lo decía todo. Oh, santo cielo, no habría parecido tan malo... ¿verdad?

Parecía que sí.

Pero ¿cotilleos? Daphne reprimió un gruñido, porque lo último que necesitaba era que se hablara de su asistencia a ese baile por todo Londres. Un baile Seldon. Le horrorizaba pensar que alguien le dijera a su tía abuela Damaris que habían visto a su sobrina bailando toda la noche.

Con lord Henry Seldon.

Sería capaz de explicar su asistencia... por el bien de Tabitha y todo eso. Pero ¿un segundo baile? Imperdonable.

—¿Daphne? ¿Me lo prometes? —dijo Tabitha, y la sacudió levemente para sacarla de su ensimismamiento.

Harriet cruzó los brazos sobre el pecho y le lanzó una mirada mordaz.

—Yo me encargaré de que cumpla con su señoría —dijo, más para Daphne que para Tabitha.

—Traidora —susurró Daphne.

—Vuelvo a decirte que no es mi contienda —replicó Harriet, y se encogió de hombros.

Mientras tanto, Tabitha las observaba con los brazos cruzados y golpeando impaciente el suelo con el pie.

—¡Oh, ya basta! —exclamó Daphne—. Sí, lo prometo.

—No sé qué te ocurre —la reprendió Harriet, y retomó su paseo con Daphne por la estancia—. Creí que Preston había llegado a gustarte...

Pero Daphne no la estaba escuchando. Estaba recorriendo con la mirada por última vez el salón, buscando a algún hombre que pudiera ser el señor Dishforth. Sin embargo, para su disgusto, descubrió que sus ojos se centraban en un hombre. Lord Henry.

Ah, sí, ahí estaba. Había abandonado a su última conquista y ahora se dedicaba a encandilar a un par de gemelas, impresionables e inocentes.

Daphne sacudió la cabeza al ver que las chicas agitaban sus abanicos y batían las pestañas con la esperanza de que lord Henry pudiera diferenciarlas.

Probablemente, a él eso ni le importaba.

¿Cuál de vosotras es Lucinda y cuál es Lydia? No, no me lo digáis. Prefiero adivinarlo.

Risitas.

Risitas.

Hmm. Creo que un hombre podría pasarse la vida intentando distinguiros.

—No te estás inventando la conversación otra vez, ¿verdad? —preguntó Harriet por encima del hombro de Daphne.

Ésta se sonrojó un poco.

—No.

—Claro que sí —la contradijo Harriet.

—Puede —admitió Daphne, mientras el diálogo continuaba en su mente:

Ah, el problema con las gemelas es que no me parece justo que tenga que elegir.

¿Debéis hacerlo, lord Henry?

Oh, sí. ¿Debéis elegir?

—No quiero saber lo que está pasando en esa mente diabólica que tienes —declaró Harriet, y sacudió la cabeza.

Daphne paseó la mirada por el salón.

—Me gustaría saber dónde está su madre, porque las ha dejado completamente desprotegidas.

—A lo mejor no están en Londres con su madre.

—Entonces, ¿una carabina? ¿Una tía soltera? —Daphne se giró hacia su amiga—. No tienes ni idea de lo que él es capaz de hacer.

—¿Y tú sí? —preguntó Harriet, como si quisiera que Daphne la iluminara.

Lo que no pensaba hacer.

Daphne levantó la barbilla y volvió a mirar a las gemelas, que eran idénticas hasta en los vestidos y los guantes. Oh, Dios, al menos debía haber un guardián cerca, tal vez alguien aficionado a las pistolas.

Porque si retaban a lord Henry, ella, tristemente, tendría que renunciar al placer de ser su compañera en el baile de la cena.

—No parece tan malo como quieres hacerme creer —dijo Harriet, rompiendo la ensoñación de Daphne en la que lord Henry estaba boca abajo en una pradera verde, con el estruendo del disparo todavía resonando en las sombras del alba.

Se giró para replicar, pero se contuvo. Porque si decía que lord Henry Seldon se había pasado toda la noche merodeando por el salón, bailando con todas las mujeres a las que había podido engatusar, lo que quería decir con todas sobre las que había recaído su mirada lujuriosa, entonces Harriet estaría feliz de señalar lo evidente.

«¿Por qué lo estabas observando si sabes que no es el hombre que quieres? A menos que...»

¡A menos que nada!

Y afortunadamente para ella, ahora que sabía quién era, se sentía inmune a sus encantos.

Al contrario que ese par de niñas tontas que seguían allí, mirando arrobadas y con ojos brillantes al pícaro hijo de un duque.

«Oh, lord Henry, decid eso otra vez...»

«Oh, sí, lord Henry, contadnos esa historia tan ingeniosa una y otra vez...»

A ella no la volverían a engañar. Él no.

—Prepárate si quieres seguir siendo testaruda, porque aquí viene —le advirtió Harriet.

—¿Por qué tengo que bailar con él?

—Porque Tabitha es nuestra amiga. Y no queremos que su felicidad se vea empañada —dijo Harriet, tanto como recordatorio como regañina—. Y sólo es un baile.

Por alguna razón, ese pensamiento, que era sólo un baile, hizo que el corazón de Daphne se desbocara y que las entrañas le temblaran y se le contrajeran.

Algo totalmente ridículo. E insensato.

—Oh, no hagas eso —estaba diciendo Harriet—. Estás frunciendo tanto el ceño que pareces más vieja que la señorita Fielding.

Daphne sonrió inmediatamente, por el bien de Tabitha y para evitar más comparaciones poco halagadoras, sobre todo porque la señorita Fielding era tres años mayor que ella. No quería que pensaran de ella que era tan mayor y que todavía no se había casado.

Aunque fuera de Kempton.

—Hazlo bien —continuó diciendo Harriet—. Enséñales a los Seldon que los Dale poseéis la elegancia y los buenos modales que afirmáis que es lo que diferencia a las dos familias. Además, no sabes quién más puede estar observándote.

Daphne se quedó helada. ¡Por supuesto! Tal vez él aún estuviera allí... o se hubiera retrasado y estuviera a punto de llegar. Oh, sí, se había retrasado. Eso era. Y no la vería refunfuñando como una vieja solterona, aunque tuviera delante el rostro amenazador de lord Henry, que le hacía parecer una bestia mítica tallada en piedra.

Pero una bestia muy atractiva.

Daphne dejó a un lado su terquedad, al igual que el extraño tumulto de pasiones que él le provocaba. Un baile. Eso era todo.

Y la cena...

Era evidente que a lord Henry aquella situación le parecía tan desagradable como a ella, porque no hizo nada por ocultar el desprecio en su mirada.

Entonces, ¿por qué al mirar esos ojos tormentosos sólo podía pensar en un fragmento de una de las cartas del señor Dishforth?

Todos estamos obligados a hacer cosas por la familia, por tradición, ¿no le parece, señorita Spooner? Pero ¿no anhela sentirse libre de todo eso? ¿Libre para elegir? ¿Libre para rendirse a sus deseos?

Rendirse a sus deseos... Bailaría con lord Henry, bajo coacción, pero muy pronto encontraría al señor Dishforth, se rendiría a sus deseos y nadie podría oponerse a su elección nunca más.

—Señorita Hathaway —dijo lord Henry, haciéndole una reverencia a Harriet. Al levantarse, apenas miró a Daphne—. Señorita Dale.

Al saludarla usó el tono que uno emplearía al ver a un mendigo acurrucado a la puerta de su casa.

Ignorando su falta de modales, ¿qué podía esperar?, Daphne se obligó a sonreír, levantó la barbilla y batió las pestañas ligeramente, aunque sólo fuera para desarmarlo.

Después de todo, era una Dale.

—Lord Henry —contestó con una mezcla de encanto y desdén a partes iguales.

Harriet se encogió, porque había reconocido el tono educado aunque tenso que Daphne empleaba cuando estaba en desacuerdo con la señorita Fielding en algún punto de sus reuniones semanales de la Sociedad para la Templanza y la Mejora de Kempton.

—Creo que se espera de nosotros que abramos este baile —dijo él, mirando por encima del hombro a las otras parejas que se estaban formando—. Pero si usted...

Daphne le lanzó una mirada a Harriet para ver si se había dado cuenta de la implicación que había en las palabras de lord Henry.

«Si me rechaza, señorita Dale, no me romperá el corazón.»

Desafortunadamente para Daphne, Harriet permanecía impasible a su lado, como un recordatorio siempre presente, como la conciencia que le decía que no se le permitía rendirse a lo que deseaba más que nada.

Evitar ese baile.

—Por lo que se ve, es una tradición de los Seldon —dijo ella, recordándole a él que no había sido ella quien había provocado aquella situación.

Era una cuesta resbaladiza, una equivocación moral.

No se atrevió a mirar a Harriet, pero escuchó con claridad su resoplido de burla.

No, Harriet no iba a ayudarla en lo más mínimo.

—Sí, una tradición —se mostró de acuerdo él, que no parecía más contento que ella—. ¿No estamos todos obligados por ellas?

Daphne se quedó helada. Cielo santo, sonaba como...

Entonces lord Henry le hizo el favor de parecer completamente indigno de ser Dishforth, impidiendo que hiciera más comparaciones.

—Bueno, ¿acabamos con esto? —preguntó cuando la música comenzó a sonar.

¿Acabar con ello?

Daphne salió de su ensimismamiento, impactada por sus palabras. *¿Acabar con ello?* Nunca en su vida la habían insultado tanto. Lord Henry tenía suerte de poder bailar con una Dale.

Ella le demostraría exactamente cuánta.

Henry se dio cuenta rápidamente de que abrazar a la señorita Daphne Dale era como abrazar un rosal. Con un generoso número de espinas que antes habían estado ocultas bajo su belleza.

Si no fuera tan condenadamente guapa... Ése era el problema, se dijo. Ligero y bonito, el vestido de la señorita Dale, una creación tentadora de seda que se le ajustaba a cada curva y la hacía parecer una de las Tres Gracias que hubiera cobrado vida, era suficiente para volver a cualquier hombre loco de deseo.

Y era irónico que fuera rojo. Casi se estremeció. Ahora, cada vez que intentaba imaginarse a su señorita Spooner, lo único que le venía a la mente era esa descarada tentadora.

Peor todavía, en el baile de la cena estaban rodeados, porque casi todo el mundo se encontraba bailando. Incluso la anciana tía de Roxley, lady Essex, giraba en brazos de un caballero de edad.

Así que ahí estaba, obligado a bailar con una dama de lo más deseable que con toda probabilidad lo pincharía y lo dejaría sangrando cuando los músicos tocaran la última nota.

Desde luego, la expresión que ella tenía sugería que tal destino se le había pasado por la cabeza.

Henry intentó sonreír, a pesar del apuro.

—No tiene que fingir ningún afecto que no sienta, lord Henry. No lo haga por mí —le dijo aquella atrevida descortés.

Era demasiado intentar que se sintiera cómoda con la esperanza de que ocultara sus peores espinas.

—«Afecto» no es precisamente la palabra que yo emplearía —replicó él, sin importarle ser grosero.

Además, podría decir unas cuantas cosas sobre el comportamiento que ella había tenido antes.

—Entonces, ¿puedo ser sincera? —preguntó Daphne.

Como si no lo fuera a ser de todos modos. Él se limitó a asentir, porque era una pregunta bastante ridícula.

—Lord Henry, usted sabe quién soy, y yo sé lo que usted es...

¿Lo que él era? De todas las personas irrespetuosas y presuntuosas...

—Bueno, sí, soy consciente de que usted, como Seldon, no puede evitar su predilección por el vicio y el libertinaje...

¿Él? Era el Seldon más sensato que había llevado ese apellido. Sin embargo, al abrazar a esa señorita imposible, a esa mujer que tenía más encantos de los que una dama merecía, sintió el deseo insensato de recoger la fama de libertino que Preston acababa de abandonar y de demostrarle a la señorita Dale que ella tenía razón.

Que era un Seldon de verdad. Un canalla de primera categoría. A lo mejor eso hacía que saliera corriendo hacia Kennels... No, Kempling... Oh, hacia aquella aldea de solteronas, fuera la que fuera, de la que había salido. Él le daría su bendición para que se marchara.

Tal vez pudiera presentar el asunto en el Parlamento y sugerir que construyeran un muro alrededor de la aldea, para que ninguna dama más entrara en Londres.

—... así que tomémonos esta situación de la mejor manera posible y, cuando esta velada haya acabado, cada uno se podrá marchar por su camino —estaba diciendo ella, como si eso sellara la disputa de una vez por todas.

Como si ella hubiera sido un modelo de virtud y, él, la encarnación del demonio.

Entonces, para empeorar las cosas, si era posible que aquel enredo degenerara todavía más, él sintió lo que sólo podría definirse como un estremecimiento que la recorría.

¿Por qué demonios se estremecía?

Henry se enderezó al instante, alterado por las implicaciones de aquello, porque herían directamente su orgullo. Durante toda su vida lo habían medido con el rasero de los Seldon: que debía ser un sinvergüenza, que debía sentir predilección por el vicio, y él pensaba que había demostrado estar por encima de todo aquello.

—Señorita Dale, créame si le digo que sólo estoy intentando tomarme esta situación de la mejor manera posible —afirmó.

Y sonrió por el bien de la tía Zillah Seldon, que parecía dispuesta a irrumpir en la zona de baile y arrancarlo de las garras de esa mujer.

Santo Dios, su tía tenía ya más de ochenta años y apenas podía cruzar el salón sin el bastón, y mucho menos sortear una estancia llena de parejas danzantes en movimiento.

Entonces miró hacia abajo y se dio cuenta de que no parecía un caballero: sostenía a la señorita Dale a un brazo de distancia y estaba bailando con la elegancia de un muchacho de doce años.

Mientras que ella, a pesar de su torpeza, se movía con la gracia de una verdadera dama.

¿Una dama? Iba a demostrar de una vez por todas qué tipo de «damas» eran las Dale.

Mientras giraban, Henry la atrajo hacia él, hasta tenerla escandalosamente cerca.

La señorita Dale abrió mucho la boca en una mueca de enfado, y enarcó tanto las cejas que parecían un par de gatos arqueados.

Bueno, suponía que él era un canalla. Y odiaba decepcionar a las damas.

Ignorando su expresión encolerizada y sus intentos de zafarse de él, Henry dijo:

—Sé que la señorita Timmons está muy decepcionada porque usted no podrá acudir a la boda.

Sonrió como si esa idea no le rompiera en absoluto el corazón.

—Sí, bueno, ambos sabemos que es imposible —contestó ella sin mirarlo.

—Así es, lo que hace que su presencia aquí esta noche sea muy sorprendente.

—Fue una decisión de última hora —dijo ella—. Por el bien de Tabitha.

Desvió la mirada, como si deseara estar a medio camino de Escocia en lugar de allí. Entre sus brazos.

A Henry le gustaba su consternación. Le estaba bien merecido. Por ir allí y pretender ser... Bueno, eso no importaba. Después de todo, él sólo había sido su primera conquista en una larga lista aquella velada. Había visto que ella estaba encantada de aceptar a prácticamente todos los caballeros que le habían pedido bailar, y después los había despachado sin más.

No lo sabía porque la hubiera estado observando. En lo más mínimo.

—Ejem —tosió la señorita Dale.

Él bajó la vista hacia ella y enseguida deseó no haberlo hecho. Porque allí estaba, con unos enormes ojos azules y su hermoso cutis. ¿Y por qué no había visto antes esas delicadas pecas que tenía en la nariz? Tan besables y tan tentadoras...

—¿Sí, señorita Dale? —consiguió decir.

—¿Tiene que apretarme tanto contra usted?

Él se inclinó un poco hacia un lado y observó su propia postura.

—¿Eso estoy haciendo?

—Sí —se quejó ella, y le lanzó una mirada fría que decía lo que ella no podía decir en público: «Suéltame, simio torpe».

Él sonrió y la atrajo incluso un poco más hacia él, esperando que ella supiera exactamente lo que significaba eso.

«Jamás.»

Mientras Henry pensaba que ella montaría una escena, lo que le garantizaría un viaje sólo de ida a donde fuera de donde procedía, con la deshonra agitándose tras ella, en ese momento, observando a la multitud que los rodeaba, la señorita Dale batió sus largas pestañas, como si hubiera recordado de repente algo tremendamente importante.

Y en lugar de deshacerse de él con cajas destempladas, hizo justo lo contrario.

Al pasar junto al borde de la zona de baile, cambió por completo el comportamiento de la dama.

Sonrió radiantemente y paseó la mirada de un hombre al siguiente... por toda la fila.

Y su audiencia, cautivada, le devolvió una mirada de aprecio.

Henry frunció el ceño. Por lo general, no le molestaba que los sinvergüenzas de la alta sociedad y los hombres de moda no le quitaran el ojo a su pareja de baile. Le permitía sonreír por encima del hombro de la dama y lanzar una mirada que decía claramente: «Es mía si así lo quiero».

Sin embargo, cuando miraba a aquella descarada, esa dama que estaba haciendo que más de una boca se abriera de admiración, se dio cuenta de dos cosas:

Primero, que la señorita Daphne Dale poseía todos los recursos necesarios para volver a un hombre loco de deseo.

Y, segundo, que nunca sería suya.

Para su disgusto, la idea de que estaba fuera de su alcance lo dejó indispuesto.

No era que deseara a la señorita Daphne Dale. Desde luego, él no estaba loco como lord Norton Seldon, el último miembro de su familia lo suficientemente necio como para cruzar las fronteras firmemente establecidas entre los Seldon y los Dale, pero era indiscutible que esa mujer era de lo más tentadora.

La vio como la había visto antes, mirándolo con ojos brillantes, ardientes sólo para él. Le encantaba la forma en que ladeaba la cabeza mientras miraba hacia atrás, haciendo que la cascada de rizos recogidos en la parte superior de la cabeza le cayera sobre el hombro desnudo... con una mirada coqueta que hacía que un hombre se preguntara cómo estaría ella en su cama... con esa gloriosa melena rubia suelta y cayéndole alrededor de los hombros... sobre sus desnudos...

Henry apartó la mirada, corrigiendo de inmediato esos pensamientos errantes.

¿Cómo era posible que hubiera pensado que ella era su sensata señorita Spooner?

A la señorita Dale no parecía importarle lo que sus miraditas y su brillante sonrisa provocaban en un hombre. De hecho, si no la conociera bien, podría pensar que tenía esa actitud por otro hombre.

¿Otro hombre?

Paseó la mirada por la habitación e intentó averiguar quién podría ser. Sus anteriores compañeros de baile ni siquiera merecían consideración. En su mayoría eran un montón de estirados y aburridos. Ives. Niniham. Trewick. Y ese vicario soso que Hen había insistido en que invitaran.

Y, sin embargo, ella había rechazado a Middlecott, considerado el mejor partido de la temporada. Algo extraño, teniendo en cuenta que el hombre era rico como Midas y se rumoreaba que estaba dispuesto a fundar una familia.

Entonces, si la señorita Dale no buscaba un título y fortuna, ¿qué quería?

Bajó una vez más la mirada hacia sus labios rosados, ligeramente fruncidos y preparados para que los besaran. Henry no supo qué lo obligó a hacerlo, pero la atrajo todavía más hacia él.

Con espinas y todo.

Oh, y cómo se erizaron esas espinas. Ella arqueó más las cejas y dijo con un tono que rezumaba censura:

—Debo decirle que estoy casi prometida, y usted está siendo insolente al insistir en agarrarme así.

Una presunción prepotente y pomposa típica de los Dale. Como si la estuviera abrazando así sólo por su propio beneficio.

Y no era así. En absoluto.

—¿Casi prometida? —preguntó él—. ¿Qué significa eso? ¿El hombre no termina de decidirse o es que usted no le ha dejado meter baza?

Su brillante sonrisa se enfrió y dejó de batir las pestañas de esa manera tan deliciosa. Y debería haberse dado cuenta de que el siguiente golpe de aquella grácil rosa inglesa iría directamente al estómago.

—¿Qué sabe usted de amor, lord Henry? —replicó ella—. Siendo un Seldon y todo eso. Por lo que he oído, el punto fuerte de los Seldon es arrasar y correr.

Tenía que traer a colación a Montgomery Seldon.

En lugar de admitir ese comentario insidioso, santo cielo, ese incidente había ocurrido durante el reinado de Carlos II, pero era típico de un Dale airearlo, él preguntó:

—¿Y ese modelo suyo de excelencia está aquí esta noche? No me importaría saber la ira de quién debería temer.

Ella frunció el ceño y apretó los labios.

¿Qué? ¿No respondía? Henry reconocía un misterio al instante, y el «compromiso» de la señorita Dale tenía todas las características de uno de lo más fascinante.

—Bueno, ¿está aquí o no? —insistió—. Es una pregunta muy sencilla.

—El nuestro no es un compromiso sencillo —replicó ella.

Por supuesto que no. El pobre tipo debía de estar loco, desvariando. Tal vez se habían negado a dejar salir a ese enajenado del manicomio de Bedlam para asistir a las celebraciones de aquella noche.

Porque si Henry hubiera sabido lo que le esperaba, habría cambiado su lugar de buen grado con ese loco.

—Tampoco espero que usted comprenda ese tipo de relación —estaba diciendo ella.

—¿De relación? —repitió en voz alta, y se arrepintió de inmediato.

—Sí, ya suponía que esa palabra le resultaría extraña —le espetó—. Y después de haberle visto en faena esta noche...

—¿En faena?

¿Qué demonios significaba eso?

Y ella se lo explicó.

—Lord Henry, no me ha pasado desapercibido el hecho de que ha coqueteado con todas las jóvenes inocentes que hay en este salón...

Él esperaba que no se estuviera contando a sí misma también. No había nada inocente en una dama que llevaba un vestido semejante.

—... pero es agradable descubrir que no soy la única inmune a sus encantos de canalla...

¿Ella pensaba que tenía encantos? Qué más daba. Lo importante era que había estado observándolo.

Al igual que tú has estado observándola a ella...

—... el verdadero amor —continuó diciendo ella—, un encuentro de corazones y mentes no se da en actividades tan triviales como el coqueteo y el baile.

—¿No le gusta bailar? —preguntó él, y al instante la apretó contra él y la hizo girar entre la multitud.

Algo brilló en los ojos de ella, una luz traviesa. Le encantaba bailar. Al igual que a él.

Y era igual de terca.

—En mi hogar no hay muchas oportunidades para disfrutar de tales festividades.

—Ah, sí, en... ¿de dónde es usted?

—De Kempton —contestó, y levantó la barbilla ligeramente.

Él asintió.

—Preston lo mencionó. Y que todas las damas estaban malditas. ¿Debería preocuparme por mi seguridad?

—Sólo si nos fuéramos a casar —contestó ella.

¿Fueron imaginaciones suyas o el tono alegre de la señorita Dale implicaba que le encantaría verlo casado con una joven de Kempton?

Y terminar como el resto de los novios de la aldea, pasando la luna de miel echando una cabezadita en el cementerio.

—Eso no ocurrirá jamás, se lo aseguro, señorita Dale —replicó.

Ella suspiró con resignación.

—Esa maldición es sólo un mito.

—Sí, bueno, eso espero —dijo él—. Por el bien de su caballero anónimo y de mi sobrino. Odiaría ver a Preston con un atizador clavado en el pecho...

El enojo se reflejó en los ojos de la señorita Dale.

Así que no le gustaba que se burlaran de la maldición de su hogar. Pero era una oportunidad perfecta...

—... dejándome en la incómoda posición de tener que heredar —terminó de decir.

—¿No querría el ducado?

Eso la sorprendió, como a la mayoría de la gente.

—Cielos, no. —Él se estremeció—. Tengo otros planes para mi futuro.

No le preguntó cuáles eran, y él no entró en detalles.

Henry podía imaginarse cómo se reiría ella de sus deseos de pasar una vida cómoda y sensata en el campo, bien alejado de Londres y de la alta sociedad.

Hablando de su futuro, bajó la mirada hacia la belleza tentadora que tenía entre los brazos y supo que «sensata» nunca podría ser una palabra que la calificara.

—¿Y ahora qué ocurre? —preguntó ella, y se retorció un poco entre sus brazos para ganar algo de distancia entre ellos.

Si supiera lo que le hacía... con sus pechos presionados contra él y contoneando las caderas...

O tal vez sí lo supiera.

—Su vestido —dijo él.

Ella miró hacia abajo.

—Es lo último en moda. Hay otras tres damas con vestidos parecidos... por lo que debería quejarme a la modista, ya que me aseguró que era el único en Londres.

Henry se rió ante su consternación.

—No se preocupe. Usted las eclipsa a todas. Dudo que ningún hombre en este salón haya visto siquiera a las otras.

Entonces se dio cuenta de lo que acababa de decir. De lo que acababa de confesar, en realidad.

Ella abrió mucho los ojos y después los entornó, mirándolo cautelosamente.

—Si está intentando cautivarme otra vez...

—No intenté cautivarla antes...

—¿No? ¿Y qué era lo que estaba haciendo?

—Un grave error —afirmó.

Estaba empezando a sentirse un poco irritado... consigo mismo.

Cada segundo que pasaba discutiendo y litigando con la señorita Dale era otro segundo perdido y, con él, sus esperanzas de encontrar a la señorita Spooner antes de que se viera obligado a salir hacia el campo, para asistir a la fiesta en la casa de Preston y a la ceremonia.

Pasaría por lo menos un mes antes de que regresara a Londres, y no sabía dónde estaría entonces la señorita Spooner, ni siquiera si seguiría en la ciudad.

Tenía que encontrarla aquella noche.

—¿Un grave error? —repitió la señorita Dale—. ¿Bailar conmigo ha sido un grave error?

Si él hubiera prestado más atención, tal vez se hubiera dado cuenta del tono de advertencia que había en su voz. El mismo tono que Norton Seldon había ignorado y al que Montgomery Seldon debería haber hecho caso y así salvar a las siguientes generaciones de Seldons de sufrir un sinfín de aflicciones.

—Pues le hago saber que debería sentirse honrado —le dijo ella, con las espinas atravesándole la seda del vestido—. No lo he pisado, al contrario que esa atontada de la señorita Rigglesford, que lo ha hecho en dos ocasiones, y he conseguido mantener esta... esta... *conversación*, no como esa mema de lady Honoria, que parecía muda, y a quien usted encontraba tan entretenida. Nadie la encuentra entretenida, lord Henry. Nadie. Usted, señor, ha sido de lo más afortunado por bailar conmigo. Y dos veces, además.

—¿Afortunado? —replicó él—. Como si esto fuera una bendición para mí, tener que aguantar a una de su hatajo.

—¿Una de mi hatajo? —repitió.

—Sí, hatajo. ¡Dales! Tercos, orgullosos y fanfarrones —afirmó él.

—¡Seldons! —contestó ella—. Soy una dama demasiado educada para decir lo que se merece la manada de sus parientes.

—¿Está segura de eso?

Si alguna vez hubo una pregunta que un hombre desearía haber retirado, era ésa.

Los ojos de la señorita Dale se oscurecieron de furia. No era ninguna afectada, como la señorita Rigglesford, ni una aburrida como lady Honoria, o como cualquier otra dama formada en Bath, una mujer bien educada.

Habiendo nacido en Kempton, y siendo una Dale hasta la médula, la señorita Daphne Dale se retorció entre sus brazos y lo dejó a mitad de baile y a mitad de giro, mientras los demás ejecutaban un complicado paso.

Fue algo impertinente y desagradable. Un movimiento ruinoso por su parte.

Pero no podría haber sido más oportuna. Porque resultó que la ruina recayó sólo sobre él.

Cuando ella le dio la patada, no estaba preparado para que ella se marchara y se encontró trastabillando hacia delante, perdió pie y tropezó.

Podría haber jurado que le habían puesto la zancadilla. O tal vez sólo le hubiera pisado el bajo del vestido.

El cómo no importaba. Fue muy repentino. Al principio ella estaba allí y al momento siguiente se había deshecho de él y se estaba cayendo, agitando las manos para agarrarse a cualquier cosa que evitara que lo hiciera de cabeza contra los bailarines.

Y encontró algo a lo que agarrarse. Sus manos extendidas recayeron en una dama. Mejor dicho, en el escote de una dama.

En el de lady Essex, para ser exactos.

Después de aquello, el resto de la velada se volvió borrosa para lord Henry.

Aunque todo pareció enfocarse cuando el conde de Roxley apareció en la casa de Preston unas horas antes de que amaneciera y encontró al duque y a lord Henry con el segundo decantador. O tal vez el tercero.

Bueno, tal vez no estuviera todo tan enfocado, porque Henry estaba bastante ebrio. Tenía mucho que olvidar.

A la señorita Dale, en primer lugar. Y después el contratiempo con lady Essex. Y el escándalo que ésta había armado. Y la filípica que Hen le había echado por su comportamiento vergonzoso.

¡Asaltar a una anciana soltera! Aquello era indigno hasta para un Seldon.

Henry intentó olvidar, pero era casi imposible. Porque junto con la regañina de Hen todavía resonándole en los oídos estaban los chillidos estridentes de lady Essex.

¡Oh, santo Dios! Había agredido a lady Essex Marshom. La habitación empezó a dar vueltas.

Y ahora se añadía lord Roxley a su confusión. O, mejor dicho, dos condes. Era difícil distinguirlo cuando uno tenía la cabeza tan pesada.

—Ah, Roxley —dijo Preston, y le hizo señas para que se acercara al aparador—. ¿Cómo está tu tía?

El conde se estremeció al oír la pregunta, como si deseara que toda la velada desapareciera de un plumazo. Caminó vacilante hacia el aparador y se sirvió un trago. Lo observó y volvió a inclinar la botella de brandy, hasta que el vaso estuvo casi lleno.

Preston miró la copa rebosante.

—¿Tan mal?

—Peor —afirmó Roxley—. Exige satisfacción. Quiere que elija mis padrinos. Mi tía parece pensar que sólo el hecho de que dispare a lord Henry en un prado verde le devolverá el honor perdido.

—¿Le has dicho que yo tengo mejor puntería? —preguntó Henry.

Roxley asintió.

—Desafortunadamente, está dispuesta a correr el riesgo.

Capítulo 4

¿No se ha preguntado por qué el destino ha querido unirnos? A veces temo que decida cambiar de opinión y separarnos. Prométame que haremos todo lo posible por evitar su engaño, mi queridísima señorita Spooner.

Fragmento de una carta del señor Dishforth
a la señorita Spooner

*D*aphne estaba haciendo todo lo posible por olvidar la noche anterior. Pero lady Essex no parecía dispuesta a permitírselo.

La dama debería estar escandalizada y alterada y, sin embargo, la tía de Roxley estaba exultante. El escándalo había hecho que la reclamaran para confirmar todos los cotilleos de Londres, y no había nada que le gustara más a lady Essex que ser el centro de atención.

Por supuesto, el clan Dale aplaudiría a Daphne por su participación en el escándalo y afirmaría que era lo que se merecía un Seldon, pero entonces surgirían las inevitables preguntas y recriminaciones.

«¿Qué demonios estabas haciendo allí?»

¿Y qué diría ella?

¿Que había estado manteniendo correspondencia con un caballero anónimo que iba a asistir al baile y que no había podido evitar ir a la guarida de los Seldon para descubrir a su príncipe azul?

Sí, eso sería igual de bien recibido que el cotilleo que seguramente llegaría a oídos de la tía Damaris antes de que cayera la noche: que su sobrina era una bruja espantosa.

¡He protagonizado el escándalo de la temporada! Algún familiar malicioso iría a decírselo a la viuda del clan Dale.

Aunque Daphne no podía imaginarse quién sería lo suficientemente valiente, o necio, como para dejar caer esa bala de cañón en el salón dorado de la tía Damaris.

Lo que le daría a ella unos cuantos días.

Tal vez tiempo suficiente para descubrir la identidad del señor Dishforth antes de que la obligaran a volver a Kempton y no le permitieran regresar a Londres nunca más.

Y eso era lo último que Daphne quería o necesitaba. Así que se había excusado con lady Essex y había salido corriendo de la casa de Roxley, afirmando que estaba obligada a visitar a su tía abuela Damaris una vez más antes de regresar a Kempton.

Tenía la vaga esperanza de que, cuando llegara allí, encontraría una nota, algunas líneas, algo del señor Dishforth.

¡Oh, el señor Dishforth! ¿Qué iba a decirle?

Daphne se apresuró a atravesar las calles de Mayfair, con su fiel doncella Pansy trotando tras ella, ruborizada por el calor y el paso rápido.

No esperaba llegar antes que los chismorreos, pero quizá pudiera quitarles importancia antes de que se convirtieran en una tormenta insalvable.

Se detuvo en una esquina para esperar a que se despejara el tráfico y pensó en cómo podría explicar el comportamiento mezquino que había tenido con él.

Con el señor Dishforth.

Bueno, sólo había dos palabras que justificaran lo que había hecho.

Lord Henry.

¡Qué hombre tan terrible y ruinoso! No podía pensar en él sin estremecerse. No, no era estremecerse, sino más bien temblar, se corrigió.

Porque estremecerse insinuaba algo diferente.

Algo que no quería compartir con lord Henry. En lo más mínimo.

—Hombre horrible —murmuró, y empezó a cruzar la calle.

—Mis disculpas, señoritas —jadeó en respuesta un tipo de aspecto estirado al pasar a su lado.

Daphne se ruborizó un poco, sobre todo cuando Pansy la miró con esa expresión desconcertada y censuradora que tenía últimamente.

Sintió ciertos remordimientos y supo que, al final, tendría que admitir la verdad. Que no se le podía echar toda la culpa a lord Henry. Porque ella había hecho que tropezara.

No deliberadamente. No a propósito.

Bueno, tal vez un poco.

Daphne se enderezó. Era un hombre molesto y despreciable. Era la personificación de todo lo malo que tenían los Seldon, y había sido así durante siglos. Eran demasiado atractivos. Demasiado seguros de sí mismos. Y demasiado atractivos.

Oh, cielos, eso lo había dicho dos veces. Bueno, porque había que hacerlo, se dijo mientras doblaba la esquina hacia Christopher Street.

Ningún hombre debería parecer tan pecaminoso; capaz de conseguir que una dama perfectamente sensata hiciera el ridículo en un salón de baile abarrotado.

Bueno, nunca más, se juró. Nunca más se dejaría influir por un hombre alto, apuesto y demasiado encantador. Quienquiera que fuera.

Como si los hados quisieran poner a prueba su determinación, levantó la mirada y se quedó completamente inmóvil. Porque allí, bajando rápidamente los escalones de entrada al final de la manzana, los escalones de la tía abuela Damaris, para ser precisos, había una figura alta vestida con una fina chaqueta de corte elegante y color azul marino y un sombrero alto cuya ala le tapaba la cara.

El tipo de hombre que haría que el corazón de una dama diera un vuelco, aunque sólo fuera para asegurarse de que lo había visto.

Sí, Daphne lo había visto.

El hombre elegante se detuvo unos instantes al pie de los escalones, se ladeó el sombrero con garbo y siguió en dirección contraria a grandes zancadas con decisión, con el bastón marcando contra el suelo el ritmo de su paso rápido.

Por alguna razón, las botas de Daphne parecieron quedarse pegadas a la acera. Sólo pudo permanecer allí plantada, sin importarle haberse quedado boquiabierta, como una pueblerina.

Pensó que así sería como caminaría lord Henry, con los hombros rectos y el paso firme, como si fuera el dueño de la calle.

¡Dios! Se dijo que era ridículo y sintió ira porque él parecía invadir sus pensamientos a cada instante.

Incluso lo veía donde no debería estar.

Además, se dijo, observando con atención el objeto de su curiosidad, no poseía la arrogancia de lord Henry. No, por supuesto que no. Ese hombre lucía un aire de compostura y aplomo que cautivaría a cualquier mujer.

¿Qué hacía un hombre así visitando a la tía abuela Damaris? Era demasiado alto y demasiado misterioso para ser un Dale.

—¿Quién eres? —susurró.

No se dio cuenta de que había dicho las palabras en voz alta hasta que el desconocido misterioso, que estaba a punto de doblar la esquina, se detuvo, como si hubiera oído la pregunta.

Entonces, para su conmoción, se dio la vuelta ligeramente y miró por encima del hombro.

¡Oh! ¡Dios mío!... Sus pensamientos chocaron al tiempo que sus rasgos quedaron a la vista.

—¿Le importa? —oyó que decía una voz tras ella, y un tipo enorme pasó a su lado. Era lo suficientemente alto y grande como para taparle por completo la vista—. ¿No tiene nada mejor que hacer? —la regañó el anciano caballero—. ¡Qué chicas más necias! ¡Cada año igual! Tomando las calles como una horda desconcertada de zoquetes —gruñó, y siguió caminando.

Cuando ella pudo ver tras él, la esquina donde había estado el otro caballero estaba vacía.

Se había marchado.

—Vaya —musitó.

Entonces se dio cuenta de que sólo había una manera de descubrir quién era. Corrió hacia el número dieciocho de la calle y cuando acababa de subir el primer escalón, la puerta se abrió de golpe.

—¡Oh, cielos, Daphne! —exclamó la prima Philomena Dale—. Te lo has perdido.

—¿Perdido?

Su prima no contestó de inmediato, porque bajó los escalones para hacer que Daphne y Pansy subieran rápidamente.

—Entra, entra —dijo.

Pansy, ya que su señora estaba en buenas manos, se escabulló hacia las cocinas, mientras que Phi ayudaba a Daphne a quitarse el sombrero y la pelliza, parloteando sin parar y soltando una retahíla de «oohs» y «aahs», interrumpida por un estribillo de «él», «impactante» y «completamente emocionante».

Cuando por fin llegaron al banco de debajo de la ventana, Daphne estaba mareada. También parecía que lo estaba la prima Phi, que era sólo unos años mayor que Daphne y que, como no había conseguido encontrar marido, vivía en el número dieciocho, en compañía de la tía abuela Damaris.

Un destino por el que nadie la envidiaría, aunque Phi parecía considerarlo una bendición y soportaba las quejas y las diatribas de la anciana con paciencia y sin lamentarse.

Y lo mejor de todo era que Phi había estado dispuesta a ayudar a Daphne con su correspondencia con el señor Dishforth, porque nadie tenía un alma más romántica que ella.

—Si hubieras llegado sólo unos segundos antes, lo habrías conocido —estaba diciendo Phi, y miró una vez más hacia la calle, decepcionada por verla vacía.

—¿Al hombre? ¿Al caballero elegante que vi bajando los escalones? —preguntó Daphne.

—¡Sí, sí, a él! —exclamó Phi con los ojos muy abiertos.

—¿Quién era? —dijo Daphne, porque no era inusual que la tía abuela Damaris tuviera visitas. Era una leyenda en el clan Dale, y parientes de todas partes acudían a ella en busca de consejo.

Que la dama repartía con un movimiento de la mano y una gran dosis de sarcasmo.

«Todo buen consejo tiene un precio», solía decir.

La tía abuela Damaris conseguía que uno se marchara sintiéndose escaldado, pero mejor por haber tenido esa experiencia.

—¡Que quién era, preguntas! ¡Era él! —exclamó Phi, como si eso lo explicara todo.

Daphne se quedó callada un momento y después sintió un estremecimiento de horror. La tía abuela Damaris todavía no había hecho efectiva su amenaza de traer a Londres al honorable señor Matheus Dale con cualquier excusa débil.

Había hablado de ello cada vez que Daphne había ido a verla, afirmando con pasión de celestina que los dos encajarían.

La tía Damaris era excelente ofreciendo consejos; sin embargo, emparejar a los demás no era su punto fuerte.

—No sería Matheus... —le susurró Daphne a Phi, que estaba de nuevo mirando por la ventana.

Phi negó con la cabeza.

—No, no era el primo Matheus —dijo, e hizo una mueca de disgusto.

Era evidente que el esfuerzo de la tía abuela Damaris por encontrar una prima Dale para que se casara con el apreciado señor Matheus Dale ya se había dado en otras ocasiones.

—Si no era Matheus, entonces, ¿quién era? —insistió Daphne.

Se instaló en el asiento de la ventana, donde Phi y ella siempre tenían su momento de complicidad antes de que la tía abuela Damaris se diera cuenta, gracias a su asombroso sexto sentido, de que había alguien en la casa e hiciera subir inmediatamente a Daphne al piso superior.

A Phi se le iluminó el semblante.

—¡Él!

Bajó la voz, lo que era una buena idea, porque cualquier Dale que se preciara de serlo sabía, o al menos juraba, que la tía abuela Damaris podía oír incluso las conversaciones que tenían lugar en la cabaña escocesa de la familia.

—Oh, Daphne —continuó—, ¿es necesario que lo preguntes? —Se inclinó hacia ella y susurró en voz apenas audible—: Era tu señor Dishforth.

Daphne se quedó boquiabierta. ¿Ese hombre elegante, seguro de sí mismo y apuesto, por lo menos le había parecido apuesto a esa distancia, era su señor Dishforth?

—¡No! —dijo Daphne.

Miró hacia la puerta y se contuvo para no levantarse de un salto y correr tras él.

Después de todo, había sido su falta de control lo que había hecho que cayera de lleno en el escándalo.

—¿Era él? —consiguió decir.

—Sí. Oh, estoy tan contenta de que lo hayas visto...

La cara de su prima tenía una expresión soñadora, como si acabara de presenciar un milagro.

Daphne se inclinó hacia delante y agarró a Philomena del brazo... aunque sólo fuera para calmar sus propios nervios.

—¿Estás segura? ¿El hombre con la chaqueta elegante y el sombrero alto era el señor Dishforth?

Phi asintió.

—Sí, y llevaba un bastón con la punta de plata. Uno muy elegante. Oh, Daphne, es muy apuesto, y debe de ser muy rico.

¿Rico? De nuevo le pasaron por la mente pensamientos inconexos sobre una enorme casa de campo.

Ser atractivo era una cosa, pero Daphne no era tan poco práctica como para no ver los beneficios de enamorarse de un hombre rico.

—¿Y ha venido aquí?

—Sí. Y lo he conocido —declaró Phi—. Se acercó a la puerta y, por suerte para ti, yo estaba abajo, revisando la bandeja del correo para Ella misma.

«Ella misma» era como casi todos en la familia se referían a la tía abuela Damaris.

—¿Ha venido aquí? —repitió Daphne—. ¿Dónde estaba Croston?

El mayordomo de la tía abuela Damaris tendría seguramente un par de cosas que decirle a su señora sobre la visita de un caballero desconocido.

—Abajo —contestó Phi con los ojos muy abiertos por la buena suerte que habían tenido—. Comprobando el servicio del té. Y, afortunadamente, yo llegué a la puerta antes de que pudiera llamar.

Él. El señor Dishforth. Daphne todavía no se hacía a la idea. Seguía teniendo grabada a fuego en la mente la imagen del apuesto desconocido.

—¿Qué quería?

Otra pregunta tonta, porque sabía muy bien lo que el señor Dishforth quería. Deseaba. Había tenido el atrevimiento de escribirlo.

Mi querida señorita Spooner, no podemos ignorar que algún día, muy pronto, tendremos que conocernos. Anhelo el momento en que la vea por primera vez.

Y Phi no era tan inocente como para no saber lo que había detrás de esa pregunta, los deseos que se ocultaban en ella.

—A ti, por supuesto. Vino para conocerte.

Se recostó y miró a su prima con incredulidad.

Daphne abrió la boca para decir algo, pero de ella no salió ninguna palabra.

—Sí. Es sorprendente, desde luego —dijo la práctica Phi, haciéndose eco de los sentimientos de Daphne. Entonces frunció el ceño y bajó la voz considerablemente... porque Croston no estaba arriba chismorreando—. Dijiste que no vendría aquí.

—Prometió no hacerlo —respondió Daphne. Pero después de la noche anterior... *¡Oh, no!*

¿Y si, de alguna manera, había descubierto que ella, la señorita Daphne Dale, era su «queridísima niña» y se había sentido horrorizado por la escena que ella había montado?

A lo mejor había ido a visitarla, y en persona, nada menos, para lavarse las manos y terminar con aquella aventura.

Daphne se estremeció. No era una aventura. Sus cartas sólo eran eso, cartas.

Una aventura implicaba algo mucho más... bueno, personal. Físico.

¿Y por qué cuando la palabra «físico» se colaba en sus pensamientos recordaba los brazos de lord Henry rodeándola?

Lord Henry abrazándola fuerte... Lord Henry a punto de...

Santo cielo, ¿la habría visto Dishforth con ese Seldon sinvergüenza? ¿La habría visto disfrutando de su abrazo? ¿Cómo podría explicar que había pensado que ese demonio era él?

—No estés tan desalentada, Daphne —le dijo Phi—. Sé que estás sacando todas las conclusiones posibles excepto la correcta.

¿La correcta? El tono de Phi le dio esperanzas.

—Cuéntamelo todo —le pidió Daphne—. Todo.

Phi disfrutó de su momento de fama.

—Es el hombre más atractivo que he visto nunca. Mucho más que el primo Crispin.

¿Más atractivo que Crispin, el vizconde Dale? ¿Acaso eso era posible?

Entonces Daphne se dio cuenta de algo importante.

—¿Phi?

—¿Sí?

Su prima parpadeó.

—¿Dónde están tus anteojos?

Phi se tocó la nariz y, al darse cuenta de que no estaban allí, los sacó del bolsillo del delantal y se los puso rápidamente. Parpadeó unas cuantas veces y miró a Daphne como si la viera de otra manera.

Y así era.

—¡Oh, hoy estás preciosa! —dijo con entusiasmo. Entonces debió de fijarse en la expresión especulativa de su prima—. Sé lo que estás pensando y sí, incluso sin los anteojos puedo distinguir a un hombre verdaderamente apuesto.

—Si tú lo dices...

—Lo digo —insistió, alterándose un poco—. ¿Por dónde iba?

Oh, sí, estaba organizando la bandeja del correo, por si había llegado alguna de sus cartas, cuando oí que alguien subía los escalones. Sus botas hacían un sonido impresionante, tenía un paso fuerte. Lo supe al instante.

Daphne asintió porque la comprendía, pensando en el ritmo resuelto de los tacones de lord Henry cuando había bailado con ella.

Aunque no había que tomarse muy en serio la comparación. Lord Henry no le llegaría al señor Dishforth ni a la suela de los zapatos.

Sobre todo ahora que lo había visto. Más o menos.

—Llegué cuando estaba a punto de llamar —dijo Phi.

—¡Gracias a Dios! —exclamó Daphne, que había sentido curiosidad por saber cómo era posible que la tía abuela Damaris no se hubiera despertado.

—Sí —se mostró de acuerdo Phi—. Entonces él hizo una reverencia de manera muy elegante...

—Por supuesto —dijo Daphne, y se lo imaginó quitándose el sombrero e inclinándose.

—Y se presentó. Y preguntó por ti. Bueno, no por ti, sino por la señorita Spooner. «He venido a ver a la señorita Spooner», dijo con una voz de lo más imponente, Daphne. —Phi suspiró—. Sin embargo, también fue muy considerado. Casi me desmayo.

—¿De verdad?

Porque Phi era la más práctica de los Dale prácticos.

Phi habló en voz baja, casi sobrecogida.

—Su voz es como un pastel de ciruela de la mejor calidad. Suculenta, profunda y, a la vez, tentadora.

Daphne se reclinó hacia atrás y miró a su prima. De repente tuvo la sospecha de que Phi había estado leyendo esas novelas ridículas de la señorita Darby de las que Harriet juraba que eran las mejores historias románticas que se habían escrito jamás.

—Sí, bueno —continuó Phi al darse cuenta de que ella la miraba boquiabierta—, baste decir que tu señor Dishforth es apuesto, educado y tiene un tono de voz divino.

—Pero ¿qué quería?

—¡Bueno, a ti! —afirmó Phi—. Quería verte. Insistió mucho.

Daphne dejó escapar el aire que había estado conteniendo.

—¿Qué le dijiste?

—Que no estabas aquí. Que habías salido de la ciudad. —Phi suspiró—. Lo que es casi verdad, porque sigues con la idea de regresar a Kempton cuando los otros se marchen a la fiesta en la casa, ¿no es así?

«La fiesta en la casa» era la que se iba a celebrar en Owle Park.

Phi era una Dale hasta la médula.

—Sí —contestó Daphne—. Voy a regresar a Kempton. En el carruaje de la tarde, pasado mañana.

Phi asintió con aprobación, porque había estado presente cuando la tía abuela Damaris las había sermoneado durante una hora entera sobre la locura y la ruina que conllevaba relacionarse con los Seldon. Incluso instruyó a Daphne sobre cómo deshacerse de su amistad con la señorita Timmons ahora que Tabitha se iba a corromper al casarse con uno de ellos.

—Tal vez quieras encontrar la manera de retrasar la vuelta —dijo Phi—, porque no parecía dispuesto a aceptar un «no» por respuesta cuando le dije que no estabas disponible.

Daphne se estremeció. Apuesto y contundente.

—¿Qué hiciste?

—Le di la carta que me pediste ayer que echara al correo. Y le deseé que tuviera un buen día. —Se encogió de hombros—. Tuve que echarlo del vestíbulo lo más rápidamente posible antes de que Ella misma lo oyera... o peor aún, antes de que Croston subiera de la cocina.

Daphne se quedó asombrada ante la entereza de Phi.

—Afortunadamente, fue lo suficientemente caballeroso como para aceptarlo —continuó Phi, y se alisó la falda.

Al contrario de como lord Henry hubiera manejado el asunto, pensó Daphne. Se lo imaginó en el vestíbulo sin querer marcharse, irrumpiendo en la sala de recepción y dándole a la tía abuela Damaris un susto de muerte.

Antes de que la anciana se lo diera a él.

Santo Dios, pensó Daphne estremeciéndose, ¿es que ese hombre nunca dejaría de invadir sus pensamientos?

Afortunadamente, el señor Dishforth no era como él.

Excepto por lo de apuesto.

Un señor Dishforth apuesto y adinerado. Daphne sintió cierta satisfacción y orgullo.

¡Oh, si hubiera podido encontrarlo la noche anterior en el baile del duque de Preston antes de conocer a esa desgracia humillante! Entonces podría haber bailado con él y desairar a los Seldon, a todos sin excepción, desde el refugio que le ofrecía el abrazo sólido y firme del señor Dishforth.

Y nunca tendría que soportar las opiniones insufribles de lord Henry.

«¿Está segura de eso?», casi podía oírlo, burlándose.

—¡Oh! —exclamó Phi. Se puso en pie y metió la mano en el bolsillo del delantal. Sus gestos sacaron a Daphne de su ensoñación—. Pero eso no fue todo.

¿Había más?

—Me pidió que te diera esto. —Phi mantuvo la carta contra el pecho unos instantes—. Dijo que la había escrito por si no podía hablar contigo en persona.

Por supuesto. El señor Dishforth no era sólo un romántico; también era un hombre práctico que siempre iba un paso por delante de todo.

Era una de las mil razones por las que Daphne ya se había enamorado de él.

Phi seguía con la carta en la mano y se la tendió lentamente, como si le estuviera ofreciendo un cofre lleno de joyas que no quería entregar.

Daphne casi no respiraba cuando alargó la mano hacia el familiar papel grueso en el que la dirección estaba escrita con esa caligrafía firme que le gustaba repasar con el dedo.

Señorita Spooner
Christopher Street, 18
Mayfair, Londres

—¡Ábrela! —dijo Phi, que también parecía haberse quedado sin aliento.

—Sí, sí —contestó ella.

Pero de repente no quiso hacerlo. Sobre todo, delante de Phi.

¿Qué iba a decir si la misiva contenía sentimientos atrevidos y apasionados, como los que había en su carta del otro día?

Sin embargo, pronto descubrió que las noticias eran de otra índole.

Mi querida señorita Spooner, he estado postergando decirle esto, y había esperado poder contárselo anoche... ¿Puedo pedirle que olvidemos todo lo de anoche?

Olvidado, le habría dicho Daphne rotundamente.

Me veo en la obligación de salir de Londres y estaré fuera un mes, puede que más. Debo asistir a una celebración nupcial en el campo. Por favor, después de lo de anoche, si todavía desea mantener correspondencia conmigo, envíe sus cartas a Owle Park, Kent...

Daphne inspiró bruscamente y contuvo la respiración. ¿Owle Park?

—¿Qué ocurre? —quiso saber la prima Phi, que miró la hoja entornando los ojos.

—Va a ir a la boda.

—¿Se va a casar?

Phi se enderezó.

Estaba encolerizada y dispuesta a tomarse la venganza por su propia mano.

Daphne se inclinó hacia delante e hizo que se volviera a sentar.

—¡No, no! Va a asistir a una boda. —Recordó dónde estaba y bajó la voz—. A la boda de Tabitha.

Phi se quedó callada mientras asimilaba la información y entonces abrió mucho la boca, sorprendida.

—¡Cielo santo!

—¿Qué voy a hacer? Mi madre me ha prohibido ir. La tía Damaris dijo que me borraría de los anales de la familia si pensaba siquiera en asistir.

La prima Phi se volvió a levantar. Y entonces dijo algo que sorprendió totalmente a Daphne.

—Lo único que puedes hacer es ir. Debes hacerlo.

¿La prima Phi acababa de animarla a ir a la boda? ¿A una boda Seldon?

—¿Cómo podré atreverme a hacerlo? —susurró Daphne.

Phi se inclinó hacia ella.

—Si hubieras conocido al señor Dishforth, como he hecho yo, ni siquiera lo preguntarías.

Capítulo 5

¿Acaso importa el exterior cuando hay un corazón latiendo en el interior, un alma llena de anhelo que espera descubrir su verdadera gran pasión?

Fragmento de una carta
del señor Dishforth a la señorita Spooner

Owle Park, Surrey. *Una semana después*

*H*enry bajó la escalera principal muy temprano para ir a desayunar. Mucho antes de que el resto de los invitados se levantara. Benley ya le tendría preparados los periódicos, que acabarían de llegar de Londres, y podría comerse tranquilo sus arenques ahumados y sus huevos.

Durante las próximas dos semanas le resultaría complicado disfrutar de la soledad, porque Owle Park estaría inundado de invitados. Los carruajes no habían dejado de llegar el día anterior y durante la noche, cuando los huéspedes de última hora se habían apresurado a asegurarse un lugar en lo que las columnas de cotilleo llamaban «la única fiesta de importancia».

Por tanto, nadie había declinado la invitación.

Sobre todo después del baile de compromiso, en especial después del baile de la cena, o el «baile del escándalo», como lo habían apodado. En una sola noche se había convertido en objeto de especulación y chismorreo, una posición que no le sentaba nada bien.

Ése siempre había sido el papel de Preston en la familia, no el suyo. Pero ahora que el duque se había vuelto de lo más respetable gracias a su compromiso con la señorita Timmons, los curiosos habían desviado su ávido interés hacia él.

Y todo por culpa de ella. La condenada señorita Dale.

Tampoco se sentía totalmente exento de culpa. Tal vez él la hubiera provocado.

Ligeramente.

Fuera como fuere, no se podía negar que el hecho de que ella desapareciera del baile le había colgado el sambenito de «el más Seldon de los Seldon», y no había manera de quitárselo... a juzgar por las cartas que habían desbordado el vestíbulo de Harley Street después de aquella noche. Ofertas, invitaciones y notas de damas... casadas y no casadas. Todas dirigidas a lord Henry Seldon.

No a Preston. Ni a Hen. A él.

Aparentemente, un hombre que motivaba tanta ira en una dama merecía ser inspeccionado más de cerca.

Durante la noche, se había convertido en el canalla más famoso de Londres.

No se dio cuenta de que se había quedado parado en el rellano, y una de las doncellas recién contratadas pasó rápidamente a su lado como escabulléndose, con los ojos muy abiertos y la curiosidad reflejada en el rostro, como si estuviera viendo a una criatura así por primera vez.

¡Un canalla!

Le dieron ganas de gritarle «¡Bu!»

En lugar de eso, negó con la cabeza y siguió bajando los escalones. A aquella hora tan intempestiva toda la casa estaba en silencio, excepto por los movimientos susurrados de los sirvientes, que lo preparaban todo para las actividades del día.

En las que él tendría que tomar parte... por insistencia de Hen y Preston. Supuso que era una penitencia por la debacle del baile de compromiso.

Habría sido mucho más feliz quedándose en Londres, acudiendo a Owle Park el día anterior a la boda y regresando inmediatamente después, pero no, como ahora estaba en boca de todos, había tenido que huir al campo.

Por lo menos, Owle Park le ofrecía una ventaja: allí no estaba la señorita Dale.

Eso debería haberlo reconfortado un poco y, sin embargo, sólo le demostraba que esa desvergonzada insolente seguía invadiéndole los pensamientos. Con sus sonrisas adorables, sus ojos brillantes y sus hermosos rasgos.

Y su comportamiento completamente enojoso.

Bueno, afortunadamente, su terco orgullo y su estirpe Dale le habían impedido aceptar la invitación a la boda de Preston y a la celebración en la casa, sin importar que fuera una querida amiga de la señorita Timmons.

Pero permanecer en el campo también lo dejaba en desventaja, porque difícilmente podría continuar su búsqueda de la señorita Spooner mientras estaba atrapado allí, rusticando.

Apretó la mandíbula. Desde aquella noche, no había recibido ninguna carta ni nota de la dama.

La noche en que la señorita Dale lo había arruinado todo.

Sin embargo, cada vez que pensaba en ella, no podía evitar compararla con la señorita Spooner.

Y se la imaginaba totalmente opuesta a la señorita Dale: sin estilo, simple, sin un ápice de gracia, como la criatura que le había abierto la puerta en Christopher Street.

Por un momento, Henry había temido que tuviera que poner a prueba sus propias palabras:

¿Acaso importa el exterior...?

La chica introvertida, esa solterona que había abierto la puerta, lo había mirado con una mezcla de recelo y asombro que lo había tomado por sorpresa. Hasta que descubrió que no era la señorita Spooner.

Casi había exclamado «¡Gracias a Dios!», aunque lo hubiera echado con eficiencia tras coger la carta.

Se dio cuenta de que debía de ser alguna pariente, porque tenía el mismo aire de sensatez y determinación que rezumaban las cartas de la señorita Spooner. También le había sorprendido pensar que había algo muy familiar en aquella mujer, como si la hubiera visto antes... un parecido familiar tal vez con su señorita Spooner, pero la única persona que seguía acudiendo a su mente era la señorita Dale.

Henry hizo una mueca. ¡La señorita Dale, ni más ni menos! ¿No sería aquello una pesadilla?

No, él deseaba una compañera serena y confiable con quien pasar sus días.

¿Y qué hay de tus noches?, lo provocó una vocecilla irónica. *¿Con quién preferirías pasar las noches?*

La primera imagen que le vino a la mente fue la de la señorita Dale, con el cabello suelto y su exquisita figura envuelta sólo por las sábanas, tentándolo a abandonar su naturaleza sensata y a disfrutar de los placeres nocturnos que sólo una criatura como ella podía ofrecerle.

Era una imagen que lo había obsesionado desde aquella noche.

Incluso había creído verla siguiéndolo en Londres, cuando había ido a descubrir la identidad de la señorita Spooner. Una idea ridícula... pero eso era lo que las mujeres Dale y su insoportable belleza les hacían a los hombres sensatos.

Sí, una señorita correcta y sensata era justo lo que necesitaba para extinguir los rescoldos del fuego que la señorita Dale había encendido dentro de él.

Con esa decisión firmemente asentada en su corazón, dobló la esquina al final de las escaleras y vio una nota en la bandeja del correo. Podría haber pasado de largo, porque probablemente sería sólo algún cotilleo morboso redactado atropelladamente y que habían dejado para que alguno de los lacayos lo entregara en la fiesta, pero la caligrafía hizo que se detuviera en seco.

Y no sólo la caligrafía, sino también el nombre del destinatario:

Dishforth

Comprobó a su alrededor para asegurarse de que no había nadie que lo viera, alargó la mano rápidamente y cogió la nota de la bandeja. Miró boquiabierto el sencillo papel doblado que había escrito nada menos que la señorita Spooner.

¿Cómo diablos...?

Echó otra mirada subrepticia al vestíbulo y, tras confirmar que no había nadie por allí, deslizó el pulgar bajo el sello, desdobló el papel y leyó la única línea que contenía:

Resulta que a mí también me han invitado.

Tras haberse llenado el plato de comida, Daphne suspiró y paseó la mirada por el cómodo desayunador. Le resultaba incomprensible que ese rincón tan acogedor de Owle Park, con sus techos de estilo rococó, los revestimientos blancos de madera, pintura de color apio y molduras doradas por todas partes, fuera diseño de un Seldon. Incluso los brillantes rayos de sol matutinos que entraban por las enormes ventanas que había a ambos extremos de la habitación le daban un resplandor alegre que hacía casi imposible creer que se hubiera internado en territorio enemigo.

Owle Park. El hogar hereditario de los Seldon. Acalló un momentáneo instante de pánico alargando la mano y posándola sobre la cabeza áspera del *Señor Muggins*. El terrier irlandés que pertenecía a Tabitha la había saludado la noche anterior como si fuera una amiga a la que hacía tiempo que hubiera perdido y todavía no se había separado de ella... por lo que Daphne se sentía agradecida.

—Estamos solos, ¿no crees? —le susurró mientras le rascaba detrás de las orejas.

El *Señor Muggins* dejó escapar un enorme suspiro y ladeó la cabeza, dispuesto a escuchar sus problemas siempre y cuando siguiera rascándole ahí.

—Dishforth está muy cerca —dijo Daphne, feliz por tener a alguien en quien confiar, aunque fuera el *Señor Muggins*—. Está aquí, en esta casa.

Ese pensamiento debería haber bastado para animarla, pero tenía que pensar en otra cosa.

Aunque Dishforth estuviera en Owle Park en ese mismo momento, también estaba lord Henry Seldon.

Daphne apretó los labios y suspiró. Qué hombre tan mezquino y desagradable.

No podía evitarlo. Cada vez que pensaba en él, se recordaba que era exactamente eso.

Un hombre mezquino y desagradable.

Hablando de él, su voz profunda le llegó desde el umbral.

—¡Oh, Santo Dios! ¿Qué está haciendo aquí?

Daphne y el *Señor Muggins* levantaron la vista hacia el hombre que había en la puerta del desayunador.

—Lord Henry.

Daphne inclinó la cabeza ligeramente para saludarlo, mientras que sus pensamientos comenzaban a repiquetear como la campanilla de una tienda.

¿Qué hacía levantado tan temprano? Había dado por sentado que cuando ellos, lady Essex, Harriet, el sobrino de lady Essex, el conde de Roxley, y ella, habían llegado por la noche y no lo había visto, estaría ocupado con las actividades libertinas y diabólicas a las que solían dedicarse los hombres de su reputación y propensiones.

Por alguna razón, la idea de que estuviera con otra mujer la hacía sentir tanta rabia que no quería ni pensarlo.

En lugar de eso, decidió compadecer a la pobre dama engañada que fuera objeto de sus atenciones.

Pero eso no explicaba qué estaba haciendo levantado tan temprano y con un aspecto excelente: aseado, bien vestido y mirándola de manera penetrante. No parecía un hombre que hubiera estado de juerga hasta altas horas de la madrugada.

—Señorita Dale, ¿de dónde ha salido usted? —le preguntó mientras entraba en la estancia y se detenía en el otro extremo de la mesa.

—De Londres —contestó con suavidad, a pesar del aleteo de emociones que sintió al verlo—. ¿No lo recuerda? Nos conocimos allí hace una semana.

Él se encogió.

—Tenía entendido que había declinado la invitación de Preston —replicó.

Paseó la mirada por la habitación vacía y frunció el ceño.

Ella no estaba más contenta de encontrarse a solas con él de lo que se sentía él.

—He cambiado de opinión.

—Por supuesto que lo ha hecho —dijo él.

Parecía a punto de levantar las manos al cielo con desesperación... o de echarla de allí.

Daphne alargó la mano hacia el *Señor Muggins* e intentó parecer más valiente de lo que realmente se sentía. ¿Por qué ese hombre siempre la dejaba tan... tan... alterada? Desde luego, no pensaba permitir que provocara otra escena como la del baile de compromiso.

No, jamás.

Lo miró de nuevo. Tenía el ceño fruncido y en sus ojos de color azul se leía algo que no era precisamente una cálida bienvenida, así que pensó que tal vez ayudara recordarle cuál era su posición allí.

—Sé que Tabitha se alegrará mucho de saber que he podido venir con lady Essex.

Como sospechaba, lord Henry pareció a punto de vomitar al oír el nombre de la dama.

Pero no pareció ser suficiente porque se recuperó enseguida, cruzó los brazos sobre el pecho y, como si no tuviera la más mínima idea de lo que ella estaba hablando, dijo:

—¿Y su familia? ¿Aprueban que esté aquí? Habría pensado que estarían indignados.

Entonces fue el turno de Daphne de echarse a temblar.

—En absoluto —mintió—. Confían en que no me vea tentada por las infames preferencias de su familia. —Hizo una pausa para observar sus bellos rasgos y añadió rápidamente—: Y así será.

—Gracias a Dios por estos pequeños favores —replicó él.

Su voz profunda pareció atravesarle la médula con esa nota de ironía, mientras la recorría de arriba abajo con la mirada y la desestimaba al instante.

—¿Se espera que vengan más Dales? —añadió, entusiasmado con la idea de que se la llevaran de allí—. ¿Intentarán rescatarla? ¿Debemos esperar que traigan rodando la catapulta desde Langdale? —dijo, refiriéndose a la propiedad Dale que colindaba con Owle Park.

La propiedad en la que residía Crispin, el vizconde Dale.

Era el único obstáculo en todo aquello. Crispin. Daphne tenía que evitarlo a toda costa. Y sería sencillo, porque él jamás pondría un pie en territorio Seldon.

Al contrario que ella.

Sintió una punzada de culpabilidad, pero la ignoró. Había mucho más en juego que las obligaciones familiares.

—No, no creo que eso sea necesario —dijo—. No creo que mi estancia sea muy larga.

—¿No?

Santo Dios, no hacía falta que pareciera tan esperanzado.

—No —confirmó ella, y no dijo nada más.

Volvió a prestar atención a su desayuno, dispuesta a ignorar a aquel hombre y a concentrarse en sus planes de encontrar a Dishforth.

Porque no disponía de mucho tiempo para llevar a cabo su tarea.

No sabía durante cuánto tiempo Phi podría cumplir su parte del trato e impedir que la familia descubriera la verdad: que no estaba, como pensaba su madre, todavía en Londres, en casa de la tía abuela Damaris. Lo que significaba que la gran dama del clan Dale debía creer que ella había regresado a casa de sus padres, en Kempton.

Dado que las cartas tardaban una semana más o menos en llegar y regresar, mientras Phi consiguiera interceptar cualquier correspondencia dañina y nadie mencionara su paradero o algún cotilleo de la noche del baile, tendría tiempo para descubrir al señor Dishforth, enamorarse perdidamente de él y regresar a Londres o a Kempton prometida con el caballero perfecto.

Al menos, ése era el plan. Miró al *Señor Muggins* en busca de consuelo.

El perro no le quitaba ojo al plato que lord Henry se estaba sirviendo del aparador.

Ella apretó los dientes con frustración. ¿Tenía él que quedarse? Entonces recordó que aquella era la casa de su familia, y que la intrusa era ella.

Cuando lord Henry se dio cuenta de que lo estaba mirando, preguntó:

—¿Qué está haciendo en pie tan temprano?

—Prefiero levantarme a esta hora. Al igual que usted, por lo que parece.

—Sí, quería evitar las hordas de la boda.

Les lanzó a ella y al *Señor Muggins* una mirada reveladora.

Diciendo claramente que no soy bienvenida.

Daphne sonrió sin gracia, como si no supiera qué quería decir.

Entonces él se volvió con el plato en la mano y la miró.

—¿Por qué?

—¿Por qué, qué?

—¿Por qué? —Él apretó la mandíbula—. Señorita Dale, su presencia aquí es inexplicable.

—Y aun así, aquí estoy.

—Vuelvo a preguntarle: ¿por qué? —insistió.

—Por Tabitha, por supuesto.

Daphne apartó la mirada, porque no confiaba en ella misma. Lord Henry era muchas cosas, pero no era tonto y su mirada acerada la penetraba, le daba la sensación de que podía ver a través de su vestido, hasta su alma.

—¿Y su familia lo aprueba?

—Por supuesto —volvió a mentir—. Permítame que sea sincera...

—Lo prefiero —afirmó él con vehemencia.

—Yo también —contestó Daphne—. He venido por Tabitha, únicamente por ella. En cuanto Preston y ella se casen, regresaré a Londres...

O a donde su familia, furiosa, decidiera desterrarla. Sospechaba que una larga visita a Dermot Dale estaría a la orden del día. No importaba que Dermot se distinguiera por ser el único Dale convicto y enviado a la colonia penal de Botany Bay.

Durante un instante, sintió pánico. *¿Tendrán modistas en Nueva Gales del Sur?*

Se quedó helada al pensar en tal destino y miró a lord Henry directamente a los ojos.

—Así que, como ve, sólo tendrá que sufrir mi compañía durante dos semanas, y después no volveremos a vernos nunca más.

Esperó que él hiciera algún comentario. Tal vez «¡Amén!» o «Gracias a Dios». O, probablemente, algo más acorde con su lengua afilada, como «¡Qué alivio!»

Pero no lo hizo. Para sorpresa de Daphne, asintió con la cabeza y se sentó en la silla que había enfrente de ella.

—Entonces, si ése es el caso, señorita Dale, ¿puedo sugerir que nos comprometamos a guardar las distancias?

—¿Quiere decir que nos mantengamos alejados el uno del otro? —preguntó ella, mirando de manera reveladora al otro extremo de la mesa.

—Sí, exacto —dijo, sin entender lo que ella sugería.

—Una proposición excelente.

—Nada me gustaría más —afirmó él, y se dispuso a desayunar.

Daphne se aclaró la garganta.

—Ejem.

Él levantó la mirada y parpadeó, como si ya se hubiera olvidado de su presencia.

—¿Sí, señorita Dale?

—Puede empezar por cambiarse de sitio.

—¿Perdón?

—Cambiarse de sitio.

—¿Adónde?

—Al otro extremo de la mesa.

Señaló con la cabeza el otro lado. El que estaba bien alejado de ella.

—Pero ya me he acomodado aquí. Siempre me siento aquí.

—Sí, puede ser, pero ha sido idea suya, usted lo propuso. —Se limpió los labios con la servilleta—. No es muy caballeroso insistir en ello y después pedirle a una dama que se cambie de lugar.

Lo volvió a mirar de manera escéptica y mordaz, como dando a entender que dudaba de que fuera capaz de hacer esa concesión digna de un caballero.

Henry entornó los ojos de forma mortífera, pero recogió su plato y caminó a grandes zancadas hasta el extremo de la enorme mesa, bien lejos de ella.

En cuanto se hubo sentado, ella le dio al *Señor Muggins* la última de sus salchichas y se levantó, porque de repente había perdido el apetito. Mientras lord Henry la miraba boquiabierto, ella salió del desayunador serenamente, a pesar de la tormenta que se estaba formando en su interior.

Daphne pasó gran parte de la mañana en la quietud de la biblioteca, comparando la lista de invitados que había robado del escritorio de Tabitha con su propia lista de posibles candidatos. Enseguida llegó a la conclusión de que tenía un gran reto por delante, porque casi media docena de los caballeros allí reunidos podría ser el hombre que buscaba.

—¡Vaya, *Señor Muggins*! ¿Cómo voy a reducir el círculo? —le preguntó al terrier, que siempre estaba presente.

El *Señor Muggins* se puso en pie rápidamente, con las orejas tiesas, y cuando echó a correr hacia la puerta, Daphne oyó el repiqueteo de las botas de Tabitha.

Su amiga asomó la cabeza en la biblioteca.

—Está aquí, Harriet —dijo, y después dirigiéndose a Daphne—: Hemos estado buscándote por todas partes. ¿Qué estás haciendo? —preguntó, a la vez que Harriet aparecía detrás de ella.

—¿Tú qué crees? Intento descubrir quién puede ser Dishforth.

Dobló rápidamente sus papeles y notas y los metió en un cuaderno, cerrándolo después.

—A lo mejor lo único que tienes que hacer es mirar a lord Henry —sugirió Harriet.

Daphne se enfureció. Otra vez no. Desde el baile de compromiso de Tabitha, Harriet se había mantenido firme en su convicción de que lord Henry podría ser el señor Dishforth.

—¿Cuántas veces tengo que decírtelo, Harriet? Lord Henry no es mi señor Dishforth.

—Pero en el baile...

—Sí, sí, puede que me confundiera al pensar que era Dishforth, pero ¿no te das cuenta de lo equivocada que estaba?

Tabitha y Harriet intercambiaron una mirada escéptica.

—Daphne —empezó a decir la futura duquesa—, ¿por qué no le pregunto a Preston si sabe...?

Daphne la interrumpió rápidamente.

—¡No! ¡No debes hacerlo! ¿Y si se lo comenta a lord Henry?

—Eso podría aclararlo todo —murmuró Harriet.

Daphne la ignoró, al igual que Tabitha.

—La noche del baile ya fue suficientemente mortificante —dijo Daphne—. Por favor, Tabitha, te ruego que no le hables de esto al duque.

—No lo haré —le prometió su amiga.

Al ver el pesimismo reflejado en el rostro de Harriet, Daphne no tuvo más opción que continuar:

—Me sentí cautivada por el romance del baile y por la idea de conocerlo. Si hubiera tenido más claridad de mente, nunca habría cometido ese error. ¡Lord Henry, ni más ni menos! Es demasiado ridículo como para pensar en ello.

—Sí, bueno —musitó Tabitha, lanzándole una mirada a Harriet—. ¿Puedo sugerirte que, en vez de esconderte aquí, continúes tu búsqueda en persona?

Se acercó, cogió el cuaderno y se lo tendió a Pansy, que estaba detrás de ella con el sombrero y el chal de Daphne preparados.

—¿Qué ocurre? —preguntó Daphne mientras Tabitha las conducía rápidamente por un largo pasillo, y después por otro.

—Obligaciones de la fiesta —dijo Harriet.

Daphne estaba a punto de decir que tenía mejores cosas que hacer que tomar el té en la hierba o ponerse a bordar cuando Tabitha las guió hasta la puerta principal y las hizo bajar los escalones.

Vio asombrada que todos los invitados a la fiesta estaban reunidos en los amplios senderos de grava de Owle Park. En el camino curvado de coches había una colección de carruajes, calesas y carros, a la espera de lo que el duque hubiera preparado para ellos.

Pero lo más importante eran los caballeros.

Daphne los recorrió a todos con la mirada.

—¿Éstos son todos?

A Tabitha, divertida, le brillaban los ojos.

—Sí.

Era mucho más revelador que las listas de invitados y las entradas que había copiado de *Debrett's*.

—Ahora, lo único que tienes que hacer es encontrarlo —añadió Harriet, y saludó con la mano a lady Essex, que estaba junto a otra anciana.

En ese momento, la mirada de Daphne recayó sobre el indeseado lord Henry.

Se estaba paseando entre el gentío, y se dio cuenta de por qué lo había confundido con Dishforth. Había parecidos evidentes entre el tío de Preston y su amor verdadero: compartían la misma seguridad en sí mismos y la misma confianza que ella había vislumbrado el otro día en Christopher Street.

Si al menos hubiera podido ver al hombre más de cerca... Porque cuanto más miraba a su alrededor, más se daba cuenta de que todos los caballeros se comportaban igual.

Santo cielo, tenía suerte de estar en una fiesta con todos los hombres apuestos de Inglaterra. Superaba con mucho la descripción miope de Phi.

—¿Te los han presentado a todos, Tabitha? —le preguntó.

—Así es —contestó, pero no dijo nada más.

Harriet la golpeó suavemente con el hombro.

—Deja de hacerte la interesante y dinos quiénes son. Antes de que Daphne te haga la zancadilla.

Tabitha sonrió con superioridad.

—No se atrevería a hacer ese truco dos veces.

Daphne las ignoró a las dos, bajó los escalones y sus amigas se apresuraron a seguirla.

En cuanto hubieron terminado de reírse.

Mientras caminaban por el jardín, con el *Señor Muggins* pisándoles los talones, Daphne inclinó la cabeza ligeramente hacia el primer hombre que vieron.

—¿Quién es ése?

—¿Quién? —preguntó Tabitha, haciéndose visera con la mano sobre los ojos.

Harriet se rió.

—El que parece un pirata.

Ciertamente, uno de los caballeros se asemejaba a un corsario, con el rostro curtido, una mata despeinada de cabello oscuro y su manera de vestir, más informal. Se apoyaba en un bastón pero, al mismo tiempo, gesticulaba vehementemente mientras conversaba con otro hombre.

—Es el capitán Bramston —les dijo Tabitha.

—¿Bramston? —jadeó Harriet—. ¿El capitán Bramston?

Las tres miraron al nuevo héroe de Inglaterra. Daphne conocía muy bien su nombre, porque su osadía naval había aparecido en los periódicos durante años, y su protagonismo había continuado cuando lo enviaron a su casa de Londres para recuperarse.

—Es un primo o algo así de lady Juniper y de lord Henry, por parte de madre. Y ha venido con su hermana, lady Clare —las informó Tabitha.

Pasaron junto al capitán, que se descubrió y les guiñó un ojo al verlas.

—Entonces, es un Seldon —comentó Daphne.

Harriet dejó escapar un silbido.

—Es lo suficientemente guapo como para serlo.

—Y también parece un poco diabólico —dijo Daphne, y se preguntó si debajo de la fanfarronería del hombre se encontraría el alma sensata de Dishforth. No le parecía posible, así que siguió al próximo candidato—. ¿Y quién es el que está con el capitán?

—Lo creáis o no, es el conde de Rawcliffe —les dijo Tabitha.

—¿Rawcliffe?

Las dos se quedaron boquiabiertas y miraron de nuevo al hombre que, en Kempton, era tan famoso como ausente. El conde poseía la casa que había sido el hogar del padre de Tabitha hasta que éste murió y del que ahora disfrutaba el tío de Tabitha, el reverendo Timmons.

—Sí, ha vuelto a Inglaterra. Está aquí desde que comenzó la temporada social. Preston mencionó que lo había visto en White's, y por eso lo invité —les confió Tabitha—. Imaginad mi sorpresa cuando aceptó.

El hombre se dio cuenta de que había captado su atención e hizo una reverencia destinada a las tres.

Daphne suspiró. No había ninguna chica soltera en Kempton que no soñara con ser la mujer que le devolviera su antigua gloria a Rawcliffe Manor, la enorme mansión de estilo Tudor que llevaba vacía tantos años. *Si aquel hombre fuera Dishforth...*

Miró de nuevo de reojo al conde de Rawcliffe y consideró las posibilidades.

No le extrañaba que lady Essex y otras damas de Kempton, las gemelas Tempest e incluso la tímida señorita Walding, merodearan alrededor del hombre.

Mientras continuaban rodeando a la multitud, Daphne descartó a varios invitados como posibles candidatos: Chaunce, el hermano de Harriet, era demasiado Hathaway como para sentarse a escribir una carta; Roxley era demasiado fastidioso para pensar siquiera en una cosa así; ¿y el conde de Kipps? Fácilmente descartable porque debía dinero a todo el mundo.

Kipps necesitaba una heredera. No era algo que uno buscara poniendo un anuncio en el *Morning Chronicle*.

Cuando terminaron el recorrido entre toda la gente, Daphne vio a lord Henry a la derecha de Preston y descubrió, para su disgusto, que la estaba observando.

Ella se humedeció los labios y desvió la mirada. El temblor intenso que la recorría cada vez que lo miraba se apoderó de ella.

Imaginó que, cuando encontrara a Dishforth, todo su cuerpo temblaría así, por lo que recorrió con la mirada a los demás caballeros, esperando que alguno de ellos le provocara tal pasión.

Un leve estremecimiento.

¿Una chispa?

Pero no sintió nada.

—Daphne —susurró Harriet—. Sonríe. Tu ceño fruncido hará que lady Essex venga hacia aquí con la cajita de sales, convencida de que las necesitas.

—No estoy frunciendo el ceño —contestó, susurrando también, y se esforzó por sonreír y no mirar a lord Henry—. ¿Sabes de qué se trata todo esto, Tabitha?

—Preston lo explicará —afirmó la futura duquesa, señalando con la cabeza al que muy pronto iba a ser su marido.

El conde se subió a unos escalones de madera usados para ayudar a montar los caballos y levantó las manos.

—Éste es el desafío de hoy. La búsqueda del tesoro.

Se oyeron vítores y algunos cuchicheos. Los caballeros lanzaron miradas traviesas a las damas, mientras éstas agitaban los abanicos ante la perspectiva de semejante tarea.

El duque continuó:

—A cada pareja se le proporcionará un mapa e instrucciones para descubrir dónde está oculto su tesoro, y todo lo que tienen que hacer es encontrarlo y regresar los primeros.

—¿Cómo se van a elegir los equipos? —preguntó Fieldgate, y le guiñó un ojo a Harriet.

—Se echará a suertes —contestó.

Aquello pilló por sorpresa a todo el mundo, y los cuchicheos aumentaron de volumen.

—Sí, pero... —comenzó a quejarse Roxley.

—Nada de quejas o no tendrás derecho a ganar el premio —le dijo Preston a su amigo.

—¿Un premio? —susurró Daphne.

—Sí, tú escucha —le dijo Tabitha.

—El equipo ganador será el primero en elegir pareja para el vals en el que se quitarán las máscaras.

Daphne inspiró profundamente. Era de lo más romántico. Si Dishforth o ella ganaban, podrían estar juntos para el momento del desenmascaramiento.

Se lo imaginó a la perfección.

«Señorita Spooner», susurraría él mientras le desanudaba con suavidad las cintas de la máscara y, cuando ésta cayera, se verían por primera vez.

Sin embargo, para su disgusto, cuando se imaginó ese instante no había ningún rostro atractivo mirándola, aparte del de lord Henry.

Abrió los ojos de repente y se estremeció.

—¿Qué ocurre? —le preguntó Harriet.

—Un escalofrío —contestó Daphne.

—Estoy empezando a pensar que necesitas de verdad las sales de lady Essex —murmuró Harriet.

—Yo diría que va a llover —añadió Tabitha, y ambas la miraron—. Bueno, Daphne siempre se estremece antes de que comience la lluvia.

—No hay ni una sola nube en el cielo —dijo Harriet.

Se cruzó de brazos y le dirigió a Daphne una mirada escrutadora.

—Puede que llueva —dijo Daphne, que no quería revelar la verdadera causa de su estremecimiento.

Y, en esa ocasión, no miró hacia donde estaba él. En lugar de eso, observó al resto de la multitud y se fijó en unas damas un poco apartadas, cerca de lord Astbury. Una de ellas llevaba una elegante seda de color verde manzana que ella había visto en una pañería de Londres. Casi se había desmayado al ver el precio, prohibitivamente elevado, y allí estaba una joven dama que no sólo podía permitírsela, sino que además se había hecho con ella un vestido de día.

—Tabitha —susurró Daphne—. ¿Quién es esa dama... —Señaló con la cabeza hacia lord Astbury—, la de la seda verde manzana?

Tabitha arrugó la nariz al mirar rápidamente en esa dirección.

—La señorita Nashe. Y, por supuesto, lady Alicia Lovell está con ella.

—¿La señorita Nashe? ¿La heredera? —dijo Harriet, mirando boquiabierta a la dama en cuestión.

—La misma —contestó Tabitha.

Quedó claro que no le gustaba nada la chica. Aunque ella también era una heredera, nunca se vestía como la señorita Nashe, que iba llamando la atención desde las cintas francesas de su sombrero hasta el cuero de becerro de las botas.

—Lady Juniper insistió en que la invitáramos —siguió diciendo Tabitha—. Y no se le puede pedir su asistencia sin incluir a lady Alicia.

Y todas sabían por qué. A donde quiera que fuera la señorita Nashe, la seguían buenas críticas en los periódicos... como había ocurrido durante toda la temporada. Dónde compraba la señorita Nashe. Con quién bailaba. A qué hora salía a pasear en carruaje por el parque. Ser despreciado por la señorita Nashe equivalía a caer en desgracia.

Y, por supuesto, siempre estaba su querida amiga, lady Alicia, a su lado, con sus contactos y linaje impecables aunque, desafortunadamente, no tenía nada de dinero, al contrario que la señorita Nashe.

Mientras tanto, Preston estaba alzando dos bolsas de terciopelo.

—En este saco tengo los nombres de todas las damas. —Levantó bien alto el primero y después alzó el otro—. Y los de los caballeros en este otro. Sacaré el nombre de una dama y después ella sacará el de su compañero. El equipo así formado ya será libre de escoger el carruaje que quiera y comenzar la búsqueda. —Le dio la bolsa con los nombres de los hombres a Tabitha y después metió la mano dentro del saco que contenía los de las mujeres—. Señorita Hathaway —dijo.

Harriet se encogió de hombros y se dirigió a él. Tras un momento de inquietud, metió la mano en la bolsa y se lo dio a Preston.

—Fieldgate.

El hombre se acercó, sonriendo como un león. Preston le dio un mapa, Fieldgate agarró a Harriet de la mano y caminó con aire triunfante hacia el coche de carreras de dos caballos que tenía enfrente.

Y así continuaron durante los siguientes minutos, formando parejas mientras el campo de posibles compañeros disminuía y los carruajes desaparecían rápidamente.

Incluso lady Essex consiguió un compañero, lord Whenby, un caballero de edad que la hizo ruborizarse con promesas susurradas mientras la acompañaba a uno de los faetones más rápidos de Preston.

Para horror de Daphne, pronto quedaron sólo la señorita Nashe, lord Astbury, lord Henry y ella.

Peor aún, ya solamente quedaban un coche viejo de dos caballos y un carro tirado por un poni. Ninguno era precisamente el tipo de vehículo veloz que los podría llevar a la victoria.

Centró su atención en lord Astbury y pensó en él como su posible Dishforth.

De él se decía que era instruido y erudito, y que vivía solo en Londres. Eran puntos a su favor.

Y era atractivo. Bastante.

Sin embargo... su mirada rebelde se dirigió al otro lado.

Porque allí estaba lord Henry, dedicándole a la señorita Nashe una sonrisa libertina, como si estuviera convencido de que los iban a emparejar. La chica batió las pestañas y le sonrió levemente.

¿De verdad? ¿Ese tipo de mujer engreída era al que lord Henry le parecía fascinante?

Una vez más, Daphne sintió satisfacción al reafirmar sus convicciones de que lord Henry no podía ser el hombre que buscaba. Su sensato señor Dishforth vería a la llamativa y siempre resplandeciente señorita Nashe con horror.

No, no había forma de que lord Henry pudiera ser Dishforth.

Entonces, se dio cuenta de que Preston decía otro nombre.

—Señorita Nashe.

Daphne se quedó inmóvil, observando cómo la heredera se acercaba.

La señorita Edith Nashe iba a decidir su destino, todo su futuro.

La joven hurgó en la bolsa durante una eternidad hasta que lord Henry dijo:

—Señorita Nashe, sólo se trata de un trozo de papel. Saque uno —dijo con impaciencia, casi malhumorado.

—No sé cuál elegir —contestó ella.

Sonrió a los dos caballeros, evidentemente ajena a la crítica.

¡Santo Dios, saca el nombre de lord Henry y acabemos con esto!, quiso gritar Daphne. Eso, o quitarse una bota y abofetear a la atontada con ella, como había visto hacer una vez a Harriet con uno de sus hermanos.

Lord Astbury fue mucho más amable. Sonrió con calidez.

—Tiene nuestros corazones en su mano, señorita Nashe.

Daphne no supo por qué, pero le lanzó una mirada contrariada a lord Henry, porque compartía su impaciencia. Y, para su sorpresa, él la estaba observando con la misma mirada de exasperación.

«¿Qué le pasa a esa joven?», parecía preguntarle él.

«¿Cómo voy a saberlo? Yo ya habría sacado el nombre.»

Daphne desvió la mirada. ¿Por qué cada vez que lo miraba él conseguía enredarla?

Pero en esa ocasión, la culpa no era sólo de lord Henry.

—Sí, bueno, allá voy —dijo la señorita Nashe, y sacó un nombre de la bolsa.

Capítulo 6

Señorita Spooner, debo hacerle una confesión. Casi nunca bailo. No es que esté en contra del baile, es que me parece todo muy artificioso. El hecho de pedirlo, la representación, observar tantas normas y requisitos... ¿Alguna vez, mi querida muchacha, ha deseado bailar donde quisiera? ¿Bailar bajo las estrellas, e incluso atreverse a bailar bajo la lluvia?

Fragmento de una carta
del señor Dishforth a la señorita Spooner

*D*esde luego que no nos hemos perdido —insistió lord Henry.

—Desde luego que sí —lo corrigió Daphne—. He visitado esta zona en más de una ocasión y sé con certeza que vamos en la dirección equivocada. —Sacudió el mapa y lo señaló—. ¿Ve la curva del río? Y aquí está marcado el puente. —Golpeó el mapa con el dedo—. Debemos dar la vuelta, desandar el camino y coger esa curva... —Volvió a golpear el papel con el dedo—, la que le señalé antes.

El *Señor Muggins*, que, contra las órdenes de todos, se había plantado en la parte trasera del carro tirado por el poni, paseó la mirada de lord Henry a Daphne y volvió a mirar a lord Henry.

Éste frunció el ceño y observó el mapa.

—Esto no puede estar bien —dijo, girando el mapa a un lado y a otro e ignorando a Daphne y al perro.

¿Cómo habían llegado a aquello? Ella había estado segura de que iba a pasar la tarde con lord Astbury, haciendo todo lo posible para averiguar si era el señor Dishforth y, de pronto, la exasperante señorita Nashe había reclamado al marqués.

Oh, sabía que todo había sido puro azar, pero qué azar más despreciable, sobre todo desde que lord Henry había hecho que se perdieran.

—Mire, éste es el río y ése es el puente —repitió ella, señalando el mapa—. A este paso, nunca encontraremos el tesoro.

En lugar de admitir la lógica de lo que ella estaba diciendo, él volvió a girar el mapa, como si eso pudiera ayudarlos.

Daphne se rindió y se apretó contra el rincón en el estrecho asiento del carro. Y aun así siguieron muy juntos, con el musculoso muslo de él rozándole de manera íntima la falda con cada bache del camino.

El camino equivocado, quería gritar ella.

Debían dar la vuelta. Daphne estimaba que debían de estar cerca de Langdale. De la casa de Crispin, para ser exactos. Y seguramente ya habrían entrado en tierras de los Dale.

Oh, si se encontraban con el primo Crispin, tendría que renunciar a todos sus planes.

Y como si el destino quisiera de verdad frustrar sus planes, oyeron el sonido de los cascos de los caballos y de unas ruedas de un carruaje que venía rápidamente hacia ellos.

El *Señor Muggins* gruñó, como un presagio del desastre que estaba a punto de ocurrir.

Cruzando el puente apareció un caro faetón, de los que poseía un caballero adinerado y con afición a conducir.

No había duda de quién se aproximaba a ellos: Crispin, el vizconde Dale, en toda su gloria. El que poseía el título familiar, el joven dorado de una espléndida familia.

No había ninguna prima Dale o familiar cercano del sexo femenino, o aquéllas, como Daphne, cuyo árbol familiar estaba en una rama que debió haberse podado generaciones atrás pero que se dejaba por el bien de la unidad familiar, que no estuviera perdidamente enamorada de Crispin Dale.

Era diabólicamente apuesto y encantador, se comportaba como un pícaro y dejaba a las mujeres sobrecogidas y asombradas cuando entraba en una habitación.

A Daphne no le hubiera sorprendido que el sol se hubiera abierto paso entre las nubes que se estaban acumulando en el cielo para recaer directamente sobre su cabeza, aunque sólo fuera para iluminarle el camino.

Crispin no los miraba, porque lord Henry había guiado al viejo rocín hacia un lado del camino, pero cuando estuvo a su lado se fijó en ellos e inmediatamente se detuvo. Los perros que iban corriendo tras su carruaje se pararon bruscamente entre un estrépito de ladridos.

Al principio, Daphne pensó que Crispin la había reconocido y que se detenía para rescatarla, pero su primo tenía su sombría mirada fija en lord Henry Seldon.

Y no parecía nada contento de verlo en tierras de los Dale. Aunque fueran vecinos.

Así que Daphne mantuvo la cabeza baja, con la esperanza de que el ala de su sombrero le tapara la cara.

Tal vez, quizá, Crispin no la mirara. A lo mejor ni se acordaba de ella.

—Señor, está perdido y debería dar media vuelta.

El tenso comentario tenía el mismo tono caluroso que tendría un juez a punto de enunciar una larga sentencia.

Porque Daphne sabía exactamente qué quería decir Crispin. «Sal de mis tierras, sinvergüenza.»

—No me encuentro perdido, señor —replicó lord Henry con todo el desdén altanero del que sólo era capaz un Seldon—. Simplemente estoy dando un paseo por la campiña de los alrededores. Pero tiene razón, deberíamos dar la vuelta. Por aquí no hay nada de interés. O eso he oído.

Daphne bajó la cabeza todavía más. Oh, santo cielo. No sabía qué era peor, el orgullo Seldon o la vanidad Dale, porque con una mirada de reojo se dio cuenta de que el primo Crispin parecía dispuesto a arrojarle el guante a lord Henry.

—¡Oh, santo Dios! —exclamó el primo Crispin—. ¿Qué demonios...?

Daphne se encogió, segura de que la había reconocido. La había visto y ahora...

—¿Qué demonios le está haciendo ese chucho a mi mejor perra de caza?

Daphne se quedó inmóvil. Después miró por encima del hombro hacia la parte trasera del carro, donde estaba el *Señor Muggins*.

Pero el carro estaba vacío.

A su lado, lord Henry se rió entre dientes.

—Si tuviera que explicárselo, no entendería cómo los Dale han sido tan prolíficos a lo largo de los años.

—¡Señor, aparte a esa bestia de mi perra!

¡No! ¡No! ¡No! Daphne ni siquiera quería mirar. Pero lo hizo.

¡Oh, Señor Muggins! ¿Cómo has podido?

—No es mi bestia —afirmó lord Henry. Ladeó la cabeza y miró al enorme terrier, que estaba repitiendo alegremente el escándalo original que había enemistado a los Seldon y a los Dale—. Es suya —continuó, señalando a Daphne con el pulgar, y ella se cubrió la cara con las manos.

—¿Cree que es divertido? —preguntó Crispin, y adoptó una postura tan rígida que Daphne pensó que se iba a romper.

—Tiene cierta ironía —contestó lord Henry—. ¿No le parece, señorita Dale?

De repente, los envolvió a todos el silencio. Daphne pensó que el mundo se iba a romper a su alrededor cuando levantó la vista y su mirada se encontró con la de Crispin, el vizconde Dale.

Éste se puso en pie lentamente en su asiento, hasta cernirse sobre los ocupantes del carro tirado por el poni, y ese gesto le dio cierto aire sobrenatural.

—¿Daphne Dale?

—Sí, ah... Buenos días —dijo ella.

Crispin no podría haberse asombrado más. Quitando la expresión que había puesto cuando el *Señor Muggins* había arruinado lo que podría haber sido una rentable camada de cachorros.

—Daphne, ¿qué estás haciendo...?

Henry intervino.

—Está conmigo. Es un día muy agradable para dar un paseo, ¿no cree?

Ambos Dales lo ignoraron.

—Prima, baja de ese... ese... —Crispin se estremeció al echarle una mirada al pobre medio de transporte que apenas era capaz de moverse— artilugio —consiguió decir—, y ven conmigo. Inmediatamente.

—Se movió un poco en su asiento, para mostrarle el espacio donde quería que se sentara.

Daphne pasó la mirada de un hombre al otro. Y, para su disgusto, vio un brillo irónico en los ojos de lord Henry. Un centelleo desafiante dirigido a ella.

Oh, ella era una Dale hasta la médula, pero no había llegado tan lejos dejando que le dieran órdenes como si fuera una niña.

Aunque se estuviera comportando como una.

—No lo haré —contestó.

Se agarró las manos sobre el regazo y miró a su primo, el cabeza de su familia, con todo el desafío de, digamos, un Seldon.

Que el cielo la ayudara.

—A lo mejor no me has entendido, Daphne —dijo Crispin—. No estás en compañía respetable.

El vizconde miró primero al *Señor Muggins*, que había terminado sus asuntos y había saltado de nuevo a la parte trasera del carro, y después a lord Henry.

Sus cejas arqueadas decían claramente que los consideraba a los dos unas bestias.

—No me gusta su insinuación —dijo lord Henry.

—A mí no me gustan sus intenciones —replicó el primo Crispin—. ¿Por qué está tan lejos de Owle Park con una joven dama de buena familia y buena fama?

Afortunadamente, lord Henry tuvo el buen juicio de no resoplar al oír esas palabras, como había hecho en el baile de compromiso.

—No quiero saberlo, pero entienda esto: mi prima va a venir a casa conmigo para que pueda regresar a la seguridad de la vigilancia de sus padres. —Hizo una pausa y miró a Daphne—. Los cuales sospecho que no tienen ni idea de que su hija se encuentra aquí.

Lord Henry le lanzó una mirada rápida, como esperando que ella negara esas palabras. Sin embargo, casi inmediatamente abrió mucho los ojos por la sorpresa, al ver en ella el pánico que no podía ocultar.

Ahí estaba. La habían descubierto.

Lord Henry ya sabía que había mentido. A él y a la familia de ella. Afortunadamente, no sabía por qué había ido tan lejos.

¡Oh, vaya! No pasaría mucho tiempo antes de que descubriera la verdad. Lord Henry parecía el tipo de hombre que querría saber hasta el último detalle de cualquier cosa.

Incluyendo sus secretos.

Para aumentar el ambiente ominoso que los rodeaba, las nubes negras que habían estado amenazando con lluvia toda la tarde se aproximaron aún más.

Crispin miró por encima del hombro al sentir que el aire se había enfriado, un indicio claro de que iba a haber lluvias.

—Vamos, Daphne —dijo su primo con el tono educado y suave que se empleaba con un niño revoltoso—. Me aseguraré de que estés a cubierto antes de que el tiempo cambie. Sería una verdadera pena que ese vestido tan adorable quedara arruinado.

Entonces, hizo exactamente lo que ella temía que hiciera.

Mostrarle el atractivo de los Dale.

Esa cabeza inclinada, esa mirada enigmática con los ojos entrecerrados que podría hacer que cualquier soltera se deshiciera de su corsé.

Era una trampa que ninguna mujer podía resistir. Excepto Daphne, por lo que parecía.

Usted no es como las otras damas, ¿verdad, señorita Spooner? Me siento aliviado por eso. La mayor parte de las mujeres me aburren hasta el límite.

Las palabras del señor Dishforth aparecieron desde no sabía dónde. Tal vez los hados se las hubieran llevado junto con esa amenaza de lluvia impropia de la estación. Pero le dieron a Daphne la fuerza que necesitaba para hacer lo último que Crispin Dale habría esperado.

Volver a desafiarlo.

—No. Creo que no —le dijo, instalándose en el estrecho asiento del carro como si fuera la mejor calesa de lady Essex.

—Prima, te ordeno que bajes de ese carro —dijo Crispin, y su atractivo anterior se vio reemplazado por una mirada furiosa.

—Y yo, primo, me niego con educación.

Sonrió con una seguridad que contradecía sus entrañas temblorosas.

—¡Daphne Dale! No puedes quedarte a solas con este... este...

—Ya tengo cierta edad y, por tanto, puedo tomar mis propias decisiones. No permitiré que me intimides —miró también a lord Henry—, ni tú ni ningún otro hombre. —Levantó la mirada hacia las negras nubes que se recortaban contra la figura de Crispin—. Ya tienes mi respuesta. Será mejor que te des prisa en regresar a Langdale sin mí, o se te estropeará la chaqueta.

—¡Eso lo veremos! —exclamó él. Se dejó caer en el asiento y cogió las riendas—. Piensa bien tu elección, Daphne, porque una vez hecho no podrá deshacerse... al igual que no han podido salvarse muchas otras cosas. Te darás cuenta de que no te queda más remedio que regresar conmigo.

Daphne se estremeció ante esa insinuación de que prácticamente había caído en desgracia.

—No estoy de acuerdo.

—No puedes negarte a obedecerme.

—Creo que ya lo ha hecho —le dijo lord Henry.

Cogió las riendas y las hizo chasquear levemente sobre el caballo cansado. El pobre animal no se podía comparar al par de lustrosos alazanes de Crispin Dale, pero nadie lo diría por el comportamiento de lord Henry.

—Ya es hora de que deje de importunar a la dama —añadió lord Henry— y nos deje seguir nuestro camino, antes de que nos coja la lluvia.

Crispin frunció el ceño.

—Si es lo que quieres, Daphne...

—Lo es.

—Que así sea —dijo—. Pero escúcheme bien, Seldon —añadió, lanzándole a lord Henry una mirada tempestuosa—, el bienestar de esta dama está en sus manos. Asegúrese de que llega a salvo a Owle Park. Inmediatamente.

—No tengo ningún deseo de empaparme —replicó lord Henry, negándose a mencionar el bienestar de Daphne, para inquietud de Crispin.

Éste se enderezó.

—Le tomo su palabra, señor, de que la señorita Dale regresará sin ninguna mancha en su honor.

Lord Henry inclinó levemente la cabeza, mostrando su acuerdo.

Crispin se giró hacia ella y miró durante un segundo al *Señor Muggins*, que se cernía por encima de su hombro.

—No creas que esto acaba aquí, Daphne.

Dicho eso, hizo girar ampliamente su carruaje y se alejó como si los sabuesos infernales le pisaran los talones.

O como si el *Señor Muggins* corriera tras otra de sus preciadas perras de caza.

—Sí, bueno —dijo lord Henry cuando el polvo que levantó el carruaje de Crispin empezó a asentarse—, será mejor que volvamos antes de que le dé tiempo a coger una alabarda para zanjar esto a la manera medieval. —La miró—. No me apetece que me atraviesen el pecho con una pica.

—Dudo que prefiera las alabardas, porque es un tirador excelente —dijo ella, y colocó las manos con remilgo en el regazo.

Después, cuando lord Henry hubo girado por fin el carruaje, no con la habilidad de Crispin, pero sí con la suficiente, se volvió hacia él y añadió:

—Tiene derecho a estar preocupado, porque usted es un Seldon.

Lord Henry resopló.

—Y usted es una Dale.

—¿Qué se supone que significa eso?

Él enarcó una ceja.

—Sí, bueno —concedió ella, y recordó que ese mismo desacuerdo los había metido en problemas en el baile... algo que ninguno de los dos quería repetir... o eso pensaba ella.

—Sin embargo, debo añadir... —empezó a decir lord Henry.

Daphne apretó la mandíbula. Por supuesto, él tenía que seguir hurgando en la herida.

Pero lo que dijo a continuación la sorprendió. Del todo.

—Si usted fuera mi prima, no la habría dejado a mi cargo, sino que la habría seguido de vuelta a Owle Park para asegurarme de que tiene una carabina adecuada. Su primo es un necio excesivamente orgulloso.

Sacudió la cabeza con desaprobación y no dijo nada más. No necesitaba hacerlo.

Tenía razón. Ella miró por encima del hombro y no vio ninguna señal de que Crispin estuviera acudiendo a rescatarla.

Se ajustó un poco más el chal alrededor de los hombros, con la esperanza de calmar sus escalofríos. Que en esa ocasión no tenían nada que ver con la lluvia inminente.

—Ha dado su palabra de caballero —le recordó ella.

—¿Confía usted en mi palabra? —le preguntó sin mirarla—. Porque yo no confío en la suya.

Ella se encogió. Y con razón.

—«Sí, por supuesto que mi familia lo aprueba» —la imitó él con ironía—, «a mi familia no le importa, en absoluto». —La miró—. ¿Sigue manteniendo eso?

Ella apretó los labios y se negó a hablar. Desde luego, no le iba a contar a lord Henry por qué se había atrevido a asistir a una boda Seldon.

Por qué había desafiado a toda su familia.

—Cuando llegue todo el clan Dale armado hasta los dientes y sediento de sangre, no seré yo quien defienda este disparate —declaró—. Si dependiera de mí, la encontrarían en la puerta principal, con las maletas hechas y una nota prendida en la pelliza en la que apareciera la dirección del manicomio más cercano.

Tras unos momentos conduciendo en silencio, Daphne dejó escapar un largo suspiro.

—¿Ha terminado?

—Sí —admitió él.

—Entonces, debería saber que se ha pasado esa curva. —Señaló con la cabeza hacia el estrecho camino que salía de la carretera—. Si sigue por aquí, nos perderemos. Otra vez.

—En absoluto. Es un atajo —respondió él—. Prometí llevarla sana y salva a Owle Park, y eso haré. A pesar de lo que usted pueda opinar, soy un caballero y un hombre de honor.

Entonces fue el turno de Daphne de resoplar.

Pomposo y sabelotodo arrogante. Iba a conseguir que se perdieran de nuevo.

Y por esa precisa razón, no replicó. Le gustaba la idea de demostrar que él se había equivocado.

Por completo.

Al menos, hasta que las nubes se abrieron y se descargaron sobre su precioso vestido nuevo.

Henry estaba a punto de admitir que la señorita Dale había tenido razón y que él había cometido una necedad.

Se habían perdido.

Por completo.

Sin embargo, entonces tomaron una curva y, mientras él se enjuagaba los ojos, mojados por la lluvia, lo vio aparecer: el templo circular que su abuelo, el séptimo duque, había hecho construir tras su gran viaje por Europa.

—Vamos, salgamos de aquí —dijo él.

Detuvo al caballo y tomó la mano de Daphne.

Sus dedos estaban fríos como el hielo, y él la miró.

Tal y como su primo, lord Dale, había pronosticado, el vestido se había empapado y se había echado a perder. Ignorando la punzada de culpabilidad, porque ningún caballero debería permitir que una dama acabara en tal estado, corrieron hacia el pabellón cubierto, tomados de la mano, sorteando charcos y los riachuelos de agua que ya corrían por el camino.

El *Señor Muggins* no había necesitado que le dijeran nada y les llevaba la delantera, sacudiéndose la lluvia en un alocado frenesí de gotitas.

Cuando Henry y la señorita Dale por fin subieron los amplios escalones y se resguardaron del aguacero torrencial, el perro ya había encontrado un lugar seco bajo uno de los bancos y se tumbó apoyando la cabeza en las patas.

Ellos dos se detuvieron en el centro de la rotunda y, a excepción del fuerte tamborileo de la lluvia a su alrededor, era como si todo el campo se hubiera quedado paralizado.

Henry no sabía muy bien qué hacer o decir..., pero cuando miró a la señorita Dale, se dio cuenta de dos cosas.

No le había soltado la mano.

Y no quería hacerlo.

¿Cómo podría hacerlo? Ella tenía un aspecto divino. Como una de las diosas a las que un templo como aquél podría haber estado dedicado... una ninfa que estaba frente a él completamente enfurecida.

Y ella no dejó que él tomara la decisión. Se soltó de un tirón de su mano y se dirigió hacia el *Señor Muggins*.

Al parecer, prefería tener por compañía a un perro mojado.

Bueno, él le diría que tenía otros planes para aquella tarde. Su objetivo era encontrar a otra dama.

Una dama correcta. Y sensata.

Ya la habría encontrado de no haber sido por Preston y su estúpida búsqueda del tesoro.

En la que había tenido la mala suerte de emparejarse con la señorita Dale.

¡La señorita Dale! La mujer más insensata de toda Inglaterra. O, al menos, la que lo llevaba al borde de la locura. Casi la había besado en el baile de compromiso de Preston, y ahora estaba perdido en su compañía.

Aquella mujer estaba decidida a tentarlo para arrastrarlo a un lodazal de escándalo.

La miró para ver qué clase de jugarreta estaría haciendo en ese momento... y la encontró retirando los alfileres del sombrero empapado. Una vez que se lo hubo quitado, lo lanzó sobre el banco de piedra. Lo siguió el chal, y luego los guantes. Ya despojada de los complementos mojados, se puso a pasear junto a las columnas, trazando círculos alrededor de él como un grifo vengativo.

Henry sospechó que ella estaba a punto de despellejarlo vivo. Tampoco podría contar con que el perro sarnoso de Tabitha lo salvara.

—Adelante —le dijo, cruzándose de brazos.

Ella se detuvo y lo miró.

—¿Perdón?

—Adelante —repitió, y extendió las dos manos hacia delante, como si le fueran a poner unas esposas.

La señorita Dale sacudió la cabeza.

—¿Qué quiere decir?

Pero a él no lo engañaba. Hen hacía eso todo el tiempo. Lo obligaba a confesar sus delitos para no tener que decírselos ella y perder el tiempo escuchando como él los negaba.

—Simplemente, dígalo.

—¿El qué? —preguntó ella, y siguió paseando.

Aquello estaba resultando más difícil de lo necesario. Además, tanto paseo en círculos lo estaba mareando.

—«Se lo dije.»

¿Por qué las mujeres no eran capaces de decir algo así? En lugar de eso, preferían alargar la acusación, como el dolor provocado por una espina clavada.

Ella parpadeó y lo miró, como si por fin se diera cuenta de lo que lord Henry quería decir. Suspiró y retomó su paseo.

—Lord Henry, tengo problemas mucho más importantes que perder el tiempo jactándome de su penoso sentido de la orientación.

Siguió paseando, y ahora con más determinación.

—¿Por qué se encuentra en ese estado?

Ella se detuvo bruscamente.

—¡Por Crispin, por supuesto!

Lo que no dijo, aunque no había necesidad de decirlo era «Con quien no nos habríamos encontrado si usted me hubiera escuchado y hubiera tomado el camino correcto».

—Oh, ya, él —consiguió decir, arrastrando un poco las botas por el suelo.

Estaba haciendo todo lo posible por olvidar su encuentro con lord Dale.

—Sí, él —respondió ella con sarcasmo.

Él había vivido con Hen tantos años que ya era inmune a ello.

Lo que la señorita Dale dijo a continuación sí que lo dejó desconcertado.

—¡Lo estropeará todo!

Entonces, para disgusto de Henry, ella siguió caminando de un lado a otro. ¿Tenía que hacerlo en círculos? Al final, le iban a entrar náuseas.

Entonces se dio cuenta de lo que había dicho.

—¿Él lo estropeará todo?

Henry se espabiló; sintió que las balanzas de la justicia se inclinaban a su favor.

Tal y como había sospechado, esa dama tenía un secreto.

Se apartó un poco y se sentó en el banco, junto al sombrero de ella, aunque no demasiado cerca. El embarullado revoltijo de seda estaba dejando un riachuelo de agua de lluvia.

—¿Qué estropeará, señorita Dale?

Ella dejó de caminar y lo miró por encima del hombro. Ya no parecía una valquiria vengativa. Abrió mucho los ojos, pero enseguida los entornó para ocultar su alarma.

Ah, sí, esa mujer ocultaba un gran secreto.

—Nada.

Sí, él conocía eso muy bien. Cuando una mujer decía «nada», normalmente quería decir «todo».

Henry bajó la mirada a sus botas y dijo con aire despreocupado:

—Pensé que dijo esta mañana que su familia aprobaba su asistencia. —Ella se encogió y le dio la espalda—. Entonces, ¿no es así?

Ella levantó los hombros, como si quisiera formar un escudo contra sus pullas.

Henry se puso en pie.

—¿Sabe alguien que se encuentra aquí?

Ella se giró.

—Todo el mundo lo sabrá.

Henry tuvo que admitir que admiraba su valiente desafío... a menos que estuviera dirigido a él. Pero su desafío también lo estaba enredando en un desastre de proporciones épicas.

Para empezar, ¿por qué la señorita Dale había llegado tan lejos como para ir a Owle Park?

Mientras tanto, ella usó una de las tácticas favoritas de Hen: darle la vuelta a la tortilla.

—Todo esto es culpa suya.

Si le hubieran dado un soberano cada vez que Hen había dicho eso...

—¿Culpa mía?

—Sí, suya. —Acortó el espacio que los separaba y se detuvo justo frente a él—. Si hubiera seguido el mapa...

Era demasiado pedir que no saliera a la luz esa acusación...

—... no nos habríamos encontrado con Crispin. Y ahora...

Le falló la voz y empezó a tiritar.

Él volvió a mirarla y en esa ocasión, viendo más que su vestido arruinado y la forma de su atractiva figura, se dio cuenta de que estaba calada hasta los huesos.

¡Vaya caballero estaba hecho!

Se quitó el abrigo de conducir y se lo echó a la señorita Dale por los hombros, ignorando su mirada recelosa y sus intentos de apartarse de él para librarse de su galantería. Henry agarró la prenda por las solapas y la puso en su sitio para que cubriera a la señorita Dale.

Para que la protegiera.

Entonces la miró a los ojos, vio en ellos el brillo de la desesperanza y sintió, por alguna razón desconocida, porque él no podía ser la causa de tanta tristeza, una punzada de culpabilidad.

Él le había hecho aquello. Peor aún, su conciencia le decía que le correspondía a él arreglarlo.

Soltó las solapas y se apartó. Nunca había sido del tipo de hombre que se derretía ante la mirada lánguida de una mujer, pero la señorita Dale, con esos brillantes ojos azules, conseguía atravesar su sensatez como ninguna otra mujer lo había logrado nunca.

En el baile le había hecho lo mismo.

Diablos, desde que la había visto por primera vez.

Aquella noche lo había alterado por completo con sus miraditas, lo había dejado fuera de juego.

Henry empezó a caminar de un lado a otro, esquivando los charquitos que ella había dejado en el suelo de mármol. El desastre del suelo contrastaba con el claro camino que ella estaba trazándole en el corazón.

Henry se estremeció ante tal idea y se concentró en el momento presente. Lanzándole una mirada de reojo a la dama en cuestión y a su expresión preocupada.

¡Culpa suya, decía! Por supuesto que no lo era. Y sin embargo...

Por milésima vez desde el desayuno, diablos, desde el baile de compromiso, se recordó dos cosas.

Ella era una Dale.

Y no era asunto suyo.

Oh, pero sí que lo es. Ése era el problema. De alguna manera, había pasado a ser su problema, sin importar lo mucho que él lo negara o lo mucho que ella protestara. ¿Su problema? ¿O era el de ella?

Debo decirle que estoy casi prometida.

Henry recordó la confesión que ella había hecho la noche del baile. *Casi prometida...*

¿Qué más había dicho ella del hombre? Ah, sí, que era un caballero de buena posición.

Henry se detuvo en seco. Se dio la vuelta, entornó los ojos y dijo:

—¡Él! Él es su casi prometido. —Sacudió la cabeza para deshacerse de esos pensamientos tan confusos—. Su casi prometido.

Ella se cruzó de brazos y lo miró boquiabierta.

—¿De qué está hablando?

—Crispin Dale. Él es su casi prometido. Del que usted alardeaba la otra noche.

—Señor, yo nunca alardeo —replicó ella y entonces, tras asimilar por completo la acusación, abrió mucho los ojos y se rió—. ¿Yo? ¿Prometida con Crispin?

Sus risitas se convirtieron en carcajadas y se llevó las manos al estómago, como si nunca hubiera oído nada tan gracioso.

—¿Qué he dicho?

—Qué poco sabe del clan Dale. —Soltó otra risita nerviosa—. ¿Yo prometida con Crispin? Ridículo.

Henry no entendía por qué esa idea era tan tonta.

—¿Por qué? Él parece su tipo.

—¿Mi tipo?

Levantó la mirada y dejó de reírse. De nuevo era todo sospecha y recelo.

—Sí, su tipo —dijo él, adquiriendo, al igual que ella, una actitud arrogante.

—¿Qué significa eso?

Henry se encogió de hombros.

—Un figurín. Remilgado. Adinerado.

Omitió «pedante altanero».

—Esa descripción podría aplicarse a la mayoría de los hombres de la alta sociedad —señaló ella. Levantó la barbilla y añadió—: Incluido usted.

—Yo no soy remilgado —replicó Henry.

—Si insiste... —dijo ella, y encogió un hombro.

—Insisto. —Como no le gustaba el curso de la conversación, maldita mujer, tenía un don para volver las palabras contra él, dirigió de nuevo la marea a su favor—. Sigo sin entender por qué lord Dale no es su tipo.

Ella sacudió la cabeza, como si la respuesta fuera obvia incluso para los niños pequeños.

—Es Crispin.

¿Qué demonios significaba eso?

La señorita Dale dejó escapar un leve suspiro y se retiró hacia donde estaba su sombrero, que se había convertido en un montón de tela flácida. Y entonces empezó a desgranar lo que aparentemente era el canon de los Dale.

—Es Crispin, el vizconde Dale. El Dale de Langdale. El cabeza de familia.

Henry no acababa de ver por qué eso descartaba a aquel mequetrefe estirado y autoritario como su «caballero perfecto».

Ella debió de haber visto la confusión en sus ojos, así que continuó.

—Crispin Dale puede elegir a las damas más hermosas y aptas de Londres.

Henry tenía la sospecha de que jamás entendería nada de eso y, en contra de su buen juicio, preguntó:

—Entonces, ¿por qué no elegirla a usted? Es hermosa.

Las palabras lo abandonaron atropelladamente, al igual que, al parecer, su buen juicio.

Palabras. Sólo eran palabras. Una simple declaración de los hechos.

Es hermosa.

Fueron unas palabras cautivadoras. Porque contenían un aire inconfundible de confesión. Incluso él lo sabía.

Y, lo que era peor, ella lo sabía.

La señorita Dale levantó la mirada rápidamente hacia él, como si esperara encontrarlo riéndose de ella.

Como ella se había reído de él.

Y así lo dijo.

—Se está burlando de mí.

Henry se enderezó. Como buen Seldon que era, se había metido él solo en aquel lodazal, y en vez de retirarse hacia la seguridad de la orilla, se dirigió a aguas más profundas.

¿Y por qué no iba a hacerlo? Frente a él tenía a una dama que podría haber pasado por una ninfa acuática. Su cabello rubio le caía en largos bucles, su piel blanca parecía casi traslúcida por el aire frío, en contraste con el exquisito tono rosado de sus mejillas y labios.

Sólo las leves salpicaduras de las pecas que tenía en la nariz le decían que no se trataba de ninguna criatura etérea que había acudido a él para tentarlo. Y arrastrarlo a la perdición.

Desafortunadamente para él, la señorita Dale era muy real.

Y lo tentaba más de lo que quería admitir.

Ella dijo:

—Lord Henry, no es educado burlarse así de una dama.

—Señorita Dale, no me estoy burlando. —Inspiró profundamente y dio otro paso... en sentido figurado. Porque si lo hacía de manera literal, estaría peligrosamente cerca de la tentación—. Es una mujer hermosa. Demasiado.

Se quedaron inmóviles... y de nuevo Henry tuvo la sensación de estar perdido en el mundo que ambos habían creado, con el único sonido de la lluvia a su alrededor. El diluvio estaba comenzando a amainar, y ahora las gotas de lluvia competían con las que resbalaban de los árboles y los arbustos que los ocultaban en aquel tranquilo rincón de Owle Park.

Ninguno de los dos se movió; se quedaron ahí, expectantes.

Ese tipo de momento era más bien el punto fuerte de Preston, no el de Henry, pero eso no significaba que no supiera qué hacer... o más bien, lo que había prometido no hacer...

Ella frunció los labios mientras lo miraba y batió las pestañas levemente.

—Lord Henry, yo...

Él no quería escuchar lo que tuviera que decir. No deseaba oír su protesta. O su confesión.

Así que hizo lo único que le quedaba.

Lo mismo que sus antepasados libertinos habían hecho siempre tan bien.

Daphne procedía de Kempton y era un poco ingenua, sí, pero no era tan inocente como para no reconocer el brillo en los ojos de lord Henry cuando dijo que era hermosa. Demasiado.

El corazón le dio un vuelco tembloroso. Y, envuelta como estaba en su abrigo, rodeada por la lana de buena calidad y el aroma masculino que se aferraba a la prenda como si estuviera tejido en ella, jabón de arrayán y algo muy masculino, no pudo evitar sentirse rodeada por él.

Entonces volvió a mirar los penetrantes ojos azules de lord Henry Seldon y supo... supo con cada célula de su cuerpo por qué a todas las mujeres Dale se les aconsejaba que se mantuvieran apartadas de los hombres de esa familia.

Porque el brillo de la pasión que ardía en sus ojos la dejó temblando... estremeciéndose a pesar del cálido abrigo que le rodeaba los hombros. Probablemente, a causa de él.

Porque era como tenerlo a él abrazándola.

Casi. Porque sabía lo que era de verdad. Lo sabía muy bien.

Justo en ese momento, paró de llover. Como si el cielo hubiera decidido que los campos verdes ya habían tenido bastante agua. El tamborileo constante cesó, roto sólo por algún goteo ocasional, dejando a Daphne inmóvil, mirando a aquel hombre llena de asombro.

¿De verdad pensaba que era hermosa?

Una sola mirada le bastó para saber la verdad. Y más.

Lord Henry no sólo estaba diciendo la verdad, que le parecía hermosa, sino que además el brillo de sus ojos afirmaba que la encontraba deseable.

Apretó mucho las piernas mientras se abrazaba a sí misma, ya fuera para mantener a lord Henry a raya o para agarrarse a esa deliciosa sensación de anhelo que la estaba invadiendo.

Deseable. Oh, esa idea era embriagadora y asombrosa. Y mucho más peligrosa de lo normal, porque procedía de alguien tan canalla y peligroso como lord Henry.

Oh, Harriet podía afirmar durante un año entero que lord Henry era de lo más aburrido, una anomalía en la estirpe de los Seldon, pero nada podía estar más lejos de la realidad. Daphne veía exactamente lo que era, había descubierto su verdadera personalidad.

Allí estaba ella, con los dedos de los pies enroscados en las medias mojadas, en las botas empapadas, pensando que lo único que podía hacer era acercarse a él.

No tuvo que hacerlo. Él lo hizo por ella.

Se aproximó y alargó una mano para apartarle un mechón de cabello de la cara. Le rozó la mejilla y la sien con los dedos y ella se estremeció.

—Está helada —susurró él.

—En absoluto —admitió ella.

No cuando la tocaba de esa manera. Parecía tener fuego en las entrañas.

—¿No? —preguntó de nuevo, apartando otro mechón de sus ojos.

Provocándola.

Lo único que Daphne pudo hacer para negarse fue sacudir levemente la cabeza.

Él le agarró las manos entre las suyas, y las mantuvo así como si pudiera apartar el frío de ellas.

Pero lo cierto era que ella ya no tenía frío.

—Sus dedos parecen de hielo —dijo él.

Se los llevó a los labios, soplando suavemente sobre ellos, y la calidez de su aliento fue una conmoción para los sentidos de Daphne.

Él la miró esperando que protestara, que dijera algo. Como debería hacer. Y lo haría, en cuanto se acordara de respirar.

Es hermosa.

Demasiado.

No sabía qué hacer, aparte de quedarse quieta y permitir que aquel hombre tan atractivo la envolviera en su magia de canalla.

Los labios cálidos se deslizaron sobre sus dedos. Henry los acercó más a él, haciendo lo mismo con ella, que quedó apoyada en su pecho y con el abrigo abierto.

Y entonces fue como si todas las barreras que había entre ellos se desmoronaran.

Porque antes ella estaba protegida y segura en su abrigo y al instante siguiente se encontró en sus brazos.

Nada a salvo.

Daphne se había acercado a él pensando sólo una cosa.

Aquí es donde debo estar.

En los brazos de este hombre.

Oh, no debería ser así. Pero así era.

Levantó la mirada, dispuesta a protestar, buscando en su mente la regañina que debería estarle echando, pero sólo encontró una cosa en su corazón.

Rendición.

Estaban reviviendo aquel momento rutilante y peligroso del baile, aunque sin la inminente amenaza de la familia, amigos o de las carabinas que echaban fuego por las fauces.

Sin fronteras. Sin barreras. No había nada salvo esa chispa que no podían negar.

Él inclinó la cabeza y le reclamó los labios con los suyos.

Daphne suspiró. Santo cielo, ¿cómo se podía desear tanto algo sin siquiera saber que podía ser así?

Los labios de lord Henry la tentaban, mordisqueándole el labio inferior e urgiéndola a que abriera la boca para él.

Y cuando ella lo hizo, todo cambió.

La chispa se convirtió en una hoguera de deseo.

Lord Henry la atrajo más hacia él y profundizó el beso. Deslizó la lengua sobre la suya, saboreándola.

Desafiándola a que bailara. A que bailara donde deseara.

Mientras tanto, le recorría el cuerpo con las manos, bajo el abrigo, sobre sus curvas, trazando el contorno de las caderas, curvándose sobre su trasero y provocando una tormenta de fuego a su paso.

El abrigo se deslizó de sus hombros y ella tembló cuando cayó a sus pies.

No por el aire fresco. Claro que no. ¿Cómo podía tener frío cuando estaba ardiendo?

Un anhelo profundo y peligroso se apoderó de ella. Se removió en su interior dejándola tensa y delirante.

Aquello no era un beso, era un despertar.

Daphne intentó respirar mientras se aferraba al hombre que la abrazaba. Una pasión primitiva y desenfrenada se liberó en ella mientras él la acariciaba y hacía el beso más intenso.

Si se había estremecido antes de la lluvia, ahora temblaba anticipándose a la tormenta de deseo que lord Henry había desencadenado con ese beso.

Los pezones se le endurecieron al encontrarse apretada contra la chaqueta de lana de lord Henry. Se frotó contra él como un gato, dejando que sus sentidos se despertaran mientras sus cuerpos entraban en contacto. Puso las palmas abiertas sobre su pecho y deslizó los dedos por ese torso musculoso.

Él siguió besándola, abrazándola, explorándola. Deslizó los labios por su cuello, por la garganta y después los hizo regresar a los labios, volviendo a ella con ansia y avidez.

Con una mano en su espalda la apretó más aún contra él, y Daphne abrió mucho los ojos al darse cuenta de lo canalla que era realmente lord Henry... y en ese preciso instante el agudo gorjeo de un ave rompió el silencio.

Fue como si el trino del pájaro le trajera un recordatorio de la advertencia del primo Crispin.

«Piensa bien lo que eliges, porque una vez hecho no podrá deshacerse.»

«No podrá deshacerse...»

Medio loca por los deseos que estaba empezando a comprender, pero que sabía que la llevarían a la ruina, se apartó de ese hombre que de repente había dejado de ser sólo un Seldon.

Y que era algo mucho más traicionero.

No, deseable. Mucho.

—Señorita Dale, yo...

Ella levantó una mano.

—No, por favor, no diga nada.

Porque no sabía lo que temía más: unas palabras que extinguieran el fuego que había entre ellos o que dijera algo completamente imperdonable... como disculparse por su comportamiento o decir que había sido un error.

—Es sólo que...

—¡Por favor, lord Henry! —le rogó—. ¿Podemos no hablar de ello?

Durante unos instantes, simplemente se quedaron allí, muy cerca. Y, como había ocurrido antes, esa chispa comenzó a prender cuando ella lo miró subrepticiamente. Y allí, en sus ojos, estaba la verdad.

Deseaba abrazarla de nuevo.

Y, ¡oh, cuánto deseaba ella volver a estar entre sus brazos! A aquel lugar que la dejaba sin respiración en el que solamente existían los labios de lord Henry sobre los suyos, sus brazos rodeándola y pasión... nada más que pasión entre los dos.

Pero entonces fue como si él hubiera oído su propia advertencia y abrió mucho los ojos, como si acabara de relacionar a la mujer que tenía delante con la mujer a la que le había prometido que mantendría las distancias.

Para disgusto de ella, lord Henry dio un paso atrás con brusquedad.

—Sí, sí, supongo que es lo mejor.

Se quedaron allí un rato, separados por el silencio y el recelo hasta que lord Henry preguntó en voz baja:

—¿Qué hará?

Tan baja que ella apenas se dio cuenta de que había hablado, porque estaba sumida en sus propios pensamientos enmarañados, en aquella pasión repentina.

Levantó la mirada y parpadeó.

—¿Perdón?

—¿Qué hará ahora lord Dale?

Se inclinó y recogió el abrigo del suelo. En aquella ocasión se lo tendió a ella en lugar de colocárselo él mismo sobre los hombros.

Oh, sí, Crispin. Casi se había olvidado de él. Se arrebujó en el abrigo y le lanzó una mirada a lord Henry. Era fácil comprender por qué la amenaza de sus familiares le resultaba ahora tan lejana.

Los ojos azules de lord Henry aún estaban un poco nublados, su cabello rubio oscuro se había soltado de la coleta que solía llevar, haciéndole parecer un pirata. Sin el abrigo de conducir tenía aspecto de canalla, ahí parado con la chaqueta oscura, el chaleco liso y los pantalones. Unas botas bien pulidas le cubrían las pantorrillas musculosas. Y ese pecho... Oh, ahora conocía ese pecho muy bien, porque había extendido las palmas de las manos sobre él, lo había explorado.

Se ruborizó por sus propios pensamientos caprichosos y apartó la vista.

—¿Crispin? —insistió él.

—Oh, sí —balbuceó ella—. Lo más probable es que escriba a la tía Damaris.

—¿Damaris Dale? —exclamó lord Henry, y acto seguido se estremeció.

Por lo que parecía, la mala reputación de su tía abuela también era conocida fuera de la familia.

Daphne siguió describiendo lo que podría ocurrir.

—Después intercambiarán montones de cartas para decidir qué deben hacer.

—Eso podría durar una semana —sugirió él, que parecía querer ser de ayuda.

Eso, o estaba calculando las fortificaciones que habría que construir en torno a Owle Park.

—Y después enviarán a alguien para que me lleve a casa.

Volvió a acercarse al triste y solitario sombrero y lo recogió. El lazo rosa estaba aplastado, y las flores de seda antes tan garbosas ahora habían perdido todo su encanto.

Ahora era un desastre.

Como sus planes para encontrar a Dishforth.

—¡Oh, cielos! —jadeó, y se llevó las manos a los labios, aún hinchados.

Unos labios que había jurado reservar para otro hombre.

¿Cómo era posible que hubiera olvidado su amor leal y firme en tan poco tiempo? ¿Y tan completamente?

Miró a lord Henry y lo descubrió observándola. Se dio cuenta de que había un montón de preguntas bullendo tras su ceño fruncido, tras la intensidad de su escrutinio.

Supo que no pararía hasta saberlo todo y, como se temía, él preguntó:

—¿Por qué ha venido aquí, a Owle Park, si sabía que ocurriría esto?

¿El qué? ¿Su beso? Lo miró y se percató de que, para su vergüenza, se refería a algo completamente diferente.

¿Por qué había ido allí? ¿Por qué se había arriesgado tanto?

Sin siquiera pensarlo, dijo las primeras palabras que acudieron a su mente. Porque respondían tanto a sus razones para haber acudido a Owle Park como también tal vez a las incomprensibles razones para haberlo besado.

Eran palabras de Dishforth y, una vez más, su misterioso amante pareció conocerla mejor de lo que se conocía ella misma.

—Lord Henry, ¿alguna vez ha deseado bailar donde quisiera?

Capítulo 7

Señor Dishforth, ¿me permite ser atrevida? Voy a serlo, sin escuchar su respuesta, porque sé lo que me diría: «Hable con el corazón». Y eso voy a hacer.
¿Tiene un lobanillo?

Fragmento de una carta
de la señorita Spooner al señor Dishforth

*E*n qué demonios estabas pensando? —preguntó Preston. No, mejor dicho, lo sermoneó.

No, en realidad, bramó.

Henry hizo todo lo posible por mantenerse firme en su lugar de vergüenza, que era un trozo desgastado de alfombra frente a la chimenea. Se encontraban en el salón familiar que había al fondo de la casa, alejados de los invitados. Lo que, desafortunadamente, le otorgaba a Preston toda la libertad que deseaba para liberar su descontento con su tío.

Para Henry era una posición extraña. Un mes atrás, más o menos, siempre había sido Preston a quien le llamaban la atención, y se veía obligado a escuchar cómo sus familiares lo reprendían por su comportamiento.

Pero ahí estaba, y le resultaba imposible no pasar el peso de su cuerpo de un pie a otro mientras Preston y Hen se turnaban para amonestarlo.

—¿En qué estabas pensando? —se lamentó Hen.

—Dishforth me obligó a hacerlo —murmuró él.

—¿Dishforth? ¿Quién demonios es? —preguntó la tía abuela Zillah desde su sitio de honor, el gran sillón que había junto al fuego.

Los Dale tenían a Damaris y, los Seldon, a Zillah.

—¿Y bien? —preguntó la anciana—. ¿Quién es Dishforth?

Preston y Henry le lanzaron a Hen miradas acusadoras, porque había insistido en invitar al único familiar que les quedaba. Mientras que los Dale eran tan prolíficos como una colonia de conejos, los Seldon nunca habían sido muy fértiles.

—No es nadie, querida —le dijo Hen.

—¿Nadie? —Zillah resopló—. No podéis engañarme. Ahora mismo hay una nota en la bandeja del correo dirigida a él.

Henry consiguió reprimirse y no preguntar con ansiedad: «¿De verdad?»

En lugar de eso, lanzó a su sobrino y a su hermana una mirada de reojo y sacudió la cabeza con tristeza.

Pobre anciana. Ya está perdiendo la cabeza.

—¡Henry! Un Seldon nunca culpa a otros de sus fechorías —lo amonestó Zillah.

Meneó un dedo largo y fino delante de él, demostrando que no era tan enclenque como a Henry le gustaría que pensaran los demás.

—Sí, exactamente —se mostró de acuerdo Hen.

—Empezó a llover. Nada más —les dijo Henry por décima vez.

Era la verdad y nadie quería creerlo.

¡Dios! ¿Preston había sufrido así durante todos esos años? Miró el ceño fruncido del duque, que tenía un aire triunfal, y se dio cuenta de que aquel giro inesperado de los acontecimientos no le resultaba desagradable al tristemente célebre duque de Preston.

Sin embargo, Henry tenía a su favor que, gracias a haber escuchado a Preston «explicar» su versión de su conducta nada respetable a lo largo de los años, había aprendido un par de cosas sobre las confesiones.

Siguiendo el ejemplo de Preston, dijo una verdad que sí era creíble.

—Me perdí.

Hen y Preston se miraron y tuvieron que encogerse de hombros, concediendo que aquello era verdad. Nadie podía discutir el pésimo sentido de Henry de la orientación.

Pero Zillah no iba a dejar el tema.

—Parecía que le hubieran dado un revolcón a esa chica cuando la trajiste. ¡Un revolcón, digo!

Sí, ya te hemos oído la primera vez, pensó Henry encogiéndose. Miró de reojo a su tía abuela, una verdadera arpía, y pensó que se podrían escribir libros enteros con anécdotas sobre el comportamiento extravagante que Zillah había tenido en el pasado. Sin embargo, al mirarla en ese momento, le pareció imposible que alguna vez ella hubiera sabido lo que era darse un revolcón, y menos aún ser capaz todavía de distinguirlo.

Ni siquiera Hen sabía la edad de la vieja Zillah. ¿Y la propia dama? Ni muerta revelaría su edad para salvar al rey o a toda Inglaterra. Por lo que sabían, la reina Isabel probablemente ya reinaba cuando nació Zillah.

Posiblemente había sido su perro insolente el que había originado las desavenencias entre los Dale y los Seldon.

—Un revolcón —repitió Zillah.

Enseguida echó hacia atrás la cabeza y dejó escapar un sonoro ronquido.

Henry negó con la cabeza, a pesar de que sabía que era una posición imposible de defender.

A Daphne había parecido que le hubieran dado un revolcón porque casi había ocurrido.

Y él tenía un aspecto semejante... pero no de la misma manera. No importaba ese beso, bueno, no creía que fuera capaz de olvidarlo nunca, porque había sido suficiente para derribarlo, pero cuando la había visto delante de él a medio vestir, toda mojada y desarreglada, con el cabello cayéndole sobre los hombros en rizos húmedos y haciendo esa confesión tan sorprendente, había vuelto todo su mundo del revés.

¿Alguna vez ha deseado bailar donde quisiera?

Se había tambaleado, como si ella lo hubiera abofeteado. Eran palabras de Dishforth. Saliendo de los labios de Daphne Dale.

No, no eran las palabras de Dishforth, sino sus propias palabras.

¿Por qué demonios había dicho eso? ¿Pura casualidad? ¿O había sido una burla de las divinidades del amor?

Y antes de que hubiera podido reaccionar, antes de que hubiera podido pedirle una explicación, volver a atraerla entre sus brazos y besarla hasta que ella estuviera dispuesta a explicarle cómo era posible que supiera tal cosa, Preston, Hen y Tabitha habían aparecido en un coche de caballos y habían presenciado el espectáculo que ambos ofrecían: calados hasta los huesos y mirándose el uno al otro con asombro.

Después todo había ocurrido tan rápido que había sido como si el hilo que los había unido con esas palabras hubiera regresado a la bobina de la que procedía.

En un abrir y cerrar de ojos, habían metido a la señorita Dale en el carruaje de Preston y a él le habían dejado el carro tirado por un poni para que trotara obedientemente detrás, con el *Señor Muggins* como única compañía. Y con la única pregunta abrasadora que lo tenía totalmente desconcertado.

¿Podría esa descarada ser...?

No, se había repetido una y otra vez. Imposible.

La señorita Spooner era una dama respetable. Sensata. Bien educada.

Con una pluma mordaz y un carácter apasionado, habría añadido Dishforth. *¿No recuerdas lo que nos escribió?*

Soy un manojo de nervios desde que leí su última carta. Prométame que un día bailaremos bajo las estrellas. Que bailaremos donde deseemos, como me escribía. Yo bailaría con usted, señor, donde quiera.

Henry había levantado la mirada hacia el carruaje que tenía delante, pero lo único que había podido ver había sido la parte posterior de la cabeza rubia de la señorita Dale.

¡No!

Y sin embargo... ¿Y si la señorita Dale era su señorita Spooner?

Henry se había sacudido de encima esa idea igual que el *Señor Muggins* se había sacudido la lluvia del pelaje áspero: rápida y eficazmente.

De ninguna manera la belleza impetuosa que iba en el otro carruaje podía ser su señorita Spooner.

¿Te importaría si lo fuera?, le había preguntado una vocecilla.

Por supuesto que sí, se dijo, ignorando cómo su cuerpo había cobrado vida al recordar lo que se sentía al tenerla entre sus brazos. El vestido mojado se le pegaba a los pechos y podía sentir la redondez de las caderas bajo las palmas de las manos.

No le había dado el abrigo como un gesto de caballerosidad, sino para ocultar sus malditas curvas, al menos, ése había sido su razonamiento la segunda vez, porque verla podría haber convertido al tipo más sensato en el Seldon más canalla.

Incluso a él.

Ah, esas curvas...

—Ejem —dijo Hen, aclarándose la garganta y devolviéndolo al presente.

Henry miró a su alrededor y vio que los tres lo estaban observando.

—No le había dado un revolcón —afirmó ante el tribunal que se había nombrado a sí mismo.

—Llevaba tu abrigo —señaló Preston.

El hecho de ser un sinvergüenza de primera categoría hacía que estuviera muy familiarizado con el tema.

Si había alguien que pudiera distinguir a la primera a una dama a la que le hubieran dado un revolcón, era Preston.

No obstante, Henry era un caballero correcto y sensato por algo.

—Estaba empapada —le dijo a su sobrino—. ¿Habrías preferido que la dejara temblando? O peor aún, ¿que pillara una pulmonía?

—¿De quién habría sido la culpa? —musitó Hen.

Preston la ignoró y continuó:

—¿Cómo demonios conseguiste llegar tan lejos? Si llegas a avanzar unos cuantos kilómetros más, habrías llegado al lindero.

El lindero.

¡Maldición! Henry había tenido la esperanza de evitar ese tema. Sin embargo, para su consternación, la culpabilidad debió de habérsele reflejado en el rostro.

—¡Henry! ¡No! —exclamó Preston—. No lo hiciste...

Inspiró profundamente y supo que no le quedaba más opción que confesarlo todo.

La parte del lindero. No el beso. No lo de la señorita Spooner ni sus sospechas sobre quién podía ser.

Miró de reojo a Zillah y reordenó su lista. No confesar lo del beso. Sobre todo, nada del beso.

—Bueno, ya que lo dices... —empezó a decir.

—¡No! —gruñó Preston.

—Sí, me temo que sí —admitió Henry.

Hen, que se olía el escándalo, se incorporó en su asiento.

—¿De qué estáis hablando? —preguntó Zillah, y enderezó la cabeza para prestar atención. Por lo que parecía, su siesta había acabado—. ¡No me vais a dejar fuera de esto!

Henry la ignoró y bajó la voz. Una regañina de Hen y de Preston era una cosa, pero Zillah era famosa por guardar resentimiento durante meses. Años. Décadas.

Y, a pesar de que nadie se atrevería a adivinar cuánto tiempo más le quedaba a la anciana, conociendo a Zillah, seguramente viviría otro cuarto de siglo, aunque sólo fuera para saborear bien el rencor.

—Tuve una riña con el vizconde —admitió.

No hacía falta que dijera con cuál.

—¿No solamente cruzaste la frontera, sino que además te encontraste con él? —dijo Preston, que se pasó una mano por el cabello y comenzó a caminar con nerviosismo por la habitación.

—Sí, me temo que sí —contestó Henry, siguiendo cautelosamente al duque con la mirada.

—¿Qué ocurre? —quiso saber Zillah, y se rodeó la oreja con una mano.

Hen estaba más que dispuesta a hacérselo saber, ya que ella lo había cogido al vuelo.

—Por lo que parece, Henry traspasó la frontera con Langdale, tía.

Zillah abrió mucho los ojos... Y le dio alas a la lengua.

—¡Lord Henry Arthur George Baldwin Seldon! ¿Cómo has podido hacerlo? Hay tres reglas por las que los Seldon nos guiamos...

Oh, no. Henry hizo una mueca de dolor. *Las reglas no.*

Ella levantó tres dedos huesudos y los fue doblando al hablar.

—Un Seldon sirve a su rey. Se comporta correctamente con su familia. Y nunca, jamás, cruza esa línea.

—Sí, ya, pero no está bien marcada —replicó Henry en su defensa, aunque nadie lo estaba escuchando.

—¿Qué ha ocurrido? —preguntó Preston con un tono de voz que les recordó a todos que él era el duque.

Henry les contó las exigencias de Crispin y la negativa obstinada de la señorita Dale a obedecer.

—Aborrezco a ese hombre —afirmó Hen, y sacudió la cabeza.

—Comentaste lo mismo sobre Michaels —le recordó Henry.

Hen arrugó la nariz.

—Por lo menos, no era un Dale.

—Por como era, podría haberlo sido —murmuró Zillah.

Todos la ignoraron, aunque estaban de acuerdo con ella.

—¿Qué crees que pasará ahora? —preguntó Preston.

—La señorita Dale piensa que el vizconde escribirá a Damaris Dale.

Los cuatro Seldon se estremecieron al oír el nombre de la dama.

—Qué pena que ya no esté de moda la quema de brujas —dijo Zillah, y escupió a las ascuas de la chimenea, como para ahuyentar a un espíritu maligno.

Nadie se lo discutió.

Henry pensó cuidadosamente sus palabras. Todavía estaba el asunto de la indiscreción del *Señor Muggins...* aunque quizá fuera mejor mencionarlo después de la cena. Cuando Preston se hubiera tomado uno o dos brandys.

—La señorita Dale cree que, en cuanto su familia tenga constancia de su paradero, enviarán a alguien para que la acompañe a su casa.

Hen se puso en pie.

—¿Estás sugiriendo que sus padres desconocen que está aquí?

—Eso parece.

Su hermana se dejó caer en su sillón, pálida sólo de pensarlo.

—¿Por qué vendría aquí contra los deseos de su familia?

—Tabitha es su mejor amiga —intervino Preston, defendiéndola.

Por alguna razón, se ablandaba en lo tocante a esa Dale en particular, porque no era la primera vez que la había apoyado.

—Sospecho que estaba dispuesta a dejar a un lado la tradición para acompañar a su mejor amiga en su boda —añadió.

Hen asintió con la cabeza, pero Henry se mordió la lengua.

No pensaba contar sus propias sospechas hasta que tuviera alguna prueba concreta.

Si Daphne Dale era... era... ella, su señorita Spooner... Se quedó inmóvil. No, no podía ser verdad. Aunque hubiera estado convencido en la noche del baile. Ahora sabía que había sido un grave error, uno que no quería repetir.

Lo único que tenía que hacer era demostrar que la asombrosa elección de palabras de la señorita Dale había sido pura casualidad.

Como su elección de aquel condenado vestido rojo.

O su aparición inexplicable y repentina en una fiesta de una casa Seldon.

Henry se encogió al ver que todas las señales se volvían contra él.

Zillah, que había estado cabeceando otra vez, se despertó bruscamente.

—¿Por qué estamos hablando de Damaris Dale?

—Su sobrina está aquí —le explicó Hen—. La señorita Dale. La has conocido antes.

—¿Dale? —Zillah sacudió la cabeza—. Creí que se apellidaba Hale.

En aquella ocasión dirigió su ira hacia Preston, lo que fue una especie de liberación para Henry, añadiendo:

—¡Santo cielo, muchacho! —bramó—. El hecho de que tengas que rebajarte a incluir Dales para completar los invitados de tu fiesta me convence de que has llevado a esta familia a las profundidades de la vergüenza.

Miró a Preston con los ojos entornados, luego a los demás, y volvió a adormecerse.

Para alivio de todos.

—¿De cuánto tiempo disponemos? —preguntó Preston en voz baja, y miró a hurtadillas a su tía abuela para asegurarse de que seguía dormitando.

—Calculo que de dos semanas como mucho —contestó Henry.

—A menos que Crispin Dale decida irrumpir antes aquí, aunque sólo sea para montar una escena —señaló Hen.

No tenía por qué parecer tan satisfecha con la idea. Pero lo cierto era que no había nada que le gustara más a Hen que una buena discusión.

De ahí su desastroso matrimonio con lord Michaels.

—¿Por qué no la mandamos a casa ahora? —siguió diciendo Hen.

Preston negó con la cabeza.

—¿Qué? ¿Y causar más escándalo? Además, Tabitha está encantada con que a su «querida Daphne» le hayan permitido asistir. No pienso arruinarle la felicidad.

—Si esto perturba tu boda, pensarás de otra manera —dijo Hen.

—Eso no sucederá —afirmó Henry, enderezándose. Le gustara o no, hasta que pudiera demostrar lo contrario, Daphne Dale se había convertido en su problema—. Os prometo que me encargaré yo mismo de esto.

—Bueno, entonces supongo que no queda nada por hacer —dijo Hen con un tono que dejó claro a su hermano y a su sobrino que se estaba desentendiendo de todo.

—¿Nada por hacer? —exclamó Zillah, que se había despertado una vez más—. ¡Los Dale están en nuestra puerta! Preston, coge el fusil de chispa de mi padre. La pistola, no el mosquete. Sé cargarla.

Nadie dudaba de que así fuera.

—Señorita Nashe, ha reunido una buena colección de conquistas en la cena de esta noche —declaró lady Essex.

Las damas se habían retirado al salón para esperar a los caballeros, que aún estaban disfrutando del oporto y los cigarros.

A Daphne la cena le había parecido eterna y dolorosa.

La habían sentado en un extremo de la mesa, entre el nuevo vicario, que había comido como si supiera algo que los demás ignoraban, que ésa podía ser la última cena, y el hermano de Harriet, el señor Chaunce Hathaway, que trabajaba en Dios sabía qué en el Ministerio del Interior. Era imposible establecer los detalles porque apenas hablaba.

Así que Daphne había tenido poco que hacer mientras se sucedían los diversos platos excepto seguir el ejemplo silencioso de Chaunce y observar la estancia.

Por lo menos le había servido para olvidar el sermón que lady Essex le había echado sobre los peligros y los riesgos que entrañaba alejarse tanto con un caballero, aunque fuera un aburrido como lord Henry Seldon.

De aburrido nada, le habría gustado decirle a la anciana. Era un lobo con piel de cordero.

¿De verdad la había besado de esa manera o ella se lo había imaginado todo? Había ocurrido tan rápido... Los labios de lord Henry sobre los suyos, sus manos explorándola, dejando una estela de deseo que había continuado tentándola cada vez que ella se había atrevido a mirar en su dirección.

¿Cómo era posible que un beso del hombre equivocado, sí, no tenía ninguna duda de que lord Henry Seldon era el hombre equivocado, la hubiera dejado tan... alterada? Hasta la suela de las botas.

Gracias a Dios que había recuperado el juicio y había recordado quién y qué era.

La señorita Daphne Dale. Una señorita correcta. Una dama sensata. Enamorada de otro.

A quien nunca has visto. A quien nunca has besado...

Se dijo que había cosas más importantes que los besos.

Aunque no había sido capaz de pensar en una sola. No cuando miraba a lord Henry.

Y se había esforzado en no hacerlo. Sobre todo desde que a él lo habían sentado junto a la señorita Nashe y no paraba de hablar, felicitándola, a ella y a lord Astbury, por haber ganado la búsqueda del tesoro. Y cuando no estaba desplegando sus encantos con la heredera, había estado flirteando descaradamente con lady Alicia, e incluso haciendo algunos comentarios encantadores dirigidos a lady Clare.

¡Qué desgraciado! Desde luego, el señor Dishforth jamás se comportaría de una manera tan disoluta.

Según avanzaba la cena, Daphne se había dado cuenta de que encontrar al señor Dishforth no iba a ser una tarea fácil.

¿Cómo iba a descubrir cuál de aquellos caballeros era Dishforth, a menos que se levantara y le pidiera al hombre en cuestión que revelara su identidad?

Se había aferrado con fuerza a los braceros de su silla y había estado a punto de ponerse en pie y hacer precisamente eso, exigir saber quién era Dishforth, pero se lo había pensado mejor al darse cuenta de que lady Essex la miraba fijamente.

—Vaya —había murmurado, y se había hundido de nuevo en el asiento.

Porque admitir públicamente aquel disparate sería el tipo de comportamiento impropio de una dama que haría que lady Essex la llevara encadenada de vuelta a Kempton.

Si al menos la hubieran sentado junto a lord Astbury... Después de todo, era, tal y como Tabitha había señalado, el candidato más probable.

Ciertamente, era bastante apuesto, como Phi afirmaba que era Dishforth. Aunque todos los que estaban sentados alrededor de la mesa lo eran: el capitán Bramston con sus rasgos marcados y sus ojos misteriosos; lord Rawcliffe, con ese porte aristocrático; Kipps, considerado el hombre más encantador y elegante que asistía a los bailes de Londres; e incluso lord Cowley, conocido por sus inclinaciones académicas y que tenía un aire de poeta bohemio.

Todos encajaban en la descripción miope del escurridizo señor Dishforth. Peor aún, Daphne suponía que también tendría que incluir a lord Henry en esa lista... porque también era atractivo.

Demasiado atractivo.

Sin embargo, no podía ser Dishforth...

Pero ¿no desearías que lo fuera?, le había susurrado una vocecita irónica al recordar aquel beso tan nocivo en el templete.

Pom. Pom. Pom. Lady Zillah Seldon golpeó el suelo con su bastón, haciendo que Daphne volviera a centrar su atención en el salón.

—En mis tiempos, yo era considerada la dama más popular, como usted lo es ahora, señorita Nashe. No malgaste sus oportunidades. Una temporada más, muchacha, y habrá superado la edad casadera.

—Milady, no tengo ni idea de lo que estáis hablando —replicó la señorita Nashe, y agitó delicadamente el abanico, aunque entornó los ojos.

Lady Alicia acudió en rescate de su amiga.

—La señorita Nashe tiene un don para robar el corazón de todos los hombres que haya presentes. No puede evitarlo.

Daphne contuvo los deseos de carcajearse. ¿De verdad? ¿Eso era lo que enseñaban en la escuela de etiqueta de Bath, sobre la que las dos no habían parado de hablar en la cena?

«Una escuela de Bath le ofrece a una dama la posibilidad de brillar sobre las demás», había dicho la señorita Nashe, posando la mirada sobre las mujeres que no habían disfrutado de tal privilegio.

Lo que había hecho destacar a todas las invitadas de Kempton. Salvo a lady Essex. Pero claro, lady Essex había asistido a la escuela de etiqueta el siglo anterior. Y no en Bath, sino en una institución perfectamente respetable de Tunbridge Wells, aunque Daphne no esperaba que la señorita Nashe se mostrase de acuerdo.

—No se olvide de lord Henry —dijo lady Essex con la franqueza que la caracterizaba—. Claramente, estaba compitiendo por sus atenciones.

—Oh, sí, querida —dijo la señora Nashe con entusiasmo—. Y el conde de Kipps no podía dejar de mirarte.

—Atrae la atención de todos los hombres, querida —afirmó lady Clare, pellizcándose ligeramente la nariz.

—Todos son excelentes caballeros —se pavoneó la señorita Nashe, ahora que toda la sala estaba pendiente de ella.

—De lo más excelentes —repitió Alicia fervientemente.

Daphne miró hacia donde estaban Harriet y Tabitha, y después al enorme jarrón de rosas blancas y rosas que había sobre la mesa, junto a ellas.

Oh, ¿acaso la señorita Nashe no estaría mucho mejor empapada?

Harriet también miró el jarrón y se tapó la boca para evitar reírse, mientras que Tabitha negó discretamente con la cabeza.

Ni se te ocurra, Daphne.

Tabitha siempre era la correcta hija de vicario.

Aunque lo cierto era que había impedido en más de una ocasión que Daphne le lanzara algo a una dama a la cabeza. Todos los jueves, sin ir más lejos, en la reunión de la Sociedad de Kempton, donde la tremendamente adinerada señorita Anne Fielding siempre se pavoneaba y alardeaba en el salón de lady Essex, ya fuera por su sombrero nuevo, por sus viajes a Bath o por el elegante carruaje que su padre le había prometido.

Daphne entornó los ojos y observó a la última encarnación de su vieja enemiga. O la habitación no estaba tan bien iluminada como debería o santo cielo, la señorita Nashe se parecía asombrosamente a la señorita Fielding.

Fue uno de esos momentos que toda dama de medios modestos y contactos limitados conocía demasiado bien.

Cuando se daba cuenta de que se encontraba destinada a estar rodeada para siempre de señoritas Fieldings, señoritas Nashes y gente de su ralea.

Ahí estaba. El talón de Aquiles de Daphne. Era una Dale que había crecido escuchando historias sobre el elevado papel de su familia en sociedad, en la historia de Inglaterra, y aun así... los Dale de Kempton no eran nada populares.

En su mayor parte, eran ignorados y a menudo olvidados.

Sin embargo, ella había acudido a Londres con grandes planes... y algo de dinero que su madre había ido ahorrando a lo largo de los años. Con algunos vestidos nuevos y que le presentaran a la gente adecuada, encontraría su oportunidad para brillar, para demostrar de una vez por todas que era una Dale que merecía reconocimiento.

Pero en Londres vio que la dejaban de lado, como otra pueblerina más sin dote y sin contactos.

Sus familiares Dale tampoco habían sido de mucha ayuda. ¿Por qué iba la tía abuela Damaris a presentarla a ella cuando había otras primas en sociedad con abundantes dotes que ofrecer como incentivo?

Las Daphnes y las Phis de la familia tenían que luchar por conseguir el afecto del resto de la familia, como el honorable señor Matheus Dale.

Y, aunque ella había pasado años soñando con un matrimonio noble con un hombre que tuviera unos ingresos igualmente elevados, había sido el compromiso de Tabitha con ni más ni menos que el duque de Preston lo que le había hecho darse cuenta de que ni la posición ni el dinero eran lo que hacían un buen matrimonio.

Le bastaba ver cómo Preston miraba a Tabitha para quedarse sin respiración.

Entonces había aparecido el señor Dishforth y había dejado de preocuparse por su falta de dote y de contactos. Tenía la esperanza de que algún día, cuando se conocieran, él la mirara como si ella fuera todo su mundo. No importaría que fuera sólo la pobre Daphne Dale de los Dale de Kempton, o que tuviera únicamente cien libras; él la amaría por quien era.

Sin embargo, era imposible no sentir esa punzada familiar de envidia, esa preocupación molesta por que la señorita Nashe y su dinero le robaran lo único que le quedaba: el afecto del señor Dishforth.

No pedía tanto. Sólo que le dejaran encontrar a su señor Dish-forth.

La señorita Nashe, que se había desplazado al centro de la estancia, porque, por supuesto, si había alguien en un rincón no podría verla si continuaba sentada en el diván, seguía conversando con lady Essex sobre las virtudes de los caballeros.

—¿Y qué me dice de lord Astbury? —preguntó lady Essex—. Ha tenido mucha suerte de ser emparejada con él hoy, y de ganar tan rápidamente. Era casi como si él no pudiera esperar a traerla a usted de vuelta.

La señorita Nashe se giró levemente y sonrió.

—El marqués es muy inteligente y estaba decidido a ganar. Por mi bien. Y, por supuesto, era consciente de mi posición social. Creo que podría conducir hasta China y volver sin perderse.

Lanzó una mirada especulativa en dirección a Daphne.

Daphne no mordió el anzuelo.

¿Qué era lo que Harriet decía siempre? «El hecho de que alguien lance un cebo al agua no significa que tengas que morderlo.»

Daphne no tenía intención de prestarle ninguna atención a la señorita Nashe, y mucho menos de morder algo que ella arrojara.

—Qué premio tan encantador —se apresuró a decir Harriet—. Un collar de perlas.

La señorita Nashe toqueteó la ristra que le rodeaba el cuello.

—Sí, es bastante pintoresco. Mi madre insistió en que lo llevara.

Daphne miró a Tabitha, que había elegido el premio.

No lo muerdas...

—Ahora lord Astbury puede elegir a quien quiera para el baile de desenmascaramiento —dijo lady Alicia con entusiasmo, ajena a las miradas subrepticias de su alrededor.

Le sonrió a su amiga, confiada en que la señorita Nashe sería ese valioso premio.

—Pero recuerden, sólo entre las damas disponibles —dijo la señorita Nashe, agitando tímidamente su abanico y dando a entender que ella no entraría en ese grupo.

Y yo tampoco, se dijo Daphne. *Encontraré al señor Dishforth. Esta noche si es necesario. Aunque tenga que levantarme y dar el primer paso.*

Algo a lo que esperaba que no tuviera que recurrir.

—Me parece todo tan romántico... —continuó lady Alicia—. Sobre todo el modo en que lord Henry y el conde de Kipps estaban compitiendo por ti durante la cena.

Aunque la señorita Nashe era siempre la compostura personalizada, le lanzó una mirada furibunda a su querida amiga. Lo que probablemente quería decir que lady Alicia había divulgado una confidencia: que la heredera tenía preferencia por uno de ellos.

Lord Henry o el conde de Kipps.

Pero como una heredera educada en Bath que esperaba subir rápidamente en sociedad, la señorita Nashe se recuperó rápidamente.

—Prefiero un hombre que sea atractivo y elegante. —Hizo una pausa para asegurarse de que todas la miraban y añadió—: Creo que lord Henry ha estado muy galante esta noche, mientras que el conde es... es... impresionantemente noble.

—Decididamente —se mostró de acuerdo lady Essex—. Simplemente, se trata de si una dama prefiere la seguridad de la riqueza y los contactos...

Refiriéndose a lord Henry.

—... o añadir una coronita a su joyero.

Lo que haría de la dama en cuestión la siguiente condesa de Kipps.

La señorita Nashe asintió con la cabeza y una leve sonrisa asomó a sus labios. Ya había tomado la decisión respecto a qué hombre quería, pero mantenía su elección en secreto.

Sin embargo, dado el brillo de avaricia que había en sus ojos, Daphne creyó adivinar cuáles eran sus intenciones. Captar la atención del conde, y su mano.

A pesar de que Kipps tenía muchas deudas, debido a su propia imprudencia y temeridad, era un conde.

Qué chica más necia. Lord Henry es el doble de hombre de lo que Kipps podrá ser nunca, pensó Daphne, y la vehemencia de esas palabras resonaron en su interior como el eco de la robusta campana de Saint Edwards.

Pero ¿y si prefiere a lord Henry y no al conde de Kipps?

La pregunta la aguijoneó más de lo que quería admitir.

Como si quisieran tirar de ese hilo molesto, Harriet y Tabitha se unieron a ella en el diván.

—Lord Henry —susurró Tabitha.

—No, yo apuesto por Kipps —contraargumentó Harriet—. Como diría Benedict —dijo, refiriéndose al hermano que tenía en la marina—, la señorita Nashe no se contentaría con media paga.

Ser el segundo hijo y poseer sólo un título honorífico como lord Henry no estaba a la altura de sus elevadas aspiraciones.

—¿Tú qué opinas, Daphne? —le preguntó Tabitha mientras se alisaba la falda.

En ese preciso momento la puerta se abrió y los caballeros empezaron a llegar, provocando un aleteo nervioso de abanicos y de susurros por el salón.

—Creo que deberías haberla eliminado de la lista de invitados antes de enviar las invitaciones —contestó Daphne, y sonrió educadamente a la heredera, que se encontraba al otro lado de la estancia.

Durante la mayor parte de la tarde, Henry había agudizado el ingenio para descubrir la identidad de la señorita Spooner.

Y para demostrar que las semejanzas con la señorita Dale eran sólo una coincidencia ridícula.

Sin embargo, su búsqueda había sido inútil.

Lady Alicia solamente había querido hablar de los encantos de la señorita Nashe. La señorita Nashe sólo había deseado hablar de sí misma. Y como conocía a lady Clare desde la infancia y sabía que, desde que había roto su compromiso hacía varios años, había jurado no casarse, dudaba sinceramente de que fuera ella la que usara la pluma de la señorita Spooner.

Se detuvo un momento junto al piano y paseó la mirada por la habitación, donde Roxley y la señorita Hathaway estaban disputando una feroz partida de chaquete... algo que ya parecían haber hecho antes, a juzgar por las acusaciones de Roxley de «Harry, tú siempre haces trampas».

Henry se dio cuenta de que envidiaba la amistad relajada del conde con la afable aunque tramposa señorita Hathaway. Era algo mucho más divertido que merodear por la habitación en busca de una señorita fantasma.

—Veo que ya ha decidido cuál va a ser su próxima conquista.

Oyó el comentario impertinente procedente de su derecha.

Henry miró en esa dirección y vio a la señorita Dale al otro lado del instrumento. ¿Por qué no se había dado cuenta antes de que estaba allí? Y ahí estaba, con el mismo vestido rojo de seda que había llevado la noche del baile de compromiso, con su cabello rubio recogido en lo alto de la cabeza, excepto algunos rizos perdidos, que le caían revueltos.

Revueltos.

Henry se encogió, porque de pronto se sintió receloso de esa palabra y de sus implicaciones. Sobre todo porque le recordaba a la regañina de Zillah.

«A esa chica parecía que le hubieran dado un revolcón cuando la trajiste. ¡Un revolcón, digo!»

Al mirar ahora a la señorita Dale Henry habría argumentado que esa mujer siempre parecía ligeramente descuidada, desde las pestañas, que batía con frecuencia, al cabello enmarañado. Era la tentación personificada.

Y lo que era peor, fuera a donde fuera esa tarde, ella siempre conseguía captar su atención, ya fuera con el balanceo de sus caderas al caminar, con la curva característica de su sonrisa o con el brillo que aparecía en sus ojos cuando se reía... cuando se reía de verdad, no ese sonido educado que le había dedicado a lord Crowley cuando éste había recitado unos versos tontos que había escrito.

Y ahora ahí estaba, provocándolo desde el otro lado del piano.

—¿Mi qué? —preguntó él.

—Su conquista —repitió ella, y luego sacudió la cabeza—. Oh, cielos, había olvidado con quién estoy hablando. Un coqueteo. Un devaneo, un flirteo.

Enumeró todas las definiciones que usaría una dama de manera educada.

Esas palabras, conquista, coqueteo y devaneo, habrían resultado ridículas si las hubiera pronunciado cualquier otra persona, pero en boca de la señorita Dale parecían encerrar un desafío. Como si supiera de lo que estaba hablando.

Y así era. Porque sabía cómo se había comportado él antes. Cuando habían estado solos.

Apartó ese recuerdo de su mente, un recuerdo que le espesaba la sangre en las venas y la hacía palpitar por todo su cuerpo, y se centró en la acusación.

Que estaba a punto de hacer otra conquista.

Como si él fuera el único que se hubiera pasado toda la tarde flirteando. Ella debería ver la estela que había dejado a su paso. Había coqueteado con prácticamente todos los hombres del salón, pasando de Kipps a Bramston, luego a Astbury y después a Crowley. Se turnaba para pasar tiempo con cada uno de ellos, se reía de sus bromas, les dedicaba su batir de pestañas, posaba una mano enguantada en sus mangas y después de dirigía a su próxima conquista.

Iba a señalar su pericia en el asunto, pero ella seguía parloteando:

—... No creo que ella sea muy dada al galanteo, aunque sí parece su tipo.

—¿Mi tipo?

Henry siguió la mirada de la señorita Dale hacia el trío de damas que había junto a la ventana.

Por supuesto. Eran lady Alicia, lady Clare y la señorita Nashe, el trío al que él había dedicado sus atenciones durante la velada.

Henry decidió que la mejor táctica era la inocencia.

—¿A quién se refiere?

—A la señorita Nashe, por supuesto —contestó ella.

Inclinó la cabeza hacia las mujeres y volvió a mirar a la heredera.

—¿Qué significa eso? Mi tipo, dice.

Pero enseguida recordó lo que él había dicho sobre Crispin Dale. Y la señorita Dale no parecía dispuesta a dejar que lo olvidara. Su lengua estaba afilada como una espada y se dispuso a clavársela en el pecho. Se inclinó hacia él e hizo su siguiente movimiento:

—Un figurín. Banal. Adinerada.

Henry tenía la sensación de que se había dejado unos cuantos adjetivos en el tintero. Y, a juzgar por cómo arqueaba una ceja, imaginó que «arribista» era una posibilidad.

Sabía que la señorita Nashe era exactamente el «tipo» de mujer que buscaría como esposa un hijo segundo como él: adinerada, amable, encantadora y a la que veneraban las columnas de sociedad, pero había un obstáculo imposible que ni siquiera su dote podía hacerle saltar.

La mujer en sí.

Aun así, fingió sorpresa.

—¿La señorita Nashe? ¿Cree usted que es banal?

—¿Usted no? —La señorita Dale arrugó la nariz—. ¡Mírela! No hace más que entretener a la pobre lady Clare y a lady Alicia con las historias de sus destrezas sociales.

Dado cómo lady Clare apretaba la mandíbula, probablemente la señorita Dale tuviera razón, pero él no pensaba admitirlo. En lugar de eso, preguntó:

—¿Cómo puede oír lo que dicen? Están al otro lado del salón.

La señorita Dale levantó la barbilla.

—Tengo un don para estas cosas.

Por supuesto que lo tenía.

—¿De verdad? —preguntó él contra su buen juicio.

—Sí, mire —dijo, y miró al trío.

La siguiente vez que la señorita Nashe abrió la boca, la señorita Dale proporcionó las palabras:

—Oh, las expectativas que recaen sobre una cuando la mencionan diariamente en las columnas de sociedad son agotadoras.

Henry tosió para ahogar el ataque de risa que le entró.

—Ella nunca diría tal cosa —contestó mientras intentaba recuperar la compostura.

—No, no —dijo la señorita Dale—. Todavía no ha terminado. Escuche...

Entonces, modulando la voz, imitó a la perfección la vocalización excesivamente educada de la señorita Nashe.

—Aun así, me esfuerzo por proveer chismorreos apropiados y edificantes para que los que son inferiores a mí aprendan de mi elegancia y mi posición. Es mi regalo a la sociedad.

La señorita Nashe terminó de hablar en ese preciso instante y sonrió al final de las palabras de la señorita Dale, como si de verdad estuviera transmitiendo ese discurso condescendiente a su audiencia.

Henry resopló para evitar reírse y le dio la espalda al trío, porque era endiabladamente difícil mirar a la señorita Nashe sin oír la recitación de la señorita Dale.

Mientras tanto, su traviesa acompañante sonreía con retorcido deleite.

—Se lo dije.

Henry tenía que admitir que lo único que le gustaba bastante de la señorita Dale era su honestidad.

—La verdad es que la señorita Nashe está bastante pagada de sí misma —dijo.

La señorita Dale se tapó la boca para no carcajearse.

—Qué cosa más terrible acaba de decir, lord Henry.

—Usted empezó —replicó—. Pero confieso que después de oírla hablar durante media hora sobre cómo modernizaría ella Owle Park si fuera Tabitha...

Daphne abrió mucho los ojos, indignada.

—¿Cambiar esta casa? ¿Para qué?

El enojo de la señorita Dale hacía eco del suyo propio. Inclinó la cabeza hacia ella.

—Por lo que parece, no está a la última moda.

La señorita Dale chasqueó la lengua.

—Y no tiene por qué estarlo. Es una casa familiar. Owle Park es encantadora. Bastante sorprendente, de hecho.

—¿Qué quiere decir?

—Bueno, no es lo que yo esperaba —dijo ella, y apartó la mirada, ruborizada.

—¿Y qué pensaba encontrarse, señorita Dale? ¿Restos del Club del Fuego Infernal en el comedor? ¿Vírgenes descarriadas repantingadas por todas partes esperando un sacrificio pagano? —El color de sus mejillas se lo confirmó. Henry se rió—. Es eso, ¿verdad?

—Es que una oye cosas, y entonces suponía...

—¿Está decepcionada?

Ella se quedó callada un momento y luego levantó la mirada hacia él, con un brillo pícaro en los ojos.

—Un poco.

Ambos se rieron, y pareció que toda la habitación se quedaba en silencio y los miraba.

Henry se apartó de ella, probablemente demasiado rápido, porque le hizo parecer culpable... de algo.

Pero no tenía nada de lo que sentirse culpable. Y aun así, ahí estaba Zillah, en cuyos ojos ardían las acusaciones. *¡Otra vez no, muchacho necio!*

Se apartó un poco más de la señorita Dale antes de que su proximidad hiciera que su tía abuela se acercara y les recitara a todos las normas de la familia Seldon.

Como no ocurría nada interesante alrededor del piano, los otros invitados volvieron por fin a sus anteriores ocupaciones. El murmullo de las conversaciones, las exclamaciones por una mano bien jugada de cartas y los juramentos ocasionales de Roxley seguidos de «Harry, un día de estos te pillaré haciendo trampas» hicieron que Henry suspirara aliviado.

Como si en esa ocasión hubiera tenido suerte. Mucha más que antes, cuando le habían echado un sermón.

Miró a la señorita Dale.

—No se ha metido en problemas. Por lo de antes, quiero decir, ¿verdad? —le preguntó en voz baja.

—Un poco —respondió ella con un suspiro—. ¿Y usted?

—Oh, sí.

Ahora ella lo miraba con atención.

—¿Le han echado una bronca?

—Sí.

Ella asintió, comprensiva, y bajó la voz.

—Pero no saben lo de...

No tenía necesidad de decir el resto... El beso.

—¡No! —replicó él—. ¿Lo ha mencionado usted?

La señorita Dale negó con la cabeza.

—No.

—Es mejor olvidarlo —sugirió él, aunque sabía que pasaría algún tiempo antes de que pudiera hacerlo.

—Sí, así es —se mostró de acuerdo ella, balanceándose sobre los tacones.

—Un terrible error.

—Exacto —contestó ella.

Él se dio cuenta de que había respondido bastante rápido. Demasiado.

¿Tenía que acceder tan rápido?

Cuando volvió a mirarla, la encontró observando de nuevo a la señorita Nashe.

—¿Está inventando más diálogos para ese drama?

—No —dijo ella, y sacudió levemente la cabeza.

Pero sus labios, curvados en una sonrisa, decían otra cosa.

Henry le lanzó una mirada irónica.

—Bueno, quizás —admitió ella.

—Es usted una atrevida, señorita Dale.

—¿Lo desaprueba?

Henry suspiró.

—En absoluto. Desafortunadamente.

Sus ojos volvieron a encontrarse, y en esa ocasión no fueron sólo sus miradas las que se enredaron. Hubo algo más mucho más peligroso.

Henry sintió la sangre bulléndole en las venas al recordar cómo se había sentido al tenerla entre sus brazos, al besarla loca y apasionadamente. Por la simple razón de que ella pensaba que era un canalla.

Y, dado el brillo que había en sus ojos, todavía lo pensaba.

Entonces ella se mordió el labio inferior y apartó la mirada.

—Tenemos que mantenernos alejados —le recordó.

Henry paseó la mirada por el salón, fingiendo indiferencia.

—Sí, supongo que sí.

—Por si necesita que se lo recuerde, estoy casi prometida en otra parte...

—Sí, su caballero excelente —musitó Henry.

—Sí, él.

Ella miró nerviosa por la habitación y de repente a Henry se le ocurrió una nueva posibilidad.

La respuesta al nudo gordiano: ¿por qué demonios había acudido la señorita Dale a Owle Park?

En realidad, él nunca se había acabado de creer que estuviera prometida. O casi prometida, significara lo que significara esa tontería.

Pero ahora...

Se giró hacia ella sonriendo ampliamente. Ya tenía su respuesta. Y apostaría a ella toda su fortuna.

—Está aquí, ¿verdad?

A Daphne casi se le detuvo el corazón.

Lord Henry no podía haberle preguntado eso.

—Bueno, ¿está o no está aquí? —insistió él.

Sí, me lo ha preguntado.

Pero por algo Daphne era miembro de la Sociedad para la Templanza y la Mejora de Kempton. Porque cuando no estaban reuniendo cestas de comida para las solteronas pobres de la aldea o plantando flores en el cementerio, también practicaban la buena conducta, por insistencia de lady Essex.

Por lo tanto, Daphne era capaz de superar incluso a una dama educada en Bath como la señorita Nashe en lo que se refería a compostura.

A pesar de sentir pánico.

Se enderezó e intentó tranquilizarse. Si pudiera apaciguar los martilleos de su corazón...

—No voy a hablar de él con usted.

Él se inclinó hacia ella hasta quedarse indecentemente cerca, como el lobo que era.

—¿Por qué no?

Cuanto más se acercaba él, más vacilaba la determinación y la compostura de Daphne. El aroma a arrayán y un toque de ron le invadieron los sentidos. Era como si estuviera otra vez envuelta en su abrigo. Aunque en esa ocasión era el propio hombre, no la prenda.

El que la había besado hasta dejarla sin aliento. El que la había acariciado hasta hacerla temblar. El que había encendido una hoguera en su corazón.

Oh, pero estaba demasiado cerca de encontrar la felicidad perfecta como para dejar que lord Henry lo arruinara todo. Porque en eso nadie superaba a los Seldon: en arruinar cosas.

—Mis asuntos no son de su incumbencia —le dijo ella ásperamente, como hacía lady Essex cuando regañaba a su sobrino, lord Roxley.

Además, cruzó los brazos sobre el pecho para demostrarle que estaba decidida a no hacerlo.

Y no, como se podría pensar, para evitar que le hiciera perder el poco control que le quedaba.

Desafortunadamente, su tono de voz no tenía ningún efecto en ese hombre. Sus palabras, sin embargo... parecían alentarlo.

—Así que es un asunto... —dijo él, con un brillo travieso en los ojos.

—No del tipo que usted cree —afirmó ella—. La nuestra es una unión de la mente y el corazón. Nada que ver con sus encuentros vulgares.

—¿Es eso lo que hemos compartido antes, un encuentro vulgar? —preguntó.

Daphne tembló de rabia.

—Ya le he dicho que no voy a hablar de eso.

Henry bajó la vista a las partituras del piano y empezó a pasar las páginas con aire ausente.

—Supongo que no hay mucho de qué hablar, ¿no cree?

Ella inspiró, intentando contener el comentario mordaz que pugnaba por salir de sus labios.

—Así que, dígame, señorita Dale —continuó él, acercándose todavía más, deslizando una mano por encima del piano hasta que casi le rozó a ella la cadera—, ¿por qué no está usted a su lado en este momento?

Recorrió la habitación con la mirada, como si estuviera imaginándose dónde debería estar ella, y al mismo tiempo dio otro paso más en su dirección.

—¿Qué está haciendo? —preguntó Daphne, porque la tenía atrapada, arrinconada en todos los sentidos de la palabra.

—Probando una teoría.

Dio otro paso más. Ya sólo cabía un susurro entre ellos.

¿Delante de todo el mundo? Santo cielo, ¿es que no se daba cuenta de lo que parecía?

—Acordamos mantener las distancias —le recordó ella.

—Sí, supongo que sí —le concedió.

Pero eso no le impidió inclinarse sobre ella, con las caderas casi sobre las suyas y el torso firme a tan sólo unos centímetros de sus pechos.

Daphne intentó respirar, pero él estaba demasiado cerca, rodeándola por todas partes. No podía respirar sin inhalar su aroma, no podía moverse sin tocarlo.

No se atrevía a mirarlo, porque entonces sería como aquellos momentos imprudentes y peligrosos del templete.

Estaban demasiado cerca como para negar que deseaba que la besara. Con todo su corazón.

Pero ¿qué le ocurría? Era Dishforth quien debería encender ese fuego en su interior, no lord Henry. Nunca lord Henry.

Oh, señor Dishforth, ¿dónde está?

—Milord —consiguió decir, atreviéndose a levantar la mirada hacia él—. No creo que esto... esto... sea mantener las distancias.

Él sonrió.

—Señorita Dale, tiene dos opciones: ir a buscar a su perfecto caballero —hizo un gesto con la cabeza hacia la estancia abarrotada— o, mejor aún, comprobar si él comparte la opinión que usted tiene de mí y la rescata de mis perversas atenciones.

Y, dicho eso, bajó la cabeza como si estuviera a punto de robarle un beso.

Allí mismo. Delante de todo el mundo.

Su aliento le rozaba la oreja y la hizo estremecer. Iba a llevarla a la perdición.

Permíteselo.

Daphne sintió pánico. Al menos, eso fue lo que les juró más tarde a lady Essex, a Harriet y a Tabitha.

Le puso las manos en el pecho en un intento de apartar a esa bestia aborrecible, pero en cuanto extendió los dedos sobre su chaqueta, se encontró enredada en la misma magia que se había tejido alrededor de ellos en la rotunda.

Y pronto lord Henry y ella se vieron inmersos en una locura peligrosa.

Sobre todo cuando lady Zillah Seldon escogió ese momento para despertarse un poco y echar una ojeada a lo que ocurría a su alrededor.

Capítulo 8

No, le aseguro que no.

Fragmento de una carta del señor Dishforth
a la señorita Spooner

A la mañana siguiente

Qué parte de ese trato tan simple que hemos acordado, mantener las distancias, no comprende, lord Henry?

Henry se detuvo de golpe en el centro del desayunador. Estaba tan concentrado en el asunto que tenía entre manos, es decir, descubrir la identidad de la señorita Spooner, que no se dio cuenta de que la estancia no estaba vacía.

Y las quejas todavía no habían terminado.

—Cielo santo, me levanto una hora antes para evitarlo y ¿ni aun así puede dejarme tranquila? Esto es inadmisible.

Él se encogió. La señorita Dale. Recorrió con la mirada la enorme mesa y, en un extremo, vio a su único ocupante.

Lo que significaba que estaban solos. Otra vez.

Espléndido.

Siempre les sucedía lo mismo, pensó mientras paseaba la mirada a su alrededor.

Bueno, no estaban completamente solos, porque la enorme bestia de Tabitha estaba echada a sus pies. El *Señor Muggins* lo miró con una sonrisa torcida que sugería que no le sorprendía lo más mínimo su llegada. Al contrario que el saludo espantado de la señorita Dale, el perro se levantó y se acercó a él sin prisas, le empujó la mano con su cabeza áspera y le lanzó una mirada de adoración con sus enormes ojos marrones.

Por supuesto, el animal también miraba a la fuente de salchichas que había en el aparador, como sugiriendo que Henry podría hacer de lacayo y darle un par de ellas. Como hacen los amigos, y esas cosas.

Vaya carabina. Una vez alimentado, seguramente haría la vista gorda con lo que pudiera pasar.

Pero no iba a pasar nada. Nada en absoluto. La noche anterior ya había sido suficientemente desastrosa.

—¿Qué está haciendo aquí tan pronto? —siguió diciendo la señorita Dale, y le lanzó una mirada irónica al *Señor Muggins* que sugería que encontraba las atenciones del perro rotundamente traicioneras.

—Tenía intención de evitarla —respondió él.

Dejó sus papeles y la caja con los útiles de escribir junto a su silla, cerca de la cabecera de la mesa. Por lo menos ella había elegido un lugar bien alejado de él.

La señorita Dale hizo un sonido desaprobatorio y su taza de té tintineó contra el platito cuando la dejó sobre éste.

Ignorando su enfado, él fue a buscar un plato al aparador. El *Señor Muggins* lo siguió, meneando el rabo con alegría.

—No pretende quedarse, ¿verdad? —protestó ella más que preguntó.

—Podría irse usted —señaló Henry mientras se servía lentamente, y se detuvo frente a la fuente de salchichas—. Para así evitar otra catástrofe.

—No fue culpa mía —afirmó ella—. Y hablando de anoche...

Oh, ¿tenían que hacerlo? En la mente de Henry todavía resonaba el sermón que Hen le había echado. Y que había comenzado en el preciso momento en el que había averiguado por qué chillaba Zillah.

Afortunadamente para él, los alaridos de su tía abuela habían conseguido que todos los ojos se posaran en ella, y había tenido tiempo de apartarse de la señorita Dale. Cuando por fin todos supieron qué era lo que la había alterado tanto: «¡Va a besarla!», todas las pruebas sugerían más bien lo contrario.

Henry estaba ya en un extremo del piano, fingiendo interés en las partituras, y la señorita Dale se encontraba en el otro, observando el retrato de la sexta duquesa de Preston.

—¿Besar a quién? —había dicho él, riéndose—. Solamente a ti, tía Zillah.

Entonces había besado a la anciana en la mejilla y había guiñado un ojo a la multitud, como diciendo: «Pobrecilla, ya está medio loca».

Sin embargo, ese ardid no había conseguido engañar a Hen. Ni a Preston. Así que había habido otra refriega familiar en el salón de la parte trasera de la casa, donde Henry se había pasado una hora entera explicando que la tía abuela Zillah se había equivocado: no iba a besar a la señorita Dale. Por fin había conseguido el indulto al recordarles a Hen y a Preston las Navidades anteriores, cuando Zillah había mandado llamar a los detectives de Bow Street porque pensaba que había Dales ocultos en el sótano.

Desgraciadamente, ahí no había terminado el asunto, porque Hen se había pasado la siguiente hora echándole un concienzudo sermón sobre qué damas eran buenas candidatas para el segundo hijo de un duque y cuáles no. No se necesitaba ser miembro de la Real Sociedad de Londres para saber en cuál de los dos bandos Hen había situado a la señorita Dale.

Además, en realidad él no la había besado. Sólo había querido provocarla.

Y parecía que a ella no le había ido mucho mejor, como resultado de la diatriba de Zillah.

—... Tuve que soportar una charla interminable de lady Essex...

Con eso lo había superado, porque lady Essex probablemente podía avergonzar a Hen en el arte de lanzar una regañina virulenta.

Henry estaba incluso a punto de decirle que lo sentía cuando ella siguió diciendo:

—... a pesar de asegurarle que su naturaleza promiscua no tiene ningún efecto en mí...

No, un momento. ¿Su naturaleza promiscua?

Henry se acercó hecho una furia al otro extremo de la mesa.

—¿Mi naturaleza?

—Sí, la suya. Usted está decidido a arruinar mi reputación, y no lo voy a permitir. Tengo un futuro en el que pensar. Comprendo que no puede evitarlo...

—No soy yo quien tiene un pretendiente inventado —replicó él.

—¿Inventado? —dijo ella, apretando los puños—. Le diré que mi querido...

Pero, para disgusto de Henry, ella se calló antes de pronunciar el nombre.

Henry arqueó una ceja y le dedicó la mirada más apaciguadora de la que era capaz un Seldon. La que usaba con frecuencia su padre para silenciar a toda la Cámara de los Lores.

Pero no acobardó a la señorita Dale. En lo más mínimo.

—Mi situación no es de su incumbencia —afirmó ella.

Él sonrió, porque en esa ocasión no había dicho «asunto».

—¿Quién es él? —preguntó Henry—. ¿Quién es su pretendiente?

Ella apretó los labios y frunció el ceño.

—Entonces, vuelvo a mi teoría original de que es producto de su imaginación. ¿Por qué si no le permitiría un hombre deambular por ahí si usted es su verdadero amor?

—Porque está seguro de mi afecto, como yo lo estoy del suyo.

Ahora era el turno de Henry de burlarse, porque sabía que, en los negocios, cuando un rival alardeaba o se quejaba demasiado era porque no estaba convencido.

La señorita Dale se levantó.

—Por supuesto, usted no lo entendería. Es un Seldon, ¿cómo podría comprenderlo? No sabe lo que significa el amor verdadero.

—Oh, eso otra vez no —se quejó él.

—Sí, otra vez. ¿Cómo voy a poder pensar de otra manera cuando usted insiste en buscarme la ruina a la menor oportunidad?

—¿Buscarle la ruina? —Henry se rió—. ¡Oh, eso sí que es gracioso!

—¿Gracioso? ¿Eso le parece? —La señorita Dale se mantuvo firme en sus propósitos—. Aprovecha cualquier momento para aprovecharse de mí.

Henry ya había tenido bastante. Se cernió sobre ella hasta que sus narices casi se tocaron.

—Entonces, ¿por qué se resiste a irse, señorita Dale? ¿Por qué se queda aquí?

—¿Resistirme a marcharme? —replicó ella.

—Sí. Siempre está merodeando a mi alrededor, como si quisiera que la besara. Otra vez.

Ella dio un paso atrás.

—¡Por supuesto que no! ¿Querer que me bese? Preferiría que lo hiciera el *Señor Muggins.*

Cruzó los brazos sobre el pecho y lo miró con furia.

El *Señor Muggins*, que seguía junto al aparador, desvió la mirada de Henry a la señorita Dale, volvió a mirarlo a él, sacudió la cabeza y le dirigió al aparador una mirada intencionada.

Basta ya de hablar. ¿Alguien me da salchichas?

Henry volvió al otro extremo de la mesa, donde había dejado sus útiles de escribir.

—¡Merodeando! —murmuró de manera acusadora.

—Por supuesto que no. Tengo que atender mi correspondencia —contestó.

Volvió a sentarse, dobló la carta que había estado escribiendo y apretó la mandíbula con determinación.

Qué muchacha más terca. Se mantenía firme a pesar de todo lo que había ocurrido entre ellos.

De lo que podría ocurrir. Podría significar la perdición para ambos.

Oh, Zillah podía despotricar sobre los Dale y sus defectos, pero Henry no podía culparlos por su naturaleza. La audacia de Daphne Dale al querer desafiar a la ruina era impresionante.

Al igual que se había enfrentado a su primo. O como la noche anterior, cuando había estado a punto de tumbarlo de espaldas. Ahora estaba convencido de que había sido ella quien le había puesto la zancadilla en el baile. ¡Qué mujer tan audaz y peligrosa! Esos atributos deberían haber bastado para alertarlo. Pero no, en lugar de eso admiraba su coraje, aunque eso no le impedía picarla un poco para probarla.

—¿Está escribiendo a sus padres para decirles dónde está? —le preguntó con educación y cierta preocupación.

Ella se limitó a aclararse la garganta.

Parecía que no. Sin embargo, a Daphne Dale no le gustaba dejar preguntas sin responder.

—Si quiere saberlo... —empezó a decir.

—La verdad es que no me importa.

—Entonces, ¿por qué pregunta?

Henry se quedó callado. Era cierto que había preguntado.

—Sólo estaba siendo educado.

—No hace falta que lo sea —afirmó ella—. Tengo muchas cosas de las que ocuparme esta mañana.

De hecho, tenía frente a ella lo que parecía una larga lista y un montón de cartas. Parecían tan organizadas y ordenadas como a él le gustaba que estuvieran los montones de papeles de sus propios asuntos de negocios.

Entonces sintió curiosidad.

¿Sobre qué escribirá?

No pensaba fisgonear. No en los asuntos de la señorita Dale.

—Sí, bueno, yo también —dijo, con la esperanza de que fuera el fin de la conversación.

Pero no lo fue.

—¿Qué tiene que escribir usted? —preguntó ella—. Aparte de sus disculpas diarias a las damas que ha importunado.

Henry apretó los dientes e ignoró la pulla. En lugar de eso, decidió responder algo mucho más impactante: la verdad.

—Le diré que, además de ayudar a Preston a gestionar las propiedades ducales, tengo mis propias casas y propiedades, que siempre requieren atención.

Henry no pudo evitarlo; su orgullo se infló un poco, porque en el rostro de ella apareció una mezcla de escepticismo y asombro.

—¿De verdad?

Él asintió. La mayor parte de la gente, y también la señorita Dale, por lo que parecía, había asumido que, como era el hijo segundo, carecía de importancia, excepto por el hecho de servir de conducto hasta el duque... cuando se quería conseguir el favor de Preston.

—¿Propiedades? ¿Quiere decir una casa y tierras? —preguntó ella.

Esa pregunta en boca de cualquier otra mujer habría querido decir que lo estaba evaluando por si merecía la pena casarse con él. Pero sospechaba que, procedente de la señorita Dale, era simplemente una prueba para ver si sabía distinguir una cosa de la otra.

—Tres casas —contestó—. Una es bastante productiva... buena lana, y acaban de descubrir una veta de carbón en la otra.

Ella se reclinó en su asiento y lo miró como si se acabara de caer del cielo, aterrizando frente al bufé. Henry casi podía oír sus pensamientos tras el ceño fruncido.

¿Tres casas? ¿Cómo puede ser eso?

—¿Y no tiene un administrador o un representante que se ocupe de esos asuntos? —preguntó ella.

No era una pregunta inusual, porque la mayoría de los hombres dejaba el cuidado y el mantenimiento de sus propiedades en manos de otros... como habría hecho Preston si él no se ocupara de ello.

—No —contestó, y sintió que el *Señor Muggins* le empujaba el codo.

Miró al perro, que lo observaba con adoración, como si él fuera el único sobre la faz de la Tierra que podía evitar que se muriera de hambre. Y, aunque sabía lo que tenía que hacer, porque Preston les había advertido a todos que no le dieran de comer al perro de Tabitha, o nunca podrían librarse de las atenciones del animal, miró de reojo a la señorita Dale, que observaba absorta una carta. Antes de que ella levantara la mirada, Henry cogió una salchicha de su plato y el rápido terrier la atrapó al vuelo.

El chasquido de las mandíbulas del perro hizo que ella levantara la vista.

—Oh, bueno, suelo pensar que... —dijo él, apresurándose a hablar para cubrir su momentánea debilidad— si quiero que algo se haga bien...

—Hay que hacerlo uno mismo —terminó la señorita Dale la frase.

Se miraron y ambos sintieron el entendimiento mutuo. Los dos se removieron incómodos en sus sillas al descubrirlo, porque debería ser evidente que no tenían nada en común.

O eso querían creer.

La señorita Dale levantó la servilleta y se limpió los labios con suaves golpecitos.

—A menudo pienso lo mismo con un vestido. Si lo quieres de determinada manera, has de hacer el trabajo tú misma.

—Sí, puede ser —dijo él, y se estremeció levemente.

Por nada del mundo habría admitido que pensaba igual.

No sobre vestidos, sino sobre una tarea en sí.

—Sí, bueno, no deje que lo retrase —le dijo ella.

Le dio un sorbo a su té y volvió a centrar la atención en su correspondencia.

Y en circunstancias normales él habría hecho eso, volver a sus asuntos y a sus cartas, pero con la señorita Dale al otro lado de la mesa, no se podía concentrar y sus pensamientos vagaban.

¿Cómo era posible que, sin importar qué hora fuera, siempre tuviera un aspecto tentador? Esa mañana lucía un sencillo vestido de muselina azul pálida y se había recogido el cabello con una simple cinta a juego.

Del mismo color que sus ojos.

¿Y por qué se daba cuenta él de esas cosas? No sabía de qué color eran los ojos de la señorita Nashe, ni el tono de los tirabuzones de lady Clare, pero con la señorita Dale...

Henry inspiró profundamente y se dijo que en realidad no le prestaba atención a tales cosas antes de empezar a cartearse con la señorita Spooner.

Volviendo a la señorita Dale... ¿cómo era posible que una dama pareciera tan fresca y tan serena a una hora tan temprana? Se pasó una mano por la barbilla, que se había afeitado él mismo. Su ayuda de cámara, Mingo, se había marchado rápidamente murmurando algo sobre la lavandera y los pañuelos de cuello, así que sabía que no estaba muy presentable.

No le extrañaba que hubiera pensado que podría ser la señorita Spooner cuando se conocieron en Londres. Externamente, era todo lo que él había imaginado: bonita, segura de sí misma y decidida.

Habría dejado de lado algunos atributos de la señorita Dale, como terca hasta el límite, presuntuosa y demasiado deseable.

Demasiado deseable.

Henry apartó la mirada de ella y empezó a ordenar sus papeles. Tenía que atender una consulta sobre sus propiedades en Brighton, preguntas de su abogado sobre una empresa mercantil y otras cuestiones sobre mejoras que pensaba hacer en Kingscote, la casa y las tierras que había comprado recientemente.

Todas requerían disciplina y concentración, pero el sonido que hacía la pluma de ella al escribir al otro lado de la mesa lo distraía sobremanera.

Santo Dios, ¿no tenía una pluma sencilla con la que poder escribir sin hacer ese ruido infernal?

La señorita Dale lo miró.

—¿Qué ocurre ahora?

—Su pluma... parece chirriar interminablemente.

—¿De verdad? No me había dado cuenta.

Y así, como si fuera el fin del asunto, siguió escribiendo sus cartas, arañando el papel con más intensidad, si eso era posible. Parecía una gallina fisgoneando en la gravilla.

Oh, sí, Hen había tenido razón en una cosa la noche anterior: iba a quitarle a Preston su papel de escandaloso en la familia... empezando en ese mismo momento, porque iba a estrangular a la señorita Dale.

Apartó su silla y empezó a acercarse al otro lado de la mesa, aunque sólo fuera para afilar su pluma, no para ahogarla a ella, cuando a la señorita Dale la salvó la llegada de una tercera persona.

Como si fuera un testigo.

—Qué escena más hogareña —declaró la señorita Nashe, que se había detenido en el umbral para observar el panorama.

Henry se dio la vuelta y fue consciente de qué era exactamente lo que estaba viendo la dama: a él, cerniéndose sobre el codo de la señorita Dale, así que se enderezó y le hizo una reverencia a la heredera.

Ella correspondió a su saludo con una amplia sonrisa y entró en el desayunador. Entonces Henry vio que la mujer llevaba una caja de escritura decorada de manera recargada.

—Y yo que pensaba que era la única levantándome tan temprano para ponerme al día con mi correspondencia, pero veo que voy a estar muy acompañada —dijo la señorita Nashe—. Sin embargo, hacemos un trío excelente, ¿no creen?

Henry tuvo la sensación de que la muchacha los estaba incluyendo a él y al *Señor Muggins*, y no a la otra dama que había en la habitación. Y la señorita Dale también parecía tenerla.

—Sí, por supuesto —dijo ésta, mirando a la señorita Nashe.

¿Era su imaginación, o a Henry le pareció que la señorita Dale estaba otra vez inventado los diálogos de la señorita Nashe?

«Oh, las expectativas que recaen sobre una cuando la mencionan diariamente en las columnas de sociedad son agotadoras.»

Ahogó una risita y las dos mujeres lo miraron.

—Ah, no es nada. Sólo el perro de Tabitha. Hmm, está mirando mi plato otra vez. —Apartó al *Señor Muggins* con un movimiento de la mano—. No voy a compartir mi desayuno.

—Y no lo haga nunca —le aconsejó la señorita Nashe—. Los perros se convierten en unos pedigüeños horribles cuando se les permite entrar en el comedor.

Miró a la señorita Dale, como si ella fuera la culpable de tal crimen.

La señorita Dale sonrió a la señorita Nashe, alargó la mano hacia su propio plato, cogió una salchicha y se la dio al *Señor Muggins*, que la cogió con facilidad.

Oh, así que ése iba a ser el tono general. Henry tenía la sensación de estar atrapado entre los ingleses y los franceses. Y ni por todos los cuartos de penique que poseía pensaba declarar de qué bando estaba.

La señorita Nashe se sorbió la nariz y después, con delicadeza, le dio la espalda a la señorita Dale, desairándola. Colocó su caja de escritura en la mesa y empezó a elegir cuidadosamente los útiles que iba a necesitar.

—Tengo que contestar tantas cartas... Las atenciones que me prodigan no parecen terminar nunca.

Henry no se atrevió a mirar a la señorita Dale. Tendría de nuevo ese brillo travieso en la mirada y él sabía, simplemente lo sabía, que si la miraba sería capaz de hasta escuchar sus pensamientos. Aun así, no pudo evitar reírse entre dientes, y cuando las dos mujeres volvieron a mirarlo, les hizo un gesto con la mano y se dirigió a su asiento.

—Acabo de recordar una invitación que tengo que declinar. Lamentablemente.

La señorita Dale soltó un bufido nada elegante; sin embargo, la señorita Nashe le contestó con compasión:

—Oh, mi querido lord Henry, entiendo su dilema. ¿No es un problema sentirse presionado desde todos los rincones de la alta sociedad?

—Sí, supongo que sí —respondió Henry.

No necesitaba mirar a la señorita Dale para saber lo que pensaba. Su pluma volvía a chirriar con ímpetu renovado, como si ella estuviera tallando sus sentimientos en la misma mesa.

—Oh, santo cielo, cómo raspa su pluma, señorita Dale —dijo la otra mujer, estremeciéndose delicadamente—. La señorita Emery siempre nos decía en la escuela que usar una pluma mal afilada demostraba desconsideración por la redacción. La caligrafía de una dama debe ser delicada y precisa, para que se distinga de los que están por debajo de ella.

Las palabras censuradoras de la heredera podrían haberse despachado fácilmente como puro esnobismo, pero en la reprimenda de la dama subyacía algo que Henry no había considerado.

¿Qué acababa de decir esa muchacha pretenciosa?

«La caligrafía de una dama... para que se distinga de los que están por debajo de ella.»

Eso era. Miró a las dos mujeres que escribían tranquilamente, bueno, una de ellas por lo menos, y se le aceleró el corazón.

Caligrafía. La escritura característica de la señorita Spooner. ¿Por qué no se le había ocurrido antes? Podría distinguir su caligrafía desde el otro lado del vestíbulo.

Y ahí mismo, frente a él, tenía dos ejemplos.

Empezó a apartar su silla de la mesa, pero tuvo que detenerse.

Maldición, no tenía ninguna excusa para acercarse al otro lado de la mesa y mirar por encima del hombro de la señorita Nashe para ver si su caligrafía casaba con la escritura familiar de la señorita Spooner.

¿Y la de la señorita Dale?

Se aclaró la garganta en un esfuerzo por sacar ese pensamiento de su mente. No, no se atrevería a ir tan lejos en esa misión.

La miró de reojo y la encontró inclinada sobre la hoja, mordisqueándose el labio inferior, como si estuviera absorta en la redacción.

Crach, crach, crach.

Henry se estremeció. Ese ruido infernal podría incluso arrancar el papel dorado de las paredes... Y aun así... tenía que admitir que «delicada» no era exactamente la palabra que usaría para describir la caligrafía de la señorita Spooner.

Y ver a la señorita Dale escribir era como observar pintar a un artista. Sus palabras fluían de la pluma con pasión y... ¿se atrevería a admitirlo?, resolución y determinación.

Exactamente igual que siempre se había imaginado a la señorita Spooner sentada a su escritorio, dirigiéndole una carta a él.

¡No, no, no! No podía ser. Ella no.

Inspiró profundamente. Sabía lo que tendría que hacer si se trataba de la señorita Dale: salir volando a Londres y pagar a su secretario una cantidad indecente de dinero para que no le dejara redactar ni una carta más en su vida.

Pero aún no estaba preparado para huir, no antes de que hubiera tachado el nombre de la señorita Nashe de su reducida lista de candidatas.

Muy despacio y con toda la despreocupación que pudo fingir, se levantó de su silla y, tras mirar a su alrededor en busca de una excusa, cogió su plato a medio terminar y se acercó lentamente al aparador para rellenarlo.

—Señorita Dale, ¿tiene una hoja de papel de sobra? —estaba diciendo la señorita Nashe—. Tengo que hacer una lista para mi doncella, y el papel ordinario que le gusta a usted parece perfecto para esa tarea.

—Sí, por supuesto —le dijo Daphne, y sacó otra hoja para la mujer.

Cuando la señorita Nashe se acercó a ese lado de la mesa, Henry vio su oportunidad.

Pero entonces, tal y como había ocurrido con todo lo demás en su búsqueda de la señorita Spooner, el destino intervino.

O, mejor dicho, lo hizo Hen.

—¡Henry! ¡Aquí estás! —exclamó con ese tono suyo exasperado—. Te he estado buscando por todas partes.

—Un momento —contestó él.

Tenía la hoja de papel y su respuesta al alcance de la mano.

—No voy a permitir que me des largas. Zillah está causando otro escándalo. Le he asegurado que no quieres tener nada que ver con esa despreciable señorita...

En ese momento, Hen vio al resto de ocupantes y se calló.

—Oh, señorita Dale. Y la querida señorita Nashe. Qué encantador —dijo, y le lanzó una mirada a Henry que decía que no lo estaba precisamente.

Encantada, claro.

Henry aprovechó esa distracción momentánea para ir al otro lado de la mesa, pero Hen fue demasiado rápida para él.

—Oh, no intentes escapar por la despensa del mayordomo. O me ayudas con Zillah, o la instalaré en tu ala de la casa.

Se dirigió alterada hacia él y entrelazó un brazo con el suyo, como anclándose a él. En un abrir y cerrar de ojos, se encontró arrastrado, alejándose del puerto, como un barco reacio a dejarse llevar por la marea.

Y cuando le echó una última mirada a la habitación, vio que las dos damas estaban observando cómo se marchaba.

La señorita Nashe, con una sonrisa que lo animaba a volver.

Y desde el fondo le llegó la mirada irónica de la señorita Dale, que le deseaba buen viaje.

Según parecía, con la esperanza de que fuera largo y peligroso.

Daphne inspiró profundamente cuando Henry salió a rastras de la estancia e hizo un esfuerzo por ignorar la mirada intencionada que la señorita Nashe le estaba lanzando.

Pero la expresión maliciosa de la heredera no fue lo único que tuvo que soportar. Tras varios minutos, la señorita Nashe dejó en la mesa su pluma y apartó su correspondencia «urgente».

—Lord Henry —anunció— tiene que ser realmente un hombre de costumbres arraigadas si nuestras doncellas han descubierto su afición a desayunar y a escribir tan temprano.

—¿Nuestras doncellas? —dijo Daphne sin comprender.

—Sí, si las dos hemos llegado aquí a esta hora tan intempestiva para pillarlo —le explicó, y arqueó una ceja, desafiante.

Daphne abrió mucho la boca.

—¡Oh, cielo santo, no! ¿No creerá que yo...? Es decir, no tengo intención de...

—Señorita Dale, todos los asistentes a la fiesta comentan sus descarados intentos de atrapar a lord Henry. —Levantó la barbilla levemente—. Teniendo en cuenta su situación y que él es un hombre con riqueza y tierras, ¿por qué no iba usted a intentar echar el lazo a alguien muy por encima de su posición?

Durante un momento, Daphne se quedó tan estupefacta que no consiguió asimilar las palabras más insultantes de lo que la señorita Nashe estaba diciendo. ¿Cómo era posible que esa mujer estuviera al tanto de la riqueza de lord Henry, como si sus posesiones fueran del dominio público?

Tal vez ella supiera tan poco sobre los Seldon como había acusado a lord Henry de saber sobre la dinastía Dale. Bueno, ya intentaría comprenderlo más tarde.

Ahora tenía que ocuparse de la parte ofensiva.

—¿Por encima de mi posición? —repitió.

—Bueno, por supuesto —dijo la señorita Nashe con cierta lástima.

Por ella. Daphne Dale de los Dale de Kempton.

—Señorita Dale, parece usted bastante inteligente a pesar de su falta de buenas maneras, y debe saber que la única razón por la que está aquí, en compañía de lord Henry, es por el cariño que la señorita Timmons aún siente por sus antiguas amigas.

¿Antiguas amigas?

—Pero si fuera cualquier otra mujer la que se fuera a casar con el duque de Preston, a usted jamás la habrían invitado.

Daphne tuvo que admitir que era cierto. Después de todo, era una Dale en una boda Seldon, pero dudaba que la señorita Nashe, una nueva rica que procedía de la clase mercante, estuviera al tanto de las relaciones entre los Dale y los Seldon.

O de su falta de ellas.

—Seguramente se dará cuenta de lo embarazosa que está siendo su persecución de lord Henry...

—¿Mi persecución?

—Sí, bueno, no se puede llamar cortejo cuando él no tiene interés en usted —declaró la señorita Nashe—. Temo por la poca reputación que usted posee, porque no quedará nada de ella cuando se vaya de aquí, soltera y humillada.

A Daphne le hervía la sangre. Oh, ¿por qué le habría prometido a Tabitha no echarle nada encima a la señorita Nashe? Y lo que era peor, estaba tan furiosa que no encontraba la réplica perfecta, las palabras adecuadas para echar a la señorita Nashe de allí.

Mientras tanto, la otra mujer estaba recogiendo sus pertenencias, metiéndolas anárquicamente en su carísima caja de escritura y, peor aún, tomando el silencio de Daphne como que estaba de acuerdo.

El *Señor Muggins*, esperando una limosna compasiva, se removió y pasó la mirada de la heredera al aparador.

—¿Se marcha tan pronto? —dijo Daphne, que por fin había recuperado el habla y el ingenio—. ¿Qué ocurre con sus múltiples admiradores?

La señorita Nashe levantó la mirada distraída, como si ya hubiera olvidado a Daphne.

—¿Perdone?

—Su correspondencia. Sus admiradores. ¿No estarán vigilando sus buzones, a la espera de recibir noticias suyas?

La chica sonrió.

—Ah, señorita Dale, para eso tengo un secretario.

Su sonrisa de superioridad terminó la frase: «Y es evidente que usted no».

Y, cuando se marchó, Daphne se dio cuenta de que no se había llevado el papel que le había pedido.

—Arribista repelente —dijo Daphne, mirando al *Señor Muggins*.

El perro parecía estar de acuerdo. Porque la señorita Nashe no le había dado ninguna salchicha.

—¡Como si quisiera cazar a lord Henry! —Sacudió la cabeza—. Ni tampoco merodeo a su alrededor.

¡Merodear a su alrededor! Como si deseara sus besos. Que no los deseaba. En absoluto.

Volvió a mirar al *Señor Muggins*.

—No los quiero —le dijo al perro—. Para nada.

¿Por qué iba a quererlos? Lord Henry la hacía dudar. Estaba furiosa con él y al instante siguiente...

Bueno, no quería pensar lo que ocurría después. No con él.

Porque estaba Dishforth, el sereno y confiable Dishforth. Y se encontraba tan cerca... Él nunca la dejaría tan confusa. No se cerniría sobre ella ni la acusaría de merodear a su alrededor.

Él era lo que se esperaba de un caballero: agradable, sensato y correcto. Y lord Henry, con todas sus protestas y a pesar de que la señorita Nashe afirmaba que era muy conveniente, no era ninguna de esas cosas.

Es mucho más.

Ese pensamiento hizo que se quedara helada. ¿Cómo podía pensar algo así? Eso era lo que ocurría por no mantener la promesa de permanecer alejados.

Bueno, pues se acabó, se dijo.

Otra vez.

Cogió su pluma. Esta vez lo decía de verdad. Con ese fin, agarró la hoja de papel que se había quedado sin usar y escribió las únicas palabras que había que decir.

Miró al *Señor Muggins* y dijo:

—Ésta es la solución a todo.

Dicho eso, escribió el nombre del hombre al que iba dirigida la nota, el único que podría salvarla de las solitarias profundidades de humillación que la señorita Nashe había descrito con tanta alegría.

Dishforth.

Él la rescataría. La salvaría de la señorita Nashe y de la gente de su ralea.

Y de lord Henry... y la perdición que él representaba.

El intento de Hen de hacer que Henry interviniera en otro ataque de mal genio de Zillah se vio frustrado cuando se encontraron con Benley en el vestíbulo.

—Ah, milady —dijo el mayordomo con voz monótona—. Permítame unas palabras. Sobre los disfraces del baile de máscaras.

Agitó la mano hacia los montones de baúles apilados en un rincón.

—Excelente —declaró Hen, que se olvidó de Henry y se dirigió a los tesoros recién llegados.

Aprovechando la distracción de su hermana, Henry salió del vestíbulo y se dirigió rápidamente hacia el desayunador, dispuesto a investigar la caligrafía de la señorita Nashe.

Oh, y también la de la señorita Dale.

Pero al llegar a la estancia, oyó la voz de la señorita Nashe, algo más elevada de lo que solía ser su tono bien modulado.

Algo en su entonación sarcástica hizo que se detuviera y, en lugar de entrar en el desayunador, o de que lo pillaran junto a la puerta, como si estuviera escuchando a escondidas, se metió en la alacena del mayordomo que había al lado.

El lacayo que estaba junto a la puerta, ligeramente abierta, se sobresaltó. Por lo que parecía, Henry no era el único al que intrigaba la conversación que estaba teniendo lugar.

En vez de reprender al hombre por estar escuchando, ¿cómo iba a amonestarlo si él tenía intención de hacer exactamente lo mismo?, le susurró:

—¿Puede ir a ver si la cocinera ha horneado más bizcochos?

Así despachado, el lacayo le cedió el lugar junto a la puerta y Henry se acercó hasta que oyó a la señorita Nashe decir en voz alta y con petulancia:

—Teniendo en cuenta su situación y que él es un hombre con riqueza y tierras, ¿por qué no iba usted a intentar echar el lazo a alguien muy por encima de su posición?

Henry se enfureció. ¿Cómo se atrevía esa arribista a acusar a la señorita Dale de tal comportamiento, cuando era evidente que era ella quien pretendía subir escalafones a toda costa?

La señorita Dale era, después de todo, una Dale, algo que Henry podía incluso apreciar.

Porque aunque los Seldon y los Dale se despreciaban, ni una sola vez, cuando Inglaterra se había visto amenazada, ninguna de las dos familias había eludido sus deberes. Habían permanecido codo con codo en Agincourt, en los campos de batalla de Flodden, en Bosworth y en Blenheim.

Algo de lo que no podían presumir los Nashe.

Por las venas de la señorita Dale corría la sangre de los héroes.

Así que, ¿quién era la señorita Nashe para desairarla? ¿Quién era esa chiquilla bien vestida que tenía a la alta sociedad comiendo de su mano? Francamente, preferiría besar a una Dale.

Henry se quedó inmóvil. Oh, vaya. Ya lo había hecho.

Por lo que parecía, la heredera engreída no había acabado.

—Señorita Dale, parece usted bastante inteligente a pesar de su falta de buenas maneras, y debe saber que la única razón por la que está aquí, en compañía de lord Henry, es por el cariño que la señorita Timmons aún siente por sus antiguas amigas.

Una vez más, Henry hizo un esfuerzo por no irrumpir en la habitación, porque pensaba que, no, estaba completamente seguro de que la señorita Dale le daría a esa chiquilla petulante lo que merecía.

Le echó un vistazo rápido a la habitación, escuchando las opiniones arrogantes de la señorita Nashe, y ni una sola vez la señorita Dale parpadeó ni se dejó llevar por las oscuras emociones que ya bullían en el pecho de Henry.

No, permaneció allí sentada, serena y tranquila. Con las manos sobre el regazo y una expresión indescifrable.

Entonces recordó algo que su madre le había dicho a Hen en más de una ocasión, sobre todo cuando se enfrentaba a las críticas que tenía que soportar por ser una Seldon: «Una dama de verdad nunca se rebaja a discutir con los que están por debajo de ella. Una dama bien educada siempre queda por encima de la chusma».

Y, aparentemente, era una máxima por la que también se regía la señorita Dale. Por supuesto que sí. Era una dama.

En ese momento, la señorita Nashe recogió sus pertenencias y salió, satisfecha por haber dicho la última palabra.

Él estaba a punto de abrir del todo la puerta y felicitar a la señorita Dale por su noble compostura cuando la oyó balbucear:

—¡Como si quisiera cazar a lord Henry! —Escuchó un repiqueteo indignado de porcelana—. Ni tampoco merodeo a su alrededor.

Henry se sintió un poco decepcionado. No hacía falta que fuera tan vehemente. Además, ¿con quién demonios estaba hablando?

Echó un vistazo y la vio revolviéndole la cabeza al *Señor Muggins*, confesándole sus secretos al chucho.

Entra ahí, le ordenó una voz Seldon en su interior.

—¿Y qué digo? —susurró él.

Porque si entraba en ese momento, sabía lo que iba a encontrarse.

¿Acaso su lista de sospechosas no se había reducido a un único nombre?

Un nombre que no se atrevía a pronunciar en voz alta por miedo a que su corazón lo escuchara y no quisiera dejarlo marchar.

Capítulo 9

Estoy muy contenta. Intento estar por encima de esas cosas, pero debo confesar que anhelo tener vestidos de seda y un compañero apuesto en la vida.

Fragmento de una carta
de la señorita Spooner al señor Dishforth

*E*n alguna parte de Owle Park, alguien estaba tocando el piano. No se trataba del tintineo propio de una dama, sino que alguien lo estaba tocando con verdadera pasión. La música, llena de anhelo y deseo, atrajo a Daphne y la desvió de su objetivo: encontrar una copia de *Debrett's.*

¿Quién tocaba con tanto ardor?

Deambuló por el laberinto de pasillos y alas con el *Señor Muggins* pegado a sus talones. El terrier le lanzaba más de una mirada que decía claramente que iba en dirección contraria a las salchichas.

Cuando por fin escuchó las notas con más claridad, a Daphne la invadió el júbilo de la música y la emoción del descubrimiento mientras se acercaba a una puerta abierta. Como no quería que la música parara, se detuvo justo antes de entrar y echó un vistazo furtivo al interior. Dio un paso atrás inmediatamente.

Bajó la mirada al *Señor Muggins*, que se había tumbado a sus pies. ¡No! No podía ser.

Inspiró profundamente y, dándose cuenta de que no había creído lo que había visto, volvió a mirar. Y ahí estaba lord Henry sentado junto a su anciana pariente, lady Zillah, al enorme piano.

Él dejó de tocar y se giró hacia su tía abuela.

—Así es como se toca —le dijo.

—Sigues teniendo un don, Henry —contestó Zillah.

—Debería —respondió él, riéndose—. Fuiste tú quien me enseñó mis primeras notas. Así que no me importa ayudarte con esta pieza.

—Me ayuda a mantener la mente en forma —dijo la dama. Lo empujó un poco para echarlo a un lado y se hizo cargo del teclado—. Pero esta pieza lleva meses importunándome.

Mientras ella tocaba con sorprendente habilidad, lord Henry le pasaba las páginas de la partitura.

Daphne sabía que debía dejarlos solos para que practicaran, pero la música era encantadora y, la escena, muy curiosa e íntima. Era como si estuviera viendo no sólo a lord Henry, sino a toda la familia Seldon por primera vez.

La música no impidió que lady Zillah siguiera parloteando. En voz alta.

—Henry, podrías estar fuera cazando o montando, ¿qué estás haciendo aquí con una vieja como yo?

Él le sonrió.

—Me distraje de mis deberes cuando te oí tocar. Ya no tocas tan a menudo, así que es un placer escucharte.

Daphne pensó que el verdadero placer era escuchar a lord Henry. Zillah era buena, pero lord Henry tocaba con una pasión oculta.

Igual que besaba.

—Cielo santo, no sabía que hubieras heredado la habilidad aduladora de tu padre —bromeó lady Zillah—. Siempre pensé que eras más un Oscroft que un Seldon.

—Gracias, tía Zillah —contestó—. Mi madre estaba desesperada porque ninguno de sus hijos parecía haber heredado los atributos de su familia.

—No lo he dicho como un cumplido —le espetó—. Tú eres demasiado agradable. Respetable y bondadoso; mira cómo has administrado las propiedades de Preston durante todos estos años, has mantenido a flote a toda la familia... y no ha habido ningún escándalo asociado a tu nombre. Estaba empezando a dudar que fueras un Seldon de verdad.

Lady Zillah emitió su dictamen con un tono de regañina, pero había un brillo de orgullo en los ojos de la dama cuando miraba a su sobrino.

—¿Ningún escándalo asociado con él? —le susurró Daphne al *Señor Muggins*.

Te lo dije, parecían decirle los enormes ojos marrones del perro.

No, esa mujer debía de estar equivocada. Como el terrier sarnoso, cuya opinión sobre lord Henry se había formado en el desayunador. Gracias a una salchicha robada.

No, ambos estaban equivocados. Lord Henry era el hombre más escandaloso que ella había conocido en su vida.

¿Y cuántos caballeros has conocido tú, Daphne Dale?, parecía preguntarle el *Señor Muggins*.

Bueno, para ser sincera, no había conocido a ninguno hasta que había acudido a Londres con Tabitha... porque sus parientes Dale no contaban.

En la estancia, lady Zillah no había terminado con su evaluación sobre el carácter de lord Henry.

—Había perdido las esperanzas en ti, querido muchacho, al menos hasta que comenzó esta fiesta.

Daphne volvió a girarse hacia la puerta. Oh, sabía que no debía estar escuchando a escondidas, pero no podía evitarlo. ¿Qué más había hecho lord Henry?

Además de besarla a ella.

—¿Qué estabas haciendo anoche? —estaba diciendo lady Zillah, y señaló con la cabeza hacia la partitura.

Lord Henry se inclinó hacia delante y pasó la página.

—Otra vez no.

—Sí, otra vez. Y en esta ocasión me vas a responder claramente.

Él suspiró.

—Tía Zillah, ¿tengo que recordarte que esto es una fiesta? A veces uno pierde la cabeza. Creo que es lo que se espera.

—Oh, por supuesto que sí. Pero no con una de ellos.

Una de ellos. Oh, Daphne se imaginaba sin problemas a quién se refería lady Zillah. Porque, a pesar de que le dijera a lord Henry que no parecía un Seldon, ella era una Seldon hasta la médula.

Entonces, la anciana confirmó sus sospechas.

—¡Si se me hubiera consultado sobre la lista de invitados! —se quejó—. ¡Dales! ¡Aquí, en Owle Park! Es imperdonable.

—Y aun así, aquí sigues tú. Y sólo hay una Dale.

—Fíjate bien en lo que te digo, son como ardillas. Dale de comer a una y estarás alimentando a todas antes de que se acabe la semana.

Daphne apretó los labios. Oh, él era un canalla por provocar así a la anciana y, al mismo tiempo, notó que el corazón se le aceleraba por oír decirle precisamente eso.

Era casi como si estuviera defendiendo su derecho a estar allí.

Casi.

—¿En qué estaba pensando tu hermana? —preguntó Zillah.

—¿Hen? —dijo él, fingiendo inocencia.

Daphne ya le había visto hacer eso antes, comportarse como si no tuviera ni idea de lo que le estaban diciendo, pero ahora ya no la engañaba más de lo que estaba engañando a su tía.

—Por supuesto, Hen. ¿Qué otra hermana tienes? —replicó, y se inclinó hacia delante para pasar la página de la partitura, fulminándolo con la mirada mientras lo hacía—. Esperaba más de Henrietta. Es una mujer excepcional con gustos refinados, y me atrevería a decir que el hecho de invitar a una Dale no ha sido de su agrado.

Lo miró enarcando una ceja, como desafiándolo a que la contradijera.

En lugar de eso, lord Henry mantuvo una actitud serena.

—La señorita Dale es una amiga muy querida de Tabitha, y Preston habla muy bien de ella.

Daphne esperó a que añadiera su propia opinión sobre ella, pero no dijo nada más.

Tampoco era que lo hubiera esperado. La verdad era que no.

Bueno, tal vez un poco.

Mientras tanto, lady Zillah estaba replicando:

—¡Bah! ¡La opinión de Preston! No le doy mucho crédito a lo que él piensa... Se ha pasado los últimos cinco años galanteando por ahí, como si fuera el segundo hijo.

—Por si no lo recuerdas, tía Zillah, yo soy el segundo hijo y no veo que me trates con tal displicencia... De hecho, ¿no me estabas alabando hace unos momentos?

—Estaba —le advirtió—. Hasta que te vi regresar en ese carruaje con esa muchacha con la que parecías haberte dado un revolcón.

—Estaba empapada por la lluvia —protestó él—. Al igual que yo, algo de lo que nadie pareció darse cuenta.

Yo sí, le habría dicho Daphne. *Yo me di cuenta*. Tenía la camisa pegada al pecho, los pantalones ceñidos en torno a su...

En el interior de la sala de música, la tía Zillah no se dejaba impresionar.

—¡Si digo que se había dado un revolcón, entonces se había dado un revolcón, Henry Seldon! ¡Y no me digas lo que vi o no vi, porque sé muy bien lo que vi! Como lo de anoche.

—Oh, ¿por qué no puede olvidarse de lo de anoche? —le susurró Daphne al *Señor Muggins*.

Éste había abandonado toda esperanza de que continuaran hacia las cocinas y ahora estaba tumbado en la alfombra, con la cabeza apoyada sobre las patas.

—En vez de reprenderme por haber tenido que emparejarme con la señorita Dale para la búsqueda del tesoro, harías mejor en probar a ser civilizada con ella e intentar conocerla.

Lady Zillah dejó de tocar, no antes de que una nota discordante se propagara por la habitación.

—¿Ser civilizada con una Dale? Estás loco.

Negó con la cabeza, volvió a centrarse en la música y tocó unos cuantos compases antes de detenerse de nuevo.

Lord Henry no había acabado.

—Creo que te darías cuenta de que tienes mucho en común con ella.

—¿Con una Dale? —graznó lady Zillah.

—¿Con ella? —susurró Daphne con furia.

—¡Jamás! —exclamaron las dos en distintos tonos.

—No estoy de acuerdo —dijo lord Henry, arrancando algunas notas al piano—. La señorita Dale es obstinada y vivaz. Muy parecida a ti, mi querida tía.

—¡Bah! Ella no es como yo —replicó lady Zillah, aunque en aquella ocasión no pareció tan ofendida.

Lord Henry continuó:

—También es leal a Tabitha. Ayudó a Preston a conseguir su mano. Y ha arriesgado mucho viniendo aquí para la boda. Como una buena Seldon, deberías saber respetar tal lealtad.

Lady Zillah colocó las manos y comenzó a tocar de nuevo, como si estuviera pensando en ello.

Daphne también reflexionó sobre sus palabras.

—Cree que soy vivaz y leal —le dijo al *Señor Muggins*.

No olvides lo de obstinada.

La música cesó de nuevo.

—No me importa si curó al rey de su locura, no puedo ser amable con una Dale. ¡No después de cómo se comportó Dahlia Dale en mi baile de debutante!

—Santo cielo, Zillah, ¿cuántos años hace de eso?

—¡No seas insolente conmigo! ¡Lo recuerdo como si fuera ayer! Estaba casi prometida con... casi prometida con... —Los dedos de lady Zillah golpearon las teclas—. Maldita sea, ¿cómo se llamaba?

—Lord Monnery —le dijo lord Henry—. Y aquí... Así es como se hace la conexión. Haré una anotación en la partitura.

Daphne miró furtivamente para verlo escribir en las hojas.

—Sí, sí, Monnery —dijo lady Zillah.

Miró la anotación y le dio las gracias asintiendo con la cabeza. Después tocó el fragmento, en esa ocasión a la perfección, y luego se detuvo.

—Sí, estaba casi prometida —siguió diciendo—, hasta que esa chiquilla dentuda de Dahlia Dale apareció y me lo robó.

—No creo que fuera como dices —comentó lord Henry.

Pasó una página y señaló el lugar por donde debía continuar.

—No me he olvidado de nada —contestó Zillah.

Excepto del nombre del hombre, habría señalado Daphne.

—Esa chica atrapó a mi casi prometido con sus artimañas de Dale. Prácticamente echó a perder su reputación, porque dos semanas después lo abandonó. Era una criatura caprichosa y escandalosa. Y esa muchacha Dale también será tu perdición.

Daphne resopló con exasperación. ¡Los Seldon! Qué gente tan dramática. ¿Y quién era Dahlia Dale?

Repasó mentalmente su árbol familiar, visualizando todas las ramas, y de repente se detuvo.

¡Oh! Esa Dahlia Dale. La mujer de la que la tía abuela Damaris conservaba un retrato... expuesto en un rincón oscuro de uno de los vestíbulos traseros.

La mujer sobre la que Phi había comentado con inocencia, en una sala abarrotada de Dales: «Daphne se parece bastante a la prima Dahlia, ¿no os parece?»

Y por respuesta había recibido miradas de horror y caras largas.

Oh, sí, esa Dahlia Dale.

En la sala de música continuaba el debate.

—Tía Zillah, si recuerdo bien la historia, tú no querías casarte con Monnery...

—Por supuesto que no quería casarme con Monnery. Era un bobo.

—Entonces, se podría decir que esa Dahlia Dale te hizo un favor —sugirió lord Henry.

—¿Al robarme a mi casi prometido en mi baile de debutante? ¡No lo creo! —Lady Zillah sacudió la cabeza con furia y las teclas del piano se llevaron el embate de su indignación—. La mala educación corre por sus venas, como el escándalo corre por las nuestras —declaró, como si uno de los atributos fuera mejor que otro.

Y Daphne sabía exactamente cuál era la cualidad que lady Zillah consideraba superior.

—Lo que más me preocupa es la forma en que te comportaste con ella anoche —continuó Zillah—. ¡No permitiré que esa descarada te hechice y te atrape!

—¡Zillah! —protestó lord Henry.

—¡No, escúchame! Eres demasiado inocente en estos asuntos...

Daphne necesitó recurrir a toda su fuerza de voluntad para no resoplar. ¿Lord Henry? ¿Inocente?

Evidentemente, el nombre del amor perdido de la anciana no era lo único sobre lo que estaba un poco confundida.

—Me temo que esa muchacha te tiene en el punto de mira. Te está utilizando, aunque sólo sea para pretender ser mejor partido de lo que realmente es. Así es como lo hacen.

—Zillah...

La voz de lord Henry tenía un tono de advertencia.

—Y lo único que conseguirá será echar a perder tus esperanzas de llevar a cabo un matrimonio beneficioso. ¿Quién es Daphne Dale? ¡Ni siquiera es una de los mejores Dale!

—¿Los hay mejores? —bromeó él.

—Sabes exactamente lo que quiero decir. Me sorprende que no la hayan relegado a ser la compañera aduladora de esa vieja veterana, Damaris. Eso es lo que hacen con las que no tienen esperanzas de casarse o han caído en desgracia —le dijo Zillah, meneando un dedo como advertencia—. Escucha bien lo que te digo: esa chica quiere enredarte.

Daphne no podía respirar. Porque cuando la anciana dijo la palabra «enredarte», lo único que pudo imaginar fue encontrarse de nuevo entre los brazos de lord Henry.

Enredada. Seducida. Cautivada.

Pero no por mucho tiempo.

—No es necesario que temas por mí —estaba diciendo lord Henry—. Sé de buena tinta que la señorita Dale está casi prometida.

—¿Cómo dices? —exclamó en voz alta y con impertinencia lady Zillah.

Daphne no pensaba que fuera dura de oído, sino que le gustaba hacer que los demás se repitieran.

—Daphne Dale no será una Dale durante mucho tiempo —dijo Henry.

—Si una vez has sido un Dale...

—... siempre serás un Seldon —musitó Daphne.

Henry parecía querer mediar entre las dos.

—Sí, sí, lo sé.

—Entonces, si la chica se ha fijado en otra persona, ¿por qué sigues detrás de ella?

—No lo hago.

Daphne resopló. No hacía falta decirlo con tanta vehemencia. O parecer tan incómodo.

—Bien —dijo lady Zillah, y tras unos momentos, añadió—: Está esa encantadora señorita Nashe...

Daphne descubrió que se podía ser vehemente y *vehemente*.

—¡Santo Dios, no! —bramó.

Así que a lord Henry no lo habían seducido las adorables sonrisas de la señorita Nashe ni sus modales escrupulosos. Daphne apretó los labios para evitar una sonrisa de suficiencia.

Si pudiera ser ella la que le dijera a la señorita Nashe...

—Oh, es una arribista descortés, eso te lo concedo —afirmó lady Zillah.

—Puedes decirlo otra vez —la animó lord Henry.

—Pero tiene la mejor dote —añadió ella, y se rió, presa de la avaricia.

Daphne le deseaba la perdición a la señorita Nashe y a su dote.

Y parecía que lord Henry también.

—¡Zillah! No me interesa esa chica. Aunque tuviera el tesoro de un rey a sus pies, me seguiría pareciendo indigna.

La anciana no parecía impresionada.

—Bueno. —Se sorbió la nariz—. Una fortuna como esa pertenece al lugar donde pueda ser bien atendida. Desde luego, no al forro de los bolsillos de un mercader.

—No la quiero en los míos —afirmó con rotundidad—. No tengo ningún deseo de casarme con un monedero. Escucha bien lo que te digo, Zillah: cuando me case, lo haré como lo está haciendo Preston, cuando me haya enamorado de corazón y la mujer sea mi pareja perfecta.

—Es una idea demasiado romántica para tus gustos. Muy poco sensata —señaló lady Zillah.

—A lo mejor es ahora cuando me estoy dando cuenta de lo poco Seldon que soy realmente —le dijo Henry.

Daphne sonrió y supo que tenía que marcharse antes de que la descubrieran. Sin embargo, su escapatoria tuvo que esperar cuando lady Zillah habló de nuevo.

—¿Dices que la señorita Dale ha puesto los ojos en otro? —lo incitó.

Era evidente que no deseaba dejar el tema.

—Sí, tía Zillah.

La anciana se aclaró la garganta, emitiendo un sonido desaprobatorio.

—Eso no fue un impedimento para Dahlia Dale.

Daphne pasó el resto de la mañana un tanto confusa por lo que había oído.

¿Lord Henry defendiéndola? Parecía demasiado.

Es más, ¿cómo podía ser verdad lo que lady Zillah había dicho de él?

Durante el almuerzo, que se sirvió al aire libre en el jardín vallado junto al invernadero de naranjos, no hizo más que lanzarle miradas subrepticias, intentando verlo como su tía lo había descrito.

Ningún escándalo asociado a tu nombre...

Demasiado agradable...

Respetable y bondadoso...

Oh, podía estar de acuerdo con lo de amable. Lo había visto darle a escondidas una salchicha al *Señor Muggins* cuando él pensaba que no estaba mirando.

Y ella había hecho lo posible por reconciliar al hombre del baile, del templete, el que la había besado, al canalla que la había provocado la noche anterior, con el caballero que tenía delante de ella, el que tenía propiedades y dinero y no alardeaba de su buena suerte.

En lugar de eso, dedicaba su tiempo a cuidar de su familia y ésta lo adoraba.

Ella se había acostumbrado tanto a la idea de que no era más que un sinvergüenza que se sentía como si lo estuviera viendo con nuevos ojos... porque aquél era un hombre reservado y de buenos modales.

Y, fiel a la confesión que le había hecho a Zillah, evitó en todo momento los evidentes intentos de la señorita Nashe de captar su atención.

Daphne tuvo que admitir que eso consiguió ganársela. No era que quisiera que lord Henry la ganara...

Aun así, no podía olvidar lo que él había dicho antes.

Cuando me case, lo haré como lo está haciendo Preston, cuando me haya enamorado de corazón...

Un escalofrío de algo curiosamente parecido a la envidia le recorrió el cuerpo y la hizo preguntarse cómo sería ser la pareja perfecta de lord Henry.

El solo hecho de pensarlo consiguió que temblara por dentro y que la atravesara un anhelo que la dejó sin aliento. Todo a la vez.

Sus besos... sus caricias...

Daphne se sintió tentada de abandonar su plan. Su sensato plan.

¿Por qué esperar a la casualidad o incluso a un encuentro planeado? Sólo había una manera de atrapar al señor Dishforth, y era con las manos en la masa. Por eso ella estaba allí... oculta en un rincón del vestíbulo, cerca de la bandeja del correo.

Esperándolo.

Estaba totalmente decidida a descubrir su identidad. Antes de que... Antes de que...

Levantó la mirada al oír unos pasos decididos que se acercaban por el pasillo. Pero cuando apartó ligeramente la cortina, vio que, para su disgusto, quien se acercaba era lord Henry.

El ruido sordo de las botas despertó al *Señor Muggins* de su modorra, y el enorme perro se puso en pie de un salto y ladró.

—No, *Señor Muggins*, no —susurró Daphne.

Pero el terrier ya casi había salido de su escondite y estaba ladrando alegremente, moviendo la cola con tanto entusiasmo que agitaba las cortinas una y otra vez.

—Ah, hola, chico —lo saludó lord Henry—. ¿Qué estás haciendo aquí?

Daphne se pegó contra la pared y cerró los ojos.

—Nada bueno, ¿eh? —estaba diciendo lord Henry, y apartó la cortina—. ¡Señorita Dale!

Daphne no podía respirar. Tal vez, simplemente, él se fuera. Sin embargo, cuando abrió un ojo, seguía allí. Era demasiado pedir que se evaporara en el aire.

Él apartó la cortina aún más.

—Qué demonios está usted haciendo aquí, ¿escondiéndose?

Ella intentó decir las palabras que normalmente decía cuando se enfrentaba a lord Henry y a sus exigencias pomposas: qué hombre tan mezquino y desagradable, pero en vez de eso recordó la pieza musical que él había tocado y el momento en el que la atrajo a sus brazos y la besó en el templete.

Minuciosamente, apasionadamente. Como un sinvergüenza...

¡Oh, ya estaba bien!

¡Dishforth, Daphne!, se recordó. *Debes encontrar al sensato y confiable señor Dishforth.*

—¿Señorita Dale? —preguntó él con cierta preocupación.

Alisándose la falda y levantando la mirada hacia él, fingió una expresión de sorpresa por su llegada intempestiva y dio un paso hacia él.

—¡Oh, lord Henry! ¿Qué está haciendo aquí?

—Voy camino del salón de baile para elegir mi disfraz. Pensé que sería lo primero que haría usted, como el resto de las damas.

—Bueno, el *Señor Muggins*... me retrasó —consiguió decir.

Miró de reojo a la bandeja vacía del correo y apartó la vista. Vaya, se había olvidado de los disfraces. Se inclinó hacia delante y rascó al terrier traicionero en la cabeza.

—Creo que ha visto un pájaro —añadió Daphne.

—¿Dentro de la casa? —preguntó lord Henry.

Dio un paso atrás y la observó.

Daphne se rió, tal vez con demasiado histerismo. Caray, se le daba muy mal mentir.

—No, por supuesto que no. Estaba... —Miró a su alrededor—. Fuera. Sí, fuera. Al otro lado de la ventana. —Se giró hacia él y le sonrió—. ¡El *Señor Muggins* y las plumas! Es muy travieso.

Lord Henry frunció el ceño.

—Sí, eso mencionó Tabitha. Incluso las ha prohibido en la fiesta.

—Y ha hecho bien —aseguró Daphne—. Pregúntele a lady Gudgeon.

—Sí, me he enterado. La persiguió por todo Hyde Park hasta que el sombrero fue a parar al suelo.

—Así fue.

—Me habría gustado verlo —admitió lord Henry—. Nunca le he tenido mucho aprecio a lady Gudgeon.

—Por lo que parece, ese sentimiento lo comparten muchas personas —dijo Daphne.

En ese momento, la señorita Nashe y su madre aparecieron en el vestíbulo. Se dirigían a las habitaciones en las que estaban los disfraces y ambas tenían la misma expresión desaprobatoria. Intercambiaron una mirada y Daphne adivinó con facilidad lo que querían decirse.

«¿Ves? Te dije que se había fijado en él.»

«Es cierto.»

Entonces Daphne levantó la mirada y se dio cuenta de que lord Henry se había acercado más a ella, casi protectoramente. Después, cuando la pareja se hubo alejado, él se estremeció.

—Permítame acompañarla, señorita Dale —le pidió, y le tendió un brazo—. Me temo que el camino está lleno de trols.

Ya que ella no tenía ninguna excusa verosímil para quedarse merodeando alrededor de la bandeja del correo, y ningún deseo de que él la ayudara a encontrar a Dishforth, lo único que pudo hacer fue aceptar su oferta, y posó una mano sobre su manga.

En cuanto lo hizo, él puso su otra mano sobre la de ella y, en el momento en el que se tocaron, fue como cuando estaban en el templete... sólo que él no le cubría los labios con los suyos.

La magia, el calor, esa chispa que se prendía en el interior de ambos cada vez que se tocaban.

Daphne apartó la vista de la mano de lord Henry y miró al frente, concentrándose en su razón de ser:

Encontrar a Dishforth. Debía encontrar a Dishforth.

O... o si no...

Bueno, sabía lo que «o si no» significaba.

La perdición. A manos de aquel hombre tan canalla. No importaba lo que dijera la bruja de su tía.

—¿Ha tenido noticias de su familia? —preguntó él.

—¿Perdón?

—Su familia —insistió—. Supuse que estaba usted rondando la bandeja del correo por si había noticias de su llegada inminente.

Se rió un poco, como si esa idea desastrosa fuera algo por lo que mereciera la pena estar esperando.

—No estaba rondando la bandeja, como dice usted, y no, no he sabido nada de mi familia.

—¿De verdad?

Ella no sabía si quería decir «¿De verdad no ha tenido noticias de su familia?» o «¿De verdad no estaba rondando la bandeja?»

Y no pensaba ahondar en el tema.

Así que hizo lo mejor que podía hacer. Lo ignoró y esperó que la dejara tranquila.

Pero se trataba de lord Henry, que parecía ser tan tenaz como el *Señor Muggins* cuando descubría una pluma.

—Y yo que pensaba que se estaba usted escondiendo de la fatalidad inminente que sería la llegada de su familia —bromeó.

Daphne lo miró. ¿Se había vuelto loco para bromear sobre ese tema?

—Por supuesto que no —contestó ella con el mismo desdén altanero característico de lady Essex—. Como ya le he dicho, el *Señor Muggins* vio...

—Señorita Dale, no intente engañarme —dijo, y negó con la cabeza haciendo un sonido desaprobatorio—. Si quería escapar de su carabina, no seré yo quien me oponga, ni quien la sancione. Ni mucho menos.

—Pero no lo estaba haciendo.

—Si usted lo dice... —musitó—. Pero si no lo hacía...

—No lo hacía —replicó ella.

—Señorita Dale, está usted en una fiesta, no encerrada en una casa de Londres. Si quiere paz y tranquilidad, Owle Park le ofrece mejores elecciones que un rincón polvoriento.

—No estaba nada polvoriento.

Él se rió.

—Así que se estaba escondiendo allí.

Daphne levantó la barbilla y se negó a morder más el anzuelo.

—Yo le habría sugerido... si hubiera acudido a mí...

—Algo que yo no haría...

—Sí, bueno, creo que eso ya ha quedado claro. Pero como iba diciendo, la próxima vez le sugiero el jardín de rosas, el invernadero de naranjos o incluso el laberinto. Todas son elecciones mucho mejores para encontrar paz y tranquilidad, si es lo que uno busca de verdad.

Daphne se sorbió la nariz.

—Podría enseñarle la casa esta tarde —se ofreció él—. Si le parece bien, para que la próxima vez que busque la soledad, sepa dónde dirigirse.

¿Enseñarle el lugar perfecto para un interludio a solas? Seguro que él lo haría. Probablemente se los conociera todos en ocho kilómetros a la redonda... eso, si no se perdía por el camino.

—No, gracias —replicó, y estuvo a punto de contarle ese ofrecimiento a lady Zillah.

Entonces verían cómo pasaba lord Henry el resto de las celebraciones.

Amarrado en el sótano.

—¿Está segura? —insistió él.

—Muy segura —contestó, y apretó los dientes.

¡Vaya sinvergüenza! Daphne volvió a su idea original: lady Zillah era ya demasiado mayor.

—Bueno, si tiene un momento libre no dude en...

—Tengo otros planes —contestó ella, a pesar de que ambos sabían que era mentira.

Estaban en una fiesta, y el programa lo daba a conocer cada día lady Juniper.

El resto de la tarde estaba completamente abierto a tales entretenimientos.

—Sí, bueno, si cambia de opinión...

—No lo haré.

—Eso dice —afirmó él con cierta indiferencia, lo que sirvió para que ella se irritara aún más.

Atravesaron el gran vestíbulo y Daphne empezó a saborear el triunfo. Ahí estaba, con lord Henry, y no le molestaba en absoluto.

Él no tenía ningún poder ni influencia sobre ella.

Ninguno.

Excepto porque el corazón le latía aceleradamente y por esas oleadas de deseo que parecían engullirla cada vez que lo tocaba...

Aparte de eso, lo tenía todo bajo control. Ahora, lo único que tenía que hacer era encontrar a Dishforth.

Al sensato y confiable Dishforth. Esperaba que sus besos fueran tan buenos como su pragmatismo.

Tenía que ser lord Henry el que la hiciera salir de su maravillosa ensoñación.

—En cuanto a su caballero... —empezó a decir.

Daphne se detuvo de golpe.

—Oh, cielo santo, ¿tenemos que hablar de él?

—Sí —le respondió, y cruzó los brazos sobre el pecho—. Me temo que he sido injusto con usted.

¿Ahora le estaba remordiendo la conciencia? ¿Ahora?

—¡Preferiría no tratar ese tema con usted! —declaró ella, y siguió caminando sin él.

Lord Henry la siguió, acortó a grandes zancadas la distancia que Daphne había creado entre ellos y se puso de nuevo a su lado.

—Creo que deberíamos hablar de él.

—Puede que usted lo crea, pero yo no.

Lord Henry la agarró del brazo y la hizo detenerse.

—Sólo quiero saber si he causado problemas entre ustedes dos.

Daphne bajó la voz.

—Santo cielo, lord Henry, ¿es que no tiene usted un mínimo de decoro? Además, anoche no ocurrió nada de lo que preocuparse.

—¿Está segura? —le preguntó, acercándose a ella un poco más.

—Sí.

Daphne se dispuso a girarse e intentar huir de nuevo, pero se quedó clavada en el sitio cuando él dijo:

—Debo saber quién es.

Daphne negó con la cabeza. Vehementemente.

—Oh, no, no lo creo.

—¿No?

—¡No!

—Entonces, me veré obligado a averiguarlo.

Daphne levantó las manos y en esa ocasión pudo escapar. Hasta que lord Henry la hizo detenerse con su primera conjetura.

—Fieldgate —dijo detrás de ella.

¿Fieldgate? ¿Así, si más? ¿Sin siquiera pensarlo?

Daphne sintió que la ira comenzaba a bullir en su interior. Paseó la mirada por el vestíbulo. ¿Dónde había una pica cuando una dama de Kempton la necesitaba?

—No, no es lord Fieldgate.

Por lo menos, no que ella supiera.

—Oh, es una buena noticia —respondió él, y pareció tan aliviado como un hombre que acabara de recibir el perdón del rey.

El corazón de Daphne, a quien esa preocupación había pillado por sorpresa, dio un vuelco.

—¿Cómo es eso? —preguntó, y pensó que estaba a punto de oír una declaración de que Fieldgate era un bribón y que ella no lo merecía.

No. Desafortunadamente, el alivio de lord Henry se debía a una razón completamente diferente.

—Fieldgate es un tirador de primera categoría. No se lo pensaría dos veces en disparar a un tipo si pensara que habían puesto su honor en duda.

Daphne abrió mucho la boca, sorprendida. ¿Por eso estaba preocupado? ¿Por que lord Fieldgate se sintiera ofendido y exigiera satisfacción?

¿No decía ni una palabra sobre su propio honor? ¿Se limitaba a afirmar que Fieldgate era capaz de matarlo?

Cerró la boca y apretó los labios. Le gustaría decirle a lord Henry que Fieldgate no era el único buen tirador que había bajo su techo.

Lord Henry suspiró y, como parecía que todos sus problemas se habían resuelto, siguió caminando, esa vez sin la mano de ella sobre su manga.

Daphne tuvo que apresurarse para alcanzarlo.

—Hmm —estaba musitando él.

La miró cuando ella se situó a su lado, seguramente avisado por su llegada gracias al repiqueteo de sus botas.

—Si no es Fieldgate, entonces, ¿quién es? ¿Kipps? —La observó por un momento y negó con la cabeza—. No, nunca. Es demasiado poco práctico para usted.

—¿Tiene que seguir con este asunto?

—Por supuesto —respondió él, sorprendido por su protesta—. Es la casa de mi sobrino. No quisiera tener aquí ningún escándalo indecoroso.

Ella arqueó una ceja. ¿Un escándalo indecoroso? Como si un Seldon no fuera capaz de provocar suficientes cotilleos como para mantener ocupados a los mayores chismosos durante un mes entero.

Ya casi habían llegado al salón de baile, que bullía de actividad.

—A Hen le encantan las fiestas de disfraces —dijo él, observando el caos que apareció frente a ellos—. Como le ocurría a nuestra madre.

—Lady Salsbury —dijo ella, y entonces se dio cuenta de lo que había dicho.

—Sí, era lady Salsbury antes de casarse con mi padre. —Le sonrió—. ¿Es usted aficionada a leer *Debrett's*?

Daphne se encogió. Porque se había pasado una hora esa mañana, después de su incursión en secreto a la sala de música, registrando las páginas en el gastado volumen, buscando alguna referencia al apellido Dishforth. Había sido idea de Tabitha.

Pero, para su disgusto, había pasado todo el tiempo leyendo la sección entera dedicada a la familia Seldon.

Incluida lady Salsbury.

—Creo que Tabitha mencionó a su madre —dijo—. Su hermana le ha dado algunas joyas de ella... las que llevaba cuando ejercía su papel de duquesa.

Lord Henry asintió con la cabeza.

—Por supuesto. Hen es muy considerada con esas cosas.

—Y también ha sido muy considerada al hacer traer todos esos disfraces desde Londres.

—Tal vez. O puede que sea por su propio beneficio. También ha hecho que bajaran del desván los que había aquí y que los airearan. Quiere asegurarse de que todos vayan perfectamente ataviados, porque ha invitado a la aristocracia local y hay una muchedumbre procedente de Londres. —Se calló unos instantes—. Quiere que los comentarios y los chismes hablen sólo de un éxito esplendoroso.

—Dudo que fracase —afirmó Daphne con diplomacia.

Lord Henry resopló, impaciente.

—Habrá una multitud horrible. Váyase con ojo, no sabrá con quién estará bailando, si con el mayor granuja de la región o con un caballero sin título.

Oyeron un clamor de voces emocionadas.

—Ah, los disfraces —dijo él con mucho menos entusiasmo—. Me temo que le tocará ser una pastora, o algo peor.

—En absoluto —replicó Daphne—. Tabitha y Harriet prometieron salvarme de ese sino.

—Es una buena noticia. Porque la señorita Nashe querrá vencerla, y ya sabe lo despiadada que puede ser.

Una vez más, Daphne tuvo la sensación de que él acudía a su rescate, como un Lancelot que iba a matar a la reina malvada... un disfraz que, por cierto, le iría muy bien a la señorita Nashe.

Lord Henry se inclinó hacia ella.

—Odio los bailes de máscaras.

—Yo también —se mostró de acuerdo ella, sin siquiera pensarlo.

Y ahí estaba, otro momento en el que descubría que tenía algo más en común con lord Henry.

Sintió un escalofrío, como una señal que le dijera que tenía que prestar atención a aquel hombre. Pero era una locura. Porque seguro que sus propias razones, que no le gustaban los disfraces viejos y raídos ni las Afroditas exageradas, no serían las mismas que tenía él. Y, para demostrar su teoría, preguntó con la mayor indiferencia que pudo:

—¿Cuáles son sus razones?

—Mujeres canosas vestidas de Afrodita, y un disfraz viejo del que mi hermana opina que me quedará «divino» pero que huele a manta de caballo.

Daphne se estremeció. Oh, cielo santo. ¿Cuántas veces tenía que decirse que lord Henry y ella no tenían nada en común, sólo para que ese maldito hombre demostrara que estaba equivocada?

O que tenía razón.

No estaba segura de lo que era.

Antes de que él pudiera decir nada más, lady Juniper se acercó, toda agitada.

—Aquí estás, Henry. Cielo santo, terminarás siendo la jota de corazones si no entras ahí y eliges un disfraz.

Entonces vio a Daphne a su lado y enarcó las cejas ligeramente. En su rostro se reflejaba claramente que, a pesar de ser la viuda de lord Juniper, era una Seldon hasta la médula.

¿Ella? ¿Qué demonios estás haciendo con una Dale?

Pero lady Juniper tenía los buenos modales en gran estima y borró su expresión de asombro para decir de forma educada, aunque tensa:

—Sí, bueno, y aquí está usted también, señorita Dale. Las damas están escogiendo sus disfraces al otro lado del vestíbulo, en el desayunador. Allí hay mejor luz.

Señaló el camino, pero su expresión tirante parecía más propensa a señalar hacia la puerta principal, que se abría al camino que daba a la carretera de Londres.

Antes de que la dama pudiera hacer algo más, se oyó un clamor procedente del desayunador y tuvo que marcharse a toda prisa para solventar otra emergencia.

Daphne fue a seguirla, pero lord Henry la cogió del brazo.

—No tiene intención de decirme a quién estaba esperando, ¿verdad?

Ella negó con la cabeza.

—No.

—Entonces, que así sea —dijo. Sin embargo, en lugar de dejarla ir, la acercó más a él—. Pero, sea quien sea, creo que ese tipo tiene mucha suerte de haber ganado su corazón.

Hizo una reverencia sobre su mano y le besó los dedos con suavidad. Luego, tras soltarla y dirigirle una mirada ardiente, no como la de la noche anterior, que la había dejado temblorosa, desapareció en el salón de baile.

Y la dejó sola. Para buscar a su Dishforth.

Pero de repente él volvió a su lado.

—Será mejor que deje al *Señor Muggins* fuera, en el vestíbulo —le advirtió él.

—¿Por qué?

Daphne se sentía como siempre que él estaba a su lado... como si la hubieran tomado desprevenida. Como le había ocurrido la primera vez que lo había visto.

—Por lo que recuerdo, mi madre tenía un disfraz que le encantaba... un hada acuática, creo que era, pero el bajo estaba lleno de plumas azules. —Se inclinó hacia ella y le susurró—: Si lo encuentra, ofrézcaselo a la señorita Nashe.

Y, sin más, su Lancelot se marchó. Otra vez.

Ofrézcaselo a la señorita Nashe.

Daphne apretó los labios y se dirigió al desayunador. ¡Qué hombre tan mezquino y desagradable! Qué diabólico de su parte meterle esa idea en la cabeza.

Pero le echó un vistazo rápido a la habitación por si veía ese vestido. El del dobladillo lleno de plumas.

Mejor eso que pensar en lo que había dicho lord Henry.

Pero, sea quien sea, creo que ese tipo tiene mucha suerte de haber ganado su corazón.

No pudo evitarlo y miró por encima del hombro. ¿Qué había querido decir?

¿Había estado bromeando con ella, como cuando había sugerido que le ofreciera ese disfraz a la señorita Nashe?

¿O lo había dicho de verdad?

Antes de que le diera tiempo a pensar nada más, aparecieron Harriet y Tabitha, la agarraron del brazo y entraron con ella en la habitación, que se había convertido en un espacio inundado de vestidos, adornos y explosiones de color. Las otras mujeres habían cogido vestidos de terciopelo dignos de princesas, disfraces de hadas de seda tornasolada que brillaba a la luz, y otros conjuntos llamativos que recordaban a los tiempos dorados del siglo anterior.

—Te hemos guardado el mejor disfraz —le dijo Harriet.

La hizo pasar al lado de las demás, incluyendo a la señorita Nashe y a su madre, que parecían agraviadas por la escasa elección que les habían dejado.

—Debo confesar que hemos bajado rápido y lo hemos ocultado antes de que llegara la señorita Nashe —dijo Tabitha con los ojos brillantes—. El disfraz es perfecto, y no iba a permitir que ella se lo pusiera.

Daphne pensó que debía mencionarle a su amiga que sólo porque se fuera a casar con un Seldon no tenía que adoptar sus costumbres de sinvergüenza. Sin embargo, cuando llegaron al rincón más alejado y Harriet sacó el vestido de debajo de un montón de sedas y brocados, Daphne se convenció de que Tabitha había olvidado por completo que era la hija de un vicario.

¿Harriet y ella pensaban que era el vestido perfecto?

Por toda la habitación se oyó un coro de gritos ahogados y un estribillo de «ahs». Porque, ciertamente, el vestido era deslumbrante.

Y completamente escandaloso.

—¿Cleopatra? —consiguió decir ella, observando la seda transparente y negando con la cabeza al ver el pronunciado escote en uve—. ¿Queréis que me vista de la reina del Nilo?

—¿Por qué no? —preguntó Tabitha, mirando el vestido como si acabara de salir de la aburrida tienda de la señora Welling, en Kempton.

—Porque es... Parecería... No puedo —contestó, y sacudió la cabeza. Miró a Harriet—. Deberías ponértelo tú. Te sentaría mucho mejor y serías mejor Cleopatra que yo.

—¿Yo? —Harriet se ruborizó y sacudió la cabeza—. Oh, no, no podría. Además, tú tienes más coraje. Y Tabitha y yo estamos de acuerdo en que, en cuanto Dishforth te vea con ese vestido, saldrá por fin de las sombras. No tendrá más alternativa que presentarse y reclamarte.

¿Reclamarla? Eso si no pensaba que era una indecente. Ese vestido podría provocarle una apoplejía al pobre y sensato Dishforth.

¿Y qué le haría a lord Henry?, le susurró una retorcida vocecilla.

—¿Preferirías que se lo ofreciéramos a la señorita Nashe? —preguntó Tabitha.

Las tres se dieron la vuelta a la vez para mirar a la joven, que estaba con su madre frunciendo el ceño ante el disfraz que quedaba, un vestido de pastora con demasiados volantes. La pobre señorita Nashe parecía dispuesta a golpear a alguien con el cayado que tenía en la mano, aunque sólo fuera para conseguir un disfraz mejor.

Por ejemplo, a Daphne.

Harriet se inclinó hacia delante y susurró:

—¿Quieres que llegue al baile y sea la reina, no sólo del Nilo, sino también de la noche?

Si por lo menos sus amigas no la conocieran tan bien...

Daphne le echó otra mirada al vestido y supo que a la mujer que lo llevara no la olvidarían nunca.

Y, a pesar de que no tenía ninguna duda de que estaría en brazos del señor Dishforth aquella noche, una pequeña parte de ella estaba preocupada porque la apasionada súplica que había escrito esa mañana y había dejado en la bandeja del correo no consiguiera que él dejara de ocultarse.

Sin embargo, un vestido así...

Cogió el disfraz de manos de Harriet, se dirigió al enorme espejo que habían bajado de uno de los dormitorios y lo sostuvo delante de ella para ver cómo podría quedarle.

Perfecto, a juzgar por las sonrisas de Harriet y de Tabitha.

Y Daphne estaba completamente segura de que si ese vestido no lograba sacar a Dishforth de su escondite, terminaría sus días preguntándose por qué no había tenido la valentía de reclamarla.

Aun así, al mirar una vez más la seda escandalosa y seductora, tuvo que preguntarse si era a Dishforth o a lord Henry a quien intentaba seducir.

—¡Mira, mamá! ¡Éste es el vestido perfecto! —gritó la señorita Nashe, triunfante, y levantó un fabuloso disfraz de seda verde, un vestido de ninfa, con el dobladillo lleno de plumas.

Tabitha contuvo la respiración.

—No. Señorita Nashe, no debe...

Daphne se dio la vuelta y le tapó a Tabitha la boca con la mano.

Harriet, que se dio cuenta del intento de Daphne, se puso delante de sus amigas e intervino. En voz alta:

—Será mejor que se lo lleve, señorita Nashe, antes de que llegue lady Clare.

Insinuaba que lady Clare, que tenía mejor estatus que las demás damas solteras, podría reclamarlo.

Y ante eso no podría discutir la señorita Nashe, ni su generosa dote. No a menos que quisiera quedar como una arribista avariciosa.

Mientras tanto, Tabitha estaba intentando liberarse de la mano de Daphne, y la furia se le reflejaba en los ojos, que tenía muy abiertos por el asombro.

—Hmmm... Ummm...

La señorita Nashe se apresuró a abandonar el desayunador con el vestido en la mano y su madre pisándole los talones.

Entonces fue cuando comenzaron los ladridos.

Capítulo 10

¿Alguna vez se siente travieso? Sé que acordamos llevar una vida sobria y sensata, pero a veces hay que reírse.

Fragmento de una carta
de la señorita Spooner al señor Dishforth

*B*ueno, creo que ya me he disculpado por todo, excepto por toda la raza irlandesa —declaró Tabitha al entrar en la habitación para cambiarse de ropa antes de la cena. Les dirigió a Harriet y a Daphne una mirada mordaz—. Deberíais ser vosotras las que estuvierais ahí abajo, humillándoos.

Harriet levantó la mirada de la última novela de la señorita Darby que estaba leyendo, tumbada en el diván.

—¿Por qué has tenido que disculparte?

Daphne apretó los labios, pero fue en vano; no pudo reprimir la risa. Que resultó ser contagiosa por partida doble.

Tabitha cerró la puerta rápidamente, se apoyó contra ella y empezó a reírse hasta que las lágrimas le cayeron por las mejillas.

—¿Habéis visto su cara?

—En realidad, él la advirtió con el primer ladrido.

—¿Quién habría dicho que ella pudiera ser tan veloz?

—¿O tan vulgar?

Las tres volvieron a estallar en carcajadas y se dejaron caer en el diván, junto a Harriet, riéndose hasta que apenas podían respirar.

El *Señor Muggins* estaba sentado a sus pies, mirándolas a todas con recelo.

A él no le parecía que aquello fuera gracioso. Había habido plumas de por medio y, en lo que al terrier irlandés se refería, las había salvado a todas de un destino funesto.

Porque en el preciso momento en el que la señorita Nashe había salido del desayunador con su preciado vestido, se había encontrado con el *Señor Muggins*.

Algunas personas habrían pensado que esa confección de seda verde, encaje francés y plumas teñidas era el vestido más hermoso del mundo.

Pero esas personas no eran un terrier irlandés con mala disposición.

El *Señor Muggins* sólo había necesitado dos segundos para decidir que ese vestido en particular era una amenaza para la sociedad.

La señorita Nashe, que no estaba dispuesta a renunciar a él, se encontró de repente arrinconada contra la pared opuesta, aferrando el vestido contra el pecho. Ni siquiera al verse enfrentada al perro medio loco quiso soltarlo.

En lugar de eso, sus gritos —unos chillidos agudos que más tarde afirmaría lady Essex que había heredado de sus antepasados pescaderos— habían atraído a toda la casa.

Pero el *Señor Muggins* no iba a permitir que nadie se acercara. No cuando se trataba de plumas.

—Ha sido algo digno de aparecer en los libros de historia —declaró Harriet.

Tabitha sacudió la cabeza.

—Todavía no comprendo cómo fue capaz de llegar casi hasta las escaleras antes de que el *Señor Muggins* la cogiera.

El *Señor Muggins* no era el único en la habitación de las chicas que escuchaba con desconfianza. La doncella de Daphne, Pansy, estaba junto al armario y apretaba los labios con desaprobación ante aquel comportamiento nada propio de unas damas. Se sorbió la nariz y siguió preparando los vestidos de Daphne.

Así escarmentadas, el trío de amigas hizo todo lo posible por parecer arrepentido, porque tenían que cenar y pasar el resto de la velada sin soltar ni una risita más.

—¡Oh, Dios mío! —exclamó Tabitha, poniéndose en pie—. ¿Es esa hora?

Pansy miró el reloj que había sobre la repisa de la chimenea.

—Sí, señorita.

Después le dirigió una mirada intencionada a su señora, porque la doncella sabía muy bien cuánto tiempo necesitaba Daphne para vestirse.

—¡No, no puede ser! —dijo ésta—. ¡Ni siquiera he tenido tiempo de escoger un vestido!

Y tenía sus razones para elegir el vestido perfecto. Porque cuando se hubieron apaciguado las aguas tras lo que lady Essex había bautizado como «el incidente de las plumas», Daphne había descubierto una nota en la bandeja del correo.

Esta noche, mi querida señorita Spooner. Esta noche.

Dishforth le había contestado. Había prometido que se conocerían.

Daphne se llevó la mano al estómago para calmar los nervios y miró otra vez los vestidos que tenía para elegir. El azul que llevaba puesto no era apropiado, ahora se daba cuenta.

¡Oh, conocer por fin al señor Dishforth! Por eso había acudido a Owle Park, y finalmente iba a ocurrir.

Tenía que ocurrir. Se había pasado el resto de la tarde haciendo una lista de las cosas perfectas que podía decir cuando lo conociera.

Mi querido señor Dishforth...

Por fin nos conocemos...

Estoy sin palabras...

No, eso no. Si de verdad estaba sin palabras, ni siquiera podría decir eso.

Oh, cielos, ¿qué iba a decir?

Cuando nos conozcamos, las palabras no serán suficientes, mi querida señorita Spooner.

Ah, sí, mejor dejar que el señor Dishforth diera la respuesta perfecta a esa situación incómoda.

Le dio la espalda al montón de vestidos que había sobre la cama y se abrazó a sí misma. A partir de ese momento, todo sería perfecto.

Volvió a girarse para mirar a su doncella.

—¿Dónde está el vestido verde?

—¿Otro, señorita? —preguntó Pansy—. Está preciosa con ése.

—No, este tono de azul no vale.

—¿Para qué no vale? —preguntó Harriet.

Como ella no sufría de nervios, Harriet se había vestido con su eficiencia habitual y le había pedido a Pansy que le recogiera el cabello oscuro en una corona sencilla de rizos.

—No es nada —dijo Daphne—. Tengo derecho a cambiar de opinión.

—Nadie te lo discute —dijo Tabitha—. Pero mira qué hora es.

—¡Oh, vaya! —exclamó Daphne.

Ninguno de sus vestidos le parecía adecuado. No para esa noche. Se quedó callada, echándole otro vistazo a la muselina de color verde manzana que se había hecho confeccionar en Londres unas semanas atrás y que Pansy había sacado del armario. Pero era demasiado parecido al vestido que la señorita Nashe había lucido el día anterior.

—No, ése no servirá.

Tabitha y Harriet intercambiaron una mirada y Tabitha hizo salir a Pansy del dormitorio.

Todas querían mucho a Pansy, pero la muchacha era un poco chismosa.

Cuando la puerta se hubo cerrado y se encontraron solas, Tabitha se giró hacia Daphne con las manos en las caderas.

—¿Por qué esta noche es especial?

Harriet se incorporó.

—¿Se trata de lord Henry?

—¿Lord Henry? —balbuceó Daphne—. ¿Por qué dices eso?

Harriet miró a Tabitha para que la ayudara pero, al ver que no decía nada, continuó:

—Es que después de lo de anoche...

—¡Oh, eso otra vez no! —se quejó Daphne.

—¡Daphne! —la reprendió Tabitha—. Te vimos. A los dos. Si crees que nadie se dio cuenta, estás muy equivocada.

—No había nada que ver —les dijo con toda la determinación de la que fue capaz.

Como si ése fuera el fin de la conversación.

Harriet resopló.

—Si «nada» significa que lord Henry estaba a punto de besarte, entonces sí, supongo que no vimos nada.

—Él no estaba... Yo nunca... —tartamudeó Daphne.

Oh, ¿por qué Harriet y Tabitha estaban acusándola? Todas conocían todos sus secretos y sus fallos.

Principalmente, que ella mentía fatal.

Así que volvió a centrar su atención en los vestidos, porque estaba en un punto muerto sobre cuál elegir para su cita con el señor Dishforth. Cogió uno, luego otro, descartó los dos y cogió un tercero. Bueno, la muselina verde tendría que valer. Estaba a punto de quitarse el de seda azul que llevaba cuando descubrió que sus amigas no habían terminado con ella.

—Daphne, ¿qué te ocurre? —dijo Harriet, que se levantó y le arrebató el vestido de muselina verde—. Es el sexto vestido que te has probado esta noche.

—Siempre cambio de opinión —contestó Daphne.

Intentó recuperar la prenda, pero Harriet la mantuvo fuera de su alcance y luego se la pasó a Tabitha, que la ocultó a la espalda.

—Te cambias de vestido tres veces antes de la cena —señaló Harriet—. Nunca seis.

—Quiero estar perfecta esta noche —les contestó.

—¿Por qué esta noche es tan importante? —repitió Tabitha, manteniendo la muselina tras ella como si fuera un premio que le daría a cambio de una respuesta sincera.

Lo que Daphne no estaba dispuesta a dar.

—Por nada. Es sólo que... —Dudó unos segundos y luego encontró la mentira perfecta—. La señorita Nashe no paraba de hablar esta tarde sobre su vestido, y me gustaría eclipsarla.

Les había contado lo que la heredera había dicho durante el desayuno, así que quizás...

—Esto no tiene nada que ver con la señorita Nashe —replicó Tabitha, que se dio cuenta del ardid—. Además, creo que la señorita Nashe y tú estáis ahora bastante empatadas.

—Oh, cielos —dijo Harriet—. Se trata del señor Dishforth, ¿verdad? —Abrió mucho los ojos—. Has descubierto quién es, ¿no es así?

A pesar de que Daphne había esperado mantenerlo en secreto, después del desastre que había resultado ser el baile de compromiso, se dio cuenta de que necesitaba la ayuda de sus amigas.

—Casi —confesó.

Henry, que nunca llegaba tarde a ninguna parte, se retrasaba otra vez.

Hen lo iba a despellejar por ese fallo... o llamaría a un médico de Londres para que lo reconociera.

Por lo menos tenía una excusa parcial para su tardanza, musitó mientras se detenía en el punto en el que se cruzaban dos largos pasillos.

Era imposible encontrar el camino correcto en el laberinto de pasadizos y alas que componían Owle Park. Por desgracia, aquélla había sido la casa de la infancia de Preston, no la suya.

Su hermana esperaría que se hubiera perdido, pero se sorprendería al descubrir la verdadera razón de su tardanza: Henry había hecho que Loftus le cambiara no sólo el pañuelo de cuello, y dos veces, además, sino también las botas y la chaqueta. El pobre ayuda de cámara por fin se había rendido ante su señor, normalmente amable, había levantado las manos al cielo y había murmurado que el aire del campo le había hecho algo a su señoría en la cabeza.

Así que estaba un poco distraído. ¿Y cómo no iba a estarlo, cuando esa noche toda su vida cambiaría?

Debemos vernos. Esta noche. En la biblioteca. Después de la cena.

S.

Le había tomado por sorpresa leer esas pocas palabras, sentir la urgencia que se ocultaba tras ellas.

Una semana atrás le habría encantado conocer a la señorita Spooner.

Hasta que su camino se había cruzado con el de la señorita Daphne Dale.

¿Y ahora? Bueno, no sabía qué pensar. ¿Quería ser el caballero sensato de la señorita Spooner, un papel que siempre le había parecido agradable, o quería ser el canalla que veía reflejado en las miradas cautivadoras de la señorita Dale?

¡La señorita Dale, ni más ni menos! Era una idea imposible.

No, no, tenía que descubrir quién era la señorita Spooner y después proceder con cuidado. Porque le había dicho la verdad a Zillah: no se casaría sólo por casarse. No lo haría por dinero, por negocios ni por estatus.

Escucharía a su corazón. Una idea bastante insensata para proceder de un hombre que se enorgullecía de ser práctico. Y tenía que darle las gracias a la poco práctica señorita Dale por ese cambio de actitud.

Eso no significaba que supiera lo que tenía que hacer. Se había pasado buena parte de la tarde paseando en círculos alrededor del estanque, preguntándose qué demonios iba a decirle a esa mujer.

Sobre todo porque cada vez que se imaginaba entrando en la biblioteca, era la señorita Dale la que estaba allí.

Maldición, ¿qué haría si era así? Porque ya estaba medio enamorado de ella.

Oh, no tenía sentido engañarse. No había mitades que valieran. Estaba enamorado de la señorita Dale.

Y podía determinar el momento exacto en el que ella había conseguido robarle el corazón.

Cuando él había estado observando el espectáculo de aquella tarde. Oh, no había estado mirando la épica carrera de la señorita Nashe por todo Owle Park con el *Señor Muggins* pisándole los talones. No, había tenido la mirada fija en la señorita Dale.

La señorita Dale, que apretaba los labios con fuerza para parecer tan preocupada como los demás. Pero a él no lo había engañado. Tenía la boca así cerrada para evitar reírse.

Como le había ocurrido a él.

Y cuando ella se había dado cuenta de que la miraba, había articulado una palabra: «Gracias».

En ese instante, lord Henry Seldon se enamoró.

Perdidamente.

De una Dale. Se había quedado tan estupefacto, tan atónito, que apenas había sido capaz de contestarle:

«De nada.»

Entonces ella le había sonreído y había desaparecido entre la multitud, llevándose su corazón.

Él se había quedado allí, completamente asombrado por esa casualidad del destino, y se había dado cuenta de que llevaba más tiempo enamorado de ella. Probablemente, desde que la había visto en el baile de compromiso de Preston.

Amor. ¡Qué necio había sido durante todos esos años! El amor, ahora lo sabía, era un completo caos. Un torbellino que atrapaba hasta a los más sabios.

No le extrañaba que una descarada cautivadora como Daphne Dale hubiera hecho que su sensato corazón emprendiera el vuelo.

Presa del pánico, Henry había corrido a la sala de música, había buscado como loco papel y pluma y se había apresurado a responder a la señorita Spooner.

Esta noche. Sí, mi querida señorita Spooner. Esta noche.

Nunca antes se había enamorado, y el pánico le había parecido la reacción más lógica.

La señorita Spooner le haría recuperar el equilibrio y la sensatez.

Sin embargo, según pasaba el tiempo, no estaba seguro de lo que debía hacer. ¿Cómo sabría si estaba eligiendo correctamente? ¿Si la señorita Spooner era la mujer adecuada para él?

Su respuesta pareció llegar cuando dobló una esquina y tropezó con ella. Con una mujer.

—¡Oh, cielo santo! —gritó ella al chocar contra él, arrugándole sin remedio su chaqueta, perfectamente planchada.

Henry la cogió y, en el momento en que le pasó un brazo alrededor de la cintura y sus dedos le aferraron el codo para sujetarla, lo supo.

Es la señorita Dale.

Bajó la vista hacia ella y, durante un trémulo segundo, ambos se miraron a los ojos.

Uno podría decir que la noche del baile había sido pura casualidad y que la tarde en el templete había sido una locura. Pero Henry no podía negar que cada vez que miraba los enormes ojos azules e inocentes de la señorita Daphne Dale, se le detenía el corazón.

El mundo entero parecía pararse, al menos para él, cuando rozaba los sedosos mechones que se le escapaban del peinado. Sus preciosos labios carnosos estaban hechos para ser besados... no, mejor dicho, devorados.

En esa ocasión, no fue el pánico lo que lo invadió, sino el deseo.

Un deseo candente y profundo.

Henry sólo deseaba tomarla en brazos con arrogancia, a la manera medieval, y llevarla a los lugares más apartados de Owle Park.

Allí la seduciría. Le haría el amor. Su deseo febril se calmaría por fin porque sabía, lo sabía muy bien, que ella era la única mujer capaz de aliviarlo.

Por supuesto, encontrar ese lugar podría ser un poco molesto... y tal vez requeriría que la dejara en el suelo para pedir indicaciones. Pero cuando llegaran allí...

—Señorita Dale —susurró.

Daphne.

—Llego tarde... estoy un poco perdida —murmuró ella sin dejar de mirarlo a los ojos y batiendo las pestañas.

Él tenía la sensación de que la señorita Dale no estaba hablando únicamente de encontrar el comedor... sino que los dos llevaban el mismo rumbo errante. Un rumbo que se empeñaba en juntarlos para después separarlos.

No importaba que ella fuera una Dale... oh, no podía negar que eso era un problema. Henry casi podía oír a sus antepasados protestando en la tumba por esa unión... ¿Y cómo se tomaría la noticia la tía Zillah?

Tal vez por eso la señorita Dale fuera tan diabólicamente tentadora.

—Yo también estoy bastante perdido —confesó.

La miró y resistió el impulso de apartarle de los ojos un mechón de su cabello rubio.

Ella sacudió la cabeza, como si no lo creyera.

—¿Cómo puede usted estar perdido?

—Nunca había estado aquí —le dijo.

No se dio cuenta de que la había acercado más a él hasta que sintió el crujido de su vestido contra las caderas. Ni de que sus palabras podían tener un segundo sentido, mucho más importante.

—¿Nunca?

De nuevo la pregunta iba cargada de insinuaciones.

De capas que Henry no se atrevía a apartar. Aunque sólo fuera para echar un vistazo.

—Sí, bueno, Preston creció aquí. Hasta... hasta...

Se calló, pero al ver el brillo triste que titilaba en su mirada cayó en la cuenta de que ella también conocía la horrible historia.

Que Owle Park había sido el hogar de Preston en su infancia hasta que toda su familia, excepto él, había fallecido presa de unas fiebres, dejándolo huérfano y heredero de golpe.

Ese recuerdo doloroso hizo que los dos se quedaran inmóviles y que los recorriera un escalofrío, como si los fantasmas de la casa se estuvieran haciendo presentes.

Podía concederle a la señorita Dale que temblara todavía un poco por el ímpetu del choque, pero Henry sospechaba que sus estremecimientos no se debían a la colisión.

—Bueno —dijo ella, mirando hacia abajo y alisándose las faldas—. No ha pasado nada. Siento haber...

Volvió a mirarlo, esta vez con cautela.

—No, de verdad, ha sido culpa mía —contestó él.

Entonces todo comenzó de nuevo, ese silencio incómodo seguido de la necesidad apremiante de acortar la distancia que los separaba.

Henry sentía que, si se atrevían, si daban ese único paso para cerrar el abismo, no habría vuelta atrás.

La señorita Dale inspiró profundamente.

—Supongo que deberíamos buscar el comedor —sugirió, y miró a derecha y a izquierda.

A todas partes menos a él.

Así que estaba decidido. Y era lo mejor.

—Sí, por supuesto.

Después de todo, tenía que conocer a la señorita Spooner esa noche.

A la sensata, práctica y perfectamente aceptable señorita Spooner.

Y cuanto antes, mejor, pensó mientras su cuerpo seguía latiendo de deseo. Así que comenzó a caminar por el pasillo, con la señorita Dale a su lado.

Donde debe estar.

Henry se avergonzó y decidió cambiar de tema.

—¿Tiene problemas por...?

—¿Ese incidente que no debe ser nombrado? —preguntó ella, y sus labios se curvaron en una sonrisa pícara.

Oh, cómo lo atraía. Henry desechó esa idea y siguió esforzándose por mantener una apariencia disciplinada.

—Sí. La verdad es que no debería haberlo sugerido. Si hubiera conocido su faceta temeraria...

—Lo temerario no ha tenido nada que ver con esto —dijo ella—. Ni yo tampoco. Lo hizo todo la señorita Nashe. Bueno, casi todo.

—Entonces, usted sí tuvo algo que ver —insistió.

Ella apartó la mirada.

—Muy poco. No merece la pena ni mencionarlo.

—¿Muy poco?

—Casi nada. Ella encontró el vestido por sí sola e insistió en quedárselo.

—¿Y usted no la avisó?

—Puede que Tabitha lo intentara —admitió ella.

—¿Puede?

—Podría haberlo hecho si yo no le hubiera tapado la boca con la mano.

Henry, a pesar de todo, se echó a reír. ¿Cómo no iba a hacerlo? La escena era de lo más irónica: la señorita Nashe toda altiva y la querida Tabitha, siempre comportándose como la hija de un vicario, intentando hacer lo correcto.

Y después estaba la señorita Dale.

—¡Qué malvada!

Ella lo miró de reojo.

—No debería decirlo con tanta admiración.

Él se enderezó; no debería. Admirarla, claro estaba.

—¿Por qué no?

—Lady Essex dice que va a haber un gran escándalo.

—Puede contar con ello —afirmó—. Benley se ha quedado agotado con todas las cartas que han salido de Owle Park esta tarde. Ninguna de esas brujas chismosas quiere ser la última en contarlo.

—¿Y a usted no le importa? —preguntó ella.

Henry negó con la cabeza.

—Soy bastante inmune a eso.

—Supongo que sí.

—¿Y usted?

—Mi madre se horrorizaría al conocer mi intervención, pero afortunadamente, nadie lo sabrá nunca.

—Excepto yo —dijo él, y la miró subiendo y bajando las cejas.

No pudo evitarlo.

—Oh, cielo santo, ¿significa eso que estoy en deuda con usted? —preguntó Daphne fingiendo horror.

—Su secreto está a salvo conmigo —le aseguró con solemnidad.

—Lo creo. Incluso confío en usted. Algo que jamás pensé que diría de un Seldon.

No hacía falta que pareciera tan sorprendida.

—¿No? ¿Y a cuántos ha conocido? —preguntó él.

La señorita Dale se rió.

—Sólo a Preston y a usted. Oh, y a lady Juniper y lady Zillah.

—Entonces, ya nos ha conocido a todos.

Ella se giró y lo miró boquiabierta.

—¿Ya no hay más? ¿Sólo cuatro?

Él asintió.

—Bueno, nunca hemos sido muy prolíficos, al contrario que ustedes, los Dale.

—Lo que es bastante irónico —señaló ella.

—¿Por qué?

—Los Seldon tienen fama de promiscuos y, sin embargo, quedan muy pocos.

—Tal vez no seamos tan promiscuos como parecemos —dijo.

Le guiñó un ojo con picardía y la hizo sonrojarse. A él le gustaba que se ruborizara... No porque se sintiera avergonzada, sino porque pensaba que él era un sinvergüenza.

—Por favor, no le diga a Zillah que lo he confesado —añadió él—. Se enorgullece de nuestra reputación escandalosa.

—Entonces, debe de estar decepcionada con Preston, ahora que se ha enderezado. —Caminó un poco más despacio y bajó la voz—. ¿Era tan escandaloso como decían?

—Creo que Preston tenía la impresión de que era así como debía comportarse... no como es realmente.

—Sí, estoy empezando a darme cuenta —admitió ella.

—Aun así, no lo aprueba.

—El compromiso de Tabitha con Preston nos ha tomado a todos por sorpresa. Fue tan repentino, tan...

—Está siendo muy diplomática —dijo él, y se agarró las manos a la espalda.

—Sí, bueno, siendo una Dale...

—Sí, sí, no diga más.

—No, debo decirlo. Me está malinterpretando. Por supuesto que no puedo aprobar esa unión, porque él es...

Henry arqueó una ceja y esperó la respuesta, aunque sólo fuera para descubrir cuánta diplomacia tenía.

—Es Preston —dijo finalmente.

Era cierto. Y había sido suficiente para que, la temporada pasada, incluso los arribistas más presuntuosos desairaran a toda la familia Seldon.

Entonces la señorita Dale le sorprendió diciendo:

—Ama a Tabitha.

—Apasionadamente —añadió Henry.

—Sí, así es.

Fue eso, la envidia que había en su voz, lo que le dolió en el alma.

Y parecía que era un sentimiento que compartía con la señorita Dale.

Ella todavía no había terminado.

—Tabitha jamás escogería a un hombre que no fuera digno, y es como usted dice, el duque la ama apasionadamente, pero temo que...

Ambos se habían detenido.

—Bueno, lo que quiero decir es... es... ¿Cree usted que... —empezó a decir, y después levantó la mirada hacia él y terminó la frase—: la pasión es suficiente?

Oh, por supuesto que sí, quiso decirle.

Ese pensamiento, esa convicción, le salió directamente del corazón, sin ninguna duda.

Porque lo único que podía ver era a la señorita Dale desnuda en su cama, debajo de él. ¿Pasión? Sólo con entrar en la misma habitación que él, ella lo dejaba prácticamente agonizando de deseo. ¿Y pasar el resto de su vida así?

Henry jamás podría haber imaginado lo vivo que la pasión, el deseo, podrían hacerle sentir.

Hasta ahora.

Santo Dios, esperaba que cuando entrara en la biblioteca fuera la señorita Dale la que estuviera allí. No le importaba el revuelo que resultaría de aquello. Deseaba ser su sinvergüenza. La pasión de su vida. Tenerla siempre.

Al infierno la tradición. Al infierno las fronteras.

Sin embargo, ella malinterpretó su silencio y siguió caminando.

—Todo el mundo habla del amor como si fuera muy fácil de comprender, como si tuviera sentido —estaba diciendo cuando él la alcanzó.

—¿Y no es así? —preguntó Henry al llegar a su lado.

Ella negó con la cabeza.

—Preston es... Bueno, es Preston. Y Tabitha es... Santo cielo, es la hija de un vicario. Y aun así, encajan. Se complementan a la perfección, ¿Cómo puede ser?

Henry contestó sin pensar, porque su restricción y sensatez se habían evaporado al estar con ella y, sin esas limitaciones, dijo:

—Sería como si usted y yo nos enamoráramos.

¿Qué acababa de decir lord Henry? Las palabras la atravesaron como si fueran un trueno ensordecedor y necesitó unos instantes para asimilarlas.

Sería como si usted y yo nos enamoráramos.

¿Ellos? ¿Enamorados? No sería como la peculiaridad del inminente matrimonio de Tabitha y Preston; más bien, si ellos... si lord Henry y ella se enamoraran, sería... bueno, sería...

Divino. La palabra apareció espontáneamente en sus pensamientos, llevada allí por el recuerdo de sus besos.

Si ella no fuera tan sensata, sospecharía que ya estaba enamorada de lord Henry Seldon.

No, no lo sospechaba. Lo sabía.

Oh, aquello era increíble. Ella, enamorada. De un Seldon. Si un compromiso por correspondencia ya era un escándalo, aquello... era peor que la perdición.

—Sería un completo desastre —le dijo ella con una risa temblorosa, y echó a andar de nuevo.

Más bien huyó.

Él también se rió un poco. ¿Eran imaginaciones de Daphne, o la risa de lord Henry sonó tan forzada como la suya? Volvió a mirarlo.

—Sí, ¿no le parece? —dijo él—. ¿Se imagina la reacción de Zillah?

Daphne se estremeció teatralmente... aunque en gran parte no estaba fingiendo.

—Sí, imagínesela. Y a mi tía abuela Damaris.

Lord Henry palideció.

—Sí, creo que sería prudente escribirle una nota.

—Eso no nos salvaría —afirmó Daphne—. Tenemos un dicho: si estornudas en Escocia, la tía Damaris te oirá desde Londres.

Él se rió.

—Zillah también tiene ese asombroso sexto sentido del desastre.

—Sí, el hecho de que nos enamoráramos sería un desastre —afirmó ella, mirándolo de reojo.

Oh, pero sería tan divino...

Daphne inspiró profundamente. Tenía que dejar de pensar esas cosas. Esa noche conocería al señor Dishforth y se enamoraría otra vez.

Otra vez no, se dijo. Por primera vez. Porque, con el señor Dishforth, todo tendría sentido. Ya encajaban.

Como Tabitha y Preston.

Al menos, pensaba que lo hacían. Esperaba que lo hicieran.

Después tendría que dejar de encontrarse con lord Henry en esos interludios imposiblemente peligrosos.

No más encuentros casuales. No más bromas compartidas.

No más besos.

Lo miró de nuevo. *¿Será tan malo besarlo una vez más?*

Sí, por supuesto.

¡Vaya! Su conciencia estaba empezando a parecer uno de los sermones del tío de Tabitha.

—Señorita Dale, ¿ocurre algo?

Daphne se percató de que se había parado sin darse cuenta. Lord Henry estaba unos cuantos pasos por delante de ella, mirándola fijamente.

¿Qué había preguntado? ¿Si ocurría algo?

Bueno, sí, ¡todo!, quería decirle.

—No, nada —afirmó.

Se apresuró a alcanzarlo y a continuar hacia el comedor. Para cenar y después escabullirse hacia la biblioteca.

Donde estaba destinada a encontrar el amor verdadero. Sí, eso era. El amor verdadero.

Sin embargo, ¿qué había querido decir lord Henry con aquello de «Sería como si usted y yo nos enamoráramos»?

¿Acaso pensaba que era posible? ¿O sólo estaba bromeando? Daphne tenía que saberlo antes de entrar en la biblioteca, pero ¿cómo podría preguntar algo así?

—¿Señorita Dale?

Ella levantó la mirada y vio que, una vez más, absorta como estaba en sus pensamientos, se había detenido. Y lord Henry la estaba mirando de arriba abajo, desconcertado.

—¿Sí? ¿Ocurre algo?

Fingió inocencia y bajó la mirada para asegurarse de que su vestido estaba en orden... y de que no había salido sólo con la camisa interior, como había soñado la noche anterior al baile de los Seldon.

—No, no —dijo él, y la recorrió rápidamente con la mirada—. Pero esta noche usted parece diferente.

Aquello era prometedor.

—Es mi cabello —contestó.

Esperaba que el peinado que le había hecho Pansy de bucles griegos estuviera aún en su sitio, como cuando había salido de su habitación. Sin embargo, lord Henry seguía con el ceño fruncido y la miraba apretando los labios.

—¿No lo aprueba? —añadió ella.

—¿Aprobarlo? —Henry volvió a mirar su cabello—. Oh, bueno. No me corresponde a mí decirlo.

¿Por qué parecía tan incómodo? Daphne volvió a mirarse el vestido, porque se sentía como si se le estuviera viendo la enagua.

Pero sólo vio que su vestido de muselina verde pálido estaba en su sitio y caía hasta el suelo. Entonces, si no era la enagua, quizá...

Ladeó la cabeza, haciendo que el conjunto de rizos le cayera sobre el hombro desnudo.

—Me encantaría tener la opinión de un hombre. ¿Este peinado me favorece?

—Sí —gruñó él—. Mucho.

No parecía muy dispuesto a besarla. Más bien, parecía molesto. Oh, eso no iba a funcionar.

—¿Y el vestido? —preguntó ella, sosteniéndose la falda.

—Sí —contestó él—. Señorita Dale, créame, estaría adorable incluso con un cilicio.

¿Adorable? Ésa no era la descripción que estaba esperando.

—Me alegro de que lo apruebe —dijo, aunque sabía muy bien que no parecía alegre.

Y, antes de que tuviera que explicar su mal humor, siguió caminando por el pasillo.

¡Adorable! Oh, nunca se había sentido tan tonta.

—¿Qué ocurre? —dijo lord Henry, que con grandes zancadas la había alcanzado rápidamente.

—Me tomo muchas molestias por estar perfecta esta noche, ¿y usted sólo me encuentra adorable? —se quejó.

Como tenía a Hen por gemela, Henry conocía bien una discusión que nunca podría ganar.

Y aquello era una buena bronca.

—Lo que quería decir es... —empezó a decir él.

Ella agitó una mano para hacerlo callar.

—No importa.

Ah, sí. Imposible de ganar. Pero eso no significaba que...

—¿Qué tiene esta noche de especial? —le preguntó.

Daphne vaciló ligeramente.

—Nada.

Henry la miró. Llevaba años haciendo negocios en Londres y sabía cuándo alguien mentía.

O cuándo tenía algo que ocultar.

Y, teniendo en cuenta la agitación de las largas pestañas de la señorita Dale, apostaría por lo segundo.

Pero antes de que pudiera interrogarla, ella le dio la vuelta a la tortilla.

—Usted también se ha tomado muchas molestias hoy en arreglarse —le dijo, recorriéndolo rápidamente con la mirada.

—Qué... ¡qué va! —balbuceó él.

La señorita Dale sonrió con superioridad.

—Lleva el pañuelo de cuello atado en cascada, ¿verdad?

Él se lo miró.

—Supongo que sí. Loftus, mi ayuda de cámara, insistió en que yo...

—Sí, supongo que sí. Se ha debido de cansar de su nudo estilo Mailcoach de siempre.

—Se lo permití porque no pensé que nadie se diera cuenta —replicó, intentando engañarla.

¿Cómo demonios había conseguido cambiar las tornas de la conversación?

Pero la señorita Dale no había terminado con su escrutinio.

—Y sus botas. Están más pulidas que de costumbre. Tal vez las haya abrillantado el ayuda de cámara de Su Excelencia... porque ese brillo lo hace parecer un hombre a la última moda.

Henry bajó la vista a sus botas, como si fuera la primera vez que las veía. Le había pedido a Loftus que las volviera a limpiar, y casi había conseguido que su orgulloso ayuda de cámara se echara a llorar.

—Debe de haber convencido al ayuda de cámara de Preston para que compartiera con él su famoso mejunje negro para botas.

—O se lo ha robado —bromeó ella.

—¿Loftus? ¡Antes se despediría avergonzado! —afirmó Henry.

Ella se rió alegremente y, momentos después, también lo hizo él.

—Si yo fuera de las que apuestan —murmuró ella—, diría que usted se ha arreglado así para una cita esta noche.

Henry se paró en seco.

—Eso es completamente ridículo. ¿Qué les enseñan a las jóvenes en las escuelas de etiqueta de Bath?

—No lo sé. Tendrá que preguntárselo a la señorita Nashe... si es a ella a quien va a ver.

—Yo nunca...

Al menos, esperaba que no fuera la señorita Nashe. Santo Dios, si lo era, saldría huyendo en el primer barco que zarpara de Londres.

Sin importarle el destino.

La señorita Dale lo miró de arriba abajo.

—Sí, no tengo ninguna duda, está intentando captar la atención de una dama esta noche.

¿Captar? Si alguien estaba haciendo eso...

—Podría decir lo mismo de usted. —Señaló su cabello y el vestido con un movimiento de las manos—. Por todo eso. ¿A quién pretende cazar, señorita Dale? ¿Vamos a descubrir todos esta noche la identidad de su caballero excelente?

Touché. Ella abrió mucho los ojos y también la boca para protestar, pero volvió a cerrarla.

Sin embargo, el triunfo de Henry y su determinación duraron poco, porque la señorita Dale volvió a detenerse en el pasillo.

—¿Quién es ése? —preguntó, y señaló el retrato que colgaba de la pared.

—Mi abuelo —respondió Henry, mirándolo más de cerca—. De hecho, me llamaron así por él.

Ella se acercó más y leyó la placa que había bajo el marco.

—«Henry George Seldon, séptimo duque de Preston». Hmmm. Se parece a él —dijo, mirando a su antecesor y luego a él.

Henry dio un paso atrás y se estremeció.

—Espero que no.

—¿Qué quiere decir?

—Si los rumores familiares son ciertos, era un sinvergüenza terrible. Lo llamaban el salvaje Hal —afirmó Henry.

Le dio la espalda al retrato y a la mirada burlona del séptimo duque.

—¿De verdad? ¿Un Seldon que era un sinvergüenza? Vaya, jamás lo habría imaginado —bromeó ella, y en sus ojos apareció un brillo pícaro.

Cuando se apartó un poco para mirar mejor el imponente retrato, le rozó a Henry el muslo con la falda, y ese gesto le hizo recordar lo mucho que lo atraía.

Le sugirió que tenía mucho más en común con su ancestro de lo que imaginaba. Lo único que necesitaba era un breve momento, mirarla, y estaría perdido.

Porque en la sonrisa de la señorita Dale y en su gesto, asintiendo con la cabeza, se podía leer que veía en él el mismo aire tentador que había hecho del anterior Henry Seldon el seductor más famoso de la corte de la reina Ana.

Había quien incluso afirmaba que había cortejado a la propia reina. ¿No había pasado Owle Park a ser de la familia por aquel entonces? ¿Y lady Essex no se había instalado en la habitación conocida como «la Cámara de la reina»?

—No se puede decir que yo esté a su mismo nivel —protestó él en voz alta.

La señorita Dale lo miró con los ojos bien abiertos, un poco sorprendida por su arrebato. Tras echarle otra mirada al séptimo duque, sonrió.

—En mi opinión, el parecido es asombroso.

Sus palabras contenían el tono de una insinuación. De admiración, incluso.

Pero, sobre todo, en ellas había lo único a lo que Henry no se podía resistir. No procediendo de ella.

Un reto.

Se giró hacia ella y acortó el espacio que los separaba. Tenía intención de cogerla en brazos y huir con esa mujer tan tentadora, pero lord Henry Seldon aún tenía que dominar una parte muy importante de ser un canalla: la elección del momento oportuno.

—¡Por fin! Alguien que me pueda ayudar a encontrar el comedor.

Era la resonante voz de Zillah, y estaba justo detrás de ellos.

—En este maldito lugar me pierdo todo el tiempo.

Entonces, desde detrás de Henry salió la señorita Dale.

Y, al mirar la expresión de su tía abuela, Henry rezó en silencio para que la anciana no conociera el camino a la armería mejor de lo que conocía la ruta al comedor.

Capítulo 11

Esta noche la conoceré, mi queridísima señorita Spooner. Y ya no estaremos separados por la pluma y el papel. Nada volverá a separarnos.

Fragmento de una carta
del señor Dishforth a la señorita Spooner

*E*n el comedor, donde los hombres estaban disfrutando del oporto y los cigarros después de la cena, Henry dejó escapar un suspiro por haber sido capaz de sobrevivir tanto tiempo. Ahora, lo único que le quedaba era escapar sin llamar demasiado la atención.

Aunque no le sorprendería encontrar a Zillah al otro lado de la puerta, esperándolo.

La mirada que le había lanzado en el pasillo era una combinación de culpabilidad y furia que decía «Ella otra vez no». Había sido suficiente crítica para mantenerlo con los nervios de punta durante toda la cena.

Sumido como estaba en sus pensamientos, no se dio cuenta de que Preston se había acercado a él hasta que el duque le dijo de repente:

—¿Qué demonios te pasa?

—¿A mí? Nada —contestó Henry, esforzándose por parecer sereno.

Al menos, eso era lo que se suponía que tenía que parecer.

Preston arqueó las cejas.

—Henry, te conozco de toda la vida. Y nunca has estado tan inseguro como esta noche. —Su sobrino se calló y lo miró con más detenimiento—. Si no te conociera, diría que tienes una cita.

—¿Por qué todo el mundo piensa eso esta noche? —replicó Henry demasiado rápido.

—¡Ajá! —Preston chasqueó los dedos—. Así que es verdad.

—¡Ridículo! —dijo Henry, recurriendo al típico truco de abogado de no confirmar ni negar la verdad.

—Entonces, ¿quién más piensa que tienes a una dama enamorada oculta?

—Nadie...

Preston le dirigió la mirada Seldon, capaz incluso de hacer confesar a un rey sus secretos más terribles. Y, aunque aún no había perfeccionado la técnica, estaba, para disgusto de Henry, adquiriendo un gran talento.

—Oh, cielos —se quejó Henry—. Primero fue Loftus.

—Eso es muy revelador, mi querido amigo —señaló Preston.

—¿Qué quieres decir?

—Un ayuda de cámara sabe esas cosas. Si Loftus cree que...

—Loftus no sabe nada.

Preston mantuvo una expresión neutra. Excepto por el brillo de sus ojos.

—¿Porque no hay nada que saber?

—Exacto.

Preston resopló.

—¿Y quién más ha sugerido, aparte de mí, que te vas a dedicar a ciertos entretenimientos nocturnos?

Henry se avergonzó.

—Oh, vamos, Henry. Sabes que acabaré descubriéndolo. Y, si no puedo, un comentario casual e inoportuno en presencia de Hen seguramente...

¡Santo Dios, no! Hen no. Preston no se atrevería.

Miró al duque de reojo y obtuvo su respuesta. ¿Acaso él no había recurrido a la misma táctica para refrenar las travesuras de Preston de vez en cuando?

—La señorita Dale —gruñó.

Preston abrió mucho los ojos, como si no estuviera seguro de haberlo oído correctamente.

—¿Has dicho...?

—Sí, lo he dicho.

—¿Y ella cree...?

—Sí.

—¿Lo ha dicho así?

Henry recordó sus palabras con claridad.

Diría que usted se ha arreglado así para una cita esta noche.

Henry asintió.

—Qué muchacha tan descarada e insolente —dijo Preston, sacudiendo la cabeza—. Estas chicas de Kempton son de lo más atrevidas. Dicen todo lo que piensan.

—¿De qué te quejas? Fuiste tú quien las trajiste a esta casa al acceder a casarte con una de ellas.

El duque sonrió.

—Es cierto.

Henry esperaba que aquello fuera el fin de la conversación.

Pero por supuesto que no lo era. Después de todo, se trataba de Preston, y estaba disfrutando mucho de su nueva condición de canalla reformado.

Demasiado.

—Entonces, ¿a quién vas a ver? Porque debo decir que lo estás haciendo mal. Estás demasiado agobiado.

Preston se apoyó en la pared y cruzó los brazos sobre el pecho.

Henry tomó un sorbo de brandy y entonces, al recordar lo fuerte que era, dejó la copa.

Si iba a meterse en ese lío, no le ayudaría hacerlo... bueno, liado.

—Vamos, Henry, has estado muy reservado. Vigilando el correo, quedándote despierto hasta tarde escribiendo cartas, sin hacer ningún comentario cuando aposté en White's la otra noche...

—Tengo una cantidad desorbitada de asuntos que atender y no... —Henry se interrumpió—. Un momento, ¿estabas apostando en White's?

—Eso no importa —objetó Preston—. Quiero volver a tu «asunto». ¿Así es como lo llamas? ¿Asunto? De verdad, Henry, si vas a ser un Seldon, al menos llámalo por su nombre.

—¿Y cuál es?

—Una cita. Una aventura. Una amante.

Preston sonrió.

Y a Henry le pareció que lo hacía con una chispa de orgullo familiar.

—No es eso en absoluto —replicó, recurriendo una vez más a las maneras vagas de un abogado—. Además, he tenido amantes en el pasado.

Preston suspiró y pareció un poco aburrido.

—Sí, pero nunca antes te habías metido en un lío por una.

—No estoy en un lío.

—Eso dices, pero ciñámonos a los hechos. —Preston levantó una mano—. Te quedas despierto hasta tarde. —Bajó un dedo—. Merodeas alrededor de la bandeja. —Cayó otro—. Y escribes cartas de negocios que deberían ser dominio de tu secretario, pero por alguna razón te empeñas en redactarlas tú para que sean privadas.

Cayó el tercer dedo, y fue como si una chispa se encendiera en la mente del duque mientras estudiaba los hechos.

Henry lo observó horrorizado mientras el duque articulaba silenciosamente esa última palabra, como si la estuviera analizando.

«Privadas.»

Preston sacudió la cabeza.

—¡No! ¡El anuncio! ¡Oh, no has podido hacerlo! No puede ser.

Sin poder recurrir a una mirada ducal y sin los instintos de un jugador experimentado que lo ayudaran, la expresión de Henry debió de haberle dado a Preston la confirmación que deseaba.

Cogió a Henry por el brazo y lo arrastró al otro lado de la habitación, para que nadie los escuchara.

—Dime que no contestaste a una de esas malditas cartas de corazones solitarios.

La mirada burlona había desaparecido de los ojos de Preston, y también su comportamiento alegre. Ahora el pánico inundaba sus palabras.

Porque, a pesar de todas las bromas y las burlas, eran familia. Eran todo lo que tenían.

Henry lo sabía, y de repente deseó confiar en alguien. Porque era exactamente como Preston había dicho: estaba en un lío.

No sólo por las cartas y la señorita Spooner. También estaba la señorita Dale.

—No tenía intención de... —empezó a decir.

Preston palideció. Abrió la boca como si fuera a decir algo, pero de ella no salió nada.

Henry no habría sorprendido más a su sobrino si le hubiera dicho que se había involucrado con la princesa real.

—Pero no es como crees —continuó rápidamente.

De perdidos al río...

—Hen no... —empezó a decir Preston.

—¡No!

Henry se estremeció.

—No, por supuesto que no. Si lo supiera, ya te habría retorcido el pescuezo. —Preston se rascó la barbilla e inspiró profundamente—. Cuéntamelo todo.

Sabiendo que era lo mejor, Henry le relató toda la historia, empezando desde el momento en que la carta se había caído de la cesta hasta llegar al dilema en el que se encontraba en el presente.

Aunque omitió todo lo referente a la señorita Dale. Una cosa era confesar y, otra, verse llevado al manicomio de Bedlam.

Y Henry conocía la diferencia.

—¿Sabes de qué dama se trata?

—Ése es el problema —admitió Henry—. No tengo la más mínima idea.

Aunque no era del todo verdad. Pero no podía decirle a Preston que sospechaba que era Daphne Dale.

Que lo deseaba. Sin embargo, podría ser la señorita Nashe.

Debió de habérsele reflejado el desaliento en el rostro. Sin embargo, afortunadamente para Henry, si había alguien que sabía salir de ese lodazal, era Preston. Y resultó que tenía la solución.

—¿Y dices que está en la biblioteca, ahora mismo, esperándote?

—Sí. Al menos, ése es el plan.

—Es una noticia excelente —afirmó Preston, y sus ojos volvieron a brillar con picardía.

—Tal vez sea excelente para ti... No eres tú quien tiene que sufrir la sorpresa y la posible conmoción.

—¿Quién dice que tengas que entrar ahí sin saber quién es tu señorita Dishes...?

—Spooner.

—Sí, sí, Spooner. ¿Quién dice que no tengas que estar informado? Siempre insistes en que uno no debe embarcarse en una empresa sin saber exactamente con quién está haciendo negocios.

—Cierto —se mostró de acuerdo Henry—. Pero ¿qué tiene eso que ver con descubrir quién es la señorita Spooner?

—Todo —contestó Preston, señalando con la cabeza hacia la puerta—. Vamos a ver quién es tu enamorada.

Henry lo agarró del brazo.

—No vas a entrar ahí conmigo.

—No tengo intención de hacerlo. Te haría parecer un auténtico cobarde. Pero diría que a un hombre como tú, con tendencia a hacer negocios, no le importaría llegar preparado.

—Preston, ¿de qué estás hablando?

Y el duque se lo contó.

Daphne no sabía si se sentía decepcionada o aliviada cuando entró en la biblioteca y no vio a nadie.

—Por lo menos, tengo unos momentos para serenarme —le dijo al *Señor Muggins* mientras ambos paseaban la mirada por la estancia, enorme y bien amueblada.

Todo seguía como por la mañana, cuando le había escrito la nota a Dishforth. Las estanterías se alineaban en tres de las paredes, dejando de vez en cuando paso a los grandes cuadros y la enorme chimenea. Unas cristaleras daban a los jardines de rosas. En el centro de la habitación había un escritorio con un mapa en el tablero, una buena colección de divanes y una butaca grande cerca del fuego, y en los rincones se veían algunas butacas y escabeles que animaban a sumergirse en una cómoda lectura. Las alfombras gruesas y las cortinas de terciopelo verde le otorgaban a la enorme estancia un aire de estudiosa dignidad.

Pero de noche, los rincones quedaban en sombras y la habitación adoptaba un atractivo íntimo y acogedor, del tipo que apreciaría bien un Seldon.

Bueno, ella no había invitado al señor Dishforth allí por eso.

Daphne se alisó la falda, esforzándose por calmar sus nervios, y se puso a pensar cuál sería el mejor lugar para sentarse a esperarlo, un lugar donde se la viera lo mejor posible. No obstante, probara donde probara, repantingada en el diván, sentada tranquilamente en la butaca de respaldo alto o fingiendo interés de literata en algún volumen viejo y polvoriento, sólo se sentía de una manera: completamente ridícula.

El *Señor Muggins* no estaba tan nervioso. Se dejó caer sobre la alfombra que había frente al hogar y suspiró satisfecho.

Ya que no podía seguir su ejemplo, Daphne decidió que una postura digna era la mejor opción. Hasta que levantó la mirada hacia el retrato bajo el que estaba.

—¡Tú! —jadeó, lanzando una mirada acusatoria al rostro que la miraba.

Lord Henry. Bueno, no su lord Henry.

No es que fuera suyo, pero...

Oh, basta, déjalo, Daphne, se reprendió. ¿Por qué ese canalla la alteraba siempre tanto?

—No me importa lo que él diga —le dijo al retrato de Henry Seldon, el séptimo duque de Preston—. El parecido entre los dos es sorprendente.

El séptimo duque no tuvo otra respuesta más que esa sonrisa traviesa atrapada en el óleo y que la edad no parecía debilitar. Al mirar a ese sinvergüenza tuvo la sensación de que en ese preciso instante Su Excelencia la estaba mirando desde su prisión enmarcada en oro y deleitándose de manera lasciva al imaginársela ataviada sólo con la camisa interior.

Daphne se giró, dándole la espalda al retrato.

—¡Eres un demonio! —dijo por encima del hombro.

Oh, cielo santo, ¿qué le ocurría? Se estaba volviendo loca, hablando con los cuadros.

Miró de reojo por encima del hombro y vio que el duque seguía mirándola, pero lo único que ella veía era la cara de lord Henry... cuando la había abrazado aquella noche en el pasillo envuelto en penumbra y parecía que había querido decirle algo.

O, más bien, enseñarle algo.

Bueno, el séptimo duque lo sabría.

—No se puede decir que tu nieto acabe de perder la inocencia —le dijo al anciano duque—. Casi consiguió seducirme antes en el pasillo.

Casi.

Pero no lo había logrado. ¿Y por qué demonios ella había permitido que la tomara entre sus brazos?

Si hubiera tenido más sentido común, se habría apartado rápidamente y se habría liberado de su abrazo sin tardanza.

Sin embargo, no lo había hecho. En lugar de eso, se había resistido a irse.

Sí, eso era. De lo mismo de lo que él la había acusado antes.

Esperando peligrosamente a ver si lord Henry era digno de su herencia y hacía honor al apellido Seldon.

Besándola.

A Daphne le temblaron las entrañas al recordar ese momento. Había tenido los labios muy cerca de los suyos, los pechos apretados contra su sólido torso, se encontraba envuelta en sus brazos...

Lord Henry la había dejado completamente desaliñada. Como si se le hubieran caído las horquillas del cabello, le hubieran quitado el vestido y ella hubiera quedado a su merced para que la sedujera.

—Puede que él diga lo contrario, pero no es diferente de ti —acusó al retrato—. Bueno, supongo que tú habrías terminado el asunto.

Daphne caminó de un lado a otro delante del cuadro, lanzándole de vez en cuando miradas furiosas al viejo duque, famoso por sus conquistas.

Que habían sido omitidas en la larga descripción que de él aparecía en *Debrett's*.

Por supuesto que no incluían tales cosas en *Debrett's*. Si empezaran a mencionar a todas las amantes de los nobles y sus aventuras amorosas no habría suficiente papel en toda Inglaterra para registrarlo todo.

¿Por eso lord Henry no la había besado? ¿Se estaba reservando para otra?

—Bueno, esta noche estaba muy arreglado —le dijo al duque—. Bastante atractivo. —Se calló unos momentos—. Como si tuviera una cita.

Ella, tan dada a improvisar conversaciones, podía imaginarse fácilmente lo que diría el duque:

Ah, tienes razón, mi adorable delicia. El pañuelo de cuello perfecto. Las botas bien pulidas. El brillo de sus ojos. No, nuestro Henry no acaba de perder la inocencia. Cuando no te besó, temí que...

Daphne se estremeció al recordar cómo lord Henry la había abrazado y sintió como si le bulleran las entrañas.

—¿Y por qué no lo hizo? —le preguntó al duque—. Besarme, quiero decir.

El canalla no le dio ninguna respuesta, pero el centelleo de sus ojos sugería que él no habría fracasado en tal empresa.

—Me pregunto quién es ella...

¿Estás celosa?

—En lo más mínimo. —Daphne frunció el ceño—. Supongo que debería estarle agradecida. Él lo habría arruinado todo.

Eso, si no lo ha hecho ya...

—Ya ves —continuó diciendo ella, porque parecía que era bastante útil tener un sinvergüenza comprensivo, aunque completamente impotente, en quien confiar—, me hace replantearme todo sobre... bueno, sobre otra persona. Alguien de quien pensé que sería la elección perfecta.

Pero ése era el problema. ¿Y si Dishforth no era como lord Henry? ¿Y si no la dejaba tan inquieta, tan llena de esa pasión febril que parecía tener voluntad propia y que exigía constantemente ser liberada?

—No, eso no puede ser —murmuró Daphne.

No podía echar a perder su reputación, su virtud, sólo para descubrir qué podría pasar con un canalla como lord Henry Seldon.

Te sorprendería descubrir lo perfecto que es que te bese un canalla... Permitir que las pasiones fluyan con total libertad...

Volvió a mirar al retrato, porque habría jurado que el viejo duque la había alentado con ese pensamiento tan escandaloso.

Deja que huya contigo...

—Oh, cállate —le dijo al duque—. Sólo estás complicando las cosas.

¿Acaso no era ya todo suficientemente difícil? En cualquier momento se abriría la puerta de la biblioteca y entraría el señor Dishforth.

Aunque ya no sería Dishforth, se corrigió. Sabría exactamente quién era su caballero sensato.

¿Y si es Fieldgate?

Daphne miró al retrato de reojo.

—Eso no me ayuda nada, y no creo que sea él.

No, no podía imaginarse al vizconde Fieldgate usando la palabra «sensato», y mucho menos sabiendo deletrearla.

Entonces, ¿y el conde? El de ese mechón horrible de cabello rojizo. Oh, ha alardeado un poco de sus conquistas y se ha metido en algún que otro problema económico, pero ¿qué joven no lo ha hecho? Podría ser un hombre sensato, con la mujer apropiada.

Daphne asintió con la cabeza. Kipps era conde. Y tenía el corazón en el lugar adecuado: intentando encontrar una esposa que salvara a su familia.

—¿Por qué un conde corto de dinero iba a usar un anuncio para buscar esposa? —planteó y, cuando el séptimo duque no le contestó, borró al conde de su lista. Otra vez.

¿Astbury?

Daphne sacudió la cabeza.

¿Bramston?

Ella se rió. El capitán era muy galante, pero no se trataba del tipo de hombre capaz de sentarse y escribir esas misivas tan sinceras.

¿Cowley?

Daphne se mordió el labio inferior. Era la elección más probable. Pero, oh, cielos, ¿qué iba a hacer si era él?

Por supuesto. No me lo imagino dándote un buen revolcón.

—Eso no sería algo adecuado a tener en cuenta para elegir un compañero.

Daphne le lanzó una mirada furtiva a la mujer del retrato que se encontraba junto al del duque. La séptima duquesa de Preston.

Apenas sabes nada, parecía decirle su expresión satisfecha.

Daphne la ignoró. ¿Esa duquesa de Preston no había sido una bailarina de ópera?

El duque seguía sonriendo.

¿Rawcliffe? Podría ser él. Todo ese escándalo que se montó sobre la muerte de su primera esposa lo ha hecho parecer un paria de la sociedad. Seguro que es un tipo apasionado cuando está irritado... Se dice que eliminó a lady Rawcliffe en un ataque de cólera cuando...

—Eso no me ayuda —señaló Daphne—. ¿Cómo voy a sacarme esa imagen de la cabeza si de verdad es lord Rawcliffe el que aparece por esa puerta?

El duque no parecía nada arrepentido, apoltronado en su marco y sonriendo con ese aire de deleite escandaloso.

También está mi nieto, sugirió. *Podría ser él.*

Daphne resopló.

—Dudo que él sepa lo que conlleva un «encuentro racional de

mentes». ¿Que lord Henry sea mi Dishforth? Preferiría comerme los guantes.

¿Antes o después de que te bese?

Preston guió a Henry por un pasadizo que serpenteaba por detrás de los muros de Owle Park. Llevaba sólo una vela para ver por dónde iban.

Como si pudiera discernirse algo en un lugar tan estrecho y oscuro, pensó Henry.

—Había olvidado que estos pasadizos existían —estaba diciendo Preston— hasta que mencionaste tu encuentro con esa mujer en la biblioteca. Estos túneles discurren justo a lo largo de la pared en la que está colgado el retrato del séptimo duque. A Freddie y Felix solía encantarles darme un susto de muerte desde aquí. Me tenían convencido de que la casa estaba encantada hasta que Dove me enseñó a entrar en los pasadizos. Entonces me vengué. ¡Oh, cómo gritaban!

Se rió entre dientes al recordarlo.

Henry levantó la mirada hacia la espalda de Preston. Era la primera vez que recordaba oír hablar al duque de sus hermanos y su hermana, a los que había perdido hacía mucho tiempo.

Era un milagro que Preston hubiera decidido reabrir Owle Park y, además, ahí estaba, recordando alegremente momentos con la familia a la que había perdido de la noche a la mañana.

Era como afirmaba Hen: le debían mucho a la señorita Timmons por el toque curativo que había llevado a su vida. A las vidas de todos, porque ahora Preston aceptaba de buen grado su papel de duque y cabeza de familia.

Tal vez demasiado.

—Henry, sigo sin creer que contestaras una de esas cartas —susurró Preston, y movió el otro brazo por delante de él para apartar las telarañas.

—La verdad es que apenas puedo explicarlo —admitió, y deseó que las arañas ya se hubieran ido.

Odiaba las arañas.

—Apuesto a que nos encontramos a la señorita Walding en la biblioteca —dijo Preston por encima del hombro.

—¿A la señorita Walding? —Henry negó con la cabeza—. No es probable.

—Mejor ella que la señorita Nashe. —Preston se estremeció—. Es la última vez que le dejo a Hen elaborar la lista de invitados.

Henry no se molestó en comentar que la próxima lista de invitados que Preston tendría que revisar habría sido hecha por su mujer. Tampoco tuvo tiempo de decir nada, porque se detuvo, se dio la vuelta, se puso un dedo en los labios y señaló un pequeño listón de madera que había en la pared. Tapó la vela con la mano para ocultar la luz y le hizo a Henry un movimiento con la cabeza para que lo deslizara, dejando la abertura al descubierto.

Henry inspiró profundamente, se preparó para una gran decepción y se acercó al agujero que allí había oculto.

En ese momento, toda la lista de invitados pasó por su mente.

Lady Alicia, lady Clare, la señorita Nashe, la señorita Walding, las gemelas Tempest, la señorita Hathaway... En ese punto, se detuvo.

Porque sólo era capaz de imaginarse a una mujer en la biblioteca.

No, no era que lo imaginara. Lo deseaba. Con un estruendoso retumbo de anhelo que corría por sus venas como una avalancha.

Daphne Dale. Esbelta e impertinente. Con sus labios rosados y exquisitos, una boca hecha para ser besada y un cuerpo que hacía que cualquier hombre tuviera las ideas más lascivas.

Ese maldito vestido que llevaba esa noche le quedaba como un guante y lo había dejado sin palabras. Sí, eso era lo que él necesitaba, una esposa que lo dejara en un estado perpetuo de desaliento y deseo.

No, su señorita Spooner estaba al otro lado de esa pared, y sería una dama sensata y correcta, una compañera excelente con quien compartir una vida perfectamente prudente.

Eso era lo que quería.

Hasta que, claro estaba, miró por la abertura.

Y, de inmediato, dio un paso atrás.

—¡Santo Dios, estoy perdido! —jadeó en voz baja.

De repente se encontró con la espalda pegada contra la pared opuesta y el corazón desbocado.

—Estoy acabado —susurró y, agitado, levantó la mirada hacia Preston.

Porque sabía en su corazón que eso era exactamente lo que deseaba. ¿No era así?

—¿Quién es? —preguntó Preston, también en susurros.

Henry no podía pronunciar el nombre. La verdad era que no estaba seguro de poder hablar.

Se limitó a señalar con la cabeza hacia la mirilla.

Compruébalo por ti mismo.

Preston lo miró perplejo y después echó un vistazo. Tuvo la misma reacción y retrocedió como si el agujero estuviera ardiendo.

—¡Estás acabado!

El duque alargó la mano y cerró la abertura. Después, con gestos, le hizo entender que debían salir de allí rápidamente y le dio a Henry la vela para que abriera el camino.

Como si fuera tan fácil.

—Ha sido mejor que lo descubrieras ahora —susurró el duque—. Por lo menos, estás preparado para el encuentro.

¿Encuentro?

—¿Qué demonios quieres decir? —preguntó Henry.

—Para cuando entres ahí.

Preston lo empujó para que avanzara.

—No voy a entrar ahí.

¿Es que Preston se había vuelto loco? Esa habitación ya no era la biblioteca. Era el Coliseo, y a él estaban a punto de arrojarlo a la arena para que los leones lo devoraran.

No, no iba a ir. No por propia voluntad. No a menos que Preston tuviera una legión de romanos que lo obligaran a hacerlo.

No estaba dispuesto a entrar y a hacer el ridículo. Ella amaba a otro, no a él.

Estaba esperando a su caballero excelente... no a él.

Entonces, de repente todo encajó.

Oh, cielo santo, ella estaba esperando a Dishforth. Su caballero excelente era... él.

Sintió que comenzaba una de las migrañas de Hen. Su hermana nunca sufría esa dolencia, pero sabía muy bien cómo provocar una.

—Tienes que entrar y decírselo —susurró Preston. No, más bien, se lo ordenó.

Henry retiró la opinión de que había que alabar a la señorita Timmons por haber conseguido que el duque se reformara.

Un duque reformado era como tener una mosca en el oído.

Henry negó con la cabeza, tan reacio como un niño.

¿Entrar ahí y enfrentarse a la señorita Dale? ¿Solo? ¿En la biblioteca? ¿Con ese retrato sonriente del séptimo duque mirándolo decepcionado porque no le levantaba a la dama el vestido por encima de las caderas y la hacía gritar de placer?

No. No iba a hacerlo.

Pero Preston era de otra opinión.

—Le debes la verdad. El honor te lo exige. Cualquier otra cosa sería cobardía.

Henry se encogió por dentro. Maldito Preston. En cualquier momento iba a sacar a la luz el código de honor familiar, como hacía Zillah.

Habían llegado al panel por el que habían entrado al túnel y Preston alargó una mano, buscando a tientas el pestillo.

—A lo mejor a la señorita Dale la situación le parece divertida.

Henry sintió esperanzas.

—¿Eso crees?

Preston negó con la cabeza.

—No. En absoluto.

Capítulo 12

Nada de lo que pueda decir hará que usted me perdone ese error inexcusable.

Fragmento de una carta
de la señorita Spooner al señor Dishforth

*H*enry inspiró profundamente, abrió la puerta de la biblioteca y caminó a grandes zancadas hasta el centro de la habitación. Fingió conmoción y sorpresa y dijo:

—¡Señorita Dale! ¿Qué está haciendo aquí?

—¿Lord Henry? —Su rostro era el paradigma del horror—. ¿Qué está haciendo aquí? —consiguió decir, después de haberse hecho, suponía él, un millón de preguntas.

¿Usted es Dishforth?

No, no puede ser.

Ella miró hacia la puerta y entornó los ojos.

¿Cómo demonios voy a librarme de él?

Henry la observó mientras ella rodeaba el diván que había en el centro de la estancia, dejándolo estratégicamente en medio de los dos.

Un buen plan, pero no era el abismo que Henry sospechaba que necesitaban si de verdad querían guardar las distancias.

—¡Milord! ¿Qué está haciendo aquí?

En aquella ocasión su pregunta era una exigencia.

—¿Que qué estoy haciendo aquí? —Se obligó a parecer desconcertado—. He venido a buscar un libro, ¿qué si no?

—¿Un libro?

Ninguna mujer había parecido tan aliviada en su vida.

Él se acercó a la estantería y sacó un volumen. Tras hojearlo unos instantes, paseó la mirada por la habitación y se dispuso a sentarse en la enorme butaca que había junto a la chimenea.

El *Señor Muggins* abrió un ojo, inspeccionó al nuevo ocupante de la habitación, golpeó el suelo con el rabo unas cuantas veces con aprobación y siguió durmiendo.

La señorita Dale no compartía la opinión del perro.

—¿Qué está haciendo?

—Pensé leer un poco antes de irme a dormir.

—¡Pues no puede!

Él levantó la mirada de las páginas.

—¿Perdón?

—No debe hacerlo —le dijo.

—¿No debo hacer qué?

—¡Leer ese libro! Aquí no.

—Es una biblioteca, ¿no?

—Sí.

—Donde se suelen encontrar libros para leer, ¿no es así?

—Sí.

—Y aun así, ¿no puedo leerlo aquí?

—No.

—¿Por qué no?

—No hay mucha luz. —Ella miró a su alrededor, buscando algo más que fortaleciera su mentira—. ¿No estaría más cómodo en su habitación?

—No. —Estiró las piernas y puso las botas sobre la otomana—. Prefiero leer aquí. Esta estancia me parece bastante agradable.

Volvió a centrar su atención en las páginas del libro.

Y, aunque no estaba leyendo, estaba contando. *Uno, dos, tres, cuatro, cinco...*

—Tiene que irse.

Henry levantó la mirada.

—¿Irme?

—Sí —dijo ella—. Inmediatamente.

Señaló la puerta.

Henry cerró el libro y lo dejó sobre una mesita cercana.

—Señorita Dale, tengo la clara impresión de que quiere librarse de mí. ¿Qué ocurre? —La recorrió con la mirada—. ¿Está esperando a un caballero? ¿Una cita nocturna?

Ella abrió la boca, sorprendida, pero se recuperó rápidamente.

—¡Qué idea más escandalosa!

Pero él se dio cuenta de que no lo había negado.

—¿Lo es?

—¡Sí! ¿No recuerda que estoy casi prometida?

—Oh, sí, eso —murmuró él, y agitó la mano con indiferencia.

—Sí, eso.

Daphne paseó la mirada de él hacia la puerta, como si así pudiera levantarlo del asiento.

Henry se acomodó aún más.

—Aun así, cuando alguien encuentra a una dama sola en la biblioteca a estas horas de la noche, cuando debería estar resguardada y acompañada por su carabina en el salón, junto a las demás damas, podría suponerse que está...

—¡Oh, santo cielo! Sólo un hombre con sus inclinaciones podría suponer tal cosa.

Él ignoró la mirada que ella le lanzó al abdomen.

—Entonces, ¿qué está haciendo aquí, señorita Dale?

Ella apretó los labios y frunció el ceño, pensando una respuesta.

—Un libro. Por supuesto. Por eso estoy aquí.

Sí, por supuesto.

—¿Y ha venido sola?

—Iba de camino a la cama.

Cama. Esa palabra quedó flotando entre ellos y los atrapó en sus redes, en sus insinuaciones.

—¿Sola?

Henry no pudo evitarlo. Siguió el ejemplo del séptimo duque y la miró lascivamente.

Sólo un poco.

—Por supuesto —resopló ella—. Como estaba intentando explicarle, tengo jaqueca.

Entonces, recordando su dolencia, se llevó una mano a la frente. Tras unos momentos de reposo dramático, abrió un ojo para ver el efecto que había producido.

Él la estaba mirando fijamente, como habría hecho Zillah. Una mirada que decía con toda claridad que esa declaración no era más que un montón humeante de estiércol de caballo.

—Bueno, no es una jaqueca espantosa. Todavía. Pero es el comienzo —se corrigió, y se presionó la sien con los dedos, como si así pudiera cortar de raíz el dolor—. Tras excusarme ante su hermana y lady Essex... de hecho, fue lady Essex quien sugirió que me retirara temprano...

—¿Y quién soy yo para estar en desacuerdo con mi hermana y con lady Essex?

—Eso es, ¿quién?

—Eso no explica cómo ha terminado aquí, sola, en la biblioteca.

—Como ya le he dicho, he venido a buscar un libro.

—¿Para leer?

—¡Por supuesto!

—¿Para que la ayude a aliviar la jaqueca?

La señorita Dale se quedó inmóvil, como una cierva acorralada. Después se dio la vuelta muy despacio, con la barbilla levantada y una mirada de determinación.

Él admiraba su osadía. La batalla que mantenía para seguir con aquella farsa.

—No para leer esta noche —replicó.

—No, por supuesto que no.

Él negó con la cabeza, como si estuviera muy preocupado.

Descarada mentirosa.

—Como ya sabe, me gusta levantarme temprano...

Sí, lo sabía.

—Y pensé que si me despertaba reanimada, podría apetecerme leer antes de bajar a desayunar.

Terminó de hablar con una sonrisa triunfante y la cabeza bien alta, retándolo a que desmintiera su historia.

Henry debía admitir que tenía agallas.

Pero mentía fatal.

Él levantó la mirada hacia el retrato del séptimo duque, que colgaba detrás de ella.

¿A qué demonios estás esperando?

Henry parpadeó.

¿Había oído eso?

—¿Perdón?

—No he dicho nada —le dijo ella, y miró por encima del hombro.

Henry podría haber jurado que ella se encogía al mirar al duque infame.

No tenía ninguna duda sobre lo que su tocayo le aconsejaría que hiciera.

Levántate. Coge a esa hermosa mujer en brazos y declárate. Es así de sencillo.

Si de verdad lo fuera... Porque ahora que debía contarle la verdad, se daba cuenta de que quería que Daphne Dale lo eligiera por lo que era... no por ser el hombre que había escrito esas ridículas cartas.

Dishforth, le diría, es un auténtico pedante.

No, Henry deseaba que ella desafiara todo lo que era sensato y correcto. Maldición, que desafiara a su familia como él haría con la suya, y que lo eligiera. A lord Henry Seldon.

Así que empezó siguiendo la primera orden del séptimo duque. Se levantó.

La señorita Dale lo miró con recelo y hundió los dedos en el diván que tenía delante de ella.

—¿Se marcha? —dijo esperanzada.

—No —contestó él, y cruzó la estancia hacia ella.

Daphne retrocedió hasta quedar justo debajo del otro Henry Seldon.

—He venido por algo —afirmó, y se detuvo frente a ella.

—¿Puedo ayudarlo a encontrarlo? —se ofreció Daphne, manteniendo la calma.

Para que pueda marcharse.

—Sí, creo que sí —dijo él. Alargó las manos y la atrapó entre sus brazos. Paso dos conseguido—. Señorita Dale, tengo algo que decirle.

A Henry le dio la sensación de que ahora era el duque el que se encogía.

¿Sinceridad? ¿Con una mujer? ¿Estás loco? Espera un momento, ¿has dicho Dale...?

Henry desestimó la idea de seguir buscando el consejo de su abuelo.

A partir de ahí, podía hacerlo solo. Muchas gracias.

—¿Lord Henry?

Bajó la mirada hacia ella.

—¿Sí, señorita Dale?

—¿Sabe que tiene un montón de telarañas en el hombro?

—Debo decirle a mi ayuda de cámara que sea más cuidadoso en el futuro.

—Por supuesto, de hecho...

—Señorita Dale, debo decirle algo...

—¿Ahora?

Miró nerviosa hacia la puerta.

—Sí, ahora.

—De verdad, no creo que sea un buen momento.

—Discrepo.

Entonces, lord Henry Arthur George Baldwin Seldon demostró que era el auténtico nieto del séptimo duque.

Daphne ni siquiera tuvo tiempo de protestar.

Tampoco lo habría hecho.

Cuando los labios de lord Henry rozaron los suyos, se rindió. Abandonó toda la sensatez, toda esperanza de un futuro que no estuviera marcado por el desastre.

Los labios de lord Henry eran exigentes. Se abrió a ellos y él deslizó la lengua sobre la suya, incitándola a acompañarlo en aquella exploración apasionada.

¿Cómo podía negarse?

Se le cayó el chal al suelo. No sabía si ella se lo había quitado o si él lo había apartado, pero no le importaba, porque en ese momento él estaba deslizando los dedos por el borde de su corpiño, por su cuello, se enredaron en su cabello, encontraron las horquillas y las quitaron, liberándole el pelo.

Cuando éste quedó suelto, él gimió, gruñó, en realidad, un sonido a la vez ávido y delirante. Estaba lleno de deseo y pasión entrelazados con un profundo anhelo que hizo vibrar todos los miembros de Daphne, como si él la hubiera tocado con sus ansias.

Ella respondió apretándose contra él, con los pechos presionados contra su torso, moviendo las caderas, una contestación femenina que decía que había oído su llamada.

Y él siguió besándola. Con fuerza, con dureza, exigiendo.

Devorándola.

Se pegó a ella y no hubo ninguna duda de que se encontraba en el mismo estado que su beso.

Fuerte. Duro. Exigente.

De lo más profundo de Daphne surgió un suspiro, un gemido, frotó las caderas contra las de él acercándose aún más y sintió que la embargaba el deseo de apretarse contra él, de atraerlo a su interior.

Henry le cubrió los pechos con las manos y su pulgar jugueteó con uno de sus pezones, que se endureció rápidamente bajo la muselina del vestido. Entonces él le bajó la prenda por los hombros, dejándola al descubierto.

Daphne se estremeció, pero cuando el aire fresco le tocó la piel, rápidamente los labios de lord Henry la calentaron.

Se arqueó cuando su aliento cálido y su lengua le rozaron el hombro, dejando una estela de deseo a su paso. Entonces él inclinó la cabeza, le tomó un pecho con la mano y se lo acercó para explorarlo, para besarlo. Se metió el pezón en la boca y lo lamió, dejándola sin aliento.

¿Cómo podía ser tan bueno algo así?

Oh, pero lo era. La hizo ponerse de puntillas y aferrarse a sus hombros mientras él le succionaba un pecho y luego el otro, hasta que le tembló incluso la respiración, que se había convertido en jadeos entrecortados.

Lord Henry paró un momento, Daphne abrió los ojos; ¿cuándo los había cerrado?, y vio que él le estaba sonriendo.

Y vaya sonrisa. Llena de pasiones misteriosas y sensuales. Llena de posesión. Como todos los Seldon, se parecía a un león, el cabello rubio oscuro, los ojos oscuros, y en aquel instante se asemejaba por completo a ese animal, hambriento y dispuesto a reclamar a su presa.

Sin preguntar, sin decir ni una palabra, la tomó en brazos y atravesó la habitación, besándola. Cuando llegaron al amplio diván de brocado dorado que estaba en uno de los rincones en sombras, la depositó en él y enseguida la cubrió con su cuerpo.

Daphne le pasó los brazos por el cuello, le buscó los labios con los suyos y enredó los dedos en su cabello, acercándolo a ella para volver a disfrutar de esa sensación deliciosa y trémula.

Henry se movía contra ella como si buscara alivio, como si buscara acceso.

Entre las piernas de Daphne, estaba tenso y tembloroso, lleno de anhelo, y cada vez que se frotaba contra ella, la hacía estremecer.

Sí. Sí. ¡Por favor!

Aun así, cuando notó que Henry le levantaba la falda, sintió un momento de pánico.

¿Qué iba a hacer?

Los dedos de Henry le apartaron la ropa interior, le acariciaron los rizos del montículo, apartaron con suavidad los pliegues y encontraron la protuberancia que se ocultaba debajo.

Daphne se arqueó contra su mano y abrió la boca en una gran O cuando la acarició, la cautivó, deslizándose más profundamente. Entonces introdujo un dedo en su interior, llenándola, haciendo que se amoldara a él, sacando de su interior la humedad y mojándola con ella.

Entraba y salía de ella una y otra vez y no cesaba de besarla, deslizando la lengua sobre la suya, sorbiéndola y dejándola sin respiración. Los pezones desnudos de Daphne se frotaban contra su camisa.

¿Cuándo demonios se había quitado la chaqueta? ¿Y el chaleco? Ella no lo recordaba.

Y no le importaba. Porque el lino de su camisa le rozaba los puntos sensibles, incrementando el fuego que bullía en su interior. Todo estaba ocurriendo muy rápido... Sus caricias, insistentes y provocadoras, la excitaban. Sus besos seguían siendo exigentes y apremiantes.

Ven conmigo, amor. Ven conmigo, le gritaba el cuerpo de Henry. *Ven y descubramos lo que podemos hacer juntos.*

Ella ascendió con sus caricias, con sus besos. Permitió que la elevara a un lugar donde no había aire ni luz, sólo él y su propio deseo.

Las caderas de Daphne parecían tener vida propia, urgiéndole a tocarla más rápido. Con más profundidad. Más fuerte.

La oscuridad estalló en luz, ella abrió la boca para gritar, pero no emitió ningún sonido. Sintió que la cubrían oleadas demoledoras de sensaciones, tirando de ella, rompiendo sobre ella, hasta que llegó lo más arriba posible.

Y cuando empezaba a caer, aleteando al viento como una pluma llevada por la brisa, lord Henry la sostuvo, susurrándole palabras al oído, tentándola aún mientras las oleadas de placer continuaban, hasta dejarla agotada.

En ese preciso momento, Daphne oyó pisadas en el pasillo. Unos pasos de botas que parecían lanzarle una advertencia a sus sentidos confusos.

Parpadeó una vez, dos, y levantó la mirada hacia lord Henry.

Él le sonreía con el orgullo de un león por lo que había hecho. Por las sensaciones que le había arrancado.

Pero la pasión de Daphne había sido reemplazada por el pánico. ¡Dishforth!

Oh, ¿qué había hecho? ¿Qué le había hecho lord Henry?

Complacerte inmensamente, imagino.

Cielo santo, ¿alguna vez podría sacarse al séptimo duque de la cabeza? Oh, sí, había sido un placer.

Pero también era la perdición. Le había suplicado a Dishforth que apareciera, ¿y así era como pagaba su lealtad? ¿Dejando que la encontrara enredada con otro hombre?

Apoyó las manos en el duro pecho de lord Henry, empujó con todas sus fuerzas y lo tiró del diván.

Él aterrizó en la alfombra con un ruido sordo y una maldición.

—¿Qué demonios...?

—Oh, cállese —susurró ella—. Viene hacia acá...

—No, no viene —se quejó lord Henry, frotándose la espalda—. Sea quien sea, ya se ha marchado.

—¿Marchado?

Daphne le echó una breve mirada por encima del hombro y se recolocó rápidamente el vestido, bajándoselo y poniéndose las mangas en su lugar.

—No, no puede ser —añadió—. Oh, ¿qué he hecho?

—Daphne, espera —dijo él.

Ya no era la señorita Dale; era Daphne. Como si fuera suya.

Pero no podía serlo. Ahora no. Nunca.

—No puedo. Oh, ¿cómo he dejado que ocurriera esto? —gimió, y después huyó.

Salió por la puerta y se alejó de los placeres y la perdición que representaba lord Henry Seldon.

Pero era demasiado tarde. Porque en cuanto comenzó a subir las escaleras, lo supo.

Era demasiado tarde para Dishforth. O para cualquier otro hombre.

Porque ahora estaba arruinada.

Lord Henry quiso seguir a Daphne fuera de la biblioteca, pero su sobrino le cortó el paso.

—Parece que se lo ha tomado bastante mal —dijo Preston, mirando hacia las escaleras, por donde había desaparecido la señorita Dale—. Tanto, que se le han caído todas las horquillas.

—Hmm... sí —consiguió decir Henry.

—¿Qué ha pasado? —El duque miró por encima del hombro de Henry, al interior de la biblioteca—. No ha roto nada, ¿verdad? Como hizo Hen cuando ese bribón de Boland la abandonó...

Henry negó con la cabeza. Había temido más que descolgara la pica de la pared. Toda esa tontería de Kempton lo estaba obsesionando.

No, no puede ser. Oh, ¿qué he hecho?

Sus palabras habían estado llenas de angustia y se había puesto furiosa por momentos. Cuando hubiera terminado de culparse a sí misma, dirigiría su ira contra él.

—Entonces, ¿qué ha dicho? —volvió a preguntar Preston.

—Hmm, bueno... —comenzó a decir Henry, que deseó estar en cualquier otro sitio menos en aquél.

Como en el dormitorio de la dama, terminando lo que habían empezado.

—Se lo has contado, ¿verdad, Henry?

—¿Contárselo? Oh, eso.

—Sí, eso. ¿Se lo has dicho o no?

Henry negó con la cabeza.

Preston lo agarró del brazo, lo arrastró a la biblioteca y cerró la puerta tras ellos.

—¿Por qué no?

Henry maldijo la nueva respetabilidad de Preston.

—Yo... es decir... Es bastante complicado...

Preston, que estaba caminando a un lado y a otro justo debajo de la susodicha pica, se detuvo bruscamente.

—¡No puedes seguir con esto! Debes decirle quién eres.

Henry sacudió la cabeza.

—¡No puedo!

—¿Por qué no?

—Ahora ella me desprecia —le dijo a Preston—. Me odiará aún más cuando le cuente la verdad.

Y eso era quedarse corto. Sobre todo ahora...

Preston frunció el ceño, confuso.

—¿Por qué te importa lo que piense de ti?

La confesión salió de los labios de Henry antes de que pudiera detener las palabras.

—Porque la amo.

Hubo unos segundos en los que Preston se quedó inmóvil, pensando si lo había oído bien o no, pero después asimiló las palabras y se dejó caer en la gran butaca de cuero.

Ésta crujió y protestó.

—No, Henry —dijo, sacudiendo la cabeza—. Ella no.

—Sí, ella.

—Es una Dale.

Era una afirmación que, en cualquier otra circunstancia, habría resultado más que evidente.

—No he podido evitarlo.

—Eso se dice por haber bebido demasiado vino. O por apostar a un caballo que está claro que va a perder. Pero no con una de ellas.

Una Dale.

Henry se pasó una mano por el pelo.

—A ti te gusta —señaló.

—Que me guste y quitarle todas las horquillas del cabello son dos cosas muy diferentes.

—Es increíblemente preciosa.

Como si eso explicara las circunstancias. Tampoco podía solucionarse diciéndole a Preston que había hecho todo eso porque Daphne Dale era molesta, terca, tentadora y deliciosa.

Todo a la vez. No, mejor se quedaba con «preciosa».

—Por supuesto que lo es —estaba diciendo Preston—. Todas las Dale lo son, y ése es el problema. Hermosas y tentadoras. En cuanto una de ellas te atrape, terminarás como Cornelius Seldon —afirmó Preston—. Recuerdas la historia de Cornelius Seldon, ¿verdad?

—Sí —gruñó Henry.

Zillah solía contarles al irse a la cama el cuento de cómo el loco Corny terminó en el manicomio de Bedlam.

Henry había tenido pesadillas durante años. Hasta que...

—¿Y qué me dices de lord Kendrick Seldon? ¿Recuerdas cómo acabó tras cruzar la línea?

Henry desvió la mirada hacia la pica. Kendrick había sido el culpable del resto de sus pesadillas infantiles.

Preston no había terminado.

—No puedo creer que te hayas enamorado de ella. ¿En qué estabas pensando?

Por lo que parecía, el interludio que había ocurrido en la biblioteca era excusable, pero enamorarse de ella... Bueno, eso era otro tema.

—¿Cómo y cuándo ha ocurrido? —continuó el duque, y paseó la mirada por la biblioteca—. Supongo que comenzaría antes de esta noche...

Henry asintió. Como aquella noche parecía estar hecha para las revelaciones, le contó casi todo.

El error que había cometido en el baile de compromiso. El encuentro en el templete.

Mientras tanto, el duque se había levantado y estaba caminando de nuevo de un lado a otro.

—Si Hen lo descubre...

—Oh, cielo santo, no —dijo Henry, volviendo a la realidad.

—¿Ahora lo ves? Cuando te hayas ido y...

—¡Maldita sea, Preston! —exclamó Henry, que también se levantó—. Lo dices como si tuviera intención de arruinarla.

Ya era suficiente malo que estuviera arruinada, pero lo había dejado deseoso de más. Lo había dejado patidifuso al descubrir la sorprendente verdad: nunca dejaría de desearla.

—No puedes fingir que esto no ha ocurrido —le dijo el duque—.

Estas cosas tienen consecuencias. Siempre las tienen. —Si alguien sabía de eso, era Preston—. Los Dale exigirán venganza.

—¿Y cómo crees que se van a enterar? —replicó Henry.

—Siempre se entera alguien —dijo Preston con la seguridad de un canalla experimentado.

—No creo que ella vaya a contárselo a su familia.

Como él tampoco tenía intención de contárselo a Hen.

Preston gruñó y se llevó la mano a la frente.

—Por supuesto que no dirá nada directamente. Pero alguien se enterará. Recuerda bien lo que te digo.

—No por boca de la señorita Dale. Ella está enamorada de otro hombre. —Henry hizo una pausa—. Está convencida de que es el único hombre posible para ella.

El duque se giró y miró a su tío.

—¿Enamorada de quién?

—De Dishforth —dijo Henry—. Está enamorada de Dishforth.

—¿De Dishforth? —Preston abrió mucho los ojos e intentó no reírse—. Esto es un lío.

—No me lo recuerdes. Odio a ese tipo.

—Tú eres ese tipo.

—Sí, y soy un maldito bastardo en ambos casos —admitió Henry.

Preston sí que se rió en esa ocasión.

—Cuando le cuentes que Dishforth no es más que un producto de tu imaginación, probablemente compartirá ese odio contigo... así que tendréis algo en común.

—No tiene gracia —le dijo Henry.

No le parecía que aquello fuera nada divertido.

—No he dicho que la tenga. Pero debes admitir que... —Preston se estremeció un poco y enseguida recuperó la compostura— está enamorada de otro hombre que resulta que eres tú.

—Oh, cielo santo, no me estás ayudando nada.

—Supongo que no —dijo Preston—. Pero cuando se lo cuentes, sugiero que lo hagas por carta. Sobre todo si ella se parece a la esposa Dale de Kendrick.

Henry gimió.

—Me perseguirá. Es una descarada muy resuelta.

Preston se acercó al aparador y sirvió brandy en dos vasos. Le tendió uno a Henry.

Éste levantó su vaso, fingiendo un brindis.

—Maldito Dishforth. Es despreciable.

—Se supone que nos tiene que sacar de problemas, no hacer que nuestras vidas sean un embrollo —murmuró Preston.

Henry levantó la mirada hacia él.

—¿Qué has dicho?

—Dishforth. Nunca se puede confiar en él, es una criatura horriblemente insensible —dijo, repitiendo lo que una vez Hen le había contado a la niñera sobre uno de los presuntos delitos de Dishforth.

Se había convertido en una de esas frases que los tres solían repetir con frecuencia.

Qué criatura tan horriblemente insensible puede llegar a ser. Nunca se puede confiar en él.

—¡Eso es! —exclamó Henry. Levantó su vaso y añadió—: Por Dishforth. Para que demuestre ser una criatura tan horriblemente insensible que ella no quiera tener nada que ver con él.

Daphne subió corriendo las escaleras y, al detenerse en el primer rellano, se dio cuenta de que estaba en el piso equivocado, y en el ala equivocada.

Miró a su alrededor y vio que estaba frente a la sala de música, de cuyo interior salía el sonido de alguien aporreando las teclas.

Se giró y vio que lady Zillah estaba avanzando directamente hacia ella. La dama parecía haberse recuperado de todas sus dolencias; una fiera determinación se reflejaba en todos sus pasos.

—¡Usted! ¡Aquí! —dijo la dama, moviendo un dedo huesudo delante de ella.

Ahora no podía escapar.

Lady Zillah se detuvo delante de ella, rápidamente se dio cuenta de lo desaliñada que estaba y resopló.

—¡Bah! Entre aquí, señorita Dale. Voy a decirle unas cuantas cosas.

Daphne se quedó clavada en el sitio. En el interior de la sala de música había una enorme chimenea y, aunque era agosto, había encendido un buen fuego.

—¡No me haga esperar! —la reprendió lady Zillah, y se volvió a girar hacia el piano—. Cualquier sobrina de Damaris Dale tendría mejores modales.

Los tendría si no tuviera la duda de si la arpía que había frente a ella estaba a punto de arrojarla a la chimenea.

Pero Daphne era ciertamente sobrina de Damaris, así que, con la cabeza bien alta, aunque sin horquillas, entró con paso decidido a la sala de música, como si aquello fuera simplemente una charla entre amigas.

Lady Zillah se sentó con la espalda bien recta y le echó otra mirada a Daphne antes de comenzar a hablar con la sinceridad que la caracterizaba.

—Si cree que ese sobrino taimado que tengo se va a casar después de haberse revolcado con usted...

—¡Milady! —exclamó Daphne.

—¿Ha sido él o no? —preguntó lady Zillah.

Cuando Daphne se negó a contestar, lady Zillah tomó su silencio como una confirmación.

La entrevista fue en declive desde ese momento, y terminó con lady Zillah saliendo encolerizada de la sala de música.

Pero aquello no fue lo peor.

Capítulo 13

Venga conmigo, señorita Spooner. Huyamos y sea mi esposa. Esperaré su respuesta en la posada del pueblo. Mi carruaje y mi corazón la esperan.

Fragmento de una carta del señor Dishforth a la señorita Spooner

A la mañana siguiente, muy temprano y con la última nota del señor Dishforth guardada en el bolsillo, Daphne bajó sigilosamente las escaleras. Toda la casa estaba en silencio exceptuando al *Señor Muggins*, que seguía todos sus pasos.

Literalmente.

Se giró hacia el terrier irlandés y le rascó la cabeza.

—Siéntate aquí, *Señor Muggins*, y espera a Tabitha.

Salió por la puerta principal, la cerró tras ella y echó a andar por el camino, inspirando profundamente y preparándose para la tarea que tenía por delante.

El plan descrito en la nota de Dishforth, que alguien había deslizado por debajo de su puerta durante la noche. Así que, después de todo, él había descubierto su identidad.

Pero eran sus palabras las que la dejaban sin aliento.

La seguía amando a pesar de las oportunidades que habían perdido y esperaba que ella lo comprendiera.

Daphne había leído esas líneas dos veces. Tal vez tres. La amaba. Aún.

Y mientras leía el resto de su carta, supo con exactitud lo que tenía que hacer.

Incluso así, a cada paso que daba por el camino serpenteante, se preguntaba si era lo más sensato.

¿Qué diría su familia?

Daphne echó una sola mirada por encima del hombro a Owle Park y se prometió no volver a mirar.

A pesar de sus dudas hacia Dishforth, ahora no tenía ninguna sobre las intenciones que él tenía hacia ella. Quería hacerla su esposa.

Al llegar a la cancela se pasó la maleta de una mano a la otra mientras cruzaba bajo el imponente arco de piedra, con unas columnas a cada lado.

—¿Ya se rinde?

Daphne se detuvo; conocía esa voz, al igual que conocía los besos de su propietario.

Lord Henry.

Oyó que la gravilla crujía detrás de ella y, cuando se dio la vuelta, se encontró al sinvergüenza apartándose de la base de la columna, donde parecía que había estado apoyado, sin hacer nada.

Apenas había amanecido y ahí estaba ya, con la chaqueta abierta, sin pañuelo de cuello, la camisa abierta en una amplia uve a la altura del cuello y el chaleco desabrochado. Los pantalones polvorientos y las botas arañadas eran una prueba de que había estado caminando por el campo, y su mata de pelo, que solía estar correctamente peinada, en aquel momento se encontraba atada en una sencilla cola de caballo.

Ella nunca lo había visto tan poco arreglado. Tan cómodo. Tan increíblemente atractivo.

Se preguntó si habría estado despierto toda la noche. Tampoco tuvo mucho tiempo de pensar en ello porque él se acercó como había hecho la noche anterior: como un león recorriendo su territorio, mirándola como haría el animal con su presa hasta que quedó justo delante de ella, impidiéndole escapar.

—Le he preguntado si se ha rendido. ¿Se marcha a casa, tal vez?

Daphne intentó responder, pero sólo consiguió balbucear:

—Sí... No... Finalmente.

Volvió a coger su maleta e intentó rodearlo.

Como buen canalla insistente que era, la siguió y la alcanzó con facilidad.

—Si ése es el caso, haré venir un carruaje.

Ella negó con la cabeza.

—No, gracias, milord.

Tal vez pensó que eso sería suficiente para desanimarlo, pero lord Henry siguió caminando junto a ella.

Durante un rato caminaron en silencio; Daphne andaba con determinación y lord Henry la seguía tenazmente.

Le recordaba al *Señor Muggins*.

Por fin, cansada de esa artimaña, no pudo soportarlo más.

—¿Qué cree que está haciendo, correteando detrás de mí? ¿No tiene asuntos más importantes que atender?

Él sacudió la cabeza.

—No, en absoluto. Me he despertado muy temprano esta mañana. No podía dormir, así que decidí bajar y ver amanecer.

Daphne miró por encima del hombro.

—Pues ya ha amanecido, así que, ¿no debería estar desayunando?

Él le sonrió.

—En realidad, el día no se ha iluminado hasta que usted ha aparecido.

—¡Pff! —replicó ella—. ¿De verdad, lord Henry? ¿Está comparando mi llegada con el sol?

Se estremeció y volvió a cambiarse de mano la maleta, pero enseguida notó que él se la quitaba para llevarla él mismo. Lord Henry no dijo ni una palabra, aunque su mandíbula apretada con firmeza hizo que se pensara mejor el hecho de oponerse a su ayuda.

—Hay un largo camino hasta Londres —dijo él, señalando con la cabeza la carretera vacía que tenían frente a ellos—. Todavía puedo hacer venir un carruaje.

—Sólo voy hasta el pueblo.

—Por el pueblo no pasa el carruaje del correo.

—Tengo previsto que me lleven.

—¿De verdad? —Ella asintió—. ¿Quién?

Daphne soltó el aire con impaciencia. Si ésa era la forma en que quería hacerlo...

—No es de su incumbencia.

—Señorita Dale, ¿se está fugando?

En aquella ocasión ella se limitó a negar con la cabeza, como hacía cuando Pansy le llevaba el vestido equivocado. Y siguió caminando.

Con ese condenado patán a su lado.

—Veamos... escabulléndose de una fiesta a una hora muy temprana —murmuró—. No necesita carruaje de ningún tipo. Y lleva una pequeña maleta —la alzó un poco, como si estuviera sopesándola— con lo necesario para un viaje de tres días. Ummm, sólo puedo deducir que se está fugando.

—Oh, diantres. Sí, así es.

—No es en absoluto apropiado —dijo él.

—Pero es necesario —replicó.

—¿Necesario?

—Como si tuviera que preguntarlo.

Se inclinó hacia delante para recuperar la maleta, pero él la mantuvo fuera de su alcance. Frustrada, aunque negándose a rendirse, Daphne siguió caminando.

Lord Henry la siguió.

—¿Por qué de repente esta fuga es tan necesaria?

Ella se detuvo en seco, con las manos cerradas en puños a la altura de las caderas.

—Ya que lo pregunta, en cualquier momento el primo Crispin y una horda entera de Dales llegará exigiendo que me marche, y me sacarán de aquí caída en desgracia.

—¿En desgracia?

—En la perdición más absoluta —corrigió ella—. Después organizarán un cónclave familiar y me casarán con el primer Dale que encuentren y que se haga cargo de mi reputación empañada.

—¿Empañada?

Él la recorrió con la mirada, como si estuviera buscando alguna mancha.

Ella lo fulminó con la mirada.

Ante lo que él sonrió.

—No está manchada, señorita Dale. No para mí. Para mí, usted brilla radiantemente.

Ella hizo un sonido despreciativo con la garganta y en esa ocasión consiguió recuperar la maleta, dirigiéndose al destino que la aguardaba. Aunque sabía que era necesario hacerlo de manera apropiada.

—¡Váyase! —le dijo, como haría apartarse a un perro.

—No.

—¿No?

—No —repitió él—. Como caballero...

—¡Un caballero! ¡Bah!

—¿Un hombre de honor?

—¡Paparruchas!

Lord Henry se adelantó hasta quedar delante de ella, impidiéndole avanzar una vez más.

—¿Qué le parece un tipo de buena posición?

—Por favor, lord Henry —le rogó ella, y señaló el camino por el que habían venido—, vuelva a Owle Park, adonde pertenece. A su vida. Déjeme vivir la mía. Por favor.

—No —contestó él con terquedad—. No hasta asegurarme de que está a salvo. —Se calló unos instantes y, cuando ella lo miró, continuó—: No sería capaz de vivir en paz si le ocurriera algo indecoroso. Así es. Puede que usted no me considere un caballero ni un hombre de honor, pero no permitiré que nada ni nadie le haga daño.

Ella asintió, dando su consentimiento.

Siguieron caminando y, cuando entraron en el pueblo, Daphne volvió a hablar.

—¿No lo necesitan en ninguna otra parte?

Henry lo pensó durante unos instantes y después negó con la cabeza.

—No. No que yo sepa.

Uno de los tenderos que estaba abriendo su establecimiento los saludó quitándose el sombrero, y Henry hizo un movimiento educado con la cabeza en respuesta.

—Prefiero pasar estos últimos minutos con usted. Además, sería una negligencia por mi parte no asegurarme de que las intenciones de ese caballero hacia usted son honorables.

Daphne dio un traspié y se detuvo.

—¿Va a poder darse cuenta de eso?

—No hace falta hablar con tanta incredulidad —contestó mientras reanudaba la marcha—. Es fácil para un sinvergüenza reconocer a otro. Le estaría haciendo un favor —dijo mirando por encima del hombro—. Se lo debo, señorita Dale.

Daphne se apresuró a alcanzarlo.

—Preferiría que me dejara sola.

Él la miró de reojo.

—Supongo que va a insistir.

—Por supuesto.

Él suspiró.

—Pero yo podría asegurarme...

—¡No dirá ni una palabra, lord Henry!

—Oh, cielo santo, señorita Dale, es usted una criatura muy difícil. Pero si he de permanecer callado...

—Debe hacerlo —insistió ella—. No le dirá ni una palabra al caballero que me está esperando en la posada.

Él cruzó los brazos sobre el pecho.

—Si ése es su deseo, señorita Dale, prometo no decirle nada al caballero que la está esperando.

—¿Lo jura? —lo presionó ella.

—Por mi honor.

Satisfecha, siguió caminando con la mirada fija en la posada, que se encontraba al final de la hilera de tiendas y de casas.

En el exterior había un carruaje destartalado.

—Qué extraño —comentó lord Henry.

—¿Extraño?

—Pensé que su caballero excelente dispondría de una calesa elegante para que usted pudiera viajar cómodamente.

Ella levantó la barbilla y dijo:

—Afortunadamente, no se trata de un hombre excesivamente extravagante... desprecia la ostentación y la pretensión. Algunos lo describirían como ahorrativo y sensato. Cualidades que admiro.

Cuando se acercaron al carruaje, se hizo evidente que estaba totalmente desvencijado.

Lord Henry silbó por lo bajo.

—Mientras no haga lo mismo con las cuentas con las que tendrá que pagar sus vestidos...

Ella lo fulminó con la mirada.

—Debo preguntarle —continuó lord Henry— ¿se ha enamorado de ese hombre? Porque una dama debe estar enamorada para atreverse a viajar en ese cacharro.

—Me enamoré, y lo haré todavía más, porque él siempre ha sido honesto y sincero conmigo.

¿Se lo imaginó Daphne, o lord Henry dio un respingo?

Cuando ella se dispuso a abrir la puerta de la posada, él dijo a sus espaldas:

—Bueno, por lo menos eso la favorece.

Contra su buen juicio, Daphne se detuvo.

—¿Perdón?

—Ese ataque de ira. Le ha dado un poco de brillo. Temía que estuviera un poco pálida. A los hombres les gusta que su mujer tenga una mirada soñadora y algo de color en las mejillas.

Ella lo miró y sintió que, de hecho, el color acudía en tromba a su rostro.

—Ya le he robado mucho tiempo. Adiós, lord Henry.

Pareció a punto de añadir: «¡Qué alivio!»

Lord Henry la ignoró, se acercó a la puerta y la abrió.

—Señorita Dale, ni un montón de caballos salvajes impediría que fuera testigo de su feliz unión.

Henry le guiñó un ojo al posadero por encima del hombro de Daphne.

Ésta es la dama de la que le hablé.

El hombre asintió muy levemente, respondiendo a Henry de manera casi imperceptible.

Entendido, señor.

Incluso el muchacho que estaba en un taburete junto a la chimenea sabía cuál era su papel, porque no dijo nada.

Henry había sido sincero con la señorita Dale al decirle que se había levantado temprano aquella mañana y que había ido a dar un paseo. Lo había hecho. A esa misma posada, para preparar la escena que iba a desarrollarse a continuación.

Tuvo que esforzarse por no sonreír.

Porque en los minutos siguientes Daphne descubriría que Dishforth se había marchado y él, Henry, estaría allí para curarle el corazón roto. En el momento oportuno para exponer sus argumentos y demostrarle por qué él era el caballero apropiado para ella.

Y ese plan habría funcionado con alguien menos decidido y más dócil que Daphne Dale.

Ella debería mostrar cierta expresión de preocupación, porque la sala común estaba vacía, sin señales de Dishforth. ¿No debería parecer, al menos, un poco alicaída?

La señorita Dale, no.

Se dirigió al mostrador e hizo un educado movimiento de cabeza hacia el posadero.

—Señor, debo encontrarme aquí con un caballero. ¿Dónde puede estar?

El posadero mostraba una expresión paciente. En opinión de Henry, estaba haciendo una interpretación digna del mejor actor.

—¿Un caballero, dice usted?

—Sí, dijo que me estaría esperando aquí —le explicó ella—. Su carruaje de cuatro caballos está fuera. ¿Puede, por favor, hacerlo llamar y decirle que la señorita Dale está aquí?

El hombre entornó los ojos.

—¿Un carruaje de cuatro caballos?

—Sí, el que se encuentra fuera.

El posadero sacudió la cabeza y dijo:

—Ese carruaje pertenece a la posada. Lo alquilamos. ¿Necesita un carruaje, señorita?

—No, no necesito un carruaje. El caballero con el que me iba a encontrar iba a traer el suyo. ¿Puede hacerlo llamar, por favor?

Lord Henry se apoyó en la pared cruzado de brazos y la miró impresionado. Desde luego, era una mujer decidida.

El posadero volvió a negar con la cabeza.

—Señorita, no hay nadie más. Sólo su señoría y usted.

Señaló con la cabeza hacia donde estaba Henry, que hizo todo lo posible por parecer ligeramente preocupado... por lo menos, por el bien de ella. Además, todo estaba saliendo a la perfección. Lo único que tenía que hacer el posadero era explicar que...

Daphne miró a Henry con el ceño fruncido y se inclinó un poco más hacia el posadero, para que su pregunta no fuera tan pública.

Tampoco era que no fuera fácil oírla.

—Estoy buscando a un caballero. —Se acercó todavía más—. El señor Dishforth.

—¿El señor Dishforth?

Él se rascó la barbilla.

—Sí, un caballero respetable. Iba a encontrarse aquí conmigo.

—Oh, ese caballero —contestó el posadero, chasqueando los dedos—. Me temo, señorita, que se ha marchado.

—¿Se ha marchado?

—Sí, ya se ha ido. Y con mucha prisa, podría decirse.

La señorita Dale dio un paso atrás, alejándose del mostrador.

—Pero ¿por qué se habrá ido?

—No sabría decírselo, señorita. Estaba aquí, pero de repente se marchó.

El posadero se encogió de hombros, después cogió una jarra de metal y empezó a darle brillo con un paño.

La verdad era que lord Henry se sentía culpable por llevar a cabo ese engaño, pero así era mejor. Tenía que serlo.

—¿Se ha marchado? —preguntó ella, y sacudió la cabeza—. No puede haberse ido. Él no lo habría hecho. Está usted equivocado.

Por supuesto que no iba a creer que su leal Dishforth la abandonaría, así que lord Henry había tomado la precaución de añadir otro personaje a la escena.

—Oh, sí, señorita —dijo el muchacho que estaba junto al fuego—. El caballero se fue... oh, digamos que hace una hora. Tal vez dos.

—No, él no habría hecho eso —le dijo al chico, con los ojos inundados de lágrimas—. No se habría ido. No sin mí.

Mi queridísima y amada señorita Spooner. Cuando nos encontremos en la posada, jamás volveremos a separarnos.

Fue esa promesa rota la que la dejó con los ojos muy abiertos por el asombro y destrozada por el dolor. Esas lágrimas tuvieron el poder de echar por tierra todo lo que Henry había ideado.

Porque el muchacho que había al lado de la chimenea estaba tan afectado por ellas como si hubiera sido a él a quien hubieran abandonado. Y por eso el chico improvisó, aunque sólo fuera para hacer que dejara de llorar... o eso fue lo que más tarde diría, porque supuso que sus esfuerzos la ayudarían.

No se marchó solo —le dijo—. Se fue con una mujer. Una muy sofisticada. No era bueno para usted, señorita. Para nada.

Todo en la habitación se quedó en silencio, como si en ella ni siquiera corriera el aire. Ni el fuego hizo un chasquido. Porque allí, en medio de ese silencio, apareció ese añadido impensable a los planes que Henry había ideado tan cuidadosamente.

Una exageración incorporada a la mentira que hizo que todos ahogaran un grito... cada uno por sus propias razones.

Por supuesto, fue Daphne la que se recuperó primero.

—¿Se ha marchado con una dama?

—Sí —contestó el muchacho—. Una dama bella y sofisticada. —Le lanzó una mirada a Henry, como si esperara un gesto que lo animara a seguir. Pero, sin aguardarlo, continuó—: La mujer lloraba cuando llegó y lo encontró aquí. Entonces, el caballero, el tipo más apuesto que pueda imaginarse, la llamó su «amor perfecto» y le rogó que le otorgara su mano en matrimonio. Cuando ella dijo que sí, él la besó. Justo aquí. —Señaló su mejilla—. Entonces ella lloró un poco más, y por fin él llamó a su cochero y se marcharon. —Como si eso no hubiera sido suficiente, añadió rápidamente—: Oh, fue algo grandioso. La dama bella y el caballero apuesto alejándose en un carruaje muy elegante. Uno digno de un rey.

Henry se dejó caer en el banco más cercano. ¿Qué podía hacer? ¿Confesarlo todo en ese momento, cuando ella miraba boquiabierta al muchacho y parecía a punto de desmayarse? ¿Decirle que había mentido y la había engañado, aunque hubiera sido para conseguir su mano?

Pero pronto se dio cuenta de que no conocía tan bien a Daphne Dale.

Ésta se giró rápidamente hacia el posadero.

—El carruaje, el que está fuera...

—¿Sí, señorita?

—Lo tienen para alquilar, ¿no es así?

—Sí, señorita, pero...

—Entonces, me gustaría alquilarlo.

—¿Usted, señorita?

Miró a Henry, como si no supiera qué hacer a continuación. Aparte de lanzar al mozo de las cuadras, tan predispuesto al romance, al pozo más cercano.

Henry se enderezó. Una terrible sospecha le atenazaba el estómago.

No, no se atreverá...

—Sí, me gustaría alquilarlo —le dijo Daphne al hombre. Agarró el bolso y sacó las monedas necesarias—. Necesitaré los caballos más rápidos que tenga, para poder alcanzar al señor Dishforth.

Sí que se atreverá.

—¿Quiere alcanzarlo, señorita?

—Por supuesto —respondió ella.

Henry se puso en pie.

—Señorita Dale, no puede estar pensando en ir detrás de él...

—Debo hacerlo. Ha habido un terrible error, y debo salvarlo.

—¿Salvarlo? —dijeron Henry y el posadero a la vez, como un coro incrédulo.

La comedia shakesperiana de Henry se había transformado en una horrible tragedia griega.

La señorita Dale les dirigió a ambos una mirada cargada de indignación.

—Por supuesto. ¿Quién más puede salvarlo, aparte de mí? Alguien debe decirle al pobre, simple y confundido señor Dishforth que se ha fugado con la mujer equivocada.

Capítulo 14

Señorita Spooner, nunca me he enamorado. Tendrá que perdonarme si, en algún momento, armo un follón de todo esto. ¿Lo hará?

Fragmento de una carta
del señor Dishforth a la señorita Spooner

Owle Park, ocho horas después

Voy contigo.

Preston encontró a Hen, maleta en mano y apretando la mandíbula, bloqueándole el paso a la puerta principal. Miró por encima del hombro de su tía, hacia donde esperaba su carruaje de viaje en el camino, y frunció el ceño.

La expresión de Hen era tan adusta como decidida.

—Es mi hermano y me aseguraré de que su reputación quede intacta.

—¿Su reputación?

Preston negó con la cabeza. No tenía tiempo para eso.

De repente apareció Zillah, caminando a paso rápido, y se detuvo junto a Hen.

—¡Por supuesto, la reputación de Henry! Es evidente que lo han encantado. Tal vez incluso lo hayan drogado. —La anciana miró a Hen—. Nunca creí esa tontería de que Cornelius Seldon se había ido por propia voluntad con esa Doria Dale, que estaba más loca que una cabra.

Tabitha parecía dispuesta a participar en la contienda, aunque sólo fuera para defender a su amiga del alma. Pero Preston se lo impidió. Se necesitarían el uno al otro en los próximos días y semanas, y esa refriega no servía para nada.

—Vosotras dos —dijo él, señalando a Hen y a Zillah— debéis admitir el hecho de que Henry está enamorado de la señorita Dale...

Cuando ambas parecieron dispuestas a estallar en un montón de protestas, él les dedicó su mirada más ducal.

Lo que, para su asombro, funcionó. Al menos, por el momento.

—Os aviso de que la única trayectoria posible para Henry y la señorita Dale es contraer matrimonio. El uno con el otro —terminó, asegurándose de dejar todos los cabos bien atados.

—¿Matrimonio?

Aquello podría haber sido un dueto de protesta, pero en realidad se había unido una tercera voz.

Porque allí, en los escalones de la puerta principal, había aparecido ni más ni menos que Crispin, el vizconde Dale.

—¿Matrimonio? —repitió—. Sobre mi cadáver.

—Eso puede arreglarse fácilmente —musitó Zillah.

Desde detrás de Tabitha apareció el *Señor Muggins*, quien, descubriendo a su antiguo adversario, dejó escapar un gruñido de advertencia.

—¿Qué es todo esto? —exigió saber Crispin—. ¿Dónde está mi prima?

—¡Se ha ido! —dijo Hen—. Ha hechizado a mi querido hermano y le ha buscado la ruina.

—¿Hechizado? ¿Daphne? —escupió lord Dale indignado—. ¡Más bien diría que él la ha secuestrado!

—¡Secuestrada! —Se oyó otra protesta detrás de Crispin—. ¿Dónde está mi querida sobrina?

Aquella era probablemente la primera vez que Damaris Dale pronunciaba esa frase refiriéndose a Daphne, pero no era algo de lo que los Seldon estuvieran al tanto.

La figura alta y esbelta de la anciana subió los escalones y se situó al lado de Crispin. Seguía su estela una joven delgada ataviada con un vestido sencillo, de segunda mano, de acompañante. Se mantuvo a una distancia respetuosa, unos cuantos escalones más abajo.

—He dicho ¿dónde está mi sobrina? —repitió la anciana.

Los tres Seldon se quedaron inmóviles, helados hasta el tuétano.

—¡Damaris! —siseó Zillah.

La matriarca Dale lanzó una mirada en su dirección y se sorbió la nariz. Audiblemente.

—Zillah. No creí que siguieras viva.

El par de mujeres se miró como viejas rivales, hasta que Damaris desvió la vista hacia el *Señor Muggins.*

—Seguís criando chuchos, por lo que veo. —Miró con desdén al enorme terrier y después, habiendo tenido bastante de los Seldon, Damaris desvió su atención al vizconde—. ¿Dónde está nuestra Daphne?

—Se ha ido —contestó él—. Lord Henry la ha secuestrado.

—¡Ese demonio ruinoso y malvado! —exclamó, y se giró hacia su acompañante—. Llama a los detectives de Bow Street. Escribe una nota a Derby Dale, del Ministerio del Interior, y dile que lo necesitamos. Haré que lord Henry Seldon entre arrastrado y atado a los tribunales hasta que...

—Tía Damaris, eso no nos ayuda —le dijo Crispin.

Y, contra todo pronóstico, ella se calló e inclinó levemente la cabeza con respeto, aunque no parecía nada contenta de haber sido interrumpida.

Entonces, Harriet Hathaway, que hasta el momento había estado observando el drama desde la enorme escalera, intervino en la refriega.

—Daphne no se ha fugado con lord Henry, sino con el señor Dishforth.

—¿Dishforth? —dijeron todos a la vez, asombrados.

Sobre todo Hen, que había abierto mucho los ojos al oír ese nombre.

El duque se encogió por dentro. Oh, maldición, aquello iba a ser condenadamente difícil de explicar.

Tampoco tenía ninguna explicación que dar. Era de la misma opinión que Damaris Dale, predispuesto a enviar a los detectives de Bow Street en persecución de Henry. O a algunos hombres robustos de Bedlam.

—¿Cómo demonios...?

—¿Quién demonios...?

—¡Cuando atrape a ese sinvergüenza...!

Todos estallaron en un clamor exigiendo respuestas, excepto Preston y Hen. Y Tabitha se dio cuenta.

—¿Qué sabéis vosotros dos de ese señor Dishforth?

Hen y Preston intercambiaron una mirada de culpabilidad.

—¡Preston! —exclamó Tabitha con un tono que le sería de mucha utilidad cuando se convirtiera en su duquesa—. ¿Quién es Dishforth?

—No hay ningún Dishforth —admitió Preston.

Hen lanzó las manos al aire y empezó a dar vueltas en círculo, como si estuviera intentando desenmarañar todo aquello.

—Pero tiene que haberlo —insistió Harriet—. Daphne se ha estado carteando con él. El señor Dishforth puso un anuncio en el periódico buscando esposa y Daphne respondió. Desde entonces, se han estado intercambiando cartas. Aquí tengo una de las últimas notas que él escribió.

Hen se apresuró a arrebatarle el papel a Harriet. Tras echarle un rápido vistazo, se puso pálida.

—¡Oh, no! Esto no puede ser. ¡Dishforth no! Maldito bribón...

—¿Por qué? Parecía bastante respetable cuando lo conocí —intervino la acompañante con gafas de Damaris Dale.

Cuando todas las miradas se volvieron hacia ella, la muchacha se ruborizó violentamente y se arrepintió de haber hablado.

—Le advertí a Daphne que todo esto iba a salir mal —dijo en su propia defensa—. Intenté convencerla...

—Hablaremos de eso más tarde, Philomena —le dijo Damaris.

Hen, mientras tanto, se había girado hacia Preston y estaba agitando la carta debajo de sus narices.

—Tú sabes lo que es esto, lo que significa.

—¿Qué significa? —preguntó Tabitha, cuya pregunta solemne aportó un momento de calma al pánico creciente que se apreciaba en la voz de Hen.

—Es la caligrafía de Henry —le dijo Preston, les dijo a todos.

—¡Oh, yo lo he sabido siempre! —exclamó Harriet—. Lord Henry es el señor Dishforth. ¡Es perfecto!

Nadie más parecía compartir su alegría.

En especial, Damaris Dale, que se volvió contra Preston.

—Y ahora, Su Excelencia, explique todo esto. De inmediato.

Golpeó el suelo con su bastón.

Preston no tuvo tiempo de hacerlo porque Hen, que había atado todos los cabos, le dijo mirándolo furiosa:

—¡Ese abominable anuncio tuyo! Todo es culpa tuya —afirmó, meneando un dedo acusador frente al duque—. De Roxley y tuya.

Le lanzó una mirada desdeñosa al conde, que estaba parado en las escaleras.

Roxley se encogió de hombros, como si no tuviera la más mínima idea de lo que estaba diciendo. Pero retrocedió dos pasos subiendo las escaleras, distanciándose del escándalo que se avecinaba.

Y entonces Preston explicó todo lo que sabía: sobre el anuncio y lo que Henry le había contado, mientras que Tabitha, Harriet y Philomena incluyeron lo referente a la parte de Daphne.

—Debería haber sabido que usted ha tenido algo que ver en esta desgracia —dijo lady Damaris, moviendo agraviada un dedo delante de Preston y dedicándole a Roxley una mirada escalofriante—. Y ahora, dígame de una vez por todas: ¿adónde ha llevado su tío a mi sobrina?

—A Gretna Green, supongo —le dijo Preston.

Damaris abrió mucho los ojos y luego los entrecerró, hasta que fueron sólo dos hendiduras.

—Debería habérmelo imaginado. Todo esto es culpa mía, por haber hecho la vista gorda ante la cabezonería de Daphne de mantener tales compañías.

Esas palabras fueron seguidas por una mirada mordaz dirigida a Tabitha.

—No temas, tía Damaris —le dijo Crispin, y la cogió de la mano—. Traeré de vuelta a nuestra Daphne. —Se giró hacia Preston—. Y pobre de lord Henry cuando le ponga las manos encima.

—¿Es eso necesario? —preguntó Preston—. Después de todo, tenemos razones para creer que están enamorados.

La verdad era que no tenía ni idea de si eso era cierto o no, pero era una hipótesis mejor que desatar otra guerra civil entre sus familias.

Además, los Dale los superaban en cantidad.

—¡Enamorados! ¡Ja! —Damaris meneó un dedo delante de ellos—. Recordad lo que le ocurrió a Kendrick Seldon cuando engatusó a la señorita Delicia Dale para que se fugara y se casara con él.

Dicho eso, la anciana se dio la vuelta y se dirigió hecha una furia hacia su carruaje, seguida de Crispin y de Philomena.

Roxley había bajado las escaleras y ahora estaba junto a Preston, probablemente para disfrutar de un punto de vista privilegiado. Se inclinó hacia delante y preguntó:

—¿Qué le ocurrió a ese Kendrick?

Preston se lo contó, aunque en voz baja para que nadie más lo oyera.

Pero el significado de sus palabras estaba claro y Roxley se puso blanco, se encogió y se tapó con una mano la parte superior de los pantalones, como si quisiera evitar ese destino.

Posada Hornbill & Cross, carretera de Manchester, veinticuatro horas después

—Y ésa es toda la historia —dijo el postillón a todas las personas que llenaban la sala, en la posada de Bradnop. Había llegado de Swinescote con la historia, porque se la había oído al postillón que trabajaba entre Swinescote y Mackworth—. No hay ni un alma a lo largo de la carretera que no haya oído hablar de ellos. Los amantes fugitivos. Dicen que la dama es muy hermosa. Sus ojos son como las campánulas.

Una de las mujeres suspiró y un hombre que ya había vaciado media jarra de cerveza soltó una carcajada.

—No entiendo a esos ricachones —dijo un cochero hosco desde el taburete que ocupaba junto al fuego—. ¿Por qué no le dice que ese otro tipo no existe? Que ese Dishworth...

—Dishforth —lo corrigió el muchacho.

—Bah, Dishworth, Dishforth, ¿qué importa si lo cierto es que no existe?

—Pero, Sulley, sí que existe —dijo la muchacha que servía—. ¿No has oído la historia de Timmy? Dishforth es ese lord Henry, y debe de amar muchísimo a esa dama si está llegando tan lejos para ganarse su corazón.

Sulley escupió en el fuego y negó con la cabeza.

—Pues esa dama va a descubrir la verdad muy pronto, que la han engañado, y ya veremos si no arroja a ese tipo a la zanja más cercana.

Hubo murmullos de asentimiento por toda la sala, incluyendo el de la mujer del posadero que, meneando sus amplias caderas por la habitación atestada, rellenaba las jarras.

—Tienes razón, Sulley —dijo mientras llenaba la suya hasta el borde.

Sulley sonrió a la multitud y levantó su jarra con un gesto triunfal. Era muy raro ver algo así, teniendo en cuenta que Sulley siempre había sido uno de los cocheros más cascarrabias de la carretera de Manchester.

—No te des aires de grandeza, John Sulley —lo regañó la mujer—. Es la historia más bonita que he oído nunca. Y merece nuestra ayuda.

—¿Ayuda? —casi escupió él, manchándose la chaqueta de espuma.

—Sí, ayuda —afirmó ella, mirando a todos con determinación—. Vamos a ayudar a ese caballero a ganarse el amor de la dama.

—¿Y cómo podemos hacer eso, señora Graham? —preguntó el muchacho, que se había enderezado en su taburete y se había animado con la promesa de una travesura.

—Llevando al señor Dishforth a Gretna Green.

—Creo que has estado bebiendo demasiada cerveza —le dijo Sulley—. No existe el señor Dishforth.

—Ahora sí —contestó ella.

Y después les explicó con exactitud lo que tenían que hacer.

Simple. La señorita Dale pensaba que Dishforth era un simplón.

Lord Henry cruzó los brazos sobre el pecho y se reclinó en el asiento del carruaje alquilado, mirando con furia la campiña que pasaba rápidamente por la ventana.

Para empeorar las cosas, tenía la furtiva sospecha de que ella estaba en lo cierto.

Dishforth era un simplón. Lo que en realidad quería decir que él, lord Henry Seldon, era un necio.

Porque ¿qué clase de hombre se dirigía a toda velocidad hacia Gretna Green con la mujer que amaba no para, como podía sospecharse, casarse con ella en secreto, sino para evitar que un hombre que no existía se fugara con el producto de la fértil imaginación de un mozo de cuadra?

Toda esa situación le estaba produciendo una intensa migraña.

Pero, evidentemente, no era tan dolorosa como para confesar la verdad.

Por el amor de Dios, cuéntaselo todo, casi podía oír a Preston decir con severidad.

Soltó el aire con fuerza. Oh, sí, eso sería muy sensato.

Señorita Dale, está usted persiguiendo un fantasma. Lo sé porque yo soy su amado Dishforth. La he embarcado en esta aventura desastrosa con la esperanza de que se dé cuenta de que yo soy el hombre adecuado para usted.

Lo echaría del carruaje. Probablemente, en una curva ciega. Con algún objeto punzante clavado en la espalda... si se sentía compasiva.

O peor aún, terminaría como Kendrick Seldon.

Se encogió y se estremeció.

¿Cómo era posible que se hubiera metido en tal embrollo?

Miró al frente, donde Daphne estaba sentada, serena y tranquila, con las manos agarradas sobre el regazo y los ojos brillantes, mirando por la ventana.

Era la seducción personificada: un rizo rubio se le había escapado del sombrero y aleteaba ligeramente movido por la brisa, tenía el puente de la nariz salpicado de pecas y unos carnosos labios rosados, cuya curva tentaba a cualquier hombre a atraerla hacia sí y besarla hasta que perdiera el sentido.

Bueno, por lo menos, lo tentaba a él. Mucho más de que lo quería admitir.

Sabía lo que el séptimo duque le diría que hiciera.

Bésala y sigue con una buena sesión de sexo. Eso soluciona un gran número de dificultades en lo que a persuasión femenina se refiere. Un buen polvo siempre lo hace.

Henry podría argumentar que precisamente había sido besarla lo que lo había metido en aquel lío.

Pero ¿quién podría culparlo? Ella poseía las artimañas de una cortesana y ojos de sirena. Con una sola mirada lo había enredado, sin permitirle escapar

Por lo menos, no vivo. Volvió a hacer una mueca.

—Lord Henry, ¿le ocurre algo? —preguntó ella, mirándolo casi oculta por el ala de su sombrero.

Ésta es tu oportunidad. Ármate de valor y cuéntaselo.

Pero, a pesar de que era un Seldon hasta la médula, pues ¿no la estaba llevando a la ruina con cada kilómetro que pasaba?, los Seldon tenían una debilidad.

Eran malísimos confesando la verdad. Sobre todo en lo que se refería al amor. Su única esperanza era que ella se cansara de esa persecución y abandonara. Que rechazara a Dishforth. Entonces, él tendría el terreno libre para...

¿Para hacer qué?

No tenía ni idea. Pero ya cruzaría ese puente cuando llegara a él. Porque, ¿hasta dónde llegaría la señorita Dale por ese estúpido pomposo de Dishforth?

Negó con la cabeza y le sonrió.

—No, nada, señorita Dale. Nada en absoluto.

Dos días después

—No parece usted muy consternada por que nos encontremos aquí tirados —dijo lord Henry.

Ambos estaban junto a la carretera, observando cómo el postillón y el cochero desaparecían con sus caballos.

—Los viajes están llenos de este tipo de contratiempos —replicó Daphne.

Esperaba que el alivio que sentía al verlos desaparecer por la curva no fuera demasiado evidente.

—¿No le parece extraño que los cuatro caballos se hayan quedado cojos de repente?

—Supongo que puede ocurrir; de hecho, ha ocurrido —contestó, señalando con la cabeza a los caballos, que trotaban alegremente por la carretera y que no parecían nada heridos.

—Aun así...

Lord Henry le dio una patada a una piedra y apretó la mandíbula.

Tal vez ella debería fingir un comportamiento cargado de preocupación por Dishforth o, mejor dicho, por su propia reputación, que ya estaba muy empañada.

Porque estaba tirada en medio de ninguna parte con lord Henry Seldon.

Solos.

Donde podía ocurrir cualquier cosa.

Lo miró a hurtadillas. Cualquier cosa.

Sin embargo, no ocurría nada. Para su creciente disgusto.

Si había algo que de verdad la preocupaba, era el comportamiento de lord Henry hacia ella, de repente honorable y caballeroso.

—Debo decir que es un lugar muy agradable para haberse quedado tirados.

Ciertamente lo era. Había un enorme roble al otro lado de un murete de piedra, y bajo su sombra protectora se extendían amplias praderas salpicadas de flores silvestres. Incluso había un arroyo ancho y claro dividiendo el valle que tenían frente a ellos.

Lord Henry miró a su alrededor, dejó escapar un suspiro, cogió la cesta y cruzó la carretera.

Daphne se mordió el labio inferior y recordó los acontecimientos de los últimos días. A lo largo de todos los kilómetros, del cambio de caballos y de todas las horas viajando íntimamente juntos, lord Henry no había intentado nada indecoroso con ella.

Había sido la caballerosidad personificada.

Condenada bestia...

Esperaba que aquel retraso lo impulsara a confesarle la verdad.

Que él era Dishforth.

Unos días antes, en Owle Park

—¿Ha sido él o no? —exigió saber lady Zillah.

Algo dentro de Daphne, posiblemente esa parte de ella que obligaba a más de un pariente a negar con la cabeza y a compararla con la tía abuela Damaris, se negó a ceder.

Avanzó unos cuantos pasos y sonrió educadamente a la dama. Si fuera una Fitzgerald o una Smythe, y no esa arpía Seldon...

—¿Perdone, milady?

Zillah hizo un sonido desaprobatorio.

—Tiene usted el orgullo de Damaris Dale.

—Gracias, milady.

—No era un cumplido.

—Lo tomaré como tal, de todas maneras.

—¡Bah! Es un necio por haberse fijado en usted. Y lo peor es que usted lo sabe.

Daphne no respondió, porque incluso asumir la acusación de la dama era darle crédito.

Y no quería hacer ni una cosa ni la otra.

¡Lord Henry! No sabía si gritar de alegría o echarse a llorar. Estaba completamente enamorada de él, pero prometida con otro.

—No me hizo caso cuando le dije que la dejara en paz. Más bien al contrario, está decidido a cometer una travesura con quien no debe.

Es decir, con ella. Con una Dale.

—Así que le pido, ya que por alguna oculta razón Preston no lo hará, que abandone Owle Park antes de que lo meta en un lío.

Daphne abrió la boca para protestar, pero era evidente que Zillah había estado esperando la oportunidad para echarle ese sermón y lo tenía todo planeado. Así que siguió hablando:

—Hará sus reverencias, se excusará profusamente y se marchará de inmediato. No pienso ver cómo lo atormenta ni un día más.

—No tengo ninguna razón para marcharme. ¿Qué podría decir? —replicó Daphne.

—Mienta —dijo la dama claramente—. Después de todo, es una Dale. Debería salirle de manera natural.

Daphne inspiró profundamente, sintiendo que la invadía la indignación.

A pesar de que la edad y el estatus de lady Zillah requerían que Daphne le mostrara respeto, según su opinión, lady Zillah no se lo merecía.

Pero no tuvo tiempo ni de darle una rápida contestación, porque lady Zillah se había vuelto a girar hacia el piano y estaba recogiendo las partituras, chasqueando la lengua cada vez que tomaba una página.

—Y pensar que Henry ha sido tan amable de hacerme todas estas anotaciones... —se quejó, bajando la mirada a las hojas—. Para otra ocasión, cuando no esté trastornada.

Empezó a retirarse con toda la arrogancia que podía poseer la hija de un duque.

Y al pasar junto a Daphne, recogiéndose la falda a un lado para no tener siquiera que rozar a una Dale, no se dio cuenta de que se le cayó una hoja de las partituras.

Pero Daphne sí lo vio. Se inclinó, la recogió y estuvo a punto de llamarla.

De verdad que lo estuvo, la idea de arrugar el papel y de lanzárselo a la vieja bruja a la cabeza no duró mucho, hasta que miró la página, llena de anotaciones.

Daphne se quedó inmóvil, observando asombrada la escritura osada y firme que se extendía por la partitura.

Una letra que conocía muy bien.

Porque no sólo pertenecía a lord Henry, sino también a otro hombre.

Al señor Dishforth.

De vuelta a la carretera de Gretna

Así que Daphne no había salido corriendo de la posada toda desolada, decidida a salvar al «pobre Dishforth», como había afirmado.

Lo había hecho para obligar a lord Henry a confesar la verdad. Para que se declarara.

Porque si él no lo hacía, ¿cómo podría hacerlo ella?

Y ahí estaba, casi en la frontera con Escocia, arruinada sin remedio, y lord Henry no había pronunciado ni una sola palabra. Oh, aquello se había convertido en una farsa desastrosa y ridícula.

Tú te lo has buscado, Daphne Dale.

Y lo que era peor, parecía que la mentira de que Dishforth se había fugado se había extendido por toda la carretera que conducía a Gretna Green.

En cada posada en la que paraban, en cada barrera de peaje se encontraban con algún detalle nuevo añadido a la historia...

La belleza de la falsa futura esposa de Dishforth.

La amabilidad y la galantería con que el caballero trataba a su amada.

Y su derroche. Repartía pintas de cerveza por todas las posadas para brindar por su buena suerte. Les daba a los postillones propinas escandalosamente altas para que los guiaran con celeridad a Escocia.

Parecía que la pareja siempre «acababa de marcharse» cuando Daphne y Henry llegaban.

Qué curioso. Todo eran mentiras ridículas. Pero cada vez que se encontraban con una de ellas, Daphne observaba la reacción de lord Henry, seguro de que en esa ocasión él diría o haría algo.

Sin embargo, él siempre escuchaba atentamente y no hacía nada.

Daphne apretó los dientes. ¿Cuándo iba a acabar con todo eso? Imaginaba que la farsa no duraría mucho, pero al menos había tenido el buen juicio de hacer una maleta.

Se había dirigido a la posada cercana a Owle Park medio esperando que él se lo confesara todo y le rogara que se fugara con él.

Y cuando no lo había hecho, y tanto el posadero como ese horrible chico, santo Dios, ¿a quién se le había ocurrido incluir a ese maldito mentiroso en los planes?, les habían hablado de la marcha de Dishforth, no había tenido más remedio que obligarlo a confesar.

Pero, en lugar de contarle la verdad, él había seguido adelante con ese plan descabellado.

Y ella no comprendía por qué. Ni una sola vez lord Henry había parecido dispuesto a confesar durante aquellos días, ni aunque eso significara llevar la misma ropa día tras día o someterse a la asistencia de algún desafortunado sirviente obligado a ejercer del «ayuda de cámara temporal de su señoría».

Daphne casi sentía pena por él, porque el afeitado que lucía aquella mañana parecía haber sido hecho por un ciego.

Cortado, magullado y arrugado, y seguía sin confesar.

¿Por qué lo hacía? Daphne había pasado casi cada minuto de aquellos días intentando encontrar la respuesta.

¿Qué era aquello que lady Zillah había dicho de él? «Eres demasiado agradable. Respetable y bondadoso.»

¿Acaso estaba evitando decirle la verdad, es decir, que él era Dishforth, únicamente porque, como hombre de honor que era, no deseaba hacerle daño?

¿O era una manera de evitar el escándalo que se montaría cuando ella descubriera su engaño?

La verdad era que Daphne estaba evitando el momento en que él descubriera que ella había estado al tanto de su doble juego todo ese tiempo y que podría haber puesto punto y final a aquello... incluyendo salvarlo de ese barbero asesino.

Había una cosa clara: no tenía sentido que lord Henry estuviera intentando evitar casarse con ella viajando juntos hacia Gretna Green.

Lo que la dejaba de nuevo al principio de todo aquel tremendo lío, en la horrible posibilidad que la obsesionaba por las noches:

¿Y si simplemente estaba esperando a que ella se echara atrás? ¿A que le rogara que hiciera dar la vuelta al carruaje?

A que renegara de Dishforth para que pudieran regresar a Owle Park, donde la familia de ella se la llevaría envuelta en el escándalo y él podría regresar a su vida normal... con su reputación de Seldon confirmada y sin nadie que se asombrara por su participación en todo aquello.

Después de todo, era un Seldon y se le permitían ciertos escándalos.

¿Y ella?

Bueno, su reputación quedaría malograda y la llevarían a los territorios más lejanos de los Dale.

Sin embargo, cuando miraba a lord Henry, o lo pillaba observándola, en esos raros momentos en los que él pensaba que no lo veía, sentía... oh, se asombraba de que pudiera permanecer en silencio.

Si por lo menos... Si por lo menos la besara otra vez...

Entonces, podría saberlo. Estaba segura.

Pero él no lo había intentado. Ni en una sola ocasión en los últimos días.

Por lo que parecía, tales travesuras estaban reservadas a los confines de Owle Park.

Miró hacia la carretera vacía y suspiró. Al menos, tenían la cesta que la mujer del posadero les había preparado por la mañana... aunque no habían pedido ninguna. La mujer, muy considerada, había insistido en que se la llevaran, alegando que era imposible saber lo que los esperaba, pero que cualquier cosa se encaraba mejor con el estómago lleno.

Así que Daphne había aceptado la cesta, agradecida.

Ahora que lo pensaba, casi diría que la mujer había sabido lo que los esperaba.

Pero ¿cómo podría haberlo sabido? Era una idea ridícula y romántica.

Como si todos a lo largo de la carretera de Manchester a Glasgow estuvieran conspirando para que se enamoraran.

Enamorarse. «Demasiado tarde», les habría dicho a todos.

Miró a lord Henry, que estaba inclinado junto a un seto observando algo, y frunció el ceño, porque el romance parecía descartado de aquella fuga desafortunada e involuntaria.

Sin embargo, cuando él se dio la vuelta, Daphne se dio cuenta de lo equivocada que estaba. Lord Henry tenía en las manos un ramillete de nomeolvides.

Caminó hacia ella; bueno, un Seldon nunca caminaba simplemente, todos ellos andaban con zancadas grandes y firmes, como si hasta el suelo que pisaban estuviera a sus órdenes.

Le tendió las flores sin decir nada y ella las aceptó.

Ahora va a confesar, pensó Daphne, mordiéndose el labio inferior. *Por fin me lo contará.*

Y se atrevió a levantar la mirada.

En el momento en que sus ojos se encontraron, sintió una magia, ¿no la había sentido él también?, que la dejó temblorosa. El corazón se le desbocó, se le secó la garganta y todos sus miembros se estremecieron, como si le estuvieran gritando a Henry con todas sus fuerzas que la tomara en sus brazos.

No obstante, una vez más, Daphne se sintió decepcionada.

—Sí, bueno —empezó a decir él, y se dio la vuelta.

Cogió la cesta y se dirigió al murete bajo de piedra que había junto a la carretera. Señaló con la cabeza hacia las flores que ella tenía en la mano.

—A lo mejor duran hasta que lleguemos a Gretna —añadió—. Pueden ser su ramo de novia cuando encuentre a Dishforth.

Tal y como había ocurrido con la partitura en Owle Park, las nomeolvides casi terminaron arrojadas a la cabeza de un Seldon.

Les faltó muy poco.

Como lord Henry se había alejado con la cesta, a ella no le quedó más remedio que seguirlo. Él había pasado al otro lado del murete, se había instalado bajo el enorme roble y estaba saqueando la cesta como si fuera un pirata cuando ella llegó a su lado.

—¡Ah, pasteles! —exclamó lord Henry, como si hubiera encontrado un alijo de doblones españoles.

Pasteles. Vaya sinvergüenza. Sabía que con ellos podría atraerla. También había una jarra, posiblemente de té, manzanas, una cuña de queso y una pequeña hogaza de pan.

—Siéntese —la invitó—. Las vistas son excelentes.

Lo eran.

La campiña de Cumbria los rodeaba salpicada de vez en cuando por verdes árboles, mientras que las exuberantes praderas alfombraban el valle que tenían frente a ellos.

—Es un estúpido, ya sabe —le dijo lord Henry cuando ella se sentó—. Por haberse fugado con la mujer equivocada.

Le tendió un pastel.

Mientras ella lo hacía pedacitos, musitó que Dishforth no era el único estúpido.

—Lo engañaron —contestó—. El pobre Dishforth no es un hombre de mundo.

Sonrió con cariño mirando al horizonte, como si estuviera soñando con su amante simple y necio. Cuando volvió a mirarlo, vio que lord Henry estaba frunciendo el ceño.

—¿No es qué?

—No es un hombre de mundo, en absoluto —le dijo con vehemencia, y le gustó el hecho de que sus palabras lo hicieran crisparse levemente de indignación cada vez que alababa las cualidades poco estelares de Dishforth—. Es un hombre sensato, pero también es excesivamente romántico, y sospecho que por eso ha sido tan susceptible a esa Jezabel que ahora lo tiene en sus garras. —Chasqueó la lengua ante tal injusticia—. Sin embargo, no lo culpo por eso.

—¿No?

Lord Henry levantó la mirada de la manzana que se estaba comiendo.

—No, en absoluto. —Metió una mano en el bolsillo y sacó una carta—. Escuche esto...

Leyó unos versos de un poema.

—Muy adecuado —le dijo lord Henry un poco a la defensiva.

—Sí, pero...

Ella se calló y suspiró.

Él se incorporó un poco.

—Pero ¿qué?

—Bueno, estos versos no son originales —le confió, y dobló la carta con cuidado.

—A mí me parecen bastante emotivos.

—¿De verdad? Yo los encuentro muy familiares. Además, le pregunté al hermano de Harriet y se rió... Me dijo que todos los chicos aprenden esos versos en Eton. Sentimientos de muchacho.

Se encogió de hombros.

—Sentimientos de... —empezó a decir él.

Ella se inclinó hacia adelante y lo interrumpió.

—No me gusta admitir esto, pero temo que usted tenga razón y que el señor Dishforth resulte ser un hombre excesivamente simple. Si no es así, ¿por qué lo han engañado con tanta facilidad, como ha dicho usted antes?

—¿Excesivamente simple?

—Sí —contestó ella sonriendo—. Demasiado.

En esa ocasión, cuando lord Henry se incorporó, dejó que la manzana cayera a un lado.

—¿Y a usted le gusta eso?

—Por supuesto. Un hombre simple no se excederá conmigo ni intentará engañarme. Creo que parece el marido perfecto.

—No estoy de acuerdo. No si es de los que escriben versos de muchachos.

—No todos pueden tener su elegancia y educación, lord Henry.

Le sonrió, lo miró a los ojos y esperó.

Hubo un momento en que ninguno de los dos habló.

—¿Tengo elegancia y educación? —consiguió decir él.

—Sí.

Esperó de nuevo algún tipo de declaración inspirada.

En lugar de eso, él se recostó contra el árbol y colocó las manos detrás de la cabeza.

Daphne no pensaba dejar que se pavoneara mucho tiempo.

—Oh, no hace falta enorgullecerse tanto. Ése es también uno de sus fallos. El orgullo Seldon.

—Siempre he pensado que eran los Dale los que poseían ese atributo, y que no dejaban nada a los demás.

—Debo admitir que somos orgullosos —le dijo Daphne—, pero tenemos mucho de lo que jactarnos.

—¡Bah! ¡Los Dale! —se burló él.

—¡Ejem! ¡Los Seldon!

Daphne lo miró con arrogancia y, antes de darse cuenta, los dos se encontraron riéndose a carcajadas por lo ridículo de la situación.

—¿Cuánto tiempo llevan enfrentadas nuestras familias?

Ella se encogió de hombros.

—Siempre.

—Y todo por una camada de chuchos.

Daphne desvió la mirada y se ruborizó, porque se suponía que no sabía eso, pero por supuesto que estaba al tanto.

—Una tontería, ¿verdad?

Él la miró; sus ojos gloriosos estaban llenos de algo que no era burla ni el desdén usual de los Seldon, y a Daphne le dio un vuelco el corazón, como siempre que él la miraba así.

—Ya lo creo.

Lord Henry le tendió una mano.

—Entonces, ¡hay que hacer una tregua!

—¿Una qué?

Daphne le miró la mano y deseó agarrarla. Por mucho que se lamentara de que él se negara a declararse, ahora dudaba un poco de aceptar lo que le estaba ofreciendo.

—Una tregua. Sí, una tregua Seldon-Dale. Declaro por la presente que todas las hostilidades entre nuestras familias quedan anuladas.

Acercó un poco más la mano y Daphne la tomó. ¿Qué otra cosa podía hacer?

Cuando la palma de lord Henry se cerró en torno a la suya, se sintió como siempre que él estaba cerca... envuelta en él.

Bajó la mirada hacia sus manos entrelazadas.

—No creo que me cuenten entre los Dale después de esto.

Él se rió, la soltó y se volvió a reclinar con ese aire suyo de dueño de la mansión.

—Sospecho que el séptimo duque se me aparecerá hasta el final de mis días, pero estoy dispuesto a enfrentarme a ese destino.

¿Lo estaba? ¿Estaba dispuesto a enfrentarse a la censura de su familia por ella? ¿Era eso lo que estaba diciendo?

—¿Por qué? —preguntó.

—Porque, señorita Dale, usted y yo somos parecidos.

Al oírlo, Daphne se rió.

—Lo somos —insistió él—. Lo apruebe usted o no.

Daphne se quedó inmóvil, convencida de que él iba a tomarla en brazos y a besarla. Iba a hacerlo, lo sabía.

Pero lord Henry parpadeó, como si de repente recordara algo, y se dio la vuelta rápidamente.

—Sí, bueno, si somos tan parecidos, supongo que tendrá tanta hambre como yo.

Dicho eso, volvieron a comer en silencio, cada uno perdido en sus propios pensamientos.

Henry se dedicó a pensar en mil formas diferentes de obligar a la señorita Dale a admitir que el señor Dishforth no era el hombre apropiado para ella.

Y cuando vio una casa elegante en la distancia, pensó haber encontrado la manera de hacerlo. No era una vivienda destartalada, sino la casa de un caballero... un hogar respetable. Del tipo que una dama como la señorita Dale admiraría.

—Qué casa tan excelente. ¿Quién vivirá allí? —preguntó él, moviendo su manzana con indiferencia en esa dirección.

Ella miró el edificio y se encogió de hombros.

—¿El señor Dishforth posee una residencia parecida? —le preguntó él sin dejar de observar la manzana que tenía en la mano.

—No lo sé —admitió Daphne.

—¿Qué sabe usted de ese sinvergüenza? —insistió, y miró dentro de la cesta, como si la respuesta no le pareciera importante.

—Oh. Muchas cosas —respondió ella desde el lugar que ocupaba sobre la manta, arrancando briznas de hierba.

—¿Como por ejemplo...?

Ella suspiró y lo miró.

—Vive en Londres. Con su hermana. Ella debe de ser una criatura amable y encantadora, porque le tiene mucho cariño.

Henry había cometido el error de meterse en ese momento un trozo de manzana en la boca y casi se atragantó.

La señorita Dale no había terminado. Parecía que hubiera recabado un informe entero.

—También se preocupa mucho por un sobrino, que le da grandes quebraderos de cabeza.

Henry no podía negar aquello.

—Entonces, Dishforth debe de ser una bendición para su familia.

Henry intentó parecer pensativo.

—¿Puede mantenerla?

—¿Mantenerme?

—Sí, ¿puede permitirse tener esposa?

Ella se sorbió la nariz.

—Qué pregunta tan vulgar.

—Sí, bueno, las sedas no son baratas.

Él lo sabía bien. Había visto muchas facturas de Hen.

Daphne levantó la barbilla.

—No creo que piense en tener vestidos nuevos cuando sea la señora de Abernathy Dishforth.

—¿Abernathy?

En esa ocasión tuvo el buen juicio de no comer más manzana.

Ella lo miró con perplejidad.

—Sí. ¿No había mencionado su nombre antes?

—Supongo que lo había olvidado —musitó él, e intentó recordar si había usado alguna vez un nombre de pila..., pero estaba seguro de que no lo había hecho.

¿Qué demonios estaba ocurriendo? ¿Se lo estaba inventando ella?

—Abernathy —suspiró Daphne—. Es un nombre muy romántico. Aunque Harriet cree que debe de tener un lobanillo.

Aquello hizo que Henry se incorporara de golpe.

—¿Un lobanillo?

Aquello otra vez no.

—Sí, justo en mitad de la frente —contestó ella, señalándose la suya—. Lo que es más, Harriet piensa que ese nombre, Abernathy Dishforth, es el que se le pondría a un niño que ha crecido comiendo engrudo y chismorreando. Pero yo dudo que sea tan horrible.

Henry apretó los dientes. Primero etiquetaba sus cartas como simples, ¿y ahora eso? ¿Un memo con un lobanillo y afición a comer engrudo?

—Puede que no sea su nombre real —señaló.

—No me importa cuál sea su nombre —contestó ella, y volvió a arrancar briznas de hierba con aire ausente.

—Tal vez debería —musitó él.

—¿Cómo dice, lord Henry?

Ahí estaba, la oportunidad para confesarlo todo, pero su orgullo no le permitía revelarle que él era su amante simplón comedor de engrudo.

—Nada —gruñó.

La señorita Dale se encogió de hombros.

—Sospecho que, dadas las ideas tan sencillas de Abernathy, debe de ser un caballero dedicado únicamente al comercio.

Seguro que no la había oído bien.

—¿Dedicado únicamente a qué?

—Al comercio.

Henry no pudo evitarlo; se estremeció.

—¿Y eso le supone a usted un problema?

Ella sonrió.

—El comercio no es tan innoble como solía ser. Tal vez, con la ayuda de mis familiares Dale, pueda ascender socialmente. Tal vez incluso llegue a ser caballero.

Henry cerró los ojos.

Seguía convencido de que no la había oído bien, pero no tenía deseos de ahondar en sus teorías de por qué pensaba que Dishforth era un comerciante.

Su orgullo no podría soportarlo.

Así que tomó otro derrotero.

—¿Ha pensado que tal vez el señor Dishforth y usted no congenien?

—Ya congeniamos —contestó ella con tanta confianza que Henry se preguntó cómo podría hacerla cambiar de opinión.

Sin embargo, fue la señorita Dale la que se apiadó de él y cambió de tema, aunque de mala gana.

—¿Su casa es como ésa? —le preguntó, haciendo un gesto con la cabeza hacia la residencia a la que él se había referido antes.

Henry volvió a mirarla.

—Sí, la de Sussex es bastante parecida, pero la de Kent es un caserón inútil. Si le gusta Owle Park, le encantaría Stowting Mote. Es un castillo sorprendentemente antiguo, con una mezcolanza de añadidos Tudor. Hay que limpiarlo bien y reformarlo —dijo, y la miró.

—¿Dos casas, lord Henry?

Él sonrió al ver que se sorprendía.

—En realidad, son tres.

—¿Tres? Oh, sí, lo había olvidado. Usted lo mencionó el otro día, ¿no es así? No sé por qué no lo he recordado. —Hizo una pausa—. Es bastante inusual, ¿no le parece? Un hijo segundo con tres casas.

—No las gané jugando a las cartas o a los dados, ni las conseguí de manera ilícita.

—No quería decir...

—No, no. Después de todo, sólo soy el hijo de repuesto. Y de quien siempre se sospecha que es un Seldon vago.

—Creí que habíamos declarado una tregua.

—Sí, es cierto. Le ofrezco mis disculpas.

—No es necesario —le dijo—. Yo diría que el hecho de tener tres casas hace de usted un buen partido.

—Por eso no suelo mencionarlo en sociedad. —Cogió una rebanada de pan, la partió en dos y le dio a ella una mitad—. Además, un hombre es mucho más que sus propiedades y sus ingresos.

—¿De verdad? —bromeó ella, y mordisqueó el pan.

—Es usted una descarada terrible.

—Bueno, propiedades e ingresos... Ha dicho usted ingresos, ¿verdad?

—Sí. Cantidades indecentes, aunque esté mal que yo lo diga.

—Ahora se está mostrando muy...

—¿Orgulloso?

Ella asintió.

—Supongo que sí —dijo él.

Daphne dirigió de nuevo la mirada a la casa que se veía a lo lejos.

—Siempre he soñado con ser la señora de una casa así.

—¿Y por qué no iba a hacerlo?

—Para empezar, soy de Kempton.

—Sí, Preston mencionó una tontería sobre que todas ustedes estaban malditas.

—Bueno, hace mucho tiempo que no hay un matrimonio feliz.

—Creo que Preston y la señorita Timmons cambiarán eso. Suponga que causa una avalancha de cortejos en su aldea.

Ella se rió.

—Lo dudo. Es muy difícil deshacerse de las tradiciones. A veces es una brecha que no se puede salvar.

—Sí, supongo que sí —admitió él, aunque no estaba pensando en Kempton, sino en ellos dos. Seldon y Dale—. Pero usted no se cuenta entre esas solteronas de mente cerrada. Seguramente vino a Londres con la esperanza de...

Se abstuvo de seguir molestándola.

Pescar un marido. Atrapar a algún tipo en su cepo.

—Había esperado que el señor Dishforth...

—Ah, sí, siempre terminamos en el mismo sitio —dijo él, hastiado del tema—. Aun así, usted es una Dale... y una de las más bonitas. No creo que siga soltera mucho tiempo.

—¿Yo? —Sacudió la cabeza—. Sólo soy Daphne Dale, de los Dale de Kempton. Se me considera parte de los familiares pobres y no me cuentan entre las bellezas de la familia.

Él se inclinó hacia atrás y la observó.

—Están todos ciegos.

Capítulo 15

Cuando llegue la luz del día, ¿se arrepentirá usted de esto?

Fragmento de una carta
del señor Dishforth a la señorita Spooner

*L*a afirmación de lord Henry, no, mejor dicho la confesión, dejó a Daphne sin aliento.

¿De verdad había dicho eso? ¿Lo pensaba realmente?

Parecía que sí, porque se apartó del tronco del roble en el que se había estado apoyando y cruzó el abismo aparentemente insalvable que se extendía entre ellos.

Alargó una mano para tomar en ella su mejilla y se acercó más, hasta capturarle los labios con los suyos.

Protesta, hazle recordar a Dishforth, que primero te cuente la verdad...

Todas esas objeciones aletearon en sus pensamientos, pero entonces una brisa caprichosa se los llevó muy lejos.

Sus besos y sus caricias le nublaban el juicio. Sólo existía el deseo. Deseos inevitables que le desbocaban el corazón.

Ya la había reclamado antes con un beso; ahora la capturaron sus manos y su cuerpo. Henry se acercó poco a poco, cubriéndola. Una mano seguía en la mejilla y la otra, sobre una cadera, apretándola más contra él, hasta que Daphne se encontró tumbada de espaldas y con el cuerpo de Henry sobre ella.

Él no dejaba de besarla insistente y profundamente. Con unos besos exigentes que reclamaban no sólo a la mujer, sino también su alma.

Daphne tomó aire y lo atrajo hacia ella, clavándole los dedos en los hombros y abriendo la boca. Todo en él parecía tocarla: con la lengua le rozaba la suya, le recorría el cuerpo con las manos y con las caderas la sujetaba contra la manta que tenían debajo.

Había pasado de ser un canalla vacilante en el templete a un seductor en la biblioteca, y ahora era un hombre decidido.

No la tocaba con delicadeza, sino con insistencia, como si sus deseos hubieran estado reprimidos y ahora estuvieran saliendo despedidos, como el champán.

Ese beso, ese momento en que él había tomado la decisión trascendental de cruzar la manta, de salvar el abismo que los separaba, hizo que todos sus anhelos se desataran.

Sus labios continuaron atacándola por el cuello, detrás de la oreja, dejando a Daphne sin aliento y con las entrañas temblorosas.

Intentó respirar, hablar, pero sólo consiguió abrir la boca y de ella salió un gemido de placer.

—Ahhh.

Él continuó provocándola con un sendero de besos, pellizcándole con los labios el cuello y el borde del corpiño. Metió una mano por debajo del vestido y liberó un pecho, luego el otro, dejándolos al descubierto.

Entonces fue él quien gimió, al introducirse en la boca un pezón, haciendo que se endureciera y que Daphne elevara las caderas, frotándose contra su entrepierna rígida, como si buscara aliviar las pasiones ansiosas y peligrosas que crecían en su interior.

Sintió que la brisa le acariciaba las piernas; no se había dado cuenta de que él le había levantado la falda, y no había perdido tiempo en encontrar el montículo que se encontraba entre sus piernas, haciendo magia de nuevo.

Ella abrió las piernas; su cuerpo ya estaba húmedo y preparado para él.

Henry la besó más abajo, presionando los labios contra sus muslos. Ella sentía su aliento cálido en los rizos de su montículo, y cuando los dedos de Henry se abrieron paso entre ellos, cuando la besó en lo más íntimo y su lengua danzó alrededor de ella, lamiéndola, Daphne sacudió las caderas y hundió los talones en el suelo, buscando algo sólido que la anclara a tierra, porque sentía que se elevaba rápida y frenéticamente.

Jadeando y anhelante, sólo pudo aferrarse a la manta mientras la lengua de Henry seguía lamiéndola, instándola a dejarse ir, a encontrar el alivio.

—Ah, ah, sí, ah —gimió Daphne.

Él la agarró por las caderas y la apretó más contra él, como si supiera qué significaban exactamente esas peticiones, como si conociera la traducción.

Y el remedio.

La acercó con fuerza a su cuerpo y la chupó en profundidad, dejándola temblorosa. Ansiosa.

Ya sólo podía dejarse ir.

Cuando lo hizo, esas espirales anhelantes y peligrosas que se habían creado dentro de ella estallaron, lanzándose en todas direcciones, como ramas caprichosas azotando todo lo que pasaba junto a ellas, como si la tempestad de placer que él había provocado las arrojara por doquier. Sobre ella, el sol moteado parpadeaba y titilaba a través de las hojas del roble, como miles de fuegos artificiales, destellando mientras su cuerpo danzaba y lo sacudía una oleada de pasión tras otra.

Lord Henry no se detuvo allí sino que continuó besándola, provocándola hasta que se quedó agotada y temblorosa. Y sólo entonces él se dejó ir. La acunó, confortándola con besos en los labios, en los hombros, susurrándole promesas de futuras delicias.

Daphne apenas podía creerlo. ¿Más? ¿Era eso posible?

Pero cuando su mirada encontró la de él, profunda y apasionada, supo que lord Henry era un hombre de palabra.

Y de hechos.

Henry solamente deseaba enterrarse entre sus piernas y saciar ese anhelo desesperado que bullía en sus venas desde la noche del baile de compromiso.

Entonces la había deseado, y la deseaba ahora, pero con un anhelo diferente. Quería tenerla para siempre. Contárselo todo y que ella lo comprendiera.

Sin embargo, en ese preciso momento sólo podía hacerle el amor.

La luz brillante que ardía en los ojos de Daphne lo incitaba a entregarse a sus deseos reprimidos. A dar rienda suelta al fuego que no hacía más que avivarse dentro de él.

Pero no quería precipitarse.

Estaban entrelazados y supo el momento exacto en el que el cuerpo de ella revivió, porque levantó de nuevo las caderas contra él, le pasó los dedos por la espalda y sintió sus uñas en la piel.

Le encantaba cómo lo provocaba, arqueándose como una gata sacando las uñas, dispuesta a que la domesticara.

Entonces lo sorprendió al llevar las manos a la parte superior de sus pantalones. Los abrió y, tal y como él había hecho antes con su corpiño, metió la mano y envolvió su dura masculinidad con los dedos.

Lo que había estado presionado contra los pantalones ahora latía en su mano. Él giró de manera que quedaron de costado, cara a cara, para que ella tuviera espacio para explorarlo y pudiera excitarlo a su antojo.

Henry se obligó a seguir respirando cuando unas candentes sensaciones de deseo lo atravesaron.

Las caricias de Daphne al principio eran vacilantes, pero enseguida se hicieron más fuertes, recorriendo su miembro arriba y abajo. Volvió a unir la boca con la de Henry cuando lo tocó más apresuradamente y entrelazó la lengua con la suya.

Henry gimió. Con cada caricia se endurecía aún más y su cuerpo se tensaba. Daphne jugueteó con una gota brillante que se había formado en la punta del miembro, y la usó para torturarlo mientras deslizaba la mano arriba y abajo, haciendo que toda su longitud se volviera resbaladiza.

—Te deseo, Daphne —jadeó él—. Quiero estar dentro de ti. Lo necesito.

La acarició hasta que volvió a excitarla, haciendo que jadeara de deseo. Después se colocó de nuevo sobre ella, en su entrada.

—Yo también te deseo —susurró Daphne.

—¿A quién deseas? —le preguntó, y empezó a entrar en ella lentamente, abriéndola y saliendo después.

Ella abrió la boca.

—A ti, lord Henry. Te deseo a ti, sólo a ti.

Entonces la penetró rompiendo su barrera de virginidad y llenándola por completo.

Ella ahogó un grito y abrió los ojos de golpe al sentir la invasión.

—Sólo es así una vez —afirmó él—. Recuerda cómo te sentiste cuando te toqué, cuando te besé.

La acarició despacio hasta que los suaves gemidos de placer se convirtieron en gritos urgentes.

Cuando ella alcanzó la cúspide por segunda vez, el propio clímax de Henry lo atravesó, vaciándolo en un abismo de placer.

Pasaron el resto del día el uno en brazos del otro, haciendo el amor y, al final, cogidos de la mano, salieron de la manta y exploraron las praderas que se extendían ante ellos, retozando como niños entre las flores silvestres y las hierbas crecidas que les llegaban hasta la cintura.

Mientras caminaban de nuevo hacia el árbol, Daphne dijo:

—Háblame de esa casa tuya, Stowting Mote.

Él le sonrió, se inclinó hacia ella y le apartó de la cara un mechón de cabello.

—Tiene un foso.

—¿Un foso? ¿De verdad?

—De verdad. La casa está rodeada de agua, y se puede pescar desde cualquier ventana.

Ella se rió.

—Estás bromeando.

—No. Toda la casa está rodeada de un foso. Tiene siglos, y las últimas reformas se hicieron cuando reinaba la vieja Isabel. Pero los jardines están muy bien, y tiene un agradable huerto de árboles frutales muy amplio al frente.

—Suena romántico —dijo ella.

—Para nada —admitió él—. Hay que drenar y limpiar el foso y supongo que cuando empiece a meterme a fondo, encontraré muchas cosas que hay que arreglar.

—¿Por qué compraste un lugar así?

Lord Henry se encogió de hombros y perdió la mirada en el horizonte, en dirección a la casa encantadora que se veía en la distancia.

—Stowting Mote siempre ha sido un hogar familiar. Las familias han vivido allí durante generaciones, yendo y viniendo. Y la casa sigue en pie. Supongo que quería ser parte de eso, de ese legado de generaciones, pertenecer a esa historia.

Ella le dio un empujoncito.

—Eres un romántico incurable, lord Henry Seldon.

Él le soltó la mano y se fingió ofendido.

—Los insultos acabarán contigo en el foso.

Ella alargó la mano para tomar de nuevo la suya.

—Entonces, espero que me pesques tú.

—Puede que sí.

—Qué hombre tan mezquino y desagradable —se burló ella, y siguieron avanzando hacia el roble.

Recogieron la manta y lo que quedaba de la cesta y bajaron la colina hacia su carruaje. Cuando llegaron al murete de piedra oyeron un sonido de cascos resonar por la carretera.

Vieron tomar la curva a su postillón, al cochero y unos caballos nuevos.

—¿Tan pronto? —musitó Daphne.

Le entristecía que su tarde perfecta terminara. Sabía que lord Henry y ella tendrían que afrontar la verdad, la confesión. Sólo esperaba que él la perdonara, como ella estaba dispuesta a pasar por alto su terco orgullo.

Él había tenido razón al decir que eran parecidos. Mucha razón.

—Pensé que tenías mucha prisa por llegar a la frontera —dijo Henry.

Ya no era lord Henry; era Henry, y ella era su Daphne.

Daphne levantó la barbilla con gesto desafiante.

—Soy conocida por cambiar de opinión —le dijo mientras él la ayudaba a pasar por encima del murete.

—¿De verdad? —preguntó, y saltó por encima, con la cesta en la mano.

—Sí.

Él se mantuvo callado unos instantes y luego dijo:

—Cita una ocasión.

Ella se rió.

—Ya no te desprecio tanto como al principio.

Henry soltó una carcajada, le tomó la mano y se la llevó a los labios.

—Eso está bien, porque creo que ahora estás unida irremediablemente a mí.

—¿Lo estoy?

Miró al cochero y al muchacho, que estaban guiando a los caballos hacia ellos.

Henry no insistió. Siguió la mirada de ella y le dijo al cochero al que tanto tiempo habían esperado:

—Creí que se había olvidado usted de nosotros.

—Ha sido muy difícil conseguir caballos nuevos, milord —le explicó—. Parece que hoy todo el mundo se dirige al norte.

—Qué extraño —comentó Daphne, y subió al carruaje—. No hemos visto a nadie en toda la tarde.

Cuando el vehículo comenzó a moverse, Daphne apoyó la cabeza en el hombro de Henry. De repente, se sentía exhausta. El suave balanceo del carruaje y la presencia firme y sólida de Henry a su lado la arrullaban.

Además, estaba oscureciendo y las sombras la invitaban a cerrar los ojos.

—¿Qué vas a hacer? —le preguntó él.

—¿Hmm? —contestó ella, medio dormida.

—Cuando alcancemos a tu señor Dishforth.

Daphne levantó hacia él su mirada somnolienta. ¿Aún quería seguir con esa farsa?

Suspiró.

—Le diré que le perdono su estúpido orgullo.

—¿Su qué?

—Ya me has oído —murmuró, y se acurrucó contra él.

—¿Qué ves en ese chapucero? —insistió Henry, irritado por la lealtad que ella mostraba hacia el otro amante.

—Muchas cosas —contestó Daphne. Y cuando él le dio un ligero empujoncito, supo que quería saber más—. Es leal a su familia. Es amable. Sus palabras me animaron a romper con el pasado y a atreverme a soñar que puedo bailar donde quiera.

Ella oyó el leve gruñido de frustración que se extendió por el pecho de Henry. Bueno, él le había preguntado.

—¿Y has descubierto todo eso a través de sus cartas?

Ella negó con la cabeza.

—No, Henry. Una dama sabe leer entre líneas.

—¿Qué le vas a contar de mí? ¿De nosotros?

—La verdad. Lo comprenderá. —Suspiró y se apretó más contra él, buscando el refugio de los sueños—. Supongo que te dará las gracias por llevarme hasta él.

—¿Que me dará las gracias? —balbuceó Henry—. ¿Cómo puedes estar tan segura?

El sueño empezaba a robarle los sentidos, pero consiguió abrir un ojo.

—Porque me ama.

—¿Estás segura? —susurró él.

—Sí.

Realmente lo estaba, y se dejó llevar por el sueño entre sus brazos.

Llegaron a la posada justo después de que anocheciera, y Henry odió tener que despertarla. Todo lo que Daphne había dicho mientras se quedaba dormida lo había dejado completamente perdido.

¿Qué demonios había querido decir con que Dishforth seguiría amándola?

Pensaba... bueno, había asumido que una vez que ellos habían... habían... hecho el amor, ella habría elegido.

Pero parecía que no era así.

—¿Hemos llegado? —preguntó Daphne, abriendo los ojos—. ¿Estamos en Escocia?

—Hmm —musitó Henry—. No. Estamos a unos cuantos kilómetros de la frontera. Tenemos que parar aquí para pasar la noche.

Ella se incorporó y se estiró.

—Me parece bien. Ha sido un día muy largo. No sé tú, pero yo me muero de hambre.

Henry salió, la ayudó a bajar y una vez más, para su asombro, descubrió que las habitaciones estaban preparadas y Daphne se puso en las eficientes manos de una doncella fornida.

Había sido así durante todo el viaje, como si los esperaran en todas las paradas. Pero él nunca se había encaminado antes a Escocia, y tal vez fuera así como se hacían las cosas en la carretera de Manchester.

De nuevo, dos noches antes el descarado posadero le había dado a Henry una segunda factura.

—Por los gastos del señor Dishforth, si gusta, milord.

Después el tipo le había dedicado a Daphne una mirada codiciosa enarcando las cejas, como si dijera: «Será mejor que pague, porque sería una pena que la dama descubriera la verdad».

Sin embargo, por el hecho de tener las habitaciones preparadas y una cena caliente en la mesa valían la pena los inconvenientes.

Y algo de chantaje, pensó, preguntándose por qué el señor Dishforth había necesitado un afeitado caliente, dos botellas de Madeira y que le hicieran la colada.

No, eso tenía que terminarse. Ahora. Esa misma noche.

—¿Les apetece cenar, milord? —le preguntó el posadero cuando se acercó a ellos.

¿Cenar? Sí, eso sería perfecto. Se lo contaría todo mientras disfrutaban de una excelente comida. Miró el exterior de la posada. Por lo menos, esperaba que fuera decente.

—Sí, rápido —contestó—. Y en un comedor privado, por favor.

Se lo diría todo. Le rogaría que se casara con él, cruzaría con ella la frontera por la mañana, haría de ella su esposa y después podrían esconderse, hasta que lo peor hubiera pasado.

No era una actitud muy noble, pero sí sensata, dadas las tendencias de los Dale y de los Seldon a reaccionar exageradamente cuando alguno de ellos desafiaba la línea que los separaba.

Bueno, pues para él ya no existía esa línea.

—¿Un comedor privado? ¡Por supuesto, milord! Y una buena cena para la dama y para usted. A la orden. Por cierto, el señor Dishforth pidió eso precisamente anoche —añadió el posadero. Después se acercó más a él—. Y el señor Dishforth también dijo que su señoría no tendría inconveniente en hacerse cargo de sus gastos.

Henry intentó exhibir su mirada más fulminante, pero no funcionó con el curtido posadero, que se estaba frotando las manos de regocijo mientras se apresuraba a entrar para prepararlo todo.

Al seguirlo al interior de la posada a grandes zancadas, Henry supo que una cosa era cierta: tras aquella noche, dejaría atrás el pasado y Abernathy Dishforth, esa criatura nada confiable y terriblemente insensible, no volvería a existir.

Daphne había bajado ya la mitad de las estrechas escaleras cuando una voz procedente de la sala común la detuvo en seco.

—Estoy buscando a mi prima. Se dirige a Gretna Green para llevar a cabo un matrimonio desastroso. Es imprescindible que la encuentre.

¡Crispin!

Daphne se dio la vuelta rápidamente, dispuesta a volver a subir las escaleras, pero se tropezó con la doncella que la había peinado con gran cuidado.

—¡Oh, cielos! —exclamó.

—¿Qué ocurre, señorita? —preguntó la doncella con un marcado acento del norte.

—¡Mi primo! Ha venido para detenerme —susurró Daphne.

Pasó junto a la muchacha y subió las escaleras para que no la vieran.

—¡No! No puede hacer eso —exclamó la chica con vehemencia—. No cuando usted ha llegado tan lejos.

—Exacto —se mostró de acuerdo Daphne—. Necesito una noche más.

—Déjelo en mis manos —le pidió la muchacha, y se apresuró a bajar.

Daphne se asomó por el hueco de la escalera, sólo lo necesario para escuchar.

—¿No la ha visto nadie? Ésta debe de ser la única posada en la que no la han visto —estaba diciendo Crispin con ese tono de sospecha tan parecido al de la tía abuela Damaris, toda escéptica cuando olía un escándalo—. Señorita —dijo cuando la doncella bajó las escaleras—, ¿ha visto a mi prima, la señorita Dale? Tiene más o menos su altura y es rubia. Diría que ha tenido que pasar por aquí hace más o menos una hora.

—Oh, sí, señor, la he visto —declaró la muchacha.

Hubo cierto revuelo en la habitación, nada comparable al estremecimiento que Daphne sintió en el corazón. Tal vez la doncella, al bajar las escaleras, había visto el aspecto elegante de Crispin y había pensado que quizá la podría recompensar por su doble juego.

Pero estaba muy equivocada.

¿No había sido ésa la misma chica que había dicho que toda dama merecía tener un final feliz?

—Sí, señor, la he visto. Todos nosotros. Al caballero y a ella. Pasaron por aquí hace una hora. Estaban tan enamorados que casi se me saltaron las lágrimas.

—¡Enamorados! ¡Bah! Ese Seldon injurioso la tiene engañada.

—Entonces, ¿por qué estaba buscando otro camino para cruzar la frontera... para evitar que personas como usted los encontraran?

La muchacha ahogó un grito y se llevó una mano a la boca, como si deseara no haber dicho eso.

Pero era demasiado tarde. Crispin cayó en la mentira como un pájaro sobre unas migajas de pan.

—¿Otro camino a Escocia? —Daphne casi podía oír el crujido del cuello almidonado de Crispin cuando éste se enderezó por completo—. ¿Qué camino?

—Oh, ya lo has hecho, muchacha —se quejó uno de los clientes—. Has delatado a los amantes.

La chica se sorbió la nariz.

—¡No pretendía hacerlo!

—Ahora ya es demasiado tarde —se quejó otro—. Sí, señor, hay otro camino. Pero tendrá que pagar por él.

—¿Pagar?

La indignación de Crispin era más que evidente.

—Por supuesto. El otro caballero estaba dispuesto a pagar a alguien que lo guiara, aunque sólo fuera para que no lo pillaran, así que, si él pensaba que lo valía...

El hombre se calló y la sala se quedó en silencio, todos esperando expectantes para ver qué ocurría a continuación.

—No pienso permitir que me chantajeen —declaró Crispin—. Esa unión es desastrosa para la dama y todos ustedes, como caballeros, deberían ofrecerse voluntarios para ayudarme, al igual que solicitarían ayuda si se tratara de su pariente.

—Las mías no se fugan —bromeó otro hombre—. Ojalá lo hicieran. Debería considerarse un hombre con suerte, milord.

Todos se rieron a carcajadas a costa de Crispin.

—¡El camino! —ordenó.

—Pague por él —replicó el hombre—, o haga noche y búsquelo usted mismo por la mañana. Personalmente, creo que debería intentarlo..., pero no me apetece encontrarlo a usted y a su excelente carruaje despeñados por el desfiladero.

Todos asintieron.

—Sí, bueno, ponga un precio —dijo Crispin, enfurruñado—. Pero será mejor que el que me guíe sepa lo que está haciendo, porque debo alcanzarlos antes de que se casen... o algo peor.

Daphne se quedó inmóvil mientras acordaban la cantidad y después un hombre se adelantó para acompañar al cochero de Crispin.

Inmediatamente después se produjo un torbellino de actividad, se gritaron órdenes y se escuchó el chirrido de la puerta al abrirse y el portazo al cerrarse. Daphne sólo se atrevió a bajar las escaleras cuando los caballos y el carruaje hubieron salido del patio, y se encontró con la doncella, muy sonriente, al borde de los escalones.

—¡Oh, gracias! —le dijo a la chica—. Sólo necesito una noche para hablar con él. Para explicárselo todo. Para conseguir que me perdone.

—¿Qué tienes que explicar exactamente? —dijo una voz familiar—. ¿Y qué debo yo perdonar?

Henry no esperó a que Daphne respondiera; la agarró del brazo y tiró de ella hacia la habitación que el posadero había preparado para que cenaran.

La arrastró rápidamente, temeroso de que su genio se desencadenara antes de llegar a la intimidad del comedor, bien alejados de ojos y oídos curiosos.

Pero no lo consiguió. Porque cuando Daphne había expresado su deseo de que él la perdonara por todo aquello, de repente lo vio claro.

Ella lo sabía. Conocía la verdad.

¡Nunca se había sentido tan tonto!

—Todo esto... el carruaje, la persecución, tu ansiedad y tu preocupación constante por el señor Dishforth... ¡Lo sabías! —estalló él al llegar a la sala, pero antes de que pudieran cerrar la puerta.

Daphne se paró.

—Tú podrías haberle dado fin en cualquier momento.

Sí, tenía razón en eso.

—¿Cómo iba a hacerlo? Lo llamaste idiota.

—Querrás decir que te lo llamé a ti —lo corrigió ella, con las manos cerradas en puños a la altura de las caderas.

—Sí, sí. Dijiste que el señor Dishforth era un simplón. Y afirmaste que lo amabas.

Al menos, ella tuvo la decencia de parecer ligeramente culpable. Aunque no durante mucho tiempo.

—¿Y qué? Podrías haber terminado con esto con una simple confesión.

—¿Mi confesión? ¿Y qué hay de la tuya? —Levantó las manos—. Tengo que señalar que toda esta locura ha deteriorado tu reputación.

Ella resopló.

—Ya lo sé.

—¿«Ya lo sé»? ¿Eso es todo lo que tienes que decir? ¿Qué hay de «La reputación lo es todo, señor. La reputación de un hombre es su tarjeta de visita»?

Ella se ruborizó al oír esa cita de una de sus cartas. Al sentir el calor en las mejillas y lo que revelaba, le dio la espalda.

—¡Malograda! —siguió despotricando él—. Además, no me has dejado otra opción que casarme contigo... aunque sólo sea para salvar tu reputación y la mía.

Daphne se volvió a girar rápidamente. La furia se reflejaba en sus ojos.

—¿Y por qué ibas a preocuparte? Como Seldon, ¿no crees que eso va contra las expectativas de la sociedad?

—No me tiente, señorita Dale.

Pero la verdad era que no hacía otra cosa que tentarlo. Solamente con respirar ya lo tenía en el punto de mira.

—Oh, ¿soy «señorita Dale» otra vez? ¿Qué ha pasado con «mi queridísima Daphne»?

—Se fue por la ventana cuando te quedaste dormida en mis brazos, murmurándole palabras de amor a ese necio de Dishforth en lugar de a mí. El hombre, debo señalar, al que amas.

Ella agitó una mano delante de él, como si estuviera diciendo tonterías.

A Henry no le importaba quién pudiera oírlo ni el tono que tenía su voz.

—¿Te has parado a pensar en cómo me afecta todo esto? Hasta que te conocí, era un caballero. Ahora tu familia piensa que te he secuestrado, que te he arrastrado por razones perversas.

—Eso no se puede discutir.

Esa voz hizo que los dos se quedaran inmóviles.

Era Crispin, vizconde Dale. Maldición, había regresado.

Daphne fue la primera en darse la vuelta, y después lo hizo Henry.

Como Daphne fue más rápida, tuvo el privilegio de presenciar a su primo dándole un puñetazo a lord Henry en la cara.

Henry, por su parte, ni lo vio venir.

Capítulo 16

No permitiré que me separen de usted. La encontraré, amada mía.
Se lo prometo.

La última carta escrita por el señor Dishforth
(bueno, casi la última)

Cuando Henry recuperó el sentido, vio encima de él las caras de Preston y de Hen.

—¿Qué ha ocurrido? —gimió.

Echó a un lado el bistec que le cubría el ojo e intentó sentarse.

Preston hizo que volviera a tumbarse.

—Dale te atacó.

—Es un bruto —se quejó Hen—. ¡Un hombre horrible y odioso! *¿Dale?*

Entonces lo recordó todo. La discusión. El grito ahogado de Daphne cuando se dio la vuelta. Y, después, la oscuridad.

Consiguió incorporarse hasta quedar sentado. Estaban en el comedor privado que había pedido que les prepararan. La cena seguía en el aparador, intacta.

—¿Dónde está Daphne? ¿Dónde está? Tengo que hablar con ella...

Preston volvió a empujarlo para que se tumbara en el diván.

—Se ha ido, amigo. Se la ha llevado su primo.

—¿Se ha ido? —Henry sacudió la cabeza, apartó a Preston y se dirigió a la puerta—. Tenemos que ir detrás de ellos. ¡Tenemos que detenerlos!

—No podemos.

Se giró hacia su sobrino.

—¿No puedes o no quieres?

—No podemos —repitió Preston.

—¡No deberías hacerlo! —exclamó Hen—. Si quieres mi opinión, por fin has conseguido librarte de ella.

—No te la he pedido —contestó Henry. Hen parecía dispuesta a abrir la boca para contradecirlo, pero él se lo impidió—. Ni una palabra más, Hen. ¿Tengo que recordarte lo que nos contaste a Preston y a mí después de casarte con Michaels?

Hen frunció el ceño mientras recordaba sus propias palabras.

—La situación no es la misma.

Preston hizo una mueca y quiso rebatirla, pero una mirada de Hen lo cortó en seco.

—Voy a casarme con Daphne Dale, y será mejor que os acostumbréis.

El firme anuncio de Henry hizo que Hen se tambaleara hacia atrás, como si la hubiera golpeado.

—Jamás —le contestó—. Además, hace un buen rato que se ha marchado, y mañana estará demasiado lejos como para que puedas descubrir dónde se encuentra. Eso, si ellos no la encierran en alguna parte.

—Los alcanzaré antes de que lleguen a Blackford —prometió Henry.

Abrió la puerta de golpe y se apoyó en ella para no perder el equilibrio.

—No puedes —volvió a decir Preston.

—¿Por qué no? —preguntó Henry, mientras miles de pensamientos le pasaban por la mente.

Había sido un necio. Un estúpido. Debería habérselo contado. Ella lo amaba y lo había sabido. Probablemente, conociendo a Daphne, lo había estado probando.

Por supuesto que sí. Le había dado muchas oportunidades para ser clara con ella.

Y él la había defraudado.

—Porque el vizconde se ha llevado todos los caballos. Le dio al posadero una cantidad disparatada de dinero para que le permitiera hacerse con todas las monturas. No hay ni un solo caballo... excepto los que he traído yo, pero están exhaustos y necesitan descansar. —Preston sacudió la cabeza—. Mañana. Los alcanzaremos mañana. Lo prometo.

Sin embargo, Crispin resultó ser un adversario precavido y frustró una y otra vez la persecución de Henry, sobornando a los guardianes de la barrera de peaje para que los retrasaran innecesariamente, alquilando todos los caballos libres en prácticamente cada posada y conduciendo a una velocidad indecente para llegar antes que ellos a Langdale.

Daphne estaba encerrada en el carruaje de su primo, y sólo se le permitía salir para usar el excusado. Una vez, cuando casi había conseguido huir, su resuelto primo la había detenido, se la había echado al hombro y la había llevado de nuevo a su prisión.

—Lord Henry me salvará —no dejaba de repetirle a Crispin, y recordaba sin cesar la última vez que lo había visto, tumbado en el suelo de la posada.

Ni siquiera sabía si seguía vivo, y dudaba de que a Crispin le importara haber cometido un asesinato.

—Vendrá y me salvará —insistía.

—Puede intentarlo —era todo lo que Crispin le respondía.

Pero al cuarto día, Daphne no tenía ni idea de dónde podría estar Henry. Se sentía agotada y magullada de los vaivenes del carruaje, que eran cada vez más salvajes por la manera despótica de su primo de conducir, y no cesaba de arrepentirse por no habérselo contado todo a Henry aquella hermosa tarde, bajo el roble.

—Oh, Henry, ven a buscarme —le susurraba a las estrellas cada noche, con la esperanza de que alguna se apiadara de ella y le llevara el mensaje a su amor.

Sin embargo, cuando el carruaje de Crispin llegó a Langdale, supo que apenas quedaban ya posibilidades de que la rescataran. Se encontraban muy cerca de Owle Park, pero igual podrían haber tomado un barco en dirección a Oriente.

Lord Henry no se imaginaría que lord Dale la había llevado de vuelta a la escena del crimen.

Y ella tampoco tenía ninguna esperanza de escapar.

Sobre todo cuando, al salir del vehículo, no sólo se encontró a la tía abuela Damaris en los escalones de la puerta principal, sino también al honorable Matheus Dale sonriéndole, como si acabara de llegar ataviada con las prendas más elegantes de la moda londinense.

¿Matheus Dale? Oh, no se atreverían...

Parecía que sí.

Tampoco era que alguien le fuera a explicar los planes que tenían para ella, no era necesario. Al ver las lágrimas que le nublaban la vista a Phi, obtuvo la respuesta.

Y esa misma noche, Phi acudió a su puerta, a la habitación en la que la habían encerrado «por su propio bien».

—¿Prima? —susurró Phi, mientras tocaba suavemente a la puerta.

—¿Phi?

Daphne se incorporó en la cama hasta quedar sentada y se apresuró a llegar a la puerta. Se arrodilló delante de ella y presionó los dedos contra la sólida madera de roble que le impedía escapar.

—¿Qué van a hacer? —le preguntó a Phi—. ¿No irán a...?

Ni siquiera pudo terminar de decir lo que pensaba.

¿Matheus Dale?

Se estremeció.

—Sí, ¡me temo que sí! —susurró Phi—. Pero están esperando a que llegue la licencia especial.

—Sácame de aquí —le rogó Daphne.

—No puedo. La tía Damaris ha escondido la llave.

Daphne se apretó más contra la puerta.

—Oh, Phi, lo amo. Lo amo con todo mi corazón.

—Lo siento, Daphne. Lo siento mucho.

Y dicho eso, Phi se marchó.

Pasaron dos días, y el único contacto que Daphne tuvo fue con una doncella vieja y arisca que no atendía a ruegos ni a súplicas.

En una ocasión, Matheus se acercó a la puerta para invitarla a que bajara a cenar, y ella lanzó un jarrón contra ella en una respuesta desafiante.

Cuando empezaba a anochecer el segundo día, Daphne escuchó un sonido extraño. Como alguien que chistaba. Miró hacia la puerta y vio que le habían pasado una nota por debajo.

Corrió hacia ella con el corazón desbocado. Y cuando le dio la vuelta, vio que estaba dirigida a:

Señorita Spooner.

La apretó con fuerza contra su pecho y la abrió rápidamente.

Abre la ventana, amor. Déjame entrar.

¿Abrir la ventana? Cielo santo, estaba en el tercer piso.

No obstante, cuando apartó los pesados cortinajes y subió la ventana de guillotina para abrirla, vio a lord Henry trepando por una cuerda que parecía colgar del tejado.

Se balanceó hasta entrar en la habitación.

—¡Mi descarada! —exclamó, y abrió los brazos.

Daphne corrió hacia ellos.

—¿Cómo has...? ¿En qué estabas pensando? Oh, estoy tan contenta de que hayas venido...

—Sí a todo —contestó él, apartándole del rostro el cabello revuelto—. Pero primero, esto.

Entonces la besó y ella olvidó todas sus preocupaciones, sus miedos y los cubos de lágrimas que había derramado. En el momento en el que sus labios se encontraron, tuvo la certeza de que todo iba a salir bien.

Cuando se separaron, aunque sólo fuera para tomar aire, ella le preguntó.

—¿Cómo supiste dónde encontrarme? Por no hablar de...

Hizo un gesto con la mano hacia la ventana abierta, porque todavía no podía creérselo.

—El chico de los establos —le contestó, y le besó la frente y las mejillas, como si nunca pudiera saciarse de ella.

—¿El chico de los establos?

—Sí, el de la posada, el que dijo esa horrible mentira sobre Dishforth.

—¿Qué tiene él que ver con todo esto?

—Por lo que parece, le remuerde la conciencia por lo que hizo.

—¡Oh, cielos! No lo han despedido, ¿verdad?

Henry negó con la cabeza.

—Creo que tiene buena mano con los caballos, pero no se le da tan bien mentir.

—La verdad es que no —dijo Daphne riéndose, y enseguida se tapó la boca—. No debemos hacer ruido.

Él asintió y bajó la voz.

—El muchacho vino a Owle Park hoy y se ofreció a ayudarme.

Ella sacudió la cabeza.

—No sé cómo podría hacerlo.

Los ojos de Henry brillaron, traviesos.

—Su hermana trabaja aquí. Es una criada y se conoce la casa al dedillo. Consiguió que él entrara a escondidas con la cuerda y subiera al tejado. No logró encontrar la llave. Pero no he necesitado más. Sólo quería tener una manera de entrar, de llegar a ti.

—De rescatarme —dijo ella, y le sonrió. Su caballero andante. Entonces, se dio cuenta de algo más—. ¿Cómo pretendes sacarme?

Miró con horror la cuerda que colgaba fuera de la ventana.

Habría preferido un rescate en el que intervinieran las escaleras traseras y una rápida retirada en un buen carruaje.

—Volveré a bajar por ahí...

Daphne negó con la cabeza.

—No puedo... Nunca lo conseguiré...

—No tienes que hacerlo. Roxley va a llamar a la puerta principal para pedir que te liberen.

—¿Por qué iba a liberarme Crispin, sólo porque se lo pida el conde de Roxley?

—Una vez que estemos casados, no tendrá otra opción que dejar marchar a mi esposa.

—¿Casados? —jadeó ella.

—Sí, casados —repitió él.

Le buscó la mirada con la suya para ver en ella alguna señal de que estaba de acuerdo. Y para darle más peso a sus palabras, y para asegurarle que no se había vuelto loco, abrió la chaqueta y sacó un papel del bolsillo interior.

—Tengo una licencia especial —añadió—. Lo único que tienes que hacer es firmarla y el vicario nos casará.

Daphne no estaba segura de haberlo oído bien.

¿Casarse?

—Henry, no tengo ningún vicario a mano.

—Ah, pero yo sí.

Daphne lo miró con incredulidad. Él tenía que admitir que la situación era disparatada, pero seguramente ella agradecería aquello.

—Bueno, no lo tengo todavía. Lo tendré en una hora —afirmó Henry—. No sabía cuánto tiempo necesitaría para escalar esa pared, así que Preston está esperando con él al otro lado de la frontera con Owle Park y estarán aquí pasado ese tiempo.

Señaló con la cabeza el reloj de la repisa de la chimenea.

—Entonces, ¿disponemos de algo de tiempo? —preguntó Daphne en voz tan baja y sensual que captó su atención como si fuera un imán.

—Umm... sí —consiguió decir con la boca seca. Pero cuando ella lo abrazó, recuperó el habla y le susurró al oído—: Eres una descarada retorcida y tentadora.

—Te he echado de menos —fue todo lo que dijo antes de ponerse de puntillas y besarlo.

Reclamarlo.

—Y yo a ti.

Cayeron en la cama susurrando disculpas y palabras de amor, en un revoltijo de miembros y besos. En cuanto él la tocó, se sintió perdido, excitado y delirante. No cesaba de besarla, de reclamarla. Le quitó el vestido para tenerla desnuda debajo de él.

Gloriosamente desnuda, y suya.

Ella abrió las piernas y lo tomó en su interior sin apenas preludio. Fue una unión abrasadora y feroz. Una reunión y una promesa. Él la embestía profunda y rápidamente, como si llevara años deseándola, en vez de días.

Y, debajo de él, Daphne se retorcía de placer, elevando las caderas para encontrarse con sus embestidas, envolviéndolo con las piernas para acercarlo aún más a ella mientras se unían.

Cuando ella empezó a gritar, olvidando lo peligroso de su situación, él le tapó la boca con otro beso que también contenía su propio gruñido de posesión al alcanzar el clímax, llenándola con su esencia y sin dejar de embestirla, hasta quedar agotado.

Fue algo apresurado, ardiente y rápido.

Pero a ninguno de los dos les importó. Tenían una boda de la que ocuparse. Y el resto de sus vidas para hacer el amor.

Bajo la ventana de Daphne, Preston estaba librando otro tipo de batalla.

—Esto es extremadamente irregular, Su Excelencia —se quejó el vicario y miró hacia arriba, a la feliz pareja asomada a la ventana. Aquel puesto era nuevo para él y le habían ordenado recientemente—. La dama parece... Bueno, parece que...

—Que se haya dado un revolcón, diría yo. Uno bueno —intervino Roxley, pronunciando las palabras que no se atrevía a decir el ruborizado vicario.

Por si el hombre de Dios no estaba lo suficientemente sonrojado, su tez adquirió un tono escarlata.

—Entonces, yo diría que lo mejor será casarlos con rapidez —señaló Preston.

—Sí, supongo que sí, Su Excelencia —contestó el vicario, echando miradas hacia la ventana y por el patio en sombras.

Preston tuvo que admitir que ni todas las escuelas divinas habrían preparado al pobre hombre para aquello.

Roxley se inclinó hacia delante e intervino:

—Hago hincapié en la rapidez. A los Dale no les desagrada dejar sueltos a sus perros. Y son bastante grandes.

El hombre estaba indeciso con el dilema que tenía delante, tironeándose del cuello de la camisa.

—Aun así, debo decir que es una posición moral bastante difícil.

Preston fue al grano.

—¿Le parece difícil su modo de vida en Owle Park, señor?

El hombre tragó saliva.

—No, Su Excelencia. En absoluto. Es bastante cómodo y...

Fue entonces cuando se dio cuenta de lo que quería decir el duque. Sin embargo, Preston deseaba asegurarse de que lo comprendía.

—Case a mi tío rápidamente y con discreción, antes de que arruine a la señorita Dale.

Todos volvieron a mirar a los novios.

—Otra vez —añadió Roxley con una sonrisa en los labios.

Epílogo

Posada The Elephant and Whistle, carretera de Manchester y Glasgow. Quince años después.

*H*enry, creo que ya hemos estado en esta posada —comentó lady Henry Seldon cuando salió del carruaje y paseó la mirada por el patio—. Sí, estoy segura.

Le dedicó una brillante sonrisa a su marido, encantada con la idea.

—Siempre tan romántica, mi querida Daphne —dijo lord Henry, y la besó en la mano y en los labios.

Se sorprendió de que, después de tantos años, seguía sin cansarse de su hermosa mujer. Ni siquiera los cinco hijos, cuatro varones y una hembra, habían hecho que cambiara a sus ojos. Sólo habían conseguido hacerla más bella.

Los ojos azules de Daphne brillaron al reconocer la luz lujuriosa que titilaba en los de su marido. Echó una rápida mirada hacia donde la atormentada niñera estaba guiando a los niños al interior de la posada, y luego volvió a mirar a su marido.

—Esta noche —susurró.

Habían tenido muchas noches semejantes desde su disparatada boda. Después de que Preston hubiera obligado por fin al vicario a que los casara, había tenido lugar la escena con Crispin y Damaris.

Al principio, el vizconde se había mostrado incrédulo respecto a las exigencias de Roxley, incluso cuando el conde le había enseñado la licencia especial firmada y atestiguada y había presentado al tembloroso vicario que dio fe de la validez del matrimonio. Pero al abrir la puerta de Daphne y encontrar en el dormitorio a Henry Seldon, todo sonriente, Crispin Dale tuvo todas las pruebas necesarias para lavarse las manos del asunto de su prima mancillada.

Oh, su unión había causado más de un escándalo. Incluso los padres de Daphne se habían negado a reconocer a los recién casados. Hen tampoco quiso dirigirles la palabra durante meses, hasta que anunciaron que Daphne estaba encinta. Aquello también consiguió suavizar las tensiones con los Dale porque, siendo una familia prolífica, a los Dale les encantaban los niños. Montones de niños.

Los padres de Daphne fueron los primeros en enviar sus felicitaciones.

¿Y Zillah? Bueno, Zillah fue la más sorprendente.

Porque no habían sabido nada de ella en más de un año, hasta que se extendió el rumor de que un pequeño, o pequeña, Seldon nacería en la primavera. Entonces Zillah había llegado, con la labor de punto en la mano, y con todos sus baúles.

Porque, mientras que los Dale eran muy prolíficos, los Seldon veían a los bebés como un milagro. Y Zillah pensaba estar allí cuando llegara ese nuevo Seldon.

Así que se había quedado, y Daphne y ella habían descubierto que tenían mucho en común, aparte de su amor por aumentar la familia. El miembro más anciano de los Seldon había vivido felizmente con ellos en Stowting Mote hasta el pasado invierno, cuando por fin se había marchado mientras dormía, un final tranquilo y apacible para una vida larga y escandalosa.

Los niños echaban de menos a la anciana y las horas que pasaban con ella junto al piano, oyéndola tocar.

Ésa era la razón por la que estaban viajando hacia el norte. Zillah les había dejado varias casas, y una de ellas estaba precisamente en Escocia.

—No tenía ni idea de que tuviera tantas propiedades —había dicho Henry, sacudiendo la cabeza cuando el abogado les había llevado el testamento de Zillah.

Seis casas. Una para cada uno de los niños y otra en Escocia, que habían decidido ir a ver.

—¿Entramos? —preguntó Daphne, haciendo volver a Henry al presente.

—Sí, por supuesto —contestó.

La tomó de la mano y, al entrar en la sala común, vieron que el lugar estaba lleno; prácticamente todos los bancos y taburetes se encontraban ocupados.

Henry nunca había visto una posada tan abarrotada.

—Mamá, ¡es él! Es... —susurró la joven Harriet a la vez que tomaba a su madre de la mano y tiraba de ella.

Los chicos hicieron callar a su hermana, pero ella ya había hecho saltar la liebre.

—¿Quién, Harry? —preguntó Henry, acariciando la rubia cabeza de su hija—. ¿Quién es?

Los niños intercambiaron una mirada de culpabilidad y finalmente Christopher, el mayor, dijo:

—El señor Dishforth.

—¿Qué? —exclamaron Henry y Daphne a la vez.

Harriet señaló un lugar junto a la chimenea, donde había un hombre encorvado en un taburete, y de cuyas palabras estaba atenta toda la sala.

—¿Cómo puede ser? —empezó a decir Henry.

Todos los que estaban alrededor lo hicieron callar con un audible «¡Shhh!», y Daphne se quedó boquiabierta.

—Así que rescaté a mi queridísima Adelaide del malvado noble que la había encerrado, y nos dirigimos al norte... —estaba diciendo el anciano.

Henry estaba a punto de levantarse y protestar cuando vio la mirada traviesa en los ojos de Daphne; siguió su ejemplo y escuchó la historia de Abernathy Dishforth y de su amada Adelaide. El relato se parecía vagamente a su escapada, y contenía multitud de sucesos: asaltantes de caminos, ruedas rotas, el carruaje casi despeñado por un desfiladero...

La multitud escuchaba con avidez y prorrumpió en vítores cuando la pareja llegó a Gretna Green, y no quedó ni un ojo seco en la posada cuando el señor Dishforth relató el triste deceso de Adelaide, ocurrido poco tiempo atrás.

Henry se inclinó hacia delante y le susurró a Daphne al oído:

—Éste es el demonio que me ha estado cargando las facturas todos estos años.

Efectivamente, varias veces al año le llegaban facturas de posadas y tabernas situadas a lo largo de la carretera de Manchester, dirigidas a lord Henry Seldon para cubrir los gastos de un tal Abernathy Dishforth.

Henry y Daphne llevaban tiempo sospechando que alguien, algún artista timador, había escuchado su historia y de vez en cuando le daba buen uso. Ahora parecía que habían encontrado al culpable.

—Por fin puedo ponerle fin a esto —dijo Henry.

—Déjalo —contestó Daphne, y le puso una mano en la manga—. Me agrada que cuenten nuestra historia. Mira a tu alrededor... ¿a quién no le gusta un final feliz?

Ciertamente, la gente estaba sonriendo y riendo, y algunos se estaban enjugando las lágrimas.

¿Quién era Henry para arruinar esa historia?

—¿Papá? —preguntó Harriet mientras regresaban al carruaje—. ¿Ése era de verdad el señor Dishforth?

—Me temo que lo descubriremos cuando nos llegue la factura —se quejó lord Henry.

Daphne se rió.

—Creo que sí lo es, Harriet. Pero ¿cómo te has enterado tú de la existencia del señor Dishforth?

—Fue las pasadas Navidades. Cuando fuimos a visitar a lady Roxley a Foxgrove —contestó mientras ahogaba un bostezo, lista ya para su siesta de la tarde—. Lo sabe todo de él. ¿Tú también has oído hablar de él?

—Sí, cariño. Solía escribirme cartas.

Harriet abrió mucho los ojos, sorprendida.

—¿Y tú le respondiste?

Daphne se inclinó hacia delante y le susurró al oído:

—Sí, una vez me encapriché de él. Pero no se lo digas a tu padre.

www.titania.org

Visite nuestro sitio web y descubra cómo ganar
premios leyendo fabulosas historias.

Además, sin salir de su casa, podrá conocer
las últimas novedades de
Susan King, Jo Beverley o Mary Jo Putney,
entre otras excelentes escritoras.

Escoja, sin compromiso y con tranquilidad,
la historia que más le seduzca
leyendo el primer capítulo de cualquier libro
de Titania.

Vote por su libro preferido y envíe su opinión
para informar a otros lectores.

Y mucho más...